Herrn Otters Katze

Ein Köln Roman

Vielen Dank, dass ihr mir geholfen habt:

Alexandra Korn, Pulheim
Gudrun Schiffgen, Heilbronn
Karola Erb, Leverkusen
Luciana Quattrini, IT Sendrio
Elvira Pfalz, Leverkusen
Bernd Bühler, Köln
Meinrad Marti, CH Eich
Prof. Moki Schulte †, Baia di San Nicola

Text Copyright © 2022 Jürgen H. Förster
Alle Rechte vorbehalten

Wer mehr über Herrn Otters Leben erfahren möchte, findet es in den Romanen von Jürgen H. Förster mit den Covern von Moki bei Amazon.de:

        1. „Herrn Otters Traum"

        2. „Herrn Otters Heilige"

        3. „Herrn Otters Turm"

        4. „Herrn Otters Katze"

Nachruf

Mein Freund Moki ist tot. Professor Gerd Schulte, ein erfolgreicher Hochschullehrer in Deutschland, USA und Dekan seiner Fakultät in Münster ist von uns gegangen. Seine Expertise war auch nach seiner Emeritierung bei der EU und der Regionale 2000 gefragt. Der Meeresbiologe hat auf seinen Wunsch hin an seinem Lieblingsort, im italienischen Peschici vor der Bucht von San Nicola, seine letzte Ruhe gefunden. Moki, der Denker und Träumer, konnte mit seinen Geschichten Menschen in seinen Bann ziehen und mit seinen Zeichnungen begeistern. Der Menschenfreund und Alleserklärer hinterlässt eine schmerzhafte Lücke in seiner Familie und bei all denen, die ihn mochten.

Ich bin froh, dass ich ihn kennenlernen durfte. Arrivederci, mein Freund Motorkick Starter, kurz Moki - ein Spitzname, der mit seiner Geburt im 2. Weltkrieg zusammenhängt, eine Geschichte, die er gerne und oft erzählte. Dankbar bin ich für seine Cover der „Otter Serie" und für seine guten Ratschläge. Danke, mein Freund, für die unvergessene Zeit.   Ciao, ciao, Jürgen

Kapitel 1 Herrn Otters Nachbarn

Im Rheinland beendete ein nächtliches Unwetter eine wochenlange unerträgliche Hitzewelle. In dieser Nacht erzeugten Starkregen, Sturm, Blitz und Donner eine apokalyptische Weltuntergangsstimmung, die erst gegen Morgen endete. Nach diesem nächtlichen Spektakel überraschte der neue Tag die Frühaufsteher mit einem wolkenfreien Himmel.

In den Morgennachrichten hörte man von umgestürzten Bäumen, vollgelaufenen Kellern, erheblichen Gebäudeschäden und vom Dauereinsatz der Feuerwehr. Auch in der Kölner Südstadt gab es kleinere Schäden. Durch das Unwetter war die Luft klarer und die Temperaturen wieder erträglicher geworden. Auch die Anwohner der Severinstraße nutzten den kühlen Morgen, um durch weit geöffnete Fenster die aufgestaute Hitze aus den Häusern entweichen zu lassen.

Außen auf einem Fensterbrett im dritten Stock eines luxussanierten Wohnhauses stolzierte eine Katze hin und her. Bis vor ein paar Wochen machte das Tier seine Freiluftausflüge eine Etage tiefer, denn damals lebte sie noch bei dem Schweizer Finanzmann Monteverdi und seinem Butler. Nach der Ermordung der beiden Männer zog die Rassekatze ins Obergeschoß zu Paul Otter und seiner Frau Ilaria.

Plötzlich unterbrach die Katze ihre Exkursion in schwindelnder Höhe und setzte sich auf die Fensterbank. Bewegungslos lauernd starrte sie nun nach unten, irgendwer oder irgendetwas auf der Straße hatte ihre Aufmerksamkeit geweckt. Ihr neues Herrchen bemerkte das Interesse und unterbrach seine Lektüre der Tageszeitung:

„Hekate, was ist denn da unten los, oder sonnst du dich nur draußen? Fall nicht runter!"

Natürlich antwortete das Tier nicht auf die Frage, sondern starrte weiter stur hinunter auf die Straße. Neugierig geworden ging Paul zu der Katze ans Fenster. Als er erkannte, was sie beobachtete, war er ein wenig gerührt. Unten wurden die wertvollen Möbel ihres ermordeten Herrchens in einen Umzugswagen geladen. Dieser

„George Clooney" der Severinstraße, wie seine Frau Ilaria und ihre Freundin den Schönling heimlich nannten, war ihr Nachbar gewesen.

Als die letzten Gegenstände der Einrichtung verstaut waren, bestiegen die kräftigen Umzugshelfer das Fahrerhaus und im Schritttempo entfernte sich der Möbelwagen. Kurz bevor der LKW hinter der nächsten Ecke verschwand, wurde er von hinten mehrfach angeblinkt. Paul wunderte sich, denn hinter dem großen Fahrzeug war kein anderes Auto zu sehen, aber woher kamen dann die Lichtsignale? Da bemerkte er, dass der Lichtpunkt von der Straße an der gegenüberliegenden Hauswand zitterig entlangwanderte. Paul dachte, dass jemand mit einem Laserpointer oder einer hellen Taschenlampe spielte, aber dann entdeckte er die Ursache direkt neben sich: es war die Spiegelung der Sonnenstrahlen von Hekates glänzendem Medaillon, das an ihrem Halsband baumelte.

Jetzt im Nachhinein sah es für Paul so aus, als hätte die kluge Katze ihrem verstorbenen Herrchen mit den Lichtreflexen noch einen letzten Gruß nachgesandt. Er erinnerte sich, dass Monteverdi zu Lebzeiten auch so einen Anhänger besaß, wobei Paul allerdings nicht wusste, dass es derselbe war, den jetzt die Katze am Halsband trug. Denn kurz bevor seine Mörder in die Wohnung stürmten, befestigte der Schweizer Finanzmann des neapolitanischen Velatus-Clans seine goldene Medaille am Halsband seiner Katze. Als die fremden Männer eindrangen, versteckte sich das schreckhafte Tier, und die Killer suchten die wertvolle Münze vergebens.

Das Goldstück war deshalb so wertvoll, weil sich im Innern der zusammengeschweißten Münze die Zugangsdaten für ein Schweizer Nummernkonto verbargen. Die versteckte Geheimzahl konnte man jedoch erst nach dem Spalten des Anhängers lesen. Insgesamt existierten drei Goldmünzen, mit jeder besaß man Zugriff auf Konten bei der Luzerner Privatbank Rütli & Co. Das hinterlegte Geld war die Kriegskasse von Don Velatus' Camorra Clan.

Einen Anhänger trug der Patron, für den zweiten suchte er noch eine zuverlässige Person und den Dritten gab er Monteverdi, seinem Schweizer Finanzmann, zur Aufbewahrung. Das war damals ein großer Vertrauensbeweis, denn der Experte hatte einen Großteil des Mafiavermögen mit seinem Hochleistungscomputer auf ausländischen Offshore-Konten vor der Justiz in Sicherheit gebracht.

Zum Leidwesen von Don Velatus zerstörte die italienische Justiz sein Mafia-Imperium; damit änderten sich die Prioritäten und er setzte sich ins Ausland ab. Für den Patron wurde sein Finanzmann mit dessen Wissen zu einem Sicherheitsrisiko, deshalb ließ er ihn beseitigen.

Von alledem wusste Paul Otter jedoch nichts. Nun waren auch die Möbel seines Nachbarn abtransportiert und damit endete für ihn das Kapitel Monteverdi, nur seine Katze erinnerte ihn noch an den Schweizer. Tröstend wurde Hekate von ihrem neuen Herrchen gestreichelt. Das gefiel dem Haustier, sie genoss die Zuwendung und schnurrte ohne Unterlass. Paul musste daran denken, wie die neue vierbeinige Mitbewohnerin zu ihnen kam.

Damals am Tag der Morde war die Polizei unten in der Wohnung Monteverdis noch mit der Spurensuche beschäftigt, da klingelte es an Pauls Tür. Als er öffnete, stand Kriminaloberrat Schlösser mit einer Katze auf dem Arm vor ihm.

„Herr Otter, seit dieser Rappa-Clan-Geschichte kennen wir uns doch ganz gut. Deshalb traue ich mich als Tierfreund, Sie zu fragen: Würden Sie diese Katze für ein paar Tage aufnehmen? Ich suche für die kleine Waise ein neues Zuhause, sonst muss sie in ein Tierheim. Unten in der Wohnung können wir sie nicht allein zurücklassen. Die Männer der Kriminaltechnik kümmern sich heute nur um die beiden Ermordeten, damit die Leichen in die Gerichtsmedizin kommen. Heute hat die SpuSi viel zu tun, die müssen noch zu zwei weiteren Tötungsdelikten, nach Porz und zum Hahnwald. Den Tatort hier können wir gut sichern: Wohnungstür zu, versiegeln und fertig. Morgen kommen die Spezialisten wieder und nehmen die ganze Wohnung auseinander. Die Katze hatte sich in einem Schrank versteckt, Gott sei Dank entdeckte sie dort eine Beamtin. Als die sich das goldene Medaillon an dem Katzenhalsband ansehen wollte, bekam sie ihre Krallen zu spüren. Auf dem Anhänger ist übrigens das

Symbol der mysteriösen griechischen Göttin Hekate abgebildet. Ich kenne mich mit Katzenrassen nicht so aus, diese Mieze ähnelt der ägyptischen Katzengöttin Bastet, eine Bronzestatue habe ich vor zwei Wochen bei einer Städtetour im Louvre gesehen. Würden Sie bitte?"

Unvermittelt hielt er Paul die Katze hin und der nahm sie reflexartig an:

„Arme Hekate, wir kennen uns doch!"

Das Tier seines Nachbarn machte einen verstörten Eindruck, denn nur äußerst ungern ließ sie sich tragen. Dann wandte er sich an den Kriminalbeamten:

„Monteverdi hatte sie von einem italienischen Freund geschenkt bekommen."

„Also Hekate heißt das hübsche Kätzchen. Danke, dass Sie ihr Asyl geben. Ich lass unten in der Wohnung den kompletten Katzenkram einsammeln und von einem Polizeibeamten zu Ihnen heraufschaffen."

Nun war die Katze bei Ilaria und Paul eingezogen. In wenigen Tagen eroberte sie die Herzen ihrer neuen Gastgeber. Der Nachlassverwalter sicherte den Eigentümerwechsel des Tieres rechtlich ab und sie bekamen die Papiere für Hekate einschließlich Impfpass.

Im Fall des toten Vorbesitzers der Katze und dessen Butler ermittelte Kriminaloberrat Schlösser wegen Doppelmordes. Für ihn sah die Tat sehr nach einer Mafiahinrichtung aus, aber es gab keine Spuren, und bis auf die Laptops fehlte nichts. Das Verbrechen wurde deshalb so schnell bemerkt, weil die Täter aus Versehen einen Rauchmelder auslösten. Deshalb konnte ein zweiter Mafiatrupp Monteverdis blauen Hochleistungsrechner nicht direkt abtransportieren.

Die Morde geschahen wenige Tage nach der Zerschlagung des neapolitanischen Velatus-Mafiaclans durch die italienischen Behörden. Im Nachhinein kam heraus, dass Monteverdi für die Neapolitaner im großen Stil Finanzgeschäfte getätigt hatte. Mit erheblichem Aufwand wurden alle Anwohner befragt, auch die auf der gegenüberliegenden Straßenseite, aber letztendlich verliefen die Ermittlungen im Sand: die beiden Morde konnten nicht aufgeklärt werden.

Im Trubel der polizeilichen Aktivitäten ging die Beobachtung einer älteren Hausbewohnerin aus dem ersten Stockwerk unter. Falls man ihrer Aussage nachgegangen wäre, hätte das den Ermittlungen sehr geholfen. Aber der vernehmende Beamte erkannte keinerlei Zusammenhang zu der Tat. Außerdem nervte ihn der kleine dicke Hund, der während der gesamten Befragung ohne Unterbrechung kläffte. Dazu kam, dass der alten Dame anscheinend Sozialkontakte fehlten, er kannte das von vielen Zeugenaussagen betagter Menschen. Froh, jemanden zum Reden zu haben, erzählte die alleinstehende Frau dem Polizisten eine Geschichte, die sie mehrere Stunden nach den Morden erlebt hatte.

„Mein Name ist Frau von Bödefeld - schreiben Sie nicht mit? Ach so, Sie nehmen das auf. Also wie jeden Abend vor dem Schlafengehen, so auch an dem Mordtag, wollte ich nach dem Fernsehen mit meiner Mopsdame noch kurz zum nahen Trude-Herr-Park. Meine kleine Tiffany hat eine schwache Blase und nach dem Programm war es dringend, weil der Jauch seine Sendezeit überschritten hatte. Der Aufzug war besetzt und wir mussten warten, ich wohne im ersten Stock, aber wegen meines rechten Knies kann ich keine Treppen hinunter gehen, nur hinauf. – Ruhig Tiffany, sei endlich still!"

Aber der dicke Mops bellte ungerührt weiter. Tiffany hat halt einen eigenen Kopf, dachte sich ihr Frauchen, und resigniert setzte die ältere Dame ihre Aussage fort:

„Als der Aufzug dann endlich kam, war er voll besetzt. Drei kräftige Männer eines Elektromarktes standen in ihren Latzhosen vor einem hohen blauen Kühlschrank. So eine Farbe käme mir nicht in die Wohnung, aber auch meine Nichte hat so einen sonderbaren Geschmack, alles in ihrer Küche ist weiß, nur der riesige Eisschrank ist knallrot. Meinem seligen Hubert haben so grelle Farben auch immer gefallen, deshalb trug er zu Lebzeiten immer so scheußliche bunte Krawatten. Auf jeden Fall musste ich mit meinem kleinen Liebling warten, bis der Fahrstuhl wieder heraufkam. Plötzlich haben wir von unten ein lautes Scheppern und Krachen gehört, und ich dachte, jetzt ist der Aufzug kaputt oder den Männern ist der Kühlschrank im Keller umgekippt. Aber kurz darauf bemerkte ich mit Erleichterung, dass der Aufzug wieder zu uns herauffuhr. Es war auch höchste Zeit, sonst wäre womöglich Tiffany noch ein kleines Malheur passiert."

Ihre letzten Worte gingen im Gebell des kleinen dicken Kläffers unter. Der höfliche Polizeibeamte lächelte gequält und ärgerte sich über die Zeitverschwendung:

„Danke für Ihre Aussage, Frau von Bödefeld."

„Nein, nein, es geht noch weiter. Auf dem Weg zum Park überholen mich auf der Dreikönigenstraße die Elektromarktleute aus dem Aufzug. Am unbeleuchteten Park rannte dann einer von ihnen mit einer Plastiktragetasche mitten auf die Wiese zu der rostigen Trude-Herr-Skulptur, um dann ohne die Tasche wieder aus dem Dunkel zurückzukehren. Anschließend stiegen die Drei in einen italienischen Kleinwagen und fuhren davon. Dann kam auch schon mein kleiner Liebling vom Gassi gehen zurück und forderte sein Schokolädchen. Ich gebe ihr nur die Zartbitter, die macht nicht so dick."

Bei dem Stichwort Schokolade hörte der Mops schlagartig auf zu bellen und Frau von Bödefeld beugte sich zu ihm:

„Aber die Frau Doktor darf das nicht wissen, nicht wahr, Tiffany?"

***

Die Spurensicherung der Kriminalpolizei setzte am nächsten Morgen ihre Arbeit in der Severinstraße fort. Als erstes stellten die Beamten fest, dass jemand das Polizeisiegel an der Wohnungstür des ermordeten Monteverdi mit einem glatten Schnitt durchgetrennt hatte. Weil keinerlei Einbruchsspuren am Schloss entdeckt wurden, vermutete man einen Witzbold: so etwas kam in Mehrfamilienhäusern immer wieder vor. Anhand einer Versicherungsaufstellung der wertvollen Kunstsammlung überprüfte die Polizei sicherheitshalber, ob nichts gestohlen worden war, aber es fehlte nichts.

Bei den Ermittlungen befragte die Polizei alle Hausbewohner, auch Frau von Bödefeld, aber ihr war zur vermutlichen Tatzeit am Nachmittag nichts Ungewöhnliches aufgefallen. Sie stellte nur fest, dass es Leute im Haus gebe, die zu nachtschlafender Zeit ihre Kühlschränke austauschen lassen, so etwas hätte es hier früher nicht gegeben. Der vernehmende Beamte besaß so seine Erfahrungen mit älteren Herrschaften und deren gesunkener Toleranzschwelle, aber für Beschwerden war das nicht der richtige Zeitpunkt und er der falsche Ansprechpartner. Für ihn war die Aussage oder besser die Beschwerde der netten alten Dame mit dem kleinen dicken Hund nicht relevant und geriet unter „Sonstiges" in den Akten in Vergessenheit.

Auf Bitten des Anwalts der Schweizer Familie des Ermordeten übernahm die Maklerin den Verkauf der Wohnung. Eigentlich seien nur Gewerbeimmobilien ihr Metier; aber für den verstorbenen Nachbarn täte sie das gerne.

Als Maklerin hatte es Ilaria in der Hand, wer eine Etage unter ihnen einzog. Zwei ältere Damen waren ihr schon abgesprungen, als sie ihnen von der Vorgeschichte der Wohnung erzählte. An den zwielichtigen Geschäftsmann aus dem Rotlichtmilieu verkaufte sie nicht, obwohl er ihr als zusätzlichen Bonus einen nagelneuen 8-Zylinder Ford Mustang GT anbot, den er beim Pokern gewonnen hatte. Der muskelbepackte Macho fand seinen Vorschlag unwiderstehlich, genau wie sich selber, aber sie lehnte amüsiert sein seltsames Angebot ab. Ein weiterer Interessent war der Neffe der Aktionskünstlerin Bauhauß. Mit deren Mann, einem Architekten, arbeitete Ilaria oft zusammen.

Kapitel 2 Wohnungsbesichtigung

Leo Naumann, ein junger Informatiker, der ambitioniert Computerspiele entwickelte, war unerwartet zu Geld gekommen. Völlig überraschend hatte die zweite Ehefrau seines längst verstorbenen Vaters, nach ihrem Tod Leo einen Teil ihres Vermögens vererbt. Er hatte die Frau nie kennengelernt, er wuchs bei seiner Mutter auf und der Scheidungsgrund seiner Eltern war sein Leben lang ein Tabu. Über die böse Fremde wurde zu Hause nicht gesprochen: bis auf das Schimpfwort „Hexe" gab es keinen Namen für die Frau. Aber sollte er deswegen das Erbe ablehnen, wie es seine Mutter von ihm erwartete? Wie sich beim Notar herausstellte, war die Frau sehr wohlhabend gewesen, und da es keine eigenen Kinder gab, spendete sie großzügig an mehrere Wohltätigkeitsorganisationen und vererbte die Hälfte ihres Vermögens ihrem Stiefsohn. Leos Freundin Antonia Halma meinte ironisch, vielleicht wollte die Ehebrecherin etwas gutmachen. Bei so viel Geld schwanden auch die Einwände seiner Mutter, sie würde ihren Segen aber nur geben, wenn er sich damit eine Immobilie kaufen würde:

„Dann hast du was Bleibendes, sonst verplempert ihr jungen Leute das Geld für irgendwelchen Krimskrams und eines Tages ist alles futsch."

Daran hatte er auch schon gedacht. Andererseits brauchte er Geld für das Start-up-Unternehmen, welches er mit seiner Freundin gründen wollte, aber letztendlich hörte er auf seine Mutter. Der entscheidende Tipp für diese Eigentumswohnung kam von seiner Tante, einer bekannten Aktionskünstlerin und Ehefrau des Stararchitekten Monschau, sie wusste von dem Leerstand im Severinsviertel. Sie kannte sogar die Immobilienmaklerin persönlich und auch das Objekt, denn damals bei der kleinen Einweihungsfeier des verstorbenen Vorbesitzers war sie unter den Gästen. Falls Leo diese Wohnung kaufen würde, bot sie ihm an, auf ihre Kosten ein großes Fest zu veranstalten, damit das Glück in die Räume zurückkehre.

Bei Leos Treffen mit der Maklerin, die in demselben Haus eine Etage höher wohnte, nannte sie ihm die Gründe für das „Schnäppchen". Hier wurden zwei Männer erschossen; außerdem hätte es einen kleinen Brandschaden gegeben, von dem in der komplett renovierten Wohnung allerdings nichts mehr zu erkennen sei.

Was soll's, dachte Leo, er glaubte nicht an Geister, und bei dem Preis war es das große Los. Außerdem faszinierte ihn das riesige Luxusdomizil, so etwas kannte er nur aus Film und Fernsehen. Bei der Besichtigung erweckte ein kleines fensterloses Zimmer mitten in der Wohnung sein Interesse, weil es hier zwei Highspeed-Internetanschlüsse gab. Während sich der Computermann die professionellen Glasfaserleitungen genauer ansah, lenkte ihn der Gedanke an seine Freundin ab: Warum meldete sich Antonia nicht wie verabredet? Mürrisch warf Leo einen prüfenden Blick auf sein iPhone, und zu seiner Verwunderung stellte er fest, dass es hier weder Handyempfang noch WLAN gab. Als er vor die Tür des fensterlosen Raumes trat, meldete sich sofort sein Handy mit der Nachricht seiner Freundin Antonia: „Bin auf dem Weg."

Der Informatiker ging mit seinem iPhone durch die ganze Wohnung, überall wurde volle Signalstärke angezeigt außer in dem dunklen Zimmer mit den Internetanschlüssen. Später ging ihm auf, dass es sich bei dem geheimnisvollen Raum um einen Faraday'schen Käfig handelte. Die unsichtbare Metallauskleidung verhinderte, dass elektrische Wellen weder in den Raum eindringen noch ihn verlassen konnten, damit war er vollkommen abhörsicher.

Der Vorbesitzer hatte einen extrem hohen technischen Aufwand betrieben, damit er nicht per Funk abgehört werden konnte. Auf jeden Fall stimmte was mit dem Vorbesitzer nicht, vielleicht war er ein Spion oder ein professioneller Hacker?

Leo war von der frisch renovierten Wohnung begeistert. Schade, dass seine Antonia immer noch nicht eingetroffen war, aber ohne sie wollte er nicht entscheiden. Leider konnte die Maklerin, Frau de

Moro nicht länger warten: Sie musste dringend zu einem anderen Termin, deshalb übergab sie ihm alle Schlüssel. Wenn seine Freundin gleich erscheinen würde, hätte das Paar Gelegenheit, sich alles in Ruhe genauer anzusehen und solle anschließend den Schlüsselbund in ihren Briefkasten werfen. Die erfahrene Maklerin hatte ein gutes Gefühl; der junge Mann machte einen vernünftigen Eindruck. Außerdem kannte sie seine Tante. Den kleinen Abstellraum und die Stellplätze in der Tiefgarage würden sie allein finden, Frau de Moro erklärte ihm noch den Weg. Außerdem sei ein Keller bei den meisten Kunden von Stadtwohnungen nicht entscheidend.

Kaum hatte sich die Maklerin bei Leo verabschiedet, da traf endlich seine Partnerin ein. Vollkommen überrascht stand sie etwas verloren in dem riesigen, saalartigen Wohnzimmer. Die Luxuswohnung gefiel ihr sehr gut, aber sie konnte nicht glauben, dass er sie kaufen wollte, und sie meldete ihre Bedenken an:

„Hier sollen wir zusammenleben? Das Wohnzimmer ist größer als die Wohnung meiner Eltern in Lövenich, und die ist schon nicht klein. Dieser Raum ist viel zu groß; da müssten wir eine Menge Möbel anschaffen. Aber die eingebaute Poggenpohl-Küche ist ein Traum, was für ein Design!"

Ihre letzten Bedenken verflogen, als Antonia die Badezimmer besichtigte und dabei die elektrischen Dusch-Toiletten entdeckte, so etwas kannte sie noch nicht. Aber das Bonbon für die geborene Kölnerin war die 1a-Lage der Wohnung am Rosenmontag: Jedes Jahr würde der Karnevalsumzug zum Greifen nah an ihren Fenstern vorbeiziehen, ein Traum! Diese Fernsehperspektive garantierte einen Liveplatz in der ersten Reihe.

Als Letztes wollten sie sich noch die Tiefgarage und den kleinen Keller ansehen. Während der kurzen Aufzugsfahrt ins Untergeschoss wurde sich das Paar einig: Leo würde kaufen, denn zu dem Preis bei der Lage war es wirklich ein absolutes Schnäppchen. Sie sahen sich in der Tiefgarage um und fanden nach einigem Suchen den Abstellraum mit dem Schild „Monteverdi". Als sie die Kellertür öffneten, stand in dem leeren Raum nur ein hoher, leicht verbeulter blauer Blechschrank, auf dem konnte man in Druckbuchstaben „Entsorgen" und klein darunter den Namen „Da Smaltire" lesen. Bei diesem Anblick kam Antonia sofort in den Beschwerdemodus:

„Die Wohnung ist picobello ausgeräumt und ordentlich renoviert worden, aber anscheinend hat man den Keller vergessen. Der Schrott hier muss auch noch weg, sonst hast du ihn hinterher an der Backe. Reklamiere das bei Frau de Moro, bevor du den Kaufvertrag unterschreibst."

Leo hörte nicht zu, ihm stockte der Atem. Er kannte die spezielle Bauart des blauen Blechschrankes aus Rechenzentren und war neugierig geworden. Mit leichter Gewalt öffnete der Computermann die verbogene Tür, um beim Anblick des Innenlebens staunend Mund und Augen aufzureißen:

„Antonia, das ist ein Hochleistungsrechner mit allem Drum und Dran. Nur die Speichermodule sind entfernt worden, die Steckplätze sind leer, hier sind noch die Beschriftungen. Schau mal, der Server ist das Allerneueste. Wem mag der Superrechner gehören, und wieso steht er in unserem Keller zum Verschrotten? Morgen frage ich die Maklerin. Der ist sicher defekt, aber möglicherweise kann ich ihn reparieren. Egal was ist, ich werde versuchen, ihn wieder flottzumachen und falls das nicht klappt, kann ich sicher einige Teile ausbauen. Entsorgen kann man das Ding immer noch."

Leo erzählte der Maklerin am nächsten Tag in ihrem Büro von seinem Kellerfund, dem verbeulten Elektronikschrank, auf dem „Entsorgen" stand, dazu noch ein Name: „Da Smaltire". Er sei Bastler und könne vielleicht mit dem defekten Computer etwas anfangen, der brauche nicht verschrottet zu werden. Das konnte ihr nur recht sein und freundlich erklärte die Italienerin Ilaria de Moro:

„Da Smaltire ist kein Name, das ist italienisch und bedeutet ebenfalls „Zu Entsorgen". Der frühere Wohnungsbesitzer stammte aus dem Tessin und war zweisprachig. Wenn Sie mit dem Kram was anfangen können, telefoniere ich sicherheitshalber mit dem Anwalt der Schweizer Familie. Der hat sich um die Nachlassangelegenheiten des Ermordeten einschließlich der Wohnungsauflösung gekümmert."

Ilaria de Moro telefonierte kurz, dann erklärte sie:

"Für den Anwalt ist das Projekt so gut wie abgeschlossen. Er meinte, die Möbelspedition wüsste nichts von einem Keller, sonst wäre das Ding längst verschrottet worden. Wenn Sie es behalten wollen: Er sei einverstanden, ansonsten benötige er eine Quittung über die Entsorgungskosten. Er erwähnte noch, dass Monteverdi im Tessin in der Familiengruft im engsten Kreis beigesetzt wurde. Außerdem freue er sich, wenn die Immobilie verkauft ist, damit er die Akte schließen könne."

***

Einige Wochen später stand der junge Leo Naumann als neuer Wohnungseigentümer glücklich und zufrieden in der frisch renovierten Wohnung des verstorbenen Tessiners Monteverdi. Die schicke Maklerin überreichte ihm feierlich die Schlüssel und eine Flasche Champagner mit den Glückwünschen für sein neues Zuhause. Letzte Woche feierte er noch seinen 26. Geburtstag in einer WG in Bonn und jetzt war er stolzer Besitzer dieser Luxuswohnung in der Severinstraße in Köln. Die Räumlichkeiten waren ein Traum und bei der Lage und Ausstattung ausgesprochen günstig gewesen, ein echtes Schnäppchen. Hier würde er mit seiner Freundin und Geschäftspartnerin Antonia einziehen, leben und arbeiten. Seiner Mutter gefiel die riesige Wohnung, besonders wegen der großen Terrasse nach hinten in den ruhigen Innenhof.

Der Wohnungskauf einschließlich Notartermin wurde problemlos abgewickelt. Schon Tage später begannen Leo und Antonia mit der Einrichtung. Als ein kräftiger Spediteur ihren neuen Fernseher anlieferte, transportierte er für kleines Geld mit seiner Sackkarre und Leos Unterstützung den Rechnerschrank vom Keller wieder in die Wohnung an seinen alten Platz. Sie stellten ihn neben die Internet-Hochleistungsanschlüsse, und Leo versuchte sofort, den Rechner hochzufahren. Nebenan montierte Antonia aus IKEA-Elementen in ihrem Arbeitszimmer eine Regalwand und bejubelte jeden ihrer Aufbaufortschritte mit gut hörbarer Begeisterung. In ihrer Beziehung verfügte sie eindeutig über die größeren handwerklichen Fähigkeiten und wusste, dass sich ihr Partner gerne vor solchen Arbeiten drückte, aber jetzt benötigte sie seine männliche Hilfe, um die Hängeschränke zu montieren:

„Leo, jetzt hör endlich mit deiner Spielerei auf und hilf mir bitte. Ich brauche einen zweiten Mann - eine dritte Hand würde auch reichen. Ich muss nachher weg, ich habe doch diesen potenziellen Investor zum Essen eingeladen, willst du nicht mit?"

„Ungern, das ist nicht meine Welt. Der Rechner aus dem Keller ist die reinste Wundertüte. Teilweise funktioniert er schon wieder. Also ich weiß nicht, warum das gute Stück verschrottet werden sollte. Geh bitte allein, du bist doch unser Finanzminister!"

Kapitel 3 Fledermaus

Zur gleichen Zeit kam bei sommerlichen Temperaturen die Maklerin Ilaria de Moro nach einem erfolgreichen Arbeitstag nach Hause. Sie wohnte eine Etage über Leos Wohnung. Kaum war sie eingetreten, sprang die edle Katze auf, rannte zu ihr und begrüßte sie voller Begeisterung. Anders verhielt sich ihr Ehemann, der keinerlei Anstalten machte, seine tiefentspannte Relaxposition auf dem Sofa zu verlassen. Mit hochgelegten Füßen und in einen Zeitungsartikel versunken, nickte er seiner Frau kurz zu, allerdings ohne dabei seinen Blick von der Lektüre zu heben.

Sie war von ihrem Mann andere Begrüßungen gewohnt:

„So ein Tier ist schon etwas Liebes, da ist wenigstens einer, der sich freut, wenn man von der Arbeit nach Hause kommt. Hekate, mein kleiner Liebling, ich habe dir auch etwas Leckeres mitgebracht. Paul, was liest du denn Interessantes, und woher kommt der schöne alte Schlüssel, der im Flur auf der Kommode liegt?"

„Der lag in Hekates Katzenkörbchen, oder besser gesagt, in dem abziehbaren Kissenbezug, den ich in die Wäsche geben wollte. In der Tageszeitung lese ich eben einen Artikel über das Symbol."

„Der sieht wirklich gut aus und der Schlüsselkopf ist auch mit dem Hekate-Rad verziert, so wie der Anhänger an dem Halsband von unserem kleinen Liebling. Paul, wir wollten heute Abend essen gehen und ich habe jetzt schon großen Appetit. Frau Monschau hat mir heute Vormittag unter dem Siegel der absoluten Verschwiegenheit einen Geheimtipp für ein Restaurant verraten, es liegt allerdings etwas außerhalb. Damit dir die Entscheidung leichter fällt, fahre ich mit meinem Auto und du kannst trinken."

„Hoffentlich liegt das Lokal nicht in Pusemuckel, ich verhungere nämlich", demonstrativ strich sich Paul über seinen leichten Bauchansatz.

„Das Restaurant liegt in Pulheim-Sinthern und heißt „Fledermaus". Aachener Straße, Bonnstraße und dann links, ach, das Navi findet schon hin. Frau Monschau ist übrigens besonders von deren Überraschungsmenüs angetan. Komm jetzt, bis wir dort sind, wirst du noch nicht verhungert sein. Ich habe bei dem schönen Wetter einen Tisch draußen reserviert."

Das „Weinhaus Fledermaus" befand sich in einem alten Ziegelsteingebäude, auch die Mauereinfassung und selbst der Fußboden der Außengastronomie waren aus rotem Backstein. Der Oberkellner führte das Paar zu dem reservierten Tisch. Aus der Ferne beobachtete Paul, dass ein guter Kunde von Ilaria, der vermögende Investor Bauhauß, mit einer Begleiterin den Hof betrat und einen Platz nahe dem Eingang zugewiesen bekam.

„Ilaria, dreh dich bitte nicht um", sagte Paul und löste damit bei ihr einen natürlichen Reflex aus - überflüssig, dass er noch erwähnte, „Da kommt einer deiner Investoren. Herr Bauhauß lernt auch nichts dazu, er hat schon wieder so ein junges Enkelchen abgeschleppt."

„So viel zu Frau Monschaus absolutem Geheimtipp. Wenn wir bestellt haben, gehe ich mal kurz rüber und begrüße ihn."

„Lass den Mann in Ruhe, Ilaria, der fährt extra mit seiner neuen Flamme nach außerhalb, damit er keine Bekannten trifft. Sei nicht so neugierig! Wenn das was Ernstes ist, werden wir die junge Dame noch kennenlernen."

Der Kellner kam und wollte ihre Bestellung aufnehmen, da tauchte hinter ihm der unbehaarte Kopf des Investors auf. Er hatte Frau de Moro und ihren Mann mittlerweile ebenfalls entdeckt und strahlte:

„Was für ein Zufall, Sie hier anzutreffen, haben Sie den absoluten Geheimtipp auch von Frau Monschau? Sie hat mir das Überraschungsmenu empfohlen, aber egal. Sollen wir uns nicht zusammensetzen?"

„Herr Bauhauß, Sie sind doch nicht allein, wir möchten nicht stören,", schwindelte Ilaria, denn sie platzte fast vor lauter Neugier, wer seine junge Begleiterin sei, „sorry, leider ist hier nichts mehr frei."

„Papperlapapp. Ich regle das!"

Der Neuankömmling ging zum Oberkellner. In dem ausgebuchten Lokal mussten umständlich zwei Tische zusammengestellt werden. In dem Durcheinander bekam Paul den Wein serviert und der Investor sagte:

„Ich sehe, Sie trinken Grauburgunder, sehr gut, da schließen wir uns gerne an. Entschuldigung, einverstanden Frau Halma? Darf ich Sie direkt bekannt machen: Das ist Antonia Halma, und das Frau de Moro und ihr Mann, Herr Otter."

In der Immobilienbranche war Paul immer nur das Anhängsel der erfolgreichen Maklerin. Immerhin wurde er diesmal mit seinem richtigen Namen vorgestellt und nicht als Herr de Moro angesprochen, wie es gelegentlich im Kundenkreis seiner Frau vorkam. Lustig fand er auf manchen Einladungen immer wieder die Formulierung: Frau de Moro nebst Begleitung.

Wie sich schnell herausstellte, war die junge Frau Mitbegründerin eines Start-up-Unternehmens, in das Bauhauß möglicherweise investieren wollte.

„Frau Halma hat mich eingeladen, sie möchte, dass ich bei ihrer neuen Firma einsteige. Das mache ich gerne, das ist ein Hobby von mir, mal gewinnt man und mal verliert man. Ich bin ein Philanthrop, aber unterm Strich habe ich immer noch verdient und es macht mir Spaß, Kontakt zu jungen aufstrebenden Leuten zu pflegen und ihnen beim Start ins Geschäftsleben behilflich zu sein."

Nach Ilarias Geschmack sah der Investor seiner Nachbarin etwas zu wohlwollend in die Augen, dabei tätschelte er gönnerhaften den

Unterarm der überraschten jungen Frau. Mit einem lächelnden Gesichtsausdruck nahm sie aber gleichzeitig ihren Arm vom Tisch. Unbeeindruckt davon redete Herr Bauhauß munter weiter:

„Erzählen Sie mal, Frau Halma, wie sieht Ihre kleine Firma aus, was entwickelt ihr und welche Ziele gibt es?"

Endlich kam Antonia auch einmal zu Wort. In der Runde wollte sie sich auf keinen Fall vordrängen oder als unhöflich erscheinen, aber ihr brannte die ganze Zeit eine Frage unter den Nägeln:

„Entschuldigung Frau de Moro, sind Sie die Immobilienmaklerin, über die mein Freund Leo Naumann in der Severinstraße eine Wohnung gekauft hat?"

„Ja", Ilaria freute sich, sie hatte den Eindruck, dass diese selbstbewusste junge Frau sicher nicht zu den Trophäen des alten Blaubarts gehören würde, „wir haben uns bei der Wohnungsbesichtigung verpasst. Ich konnte wegen eines anderen Termins leider nicht auf Sie warten, aber Sie haben sich auch ohne mich erfreulicherweise für die Wohnung entschieden. Wie ich sehe, wird Herr Bauhauß ungeduldig, der wollte etwas über Ihre Firma erfahren."

„Unsere Firma heißt „LA-Games". L und A sind die Anfangsbuchstaben unserer Vornamen. Mein Freund Leo ist Informatiker und ich bin Games-Autorin und habe Gamedesign an der Mediadesign-Hochschule in München und am Griffith College in Dublin studiert. Seit Kindertagen bin ich Computerspielefreak. Wir haben bisher als Freelancer mit Spielideen und Animationen anderen Unternehmen zugearbeitet, diese Arbeitsteilung ist in unserer Branche sehr verbreitet. Jetzt wollen wir ein eigenes, komplettes und aufwendig animiertes Computerspiel an den Start bringen oder das fertige Spiel an einen Big Player verkaufen. Wir haben ein super Skript und tolle Spezialeffekte, aber um unser Produkt auf ein international konkurrenzfähiges Niveau zu bringen, brauchen wir jetzt Manpower. Heutzutage wird eine aufwendige Grafik erwartet. Ich bin der festen

Überzeugung, dass es ein gelungenes Endgame wird, wenn wir genügend Kapital zusammen bekommen."

Ilaria lächelte:

„Herr Bauhauß, das hört sich gut an, da sollten Sie am Ball bleiben. Ihre Gastgeberin zieht mit Partner in die Wohnung Ihres verstorbenen Freundes Monteverdi ein. Wie heißt Ihr Spiel, Frau Halma?"

„Cologne 2044, es ist ein Echtzeit-Taktikspiel. Wenn wir schnell Kapital zusammenbekommen, haben wir die einmalige Chance, eine Spezialfirma zu übernehmen. Die haben ein aufwendig vektorisiertes Computerstadtbild von Köln entwickelt, das höchstwahrscheinlich von deren Auftraggebern nicht abgenommen wird, weil sie die Termine nicht eingehalten haben. Die dann fällige Konventionalstrafe bringt die Firma mit Sicherheit in Schieflage, weil der Inhaber kein Geld mehr nachschießen will. Das Stadtmodell wäre für unser Spiel ideal, an dem könnten wir die Folgen des katastrophalen Klimawandels darstellen und die Auswirkungen auf die Bevölkerung. Wasserknappheit, vordrängende tropische Tier- und Pflanzenwelt, unbekannte Krankheiten und Verteilungskämpfe. Der Spieler kann mit mehreren Figuren agieren, die aber zusammen korrelieren, also in Wechselbeziehung stehen, Leo hat sich beim Programmieren selbst übertroffen. Es gibt wie früher wieder Levels und man erreicht den nächsten erst, wenn alle eigenen Charaktere ihre Aufgaben erfüllt haben. Besonders bei den vielen Aktionsaufgaben hat man es als Gruppe einfacher. Bei mehreren Mitspielern wird die Komponente Sozialverhalten noch wichtiger, obwohl es nicht so auffällt, aber das ist ja selbst bei dem Brettspiel Siedler so."

Der Oberkellner servierte mit einer Kollegin das Essen und das Tischgespräch kam kurzzeitig zum Erliegen. Bereits nach den ersten Bissen stöhnte der beleibte Investor Bauhauß mit geschlossen Augen:

„Köstlich!"

Paul nickte zustimmend, dabei rutschte ihm ein Stück Jakobsmuschel von der Gabel und fiel auf sein Hemd, was die allgemeine Aufmerksamkeit am Tisch erregte. Seine Frau Ilaria verkniff sich das Lachen, aber dann musste sie das Missgeschick doch kommentieren:

„Paul ist jetzt Ordensträger, er hat den Gourmetorden! Nicht am Band, aber immerhin auf seinem Hemd."

Verlegen durch sein kleines Missgeschick wechselte Paul Otter schnell das Thema:

„Das mit ihrem Start-up-Unternehmen hört sich gut an, das Spiel ist sicher interessant."

Der Abend endete in einer angenehmen Atmosphäre, und zum Schluss bestand der Investor Bauhauß darauf, die gesamte Rechnung zu übernehmen.

Kapitel 4 Einladung

Wochen später wurde Paul Otter unsanft aus seinem heiligen Mittagsschlaf geweckt - den sogenannten Pisolino hatte er sich bei seinen Italienaufenthalten angewöhnt. Es klingelte unangenehm laut an der Tür, er wollte nicht, musste aber aufstehen, weil seine Frau auf eine Bestellung von Amazon wartete. Noch nicht wach und übel gelaunt öffnete er die Wohnungstür. Vor ihm stand ein strahlend lächelnder junger Mann, allerdings ohne Paket, also war er umsonst aufgestanden und dann sagte der Strahlemann auch noch gut gelaunt:

„Entschuldigung, ich hoffe, ich störe nicht. Mein Name ist Leo Naumann. Ich habe die Wohnung unter Ihnen erworben und wollte Sie und Ihre Frau sowie die anderen Hausbewohner zu unserer Einweihungsparty am kommenden Samstag einladen. Bei der Gelegenheit können wir uns der Nachbarschaft vorstellen. Ach", unterbrach er seine Ankündigung und wandte sich der Katze zu, die den Flur betrat, „bist du hübsch, und was für ein schönes Medaillon hast du. Wie heißt du denn?"

Interessiert kam die verschlafene Hauskatze zur Wohnungstür geschlendert, missmutig wollte sie sehen, wer es wagte, ihren obligatorischen Mittagsschlaf zu stören. Und dann wollte diese zweibeinige Plaudertasche mit den Garfield-Glupschaugen von ihr wissen, wie sie heiße. So, wie der Typ aussah, war der sicher nicht der Erfinder des Katzenstreus oder des Dosenfutters mit dem leckeren Thunfisch.

Paul ging es nicht besser als seiner Katze, noch nicht richtig wach und wegen der Schlafunterbrechung etwas gereizt, bemühte er sich um Contenance. Der Mittagsschläfer war zu schnell aufgesprungen, seinem Kreislauf fehlten noch ein paar Umdrehungen, um normal zu funktionieren. Was wollte der Mensch? Wie spät war es? Aber der Störenfried nahm keinerlei Rücksicht, und weil die Katze ihm nicht antwortete, redete er nun wieder munter auf Herrn Otter ein:

"Wir würden uns sehr freuen! Ursprünglich wollten wir nichts Großes, nur ein kleines Fest zur Einweihung und zum Kennenlernen. Aber meine liebe Tante hat es sich nicht nehmen lassen, die Feier zu organisieren, und sie ist für ihre außergewöhnlichen Happenings ziemlich bekannt. Vielleicht kennen Sie ihren Mann, es ist der berühmte Architekt Monschau? Ansonsten kommen ein paar Freunde, einer sogar aus der Toskana mit seiner Verlobten, wir beide haben zusammen Informatik studiert. Meine Tante hat auch noch einige ihrer Bewunderer eingeladen, also die Gäste sind ein ziemlich gemischtes Publikum."

Paul hatte nicht richtig zugehört, nur den Namen Monschau zwischendurch verstanden, das ungleiche Paar kannte er von einigen Feiern: Er, das schmächtige, lebensuntüchtige Architekturgenie und sie, die korpulente, energiegeladene Aktionskünstlerin. Sie versteckte ihre barocke Figur nicht, sondern präsentierte ihre gewaltige Fülle in besonders aufsehenerregenden Gewändern. Frau Monschau war für ihn ein lebendes Kunstwerk.

„Vielen Dank für die Einladung, aber auch wir bekommen am Wochenende überraschend Besuch aus Italien."

„Ihren Besuch können Sie gerne mitbringen! Auf ein paar Leute mehr oder weniger kommt es bei uns nicht an."

Paul wurde langsam wach und überlegte, warum der junge Mann Frau Monschau zwischendurch erwähnte. Er hatte nur Bruchstücke mitbekommen und um den Zusammenhang zu begreifen, fragte er nach:

„Entschuldigung, habe ich Sie eben richtig verstanden, Sie meinen die Frau Monschau, die Aktionskünstlerin! Frau Monschau ist Ihre Tante? Und sie organisiert Ihnen die Einweihungsfeier?"

Der junge Mann nickte und Paul schüttelte ungläubig den Kopf: So klein ist die Welt. Er hatte die außergewöhnliche Frau schon mehrfach persönlich erlebt, außerdem ist sie bei jeder Veranstaltung wegen ihrer bizarren Gewänder der Liebling der Fotografen. Hoffentlich wusste der Junge, worauf er sich da einließ.

Leo hatte sein Mienenspiel bemerkt und lachte:

„Ich kann mir vorstellen, was Sie denken, aber es kommt noch besser: sie bestand darauf, freie Hand bei der Gestaltung des Festes zu haben. Sie sagte was von einem Happening und hat versprochen, dass die Wohnung zwei, drei Tage nach der Einweihungsfeier wieder bewohnbar sei. In den letzten Tagen sind schon mehrere Kisten mit irgendwas geliefert worden, dazu noch mehrere 25-kg-Säcke Marmorsand, ich wusste gar nicht, dass es so was gibt. Vorher kamen in ihrem Auftrag noch Leute vorbei und haben die Räume ausgemessen."

„Herr Naumann, ich kenne Frau Monschau und erfreue mich immer wieder an ihrer Kreativität. Das wird mit Sicherheit ein besonderes Fest, davon bin ich überzeugt. Ich rede nachher mit meiner Frau und ich denke, Ihre Einweihungsfeier lassen wir uns nicht entgehen."

Die beiden standen immer noch in der Wohnungstür und Paul machte keinerlei Anstalten, den Mann hereinzubitten. Obwohl sie miteinander redeten, sah der Mensch ihn nicht an, sondern starrte indiskret an ihm vorbei in die Wohnung, bis er fragte:

„Herr Otter, entschuldigen Sie, ist das …", Leo deutete in den Flur hinein und Paul wusste, ohne sich umzudrehen, auf was er zeigte:

„Das Ungetüm ist eine original venezianische Truhe, ein Erbstück meiner Frau aus dem 16. Jahrhundert. Die alte Kiste ist Geschmackssache, aber ihr gefällt sie - leider."

„Nein, ich meine den wunderschönen antiken Schlüssel, obendrauf in der Glasschale. Wir suchen so etwas Ausgefallenes als

Motiv für unser Spielprojekt, so einen Schlüssel könnten wir gut digitalisieren. Ach du meine Güte, ist es schon so spät? Ich muss dringend los, meinen Freund vom Flughafen abholen. Sorry!"

„Mein ehemaliger Geschäftspartner kommt heute ebenfalls aus Italien."

Die Überraschung war groß, als sich später herausstellte, dass Leos und Pauls Freunde identisch waren: Carl und Mariaclara. Das Pärchen teilte sich nach der Besichtigung der neuen Wohnung auf; während Carl bei seinem Studienfreund blieb, begab sich seine Verlobte Mariaclara eine Etage höher. Dort zeigte sie als Managerin des Agrotourismus-Hotels de Moro voller Stolz der Hauptanteilseignerin Ilaria die steigenden Umsatzzahlen.

„Ilaria, ihr müsst unbedingt mal wieder zu eurem Landgut in die Toskana kommen. Sowohl der Umbau zum Hotel, als auch die Außenanlage ist jetzt fertig, alle unsere Gäste sind begeistert. Auch unsere Webseite samt Buchungssystem ist online. Das Ganze ist meinem Carl spitzenmäßig gelungen, wofür ist man auch mit einem Nerd verlobt. Wir haben es deiner Patentante vorgeführt, und sofort wollte sie so etwas auch für ihren Betrieb. Das hat er natürlich schnellstens programmiert. Wir verdanken der Frau sehr viel, sie hat uns den Architekten empfohlen, der Mann ist ein Genie, alles ist noch viel schöner geworden als auf seinen Entwürfen. Außerdem hat sie uns eine phantastische Köchin vermittelt.

Wenn sie ausgebucht ist, schickt sie die Gäste zu uns. Letztens war es einmal umgedreht, in so einem Umfeld macht es richtig Spaß zu arbeiten. Leider geht es mit Carls Italienischkenntnissen nur langsam voran, das mathematische Genie gibt sich zu wenig Mühe, und unsere einheimischen Kunden wollen nicht Englisch oder Deutsch sprechen."

Ilaria wollte wissen, was es sonst noch für Neuigkeiten in ihrem Geburtsort, dem kleinen Hafenstädtchen Talamone gab:

„Was treiben eigentlich die beiden Hafenarbeiter, die uns damals bei Carls Geiselbefreiung aus dem Wachturm geholfen haben, beschäftigst du sie noch? Cesare, und wie hieß der andere?"

„Massimo. Beide arbeiten mittlerweile Vollzeit bei uns und sind sehr fleißig, nur ab und zu helfen sie noch im Hafen aus. Cesare hatte ich vollkommen unterschätzt, bei seinen Kollegen in der kleinen Hafenwerft gilt er als ein wenig unterbelichtet, aber der Mann ist tüchtig und hat den sprichwörtlich grünen Daumen. Außerdem ist er der Chef von Torre oder umgedreht, das kommt ganz auf die Situation an. Der große Hirtenhund weicht ihm nicht von der Seite, ich glaube, da kommt Torres Hütehundinstinkt durch und er meint, dass er auf den Gärtner aufpassen muss. Trotzdem läuft der treue Maremma-Hund deiner Tante Anna-Rita drei bis viermal in der Woche nach Talamone und besucht ihr Grab."

Eine Etage tiefer zeigte Leo seinem Freund den hochwertigen Rechner, den er vor der Verschrottung retten konnte. Die verbeulte Blechtür hatte er ausgehängt. Carl sah die Anlage und war begeistert:

„Das ist ein Caryus-23, in der PolyTec wird das gleiche Gerät für extrem schnelle Anwendungen im Finanzwesen eingesetzt. Ich kann es nicht glauben, dass man so etwas entsorgt. Die Anlage kostet ein Schweinegeld. Falls du alle entfernten Datenspeichermodule ersetzen möchtest, musst du tief in die Tasche greifen."

„Das weiß ich jetzt auch, ich will erst einmal zwei bestellen, weil ich noch nicht weiß, ob und für was ich den speziellen Rechner nutzen kann. Die Module sind aber bestimmt nicht wegen ihres Preises entfernt worden, sondern wegen der darauf gesicherten Daten."

„Leo, so viel wie ich weiß, hat dieses Computermodell eine spezielle Zentraleinheit und Zwischenspeicher aus extrem schnellen Memristoren. Dieser interne festverbaute Speicher sichert die letzten Arbeiten und den könnte man auslesen, falls er nicht extra gelöscht wurde. Diese Technologie wird die Technik revolutionieren und ist der Einstieg in neuronale Netze: Der Memristor besitzt drei Zustände, nicht nur 0 und 1, das ermöglicht eine echte Fuzzylogik. Mein ehemaliger Partner Paul Otter erzählte mir, dass der frühere Wohnungsbesitzer angeblich Finanzgeschäfte für die Mafia gemacht hat. Da kann man sich vorstellen, wozu der den schnellen Rechner benötigte, bei Aktien- und Devisenhändlern ist Geschwindigkeit ein entscheidender Vorteil."

„Du meinst, der hat damit Drogen- und Schwarzgeldgeschäfte für die Mafia gemacht? Jetzt verstehe ich auch die aufwendigen Sicherheitsmaßnahmen mit der Abschirmung des Raumes: Die hatten Angst, ausspioniert zu werden. Das ging so weit", und mit wenigen Handgriffen öffnete er das Innenleben des Computers, „dass er die Zentraleinheit versiegelt hat, so richtig wie früher, mit Siegellack und Stempel. Schau dir das an!"

„Monteverdi war ein sehr vorsichtiger Mann und hatte Angst, dass man den Rechner hardwaremäßig manipuliert. Durch seine Versiegelung konnte er sicher sein, dass niemand an seinem Gerät herumbastelt, ohne dass er es bemerkt. Das Siegel kenne ich, das ist das Rad der Hekate, die griechische Göttin der Erde, des Lebens, des Todes, Wächterin der Tore zwischen den Welten, der Magie und für alles Mögliche. Dieser Monteverdi kannte genau die Fähigkeiten seines Systems. Ich bin gespannt, ob du noch was von der Mafia auf dem Rechner findest. Vielleicht geheime Konten mit Schwarzgeld aus illegalen Geschäften, das Geld brauchst du nur noch umzubuchen und bist steinreich", laut lachend klatschte sich Carl auf die Schenkel, bis ihm Tränen über die Wangen liefen, dann winkte er nach Luft schnappend ab, „so, jetzt lass uns mit der Spinnerei aufhören und zeig mir endlich den Entwurf für euer neues Spiel. Habt ihr schon Geldgeber, um es selber zu produzieren oder wollt ihr es verkaufen?"

Leo war mit seinen Gedanken noch ganz bei dem Siegel auf der Computerchip-Abdeckung, das Zeichen kannte er von Herrn Otters altem Schlüssel. Auf dem Amulett der Katze konnte auch das gleiche

Symbol sein, aber da war er sich nicht sicher, weil er es nur kurz gesehen hatte. Hatte der Biedermann was mit Monteverdi und der Mafia zu tun? Die Frage seines Studienfreundes schreckte ihn hoch:

„Komm, jetzt zeig mir doch endlich dein Baby, ich möchte mir das Konzept deines Spiels ansehen."

Kapitel 5 Louisa ICE

Louisa, die Tochter eines Hafenelektrikers, wuchs liebevoll umsorgt bei ihren Eltern in Neapel auf. Ab ihrer Einschulung kümmerte sich, zur Verwunderung der Nachbarschaft, der Monsignore ihrer Gemeinde um die schulischen Belange des Kindes, er begleitete ihren Bildungsweg und kümmerte sich auch um das Finanzielle. Ihre Mutter war dankbar für die Unterstützung der heiligen Kirche, ihr Mädchen würde es einmal besser haben. Was sie nicht wusste: Der großzügige geistliche Gönner fungierte als Strohmann eines Mafiaclanchefs. Obwohl Louisa aus einfachen Verhältnissen stammte, bekam sie die Ausbildung einer höheren Tochter. Sie wurde auf die besten Schulen geschickt und als Jugendliche sogar auf ein Eliteinternat in Deutschland. Deshalb wollte sie von ihrer Mutter wissen, woher das Geld dafür stamme, aber die deutete nur zum Himmel und bekreuzigte sich.

Bei einem Straßenfest während eines Ferienaufenthaltes in der Heimat stellte ihre Mutter Louisa Don Velatus vor. Den Patron, wie ihn die Leute ehrfurchtsvoll nannten, lernte das Mädchen nach und nach besser kennen, wenn sie ihre Ferien in Neapel verbrachte. Der Don tauchte regelmäßig bei diversen Festivitäten auf, die sie mit ihren Eltern besuchte und adelte mit seiner Anwesenheit die Veranstaltung. Sie mochte den freundlichen älteren Herrn, der sich um vieles kümmerte, und bald erfuhr sie, dass er zur Mafia gehörte. Aber wenn man im Stadtteil Scampia aufwuchs, war dies nichts Besonderes. Nach Beendigung ihrer Schulzeit bot er ihr an, für seine Firma zu arbeiten. Er lockte die junge Frau mit beruflichen Chancen, aber vorher musste sie an einem speziellen Selbstverteidigungskurs teilnehmen. Abgeschirmt von den anderen Mafiosi durchlief sie die gleiche Ausbildung wie seine weibliche Leibgarde, die von pensionierten israelischen Mossad-Geheimdienstlern trainiert wurde. Wenn es um seine Sicherheit ging, setzte der Clanchef auf Perfektion.

Nach Abschluss des Trainings fragte Don Velatus Louisa, ob sie Teil seines Clans werden wolle. Sie fühlte sich geschmeichelt. Mittlerweile hatte sie mitbekommen, wer bisher ihr Leben finanziert hatte, und aus Dankbarkeit sagte sie ja. In das Alltagsgeschäft des Clans war sie nie eingebunden; sie besaß einen Sonderstatus und nur eine Handvoll Mafiosi wussten von ihrer Existenz. Aber auch diese treusten Vasallen des Patrons wunderten sich: Wäre sie ein Mann gewesen, hätte man meinen können, Don Velatus baue einen Nachfolger auf, zumindest hatte er Großes mit ihr vor.

Als Frau konnte Louisa kein reguläres Mitglied der Mafia werden, aber auf Wunsch des Clanchefs leistete sie an ihrem 22. Geburtstag den Camorra Schwur, der sonst nur den Männern vorbehalten ist:

„Ich schwöre bei meiner Ehre, der Organisation treu zu bleiben, so wie die Organisation mir treu bleibt."

Danach bekam die junge Frau von Don Velatus spezielle Aufträge, über die sie nur ihm persönlich berichten durfte. Sie sammelte Informationen über bestimmte Personen der High Society. Dafür musste sie entsprechend ausstaffiert sein; das nötige Geld für diesen aufwendigen Lebenswandel stand Louisa immer zur Verfügung. Sie war in den Kreisen als Tochter eines italienischstämmigen Großgrundbesitzers und Industriellen aus Argentinien eingeführt worden. An Verehrern mangelte es nicht, aber zur Überraschung ihres vermögenden Bekanntenkreises interessierte sich die attraktive junge Frau mehr für Geschäfte, Investitionen und andere Geldanlagen. Anfangs betreute sie Don Velatus' Schweizer Finanzmann, sie lernte viel von ihm und kam schnell ohne seine Anlagetipps aus. Sie bekam nur noch eine Summe genannt, und die Investition erledigte sie im Namen ihres reichen Vaters. Schon bald ging ihr der Ruf eines Finanzwunders voraus. Viele ihrer lukrativen Anlagetipps bekam sie aus der feinen Gesellschaft. Gespeist wurde ihr finanzielles Engagement durch das Schwarzgeld ihres Clans, das damit in den normalen Wirtschaftskreislauf eingeschleust wurde.

Eines Tages musste sie zu ihrem Patron nach Neapel. Sie trafen sich in einem Hinterzimmer eines einfachen Restaurants mit den Namen „Pino". Don Velatus war erfreut, Louisa wiederzusehen, vielleicht weil sie seiner großen Jugendliebe so ähnlich war:

„Louisa, ich habe dich aus einem besonderen Grund kommen lassen. Deine Arbeit ist ausgezeichnet, mein Finanzmann Monteverdi ist von deinem Anlage- und Organisationstalent begeistert. Deshalb möchte ich dich zu meiner zweiten Consigliera, meiner Beraterin machen. Ich brauche jemanden, dem oder der ich vertrauen kann und der auch Monteverdi ein wenig auf die Finger schaut, das mit den Geldanlagen wird immer komplizierter. Viele meiner Kollegen haben mehrere Consigliere. Die Position ist außerhalb der Kommandostruktur, wie eine Stabsstelle, unsere Mannschaft leitet wie bisher mein Schwager Antonio, er ist mein Stellvertreter, mein Vize. Nur wenige meiner Leute werden dich kennenlernen, du bist nur mir unterstellt."

Dann nahm er seine Papierserviette und zeichnete darauf mit großer Sorgfalt die Organisationsstruktur seines Camorra Clans:

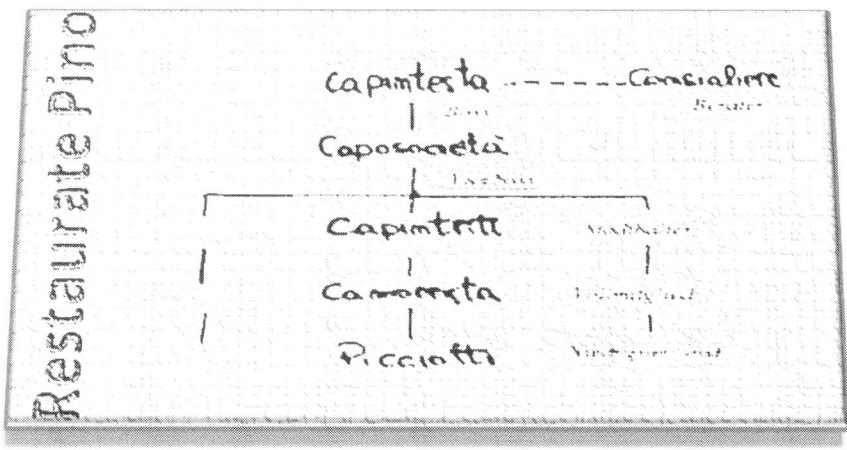

„Patron, dann stehe ich ziemlich außerhalb deines Clans," merkte Louisa an, „also ich würde gerne deine Beraterin in Finanzsachen sein. Ich habe bereits eine Menge Erfahrung und könnte von deinem Schweizer Finanzberater noch viel dazulernen."

Etwa ein Jahr später bekam Louisa von ihrem Patron einen geheimen Auftrag ganz anderer Art, von dem niemand im Clan erfahren durfte: Ihr Chef wollte für sich in der Toskana, abseits von Neapel, einen geheimen Altersruhesitz erwerben. Er kannte dort ein idyllisches Hafenstädtchen, weil einst sein Vorgänger Rappa dort einen Liegeplatz für seine Jacht besaß. Für den Einsatz bekam sie von Don Velatus zwei seiner getreuesten Männer und einen deutschen Strohmann zugeteilt.

Die Eigentümer des Objektes, das er sich ausgesucht hatte, konnten mit legalen Mitteln nicht zum Verkauf überredet werden. Deshalb organisierte Louisa eine Entführung, mit der sie es schaffte, die Besitzer zu zwingen, ihr Landgut an einen Strohmann des Mafiaclans, den Deutschen Helmut Laufenberg, zu verkaufen. Der drehte beim dem Notartermin durch und kidnappte Ilaria de Moro, weil auch er ein Stück von dem Kuchen abhaben wollte. Erst durch seine Aktion erfuhr die Justiz von Don Velatus' Kauf. Der Clan wurde von der Behörde zerschlagen, und wie es das Gesetz vorsah, war nun der Staat vorübergehend Eigentümer der Ländereien von Don Velatus. Später ersteigerten die alten Besitzer, das Ehepaar de Moro / Otter, ihr Landgut wieder zurück.

Seiner Verhaftung in Italien konnte der Patron mit einer spektakulären Flucht entgehen und sich zeitweilig nach Deutschland absetzen, zuerst mit einem größeren Tross nach Köln. Dann tauchte er nur mit Louisa in dem beschaulichen Bad Soden bei Frankfurt unter. Hier erfuhr sie von Don Velatus, dass sie seine uneheliche Tochter sei. Jetzt war ihr klar, wer sie die ganzen Jahre gefördert und die Hand über sie gehalten hatte. Als sich der Clanchef in Deutschland auch nicht mehr sicher fühlte, tauchte er mit einer kleinen Mannschaft irgendwo in Südamerika unter.

Wo, das wusste auch Louisa nicht, sie wohnte weiter unbehelligt in der Luxusvilla im Taunus. Mit dem vielen Komfort lebte es sich sehr angenehm, finanziell war sie dank der Großzügigkeit ihres leiblichen Vaters mehr als gut versorgt, denn bevor dieser Europa verließ, zahlte er ihr mit einem Augenzwinkern zum Abschied einen Vorschuss auf ihr Erbe.

„Liebes Kind, ansonsten mach es dir nett in der Villa und lebe", mit diesen Worten verabschiedete sich ihr Patron. In dem goldenen Käfig wurde ihr bald langweilig. Die reichen Pfeffersäcke in der Nachbarschaft waren nicht ihre Welt. Mit den Frauen in ihrem Umfeld wurde sie nie richtig warm. Hier herrschte ein gewisser Standesdünkel, weil Louisa ja nur „Die Haushälterin" eines vermögenden italienischen Fabrikanten war, der hier wohnte. Dazu entwickelte sich eine Stutenbissigkeit, denn sie war jung, unverschämt hübsch und trug trotz ihres Status als Hausangestellte extravagante Kleidung. Die Tarnung als Hausangestellte hatten sie und der Patron sich damals ausgedacht, als sie beide hier untertauchten.

Als Angehörige des zerschlagenen Velatus-Clans bestand für Louisa immer die Gefahr, in den Fokus der Strafverfolgungsbehörden zu geraten. Auch ehemals konkurrierende Mafiaclans konnten für den jetzt zwar nicht mehr mächtigen, aber immer noch reichen Don Velatus zum Problem werden. In der Camorra gab es genug Konkurrenten und Neider. Vermutlich bekamen die Carabinieri von ihnen Tipps, denn die Polizei wusste sehr viel über das Innenleben seines Clans. Es glich einem Wunder, dass sie bei den umfangreichen Ermittlungen gegen die Mafia bisher verschont geblieben war und in keiner Fahndungsliste auftauchte. Don Velatus sorgte frühzeitig dafür, dass es von ihr keinerlei Spuren gab. Er selbst war in der Öffentlichkeit bisher gesichtslos, bis auf ein Kommunionsbild existierten keine Fotos von ihm.

Durch ihren gemeinsamen Aufenthalt in Bad Soden lernten sie sich besser kennen, und bei dem Patron kamen immer mehr Vatergefühle auf. Man fahndete nach ihm, und solange sich Louisa in seiner Nähe aufhielt, stieg die Wahrscheinlichkeit, dass sie ebenfalls in die Ermittlungen hineingezogen würde. Um seine geliebte Tochter nicht in Gefahr zu bringen, musste er sich aus Sicherheitsgründen von ihr trennen, deshalb durfte sie nicht mit nach Südamerika. Dorthin wollte er sich absetzen, bis sich die Wogen geglättet hatten.

Zum Abschied schenkte ihr Don Velatus eine goldene Halskette mit einem Anhänger und zeigte, dass er die gleiche trug, indem er kurz die oberen Knöpfe seines Hemdes öffnete. Auf der einen Seite des Medaillons war ein Katzenrelief, auf der anderen Seite ein seltsames rundes Rad dargestellt. Der Don sah, wie sie es interessiert betrachtete und erklärte:

„Das ist das Symbol der griechischen Göttin Hekate und das geheime Zeichen unseres Clans. Die Katze auf der anderen Seite habe ich deinetwegen eingravieren lassen, sie passt zu dir, weil du wie eine bist, du bewegst dich sogar wie eine. Vor Jahren, als du in dem deutschen Internat warst, habe ich erfahren, dass du von deinen Mitschülerinnen den Spitznamen „Katze" bekommen hast, vermutlich auch wegen deiner katzengleichen Beweglichkeit. Pass gut auf das Amulett auf, es ist sehr wertvoll, nicht des Goldes wegen, sondern was innen drinsteckt. Der Anhänger besteht aus zwei Scheiben, die fest miteinander verbunden sind, deshalb sieht es wie eine aus. An der umlaufenden Rille kannst du sie mit einem scharfen Gegenstand spalten. Das darfst du aber erst, wenn ich es dir erlaube. Zu gegebener Zeit wirst du mehr darüber erfahren. So ich muss los. Arrivederci, la mia bella gatta rossa!"

Louisa musste lächeln, weil ihr Vater sie beim Abschied rote Katze nannte. Nun war sie allein, aber mit dem Internat hatte er sie auf eine Idee gebracht, denn sie musste sich irgendwo einen neuen sicheren Lebensmittelpunkt suchen.

Weil sie die deutsche Schule in Neapel besucht hatte und danach ein Internat am Bodensee, beherrschte Louisa die Sprache perfekt, deshalb hatte sich Deutschland als neuer Lebensmittelpunkt angeboten. Es musste eine Großstadt sein, denn sie liebte den Trubel und man war hier anonymer. Sie wählte Köln, weil es verkehrsmäßig nach allen Richtungen gut angebunden war. In ihrem Unterbewusstsein schwang für die Italienerin bei der Entscheidung auch mit, dass es sich bei der Stadt am Rhein um eine römische Gründung handelte. Nach einem Besuch in der damaligen Dependance ihres Clans wusste sie sich dort gut zurechtzufinden, auch hatte sie dabei die Mentalität der Einwohner schätzen gelernt.

Um unbeschwert ein neues Leben anzufangen, reichte es nicht, dass Louisa ihren Typ wechselte, sondern sie brauchte auch ein neues Gesicht. Die Operation war für sie kein Problem, denn ihre Nase gefiel Louisa noch nie so richtig. In einer renommierten Schönheitsklinik am Bodensee wurde die junge Frau operiert. Gegen den Rat des Professors ließ sie sich auch noch die Augenlider leicht verändern:

„Sie sehen dann aus wie die junge Gina Lollobrigida, nur in rothaarig. Junge Frau, Spaß macht mir diese Operation nicht, denn hübscher, als Sie jetzt sind, kann ich Sie nicht machen, nur anders schön. Nach der OP gibt es natürlich noch Ähnlichkeiten mit ihrem jetzigen Aussehen, aber andere werden Sie kaum wiedererkennen, höchstens durch Ihre Körpersprache, besonders bei Bewegungen. Übrigens, auch Sie werden sich an Ihr eigenes Spiegelbild erst gewöhnen müssen. Außerdem sollten Sie sich dringend neue Passfotos machen lassen, denn mit dem jetzigen Ausweisbild kommen Sie durch keine Kontrolle mehr."

Genau das war Louisas Plan. Ein angesagter Frankfurter Promifriseur kürzte ihre lange Mähne zu einen Swirl Bob und färbte unter Protest die naturroten Haare blond. Mit neuen biometrischen Passfotos nutzte sie alte Mafiabeziehungen in Berlin. Die alten Spezialisten gehörten einst der Stasi an und sorgten nicht nur für neue Papiere, sondern auch für eine wasserdichte Identität. Die Leute waren teuer, aber perfekt und versorgten früher die Mitarbeiter der

DDR-Auslandsspionage mit dem Nötigsten. Zwischen drei Legenden von vermissten oder verschwunden Frauen durfte sie eine Identität auswählen, und zwar zwischen einer Rosi Bierbichler, Alexa Tomasi oder Luise Müller-Langenfeld.

Der erste Name Bierbichler klang ihr zu bayrisch, ein Dialekt, den sie verstand, aber nicht beherrschte. Der Nächste hörte sich nach Italien an, aber genau das wollte sie nicht. Der dritte Name erweckte keinerlei Assoziationen zu ihrem Heimatland, dazu besaß der Vorname eindeutige Vorteile, und so wurde aus Louisa eine Luise Müller-Langenfeld. Ein weiterer Vorteil bei der Wahl einer deutschen Identität bestand darin, dass ihre Mutter aus Südtirol stammte, das war nicht schlecht, falls ihr mal ein italienisches Wort herausrutschte. Besonders lustig fand sie an ihrem neuen Namen die Nähe zu „Müller-Lüdenscheid". In der deutschen Schule von Neapel war eine der Lehrerinnen ein großer Loriot-Fan und die steckte Louisa mit ihrer Begeisterung an. Im Unterricht stellte die Frau den Badewannendialog als Paradebeispiel gehobener deutscher Konversation vor. Die dazugehörigen Papiere mit ihren Lichtbildern bekam sie wenige Tage später per Post in Bundesdruckereiqualität zu ihrer Adresse nach Bad Soden geschickt.

Bei dem Wechsel in die neue Identität fiel es Louisa schwer, sich von ihren modischen Outfits zu trennen, sie liebte ihre schrille, außergewöhnliche Kleidung. Sie verteilte ihre Designersachen auf verschiedene Altkleidercontainer in der Hoffnung, dass sie in die richtigen Hände kämen und nicht irgendwo als bunte Putzlappen endeten.

Sie musste zum letzten Mal zu der modernen Luxusvilla nach Bad Soden, um ihre neuen Ausweispapiere abzuholen. Als sie zu dem Haus ging, lief ihr eine ehemalige Nachbarin über den Weg und erkannte sie nicht. Für Louisa war dies die Feuerprobe, ab jetzt fühlte sie sich sicher.

Als sie den Umschlag mit ihrer neuen Identität aus dem Briefkasten nahm, wurde ihr bewusst, dass mit dem neuen Namen auch ein anderes Leben begann. Ab jetzt hörte sie auf den deutschen Vornamen Luise und musste ihre Zukunft selber gestalten. Ein wenig Wehmut machte sich breit, denn bisher führte sie als Louisa ein sorgloses Leben. Wer weiß, was die Zukunft für sie noch für Überraschungen bereit hält.

Noch am gleichen Tag fuhr Louisa als Frau Luise Müller-Langenfeld mit dem ICE von Frankfurt nach Köln. Am Bahnhof kaufte sich Louisa für ihre gut einstündige Zugfahrt die Frankfurter Allgemeine, sie blätterte darin herum und las im Lokalteil Rhein-Main eine kleine Notiz mit der Überschrift: Häftling aus hessischer JVA ausgebrochen. Wie von der Polizei mitgeteilt wurde, handelte es sich um den wegen versuchten Totschlags verurteilten Kölner Finanzbetrüger Laufenberg alias Dautenburg. Ihm wurde im Prozess eine gewisse Nähe zur neapolitanischen Cosa Nostra unterstellt. Louisa lächelte, einen Gefängnisausbruch hätte sie dem Versager nicht zugetraut.

Im Zug setzte sie sich neben eine unglücklich wirkende junge Frau, die lustlos in einem Stapel bunter Hochglanzprospekte herumblätterte. Sie kamen ins Gespräch und die Fremde erzählte, dass sie sich mit anderen Start-up-Unternehmen auf einer Messe präsentiert hatte, um Geldgeber für ihr Projekt anzuwerben.

„Ich war das erste Mal auf so einer Veranstaltung und habe erkannt, dass wir in dieser Richtung noch absolute Amateure sind. Wir haben ein tolles Online-Computerspiel entwickelt und könnten es an einen großen Player verkaufen. Klar, wir würden damit einigermaßen verdienen und haben das bisher auch getan, aber diesmal wollen wir unsere Ideen selbst auf den Markt bringen und uns einen Namen machen. So ein Spiel benötigt heutzutage aufwendige Animationen und dafür braucht es Spezialisten. Zufälligerweise können wir kurzfristig solche Leute bekommen, aber dafür benötigen wir schnell viel Geld, sonst sind sie weg. Das Einzige, was ich potenziellen Investoren in die Hand drücken konnte, waren billige Flyer aus einem einfachen Vierfarbentintenstrahldrucker. Und so sieht die

Konkurrenz aus", dabei deutete sie resigniert auf die bunten mehrseitigen Hochglanzprospekte in ihrem Schoß. Der oberste warb für einen schwimmfähigen Flaschenöffner für Pools.

„Ich bin Luise Mül...", eine krächzende Durchsage des Zugbegleiters machte den Rest vollkommen unverständlich.

„Ich heiße Antonia Halma!"

Leider hatte Antonia durch den Radau den Namen der unauffälligen und trotzdem elegant gekleideten Dame nicht verstanden. Doch die junge Frau wollte sich nicht die Blöße geben und nachfragen. Die beiden schüttelten sich die Hände und Louisa ließ sich das Spiel erklären, zwischendurch fragte sie interessiert nach. Nicht ernst gemeint, scherzte sie lachend:

„Vielleicht wäre das etwas für mich, durch eine Erbschaft verfüge ich über entsprechendes Kapital und möchte einen Teil investieren."

Auf einmal änderten sich die Fahrgeräusche, dazu fuhr der ICE jetzt deutlich langsamer. Erstaunt sahen sich die beiden Frauen an. Ein Blick nach draußen erklärte die veränderte Akustik, sie überqueren den Rhein bereits über die Stahlbögen-Konstruktion der Kölner Hohenzollernbrücke. Ihr Reiseziel lag unmittelbar vor ihnen.

Antonia Halma packte eilig ihren Kram zusammen, sie wurde gleich im Hauptbahnhof abgeholt. Aus dem sanft abbremsenden Zug sah sie bereits ihren wartenden Vater. Hastig verabschiedete sie sich von der Frau, deren Namen sie nicht verstanden hatte, und drückte ihr beim Aussteigen noch eine Visitenkarte in die Hand:

„Falls sie Interesse haben, bei uns einzusteigen. Egal wie es in Frankfurt gelaufen ist, heute Abend wird gefeiert. Mein Freund hat eine tolle Wohnung gekauft, in die wir gemeinsam einziehen, und dort findet heute Abend eine große Einweihungsparty statt. Ciao!"

Auf dem Bahnsteig verursachte der Defekt eines Gepäckwagens einen Stau, die Fahrgäste mussten sich etwas gedulden. Der ICE verließ bereits den Hauptbahnhof, als die aufgestaute Menschenmenge sich in Bewegung setzen konnte und Richtung Ausgang drängte. Eine Durchsage kündigte bereits den nächsten Zug an. Die Masse kam in dem Gedränge nur langsam voran. Frau Halmas Vater war mit dem Gepäck weit vor ihr, deshalb ging seine Tochter an der Bahnsteigkante entlang, um ihn einzuholen. Das sah gefährlich aus, aber hier kam man etwas besser voran.

Frau Müller-Langenfeld folgte ihrer Reisebekanntschaft. Dabei wurde sie immer wieder angerempelt, weil noch eiligere Leute sie überholen wollten. Plötzlich traf sie nahe der Bahnsteigkante ein leichter Stups von hinten. Das war gefährlich! Verärgert wollte sie sich zu dem Übeltäter umdrehen. Aber dazu kam es nicht, weil sie aus dem Augenwinkel mitbekam, wie ein Mann mit Kapuze schräg hinter ihr weit ausholte, um sie vor den einfahrenden Zug zu stoßen. Blitzschnell reagierte sie mit einer Ausweichbewegung und wurde nur leicht gestreift. Die volle Wucht des Angriffes traf stattdessen ihre Zufallsbekanntschaft, Frau Halma, die direkt vor ihr ging. Diese verlor das Gleichgewicht und stürzte mit einem Aufschrei vor Louisa auf die Gleise. Unten auf dem Schotterbett blieb sie bewegungslos liegen, ein Schicksal, das wahrscheinlich für Louisa gedacht war.

Ohne viel nachzudenken, sprang Louisa hinunter auf den Gleiskörper; ihre Fitness zahlte sich aus. Schnell schleppte sie die junge bewusstlose Frau bis zur Bahnsteigkante, wo sofort helfende Hände das Opfer hochzogen. In dem Moment fuhr ein Personenzug in den Bahnhof ein. Der Zugführer erkannte sofort das Problem und löste die Notbremsung aus, auf den Eisenschienen erzeugten die blockierenden Stahlräder einen ohrenbetäubenden Lärm. Die unangenehm hohe Frequenz des kreischenden Geräusches drang durch Mark und Bein, dabei verlangsamte sich die tonnenschwere Masse nur allmählich, das Ungetüm rutschte unaufhaltsam auf Louisa zu. Im allerletzten Moment gelang es ihr, sich mit einem Sprung auf den

Bahnsteig zu retten, während der Zug trotz Notbremsung noch an ihr vorbei rutschte und erst weiter hinten zum Stehen kam.

Von den geschockten Passanten fast unbemerkt, tauchte die leichtsinnige Heldin in der Menschenmenge unter, ohne sich noch einmal umzudrehen. In sicherem Abstand folgte ihr der Mann mit der Kapuzenjacke. Vorne aus dem Triebwagen des ICE kletterte zitterig der erleichterte Zugführer heraus: In seinen 24 Dienstjahren musste er bisher zweimal miterleben, wie Selbstmörderinnen direkt vor seinen Zug sprangen.

Schon bald tauchten in den Medien Berichte über den „Schubser" vom Hauptbahnhof und die unbekannte Retterin auf, den „Engel von Köln". Auf den veröffentlichen Handyfotos und YouTube-Videos konnte man nirgends die eigentliche Rettungsaktion sehen, alles war zu überraschend geschehen. Bei den ins Netz gestellten Bildern lag das Unfallopfer von Passanten umringt bereits wieder auf dem Bahnsteig. Auf einem der Videos sah man am oberen Bildrand, wie sich eine Frau mit einem auffällig sportlichen Gang von der dramatischen Szene Richtung Ausgang entfernte.

Der Mann in der Kapuzenjacke war Louisa seit dem Bahnhof gefolgt, deshalb wusste er jetzt, wo sie wohnt. In seinem Kölner Unterschlupf in der Ehrenstraße sah er sich dieses Video immer wieder an. Mittlerweile bekam er feuchte Hände, und kalter Angstschweiß bildete sich auf seiner Stirn. Er kannte diesen sportlichen katzenartigen Gang noch aus der Zeit, als er in der Toskana für sie arbeiten musste, weil Louisa sich immer so bewegte, wenn sie es eilig hatte.

Jetzt bedauerte er, dass sein Anschlag im Bahnhof nicht erfolgreich gewesen war, denn dann hätten die alten Geschichten endgültig der Vergangenheit angehört. Helmut Laufenberg war sich sicher, dass sie ihn aus Rache wegen der alten Sachen jagte, so waren die Mafialeute nun mal gestrickt. Weshalb verfolgte sie ihn sonst seit Frankfurt? Dies konnte kein Zufall sein.

Louisa war mit einem Taxi vom Hauptbahnhof zu ihrem neuen Zuhause gefahren, ohne zu bemerken, dass ihr ein weiteres Taxi diskret folgte. Hier in der Mittelstraße hatte sie eine schöne, zentral gelegene große Wohnung gemietet, der im Inserat angegebene Preis erschien ihr bei der Lage angemessen. Sie musste sich beeilen, weil in ihrem neuen Domizil die Tochter der Hausbesitzerin auf sie wartete. Die Frau würde die neue Mieterin einweisen. Als sie zu dem Haus kam, waren an der Türklingel und am Briefkasten bereits gedruckte Namensschilder angebracht: „L. Müller-Langenfeld". Wegen des langen Namens war die Schriftgröße deutlich kleiner als auf den anderen Schildern. Sie betätigte die Klingel und aus der Türsprechanlage begrüßte sie eine freundliche Stimme:

„Frau Müller-Langenfeld, kommen Sie bitte mit dem Aufzug in die 3. Etage, ich warte dort auf Sie."

Die Tochter der Vermieterin empfing Louisa am Aufzug, dann zeigte sie ihr die Wohnung und erklärte ihr die Technik der Einbauküche. Auf der Frühstücksbar unterschrieb anschließend die neue Mieterin den Vertrag. Die junge Dame ging zum Kühlschrank und nahm eine Flasche Prosecco heraus:

„Sollen wir auf den Mietvertrag anstoßen?"

„Gerne!"

„Frau Müller-Langenfeld, Sie kommen doch gerade vom Bahnhof. Haben Sie etwas von dem Drama mitbekommen, das sich dort abgespielt hat? Im Netz sind mehrere Meldungen erschienen, dass ein Psychopath jemanden vor einen einfahrenden Zug gestoßen hat, aber eine mutige Frau die Person in allerletzter Sekunde retten konnte. Die unbekannte Heldin vom Hauptbahnhof ist spurlos verschwunden. Die Presse steigert sich in die abenteuerlichsten Vermutungen, eine Zeitungsschlagzeile hieß: „Wer ist Superwoman?"

Als Louisa später allein war und Ruhe fand, ging sie die ganze Situation in Gedanken noch einmal durch und war sich ziemlich sicher, dass der Mordanschlag auf dem Bahnsteig ihr gegolten hatte.

Vermutlich steckte der verfeindete Esposito-Clan dahinter. Aber wodurch hatte sie sich verraten? Diese Aasgeier waren eigentlich hinter Don Velatus her oder richtiger, hinter seinem Geld. Sicherheitshalber würde sie nach dem Ereignis am Bahnhof vorsichtiger sein, bis sie wusste, wer dahinter steckte. Vielleicht war es wirklich nur ein Verrückter gewesen.

Im Zug hatte sie von ihrer Mitreisenden eine Geschäftsvisitenkarte erhalten, auf der stand „Antonia Halma", ein Firmenname und eine Adresse in Bonn. Louisa machte sich Gedanken: Wie war es wohl ihrer sympathischen Reisebekannten nach dem Sturz ergangen? Zusätzlich hatte sie vor, sich nach dem Investment zu erkundigen. Die neue Luise Müller-Langenfeld wollte ihr Geld, das sie von ihrem Vater bekommen hatte, gestreut anlegen. Da wäre ein Start-up-Unternehmen eine interessante, aber auch riskante Option, deshalb wollte sie mit Frau Halma noch einmal sprechen.

Kapitel 6 Die Wohnungseinweihung

Leo wollte sich bei den letzten Vorbereitungen noch nützlich machen, aber auch er durfte sein neues Heim heute Abend noch nicht betreten. Seine Tante, Frau Monschau, wollte ihn mit dem Fest überraschen, so war es abgesprochen. Sie bestand von Anfang an darauf, bei der Organisation des Happenings, wie sie die Einweihungsfeier nannte, vollkommen freie Hand zu haben. Außerdem verbat sie sich, von ihrem Lieblingsneffen vor Fremden mit Tante angesprochen zu werden, das würde sie älter machen. Deswegen durfte er sie nur mit ihrem Vornamen anreden.

Laut Einladung sollte die Wohnungseinweihung um 20 Uhr beginnen. Im Hausflur versammelten sich bereits die ersten Gäste, darunter auch der Eigentümer Leo, alle warteten freudig erregt vor der Wohnungstür auf den Einlass zur Überraschungsparty. Ein gelb-schwarzes Absperrband verbot den Zugang, wie bei einem Tatort. Zusätzlich baumelte noch ein Hotelschild am Türknauf „BITTE NICHT STÖREN". Wütende Hammerschläge drangen nach draußen, zwischendurch kreischte eine gequälte Bohrmaschine auf, das alles hörte sich nach einer Großbaustelle an.

20:10 Uhr. In der Wohnung war es still geworden, man schien mit den Arbeiten fertig zu sein. Im Hausflur wurde bereits ungeduldig gehüstelt. Nach und nach trafen noch mehr Gäste ein, die Schlange der Wartenden reichte bereits bis ins Treppenhaus. Auch Ilaria und Paul mit Mariaclara und Carl reihten sich ein. Dann erschien der reiche Herr Bauhauß, im Schlepptau folgte der schmächtige Architekt Monschau. Frech versuchte sich der cholerische Investor vorzudrängen, er zeigte nicht nur im Geschäftsleben gerne seine Ellbogen, doch im allgemeinen Gedränge blieb er diesmal erfolglos. Es war bereits eine Viertelstunde über der Zeit, man ließ ihn immer noch warten. Darüber beschwerte sich der Investor lautstark bei seinem Begleiter, dem Ehemann der Veranstaltungskünstlerin Monschau, aber der zuckte gleichgültig mit seinen Schultern:

„Bauhauß, ich habe Ihnen doch gesagt, wir brauchen uns nicht zu beeilen. Sie kennen doch meine Frau: Wenn sie sich in was verbissen hat, kennt sie keine Grenzen und nutzt jeden Effekt. Dazu gehört auch das „Gäste-warten-lassen", es ist bei ihr immer schon Teil ihrer Inszenierung. Das macht sie gerne, denn je länger ihre Fans warten, desto mehr liegen sie ihr anschließend zu Füßen. Sehen Sie, wer zu uns herüberkommt, der neue Hausherr", freute sich der Architekt, „mein Neffe. Hallo Leo, ich glaube nicht, dass du deine Wohnung nachher wiedererkennst, aber keine Sorge, ich habe bereits eine Firma beauftragt, die ab morgen alles wieder in Ordnung bringt. Außerdem konnte ich verhindern, dass meine Gattin eine nichttragende Wand vorübergehend entfernen ließ. Deiner Tante hast du auf jeden Fall eine große Freude bereitet, sie liebt es, so etwas zu inszenieren, und sie wird dich nicht enttäuschen."

Da öffnete sich kurz die Wohnungstür, drei laut schimpfende Handwerker mit ihren Werkzeugkisten kamen heraus, dabei zerrissen sie das Absperrband. Der letzte knallte verärgert die Tür hinter sich zu und rief demonstrativ in die anstehende Menge:

„Die blöde Kuh spinnt!"

Architekt Monschau stupste Herrn Bauhauß an:

„Ich wette eine Kiste Champagner, dass er meine Frau gemeint hat."

Aber der Investor winkte ab und beobachtete interessiert, wie nun eine hübsche Kellnerin der Cateringfirma schluchzend die Wohnung verließ. Während sich die junge Frau durch die wartenden Gäste Richtung Aufzug quetschte, entledigte sie sich theatralisch ihrer langen schwarzen Servierschürze und warf sie wütend auf den Fußboden.

„Diese Kellnerin ist ein weiteres Opfer meiner temperamentvollen Frau. Wenn das Personal nicht so funktioniert, wie sie es möchte, kennt sie keinen Pardon", kommentierte mitfühlend der Architekt den Abgang der in Tränen aufgelösten Frau.

Wegen der Geschehnisse im Hauptbahnhof traf Antonia in Begleitung ihrer Eltern als letzte in ihrem neuen Zuhause ein. Ihr Vater hatte sie am Bahnsteig abgeholt und erst einmal zu der elterlichen Wohnung nach Lövenich gefahren. Dort dauerte es, bis sie sich beruhigt hatte und die sichtbaren Blessuren ihres Sturzes mit Schminke kaschiert waren, anschließend machte sie sich chic.

20:30 Uhr. Mit dem voluminösen, durchdringenden Ton eines einmal kräftig angeschlagenen Tamtam-Gongs wurden die wartenden Besucher aufgeschreckt und gleichzeitig öffnete sich wie von Geisterhand die Wohnungstür. Im Takt von Verdis Triumphmarsch aus Aida schritten die ersten Gäste andächtig den langen Korridor entlang. Die Wände waren in ein wechselndes blaugrünes Farbenmeer gehüllt, das sich in wehenden, zimmerhohen Tüllbahnen brach; den leichten Windzug bewirkten unsichtbare Ventilatoren. Der weiße Sand auf dem Fußboden im riesigen Wohnzimmer erzeugte ein Strandfeeling und für den Sternenhimmel sorgte eine Deckenprojektion, ein angenehmer Luftzug bewegte riesige Palmenwedel. Das fantasievolle Arrangement erzeugte die Illusion einer lauen Tropennacht am Meer. Fasziniert bestaunten die Gäste andächtig das künstliche Naturschauspiel; gelegentliche Sternschnuppen befeuerten die Fantasie noch mehr und nicht selten hörte man die Frage: „Hast du dir was gewünscht?"

Es folgte Maurice Ravel Meisterwerk Bolero, bei der Soundanlage ein Klangerlebnis als säße man in der Kölner Philharmonie. Dazu änderte sich ein rotes Farbenspiel im Rhythmus der sich fortwährend wandelnden Variationen bei einem andauernden Crescendo. Im Finale des Musikstückes wechselte die Tonart und synchron zu diesem Höhepunkt des Orchesterwerkes verzauberte die Lichtinstallation mit einem orgiastischen Feuerwerk: Virtuelle Raketen sausten in den Himmel und zerbarsten in einem grandiosen Sternenregen.

Im Raum wurde es heller und ein tosender Applaus setzte ein. Nach einer Weile wurde die Beleuchtung allmählich wieder heruntergedimmt, aber erst, als man die Hand nicht mehr vor Augen sehen konnte, begann der stürmische Beifall abzuklingen, bis es mucksmäuschenstill war. In dieser lichtlosen Ruhe hätte man die sprichwörtliche Stecknadel fallen hören, denn alle Anwesenden horchten andächtig und erwartungsvoll auf das, was jetzt passieren würde. Von den Zuschauern erst nach und nach bemerkt, erschienen über ihren Köpfen immer mehr Sterne, die einen südlichen Urlaubshimmel herbeizauberten. Dazu ertönte aus weiter Ferne eine einsame, traurige Hirtenflöte. Während die sehnsüchtigen Töne erklangen, erzeugten auf einer niedrigen dorischen Säule mehrere Weißlichtlaser langsam ein lebensgroßes Hologramm einer barbusigen Aphrodite.

Der Anblick der erotischen Schönheit war nur von kurzer Dauer, denn allmählich verblasste das künstliche Bild der Göttin, bis es sich vollends in Nebel auflöste. Mit einem lauten Donner zuckten in immer schneller werdender Folge Lichtblitze aus dem Sternenhimmel und schlugen auf der Säule ein, auf der eben noch die Göttin erschienen war. Die zunehmende grelle Helligkeit zwang die Zuschauer, ihre Augen zu schließen. Als die Blitze aufhörten und alle nach einer Weile wieder sehen konnten, stand statt der griechischen Göttin der Liebe, der Schönheit und der Sinnenlust in identischer Pose leibhaftig Frau Monschau auf der Säule. Angesichts ihrer Figur hätten Ästheten die Darbietung als gewagt bezeichnet, andere Zuschauer als mutig; auf jeden Fall zeugte ihr Auftritt von einem bemerkenswerten Selbstbewusstsein. Zum Finale zuckten aus vielen Sternen in schneller werdender Folge Lichtblitze. Diese Art Stroboskop-Effekt ließ - sicher unbeabsichtigt - ihr dünnes antikes Gewand immer durchsichtiger erscheinen.

Des Kaisers neue Kleider, schoss es Leo, dem eigentlichen Gastgeber, durch den Kopf. Peinlich berührt wusste er nicht, wo er hinsehen sollte, schließlich war es seine Tante. Der tägliche Blick in den

Spiegel müsste ihr längst offenbart haben, dass der Schöpfer sie nicht mit einer Modelfigur gesegnet hatte. Dafür war sie mit künstlerischem Talent und noch mehr Selbstvertrauen überreich ausgestattet. Ihr hüllenloser Anblick blieb dem Publikum letztlich erspart, weil die Intensivität der Blitze immer schwächer wurde. Kurz bevor das Licht komplett ausging, flatterte noch eine von einem Spot angestrahlte strahlendweiße Taube unter den Klängen von Ludwig van Beethovens „Freude, schöner Götterfunken" in den Raum und landete auf der ausgestreckten Hand der Aktionskünstlerin.

Danach ging die Allgemeinbeleuchtung wieder an und Frau Monschau verbeugte sich auf dem Säulensockel wie eine Diva, worauf frenetischer Beifall einsetzte. Leos kleinbürgerliche Bedenken wandelten sich bei dieser positiven Resonanz in ein dankbares Glücksgefühl. Dass seine Tante in der Familie als verrückt oder zumindest egozentrisch galt, war ihm egal, er mochte sie nach ihrer Show noch mehr. Die Göttin winkte ihn nach vorn auf die kleine Bühne. Er hatte Schwierigkeiten, sich einen Weg durch das dicht gedrängte Publikum zu bahnen:

„Das ist Leo, der glückliche Wohnungseigentümer, unser Gastgeber, dem zu Ehren wir heute feiern", und freundlicher Beifall begrüßte ihn. Dann wandte sie sich direkt an ihren Neffen, „Mein lieber Leo, herzlichen Glückwunsch zu deiner großartigen Wohnung. Möge mit dir das Glück in die Räume einziehen, die bösen Geister vertreiben wir in dieser besonderen Nacht. Heute Abend wirst du noch einige Überraschungen erleben."

Leo Naumann wollte auch etwas sagen, er hatte sich vorher noch eine Begrüßung für seine Gäste überlegt, aber seine Tante nickte kurz zu dem DJ hinüber, woraufhin er langsam die Regler seines Mischpultes aufzog. Kaum ertönten die ersten Takte eines Ohrwurms, mutierte das kunstsinnige, gelegentlich sogar andächtige Publikum zu wilden, ausgelassenen Tänzern und sogar ein Hauch von Ballermann wurde spürbar. Leo stand am Rand des Trubels und hoffte, dass er noch Gelegenheit erhielte, seine kleine Begrüßungsrede zu halten. Als aber die Masse vielstimmig zu einem alten Schlagertext staccatoartig „Hölle, Hölle, Hölle" brüllte, da wusste er, dass es keine Chance mehr gab, sich den Gästen vorzustellen.

Im Laufe des Abends trafen sich in dem Gewühl Herr Bauhauß in Begleitung einer der jungen Tänzerinnen, die glaubte, ihren neuen Sugardaddy gefunden zu haben, und das Ehepaar Monschau wieder. Er gratulierte der Veranstaltungskünstlerin, dabei machte der Investor eine tiefe höfische Verbeugung, den sogenannten Kratzfuß, wie man ihn aus Mantel- und Degen-Filmen kennt:

„Gnädige Frau, ich muss Ihnen ein Kompliment machen. Was Sie in diesen Räumen inszeniert haben, würde selbst einem großen Haus wie der Scala oder der MET zur Ehre gereichen. Mir gefällt auch als Kontrast draußen die große Dachterrasse, eine Oase der Ruhe. Die Gestaltung erinnert mich an eines der sieben Weltwunder, die Hängenden Gärten von Babylon."

Frau von Bödefeld drängte sich dazwischen und verabschiedete sich von der Organisatorin. Die alte Dame hatte sichtlich Spaß gehabt:

„Vielen Dank für die Einladung zu dem besonderen Abend! So etwas Wunderschönes habe ich das letzte Mal vor über 50 Jahren bei unserer Hochzeitsreise in Marrakesch erlebt. Aber jetzt muss ich leider los, meine Tiffany muss noch Gassi gehen. Noch viel Spaß und lieben Dank!"

Aber nicht nur die alte Dame war begeistert, denn der Leser des „Tagblatt" konnte in der Montagsausgabe im Feuilleton einen Artikel mit der Überschrift lesen:

„Die etwas andere Wohnungseinweihung! Das Fest der Feste in der Südstadt!"

*****

Bei der Einweihungsfeier traf Carl seinen Studienfreund Leo am kalten Buffet:

„Sag mal, mein Freund, habt ihr noch keine Möbel?"

„Doch, meine Tante hat alles bis auf die Sachen im Rechnerraum in einen Umzugswagen schaffen lassen, der parkt hinter dem Haus. Für Antonia und mich hat sie für die nächsten drei Tage im Luxushotel „Im Wasserturm" ein Zimmer reserviert und dazu noch ein Galamenü oben auf dem Turmrestaurant „Rooftop" spendiert. Die haben eine exzellente Küche und sie meint, schöner könne man in Köln nicht speisen, bei einem unvergleichlichen Ausblick aus 35 Metern Höhe. Meine Tante ist sehr spendabel, denn uns wäre das alles zu teuer, aber wir freuen uns darauf und werden es genießen."

„Deine Tante lässt sich das richtig was kosten. Leo, lass mich mal an deinen Caryus-23, mir ist eben bei dem köstlichen Shrimps-Salat eine Idee gekommen. Also darf ich?"

„Jetzt?"

„Ja, ich brauch' eine Pause. Was für eine Einweihungsfeier ist das eigentlich, so etwas habe ich noch nie erlebt. Nebenan tanzen drei Mädchen eine gewagte Mischung zwischen Tausendundeiner Nacht, Schleiertanz und Circus Soleil, ich glaube, das ist eine Choreografie deiner Tante. Der Rechnerraum ist doch partyfreie Zone, oder?"

„Natürlich, Kumpel, hier ist der Schlüssel, aber fass' bitte meinen Dell-Arbeitsrechner mit dem Spiel nicht an!"

Carl winkte ab und ging zu dem sogenannten Arbeitszimmer. Als er den Raum betrat, drängte sich Leos Freundin mit durch die Tür.

„Hallo, Antonia, ich habe die Genehmigung von Leo, mir euren Fund aus dem Keller noch einmal genauer anzuschauen."

„Ist schon Ok", seufzte Antonia, „mir ist es draußen zu lustig, ich stehe noch etwas neben mir, du glaubst nicht, was mir vorhin auf dem Bahnhof passiert ist. Außerdem passt es mir nicht, dass Leo sein ganzes Geld auf Wunsch seiner Mutter in die blöde Wohnung gesteckt hat, als Startkapital für unser Computerspiel wäre es sinnvoller investiert gewesen. Dann hätte ich mir den demütigen Auftritt auf dieser Start-up-Messe in Frankfurt ersparen können. Das Ganze ist ein Flop gewesen, wir haben immer noch keinen Investor an der Angel. Auch bei diesem Glatzkopf Bauhauß gibt es keinen Fortschritt, der prüft und prüft und baggert hier nur junge Frauen an, den habe ich heute zum letzten Mal eingeladen. Wir müssen Gas geben, wenn wir unsere Wunschfirma noch übernehmen wollen. Der Eigentümer führt bereits Gespräche mit einem Konzern. Mit Crowdfunding will sich Leo auf keinen Fall finanzieren, weil wir zu viel von dem Spiel verraten müssten, und damit würde die Konkurrenz auf uns aufmerksam werden."

„Antonia, ich gebe dir einen Tipp, rede doch mal mit meinem Ex-Geschäftspartner Paul Otter, der wohnt doch direkt über euch."

„Danke, ich kann es ja mal probieren. Heute im Zug von Frankfurt nach Köln habe ich eine Frau kennengelernt, die eventuell Interesse hat, in unsere Firma zu investieren. Im Bahnhof schubste mich jemand vor einen Zug und diese Frau hat mir das Leben gerettet. Leider ist sie seitdem spurlos verschwunden, auch weiß ich ihren Namen nicht."

Carl fuhr, während sie redete, nebenbei das Rechnersystem hoch. Antonia beobachtete seine Aktivitäten und war etwas eingeschnappt:

„Sorry, ich wollte dich mit meinen Problemen nicht volltexten."

„Entschuldige, kein Problem, ich höre dir gerne zu. Nebenbei versuche ich nur, das Betriebssystem zu aktualisieren, der Rechner war längere Zeit nicht mehr am Netz und macht jetzt jede Menge Updates, das dauert ewig. Aber erzähl mal, wie weit bist du mit deinem Skript?"

„So gut wie fertig, aber bei der Umsetzung beschwert sich Leo gelegentlich. Er hat übrigens geniale interaktive Funktionen programmiert, so was hast du noch nicht gesehen, wie elegant auch mehrere Spieler in die Abläufe eingreifen können. Die Spielidee besteht darin, dass es um einen Verteilungskampf nach einer Katastrophe in einem begrenzten Gebiet geht, zum Beispiel Köln. Hier, lies mal den Flyer:"

2039 - die Europäische Union ist in schwere Kämpfe mit abtrünnigen Mitgliedern und deren Unterstützungsstaaten verwickelt. Durch neuartige Waffensysteme sind die meisten Städte zerstört. Köln sieht aus wie nach dem zweiten Weltkrieg. Dazu kommt die Völkerwanderung aus den Ländern, die durch die Klimaveränderung unbewohnbar geworden sind.

2044 – die staatliche Versorgung bricht zusammen. Der gefährliche Allo-Virus hat mehr als die Hälfte der Bewohner Mitteleuropas dahingerafft. In den großen Städten sind es weit mehr, im ehemaligen Köln lebt vielleicht nur noch ein Zehntel der Bevölkerung. Die gesamte Infrastruktur und die kommunale Verwaltung einschließlich der Sicherheitsorganisationen gibt es nicht mehr. Jeder kämpft für sich ums nackte Überleben. An Nahrungsmitteln und vor allem Wasser mangelt es besonders in den Städten. Das Trinkwassernetz ist unbrauchbar, die Flüsse vergiftet oder kontaminiert.

„Hört sich interessant an, aber noch einmal, rede mit Paul Otter. Ich weiß, dass er zurzeit Geld zuviel hat und eine neue Herausforderung sucht. Vielleicht könnt ihr ihn mit ins Boot nehmen, er ist ein erstklassiger Verkäufer. Wenn ich es mir richtig überlege, wäre er ein Sechser in eurer Firma. Leo hat mir euer Spiel vorgeführt und ich bin begeistert. Spiele machen könnt ihr, aber verkaufen ist eine ganz, ganz andere Disziplin. Wenn du willst, lege ich ein gutes Wort für euch bei ihm ein."

Hoffnungsvoll und etwas entspannter verließ Antonia den Rechnerraum und Carl beschäftigte sich mit dem Hochleistungscomputer. Alles um sich herum hatte er vergessen, als Leo den Raum betrat:

„Carl, ich wollte dich abholen, du verpasst was."

„Leo, das Ding ist vollkommen in Ordnung, alles funktioniert. Ich komme auch an den internen Speicher heran, aber kann die Daten nicht auslesen, das musst du allein machen. Wir müssen morgen schon wieder zurück nach Italien. Aber jetzt was Wichtiges: Deine Freundin hat mir von euren Finanzierungsproblemen erzählt, ich glaube, mein alter Geschäftspartner kann euch in zweierlei Richtungen helfen. Erstens mit Kapital und zweitens mit sehr viel Erfahrung als Vertriebsmann und Geschäftsführer. Paul kann wirklich alles verkaufen, das ist sein Talent, zu ihm passt der Witz, an die Eskimos Kühlschränke zu verkaufen. Angefangen hat er mit Luxusautos, danach gründete er einen Zubehörhandel und danach einen lukrativen Elektronikvertrieb. Der ist doch hier, er ist doch auf deiner Feier, ich hole ihn her und du suchst deine Freundin."

Carl fand Paul in einem Gespräch mit einigen Leuten und musste ihn erst überzeugen, ihm zu folgen. Zehn Minuten später trafen sie sich mit dem Spieleentwickler-Paar in dem fensterlosen Büro. Antonia, die selbsternannte Finanzfrau des Start-ups, beschrieb ihr Finanzierungsproblem und Leo erklärte, was sein Computerspiel so besonders mache. Eigentlich waren Spiele nicht Pauls Welt, seine einzigen Erfahrungen gewann er in seiner Jugend mit dem ausgemusterten „Commodore 64" seines Vaters. Damals spielte er „Apocalypse Now", kam aber trotz vieler Nächte vor dem kleinen Monitor nicht über Level 7 hinaus. Enttäuscht beendete er seine Spielerkariere. Das war lange her und mit der jetzigen Technik nicht mehr vergleichbar. Aber was er eben gehört hatte, war sehr interessant. Ja, er würde über ein Investment nachdenken, sie sollten sich in ein paar Tagen noch einmal melden, wenn sie hier eingezogen seien.

„Paul", mischte sich sein Ex-Partner in die Unterredung ein, „ich würde zwar gerne selber einsteigen. Wie du aber weißt, habe ich mein ganzes Geld in unseren gemeinsamen Agrotourismus-Betrieb in Talamone gesteckt, aber wäre das Projekt nicht vielleicht etwas für dich?"

„Leute", sagte Paul und sah jeden einzeln nacheinander an, „ich will ehrlich sein. Das Spiel scheint großes Potenzial zu besitzen, vielleicht könnt ihr es mit einer Gewinnbeteiligung verkaufen, dabei würde ich euch gerne helfen. Aber was ihr vorhabt, entschuldigt, ich glaube, ihr übernehmt euch."

Leo war Pauls Aussage zu oberflächlich: Sie wollten das Risiko eingehen und endlich ein eigenes Spiel auf den Markt bringen, er musste Farbe bekennen und erklärte den Zeitdruck:

„Wir wissen auch, dass wir so eine aufwendige Produktion nicht alleine stemmen können. Aber wir haben bald die Möglichkeit, die Voraussetzungen dafür zu schaffen, indem wir eine kleine renommierte Animationsfirma übernehmen. Dafür benötigen wir jedoch dringend Kapital, sonst verpassen wir diese einmalige Chance."

Diese Zielstrebigkeit gefiel Paul wiederum, die Leute waren doch keine Träumer und kämpften für ihre Ziele:

„Ich habe selbst klein angefangen, eine Idee gehabt und später mit Carl den idealen technischen Partner gefunden. Wir hatten Glück und waren zufrieden; dann kam ein Angebot für unsere kleine Klitsche, das wir nicht ablehnen konnten. Also, wenn ihr den steinigen Weg gehen wollt, würde ich euch dringend empfehlen, einen Geschäftsführer mit ins Boot zu nehmen, der sich um das Kaufmännische kümmert. Hier ist meist die Achillesferse der Start-ups, und wenn euer Mann auch noch Vertriebserfahrung besitzt, dann schlagt zu."

„Das Gleiche habe ich eben Leo gesagt", warf Carl ein, „und ich habe ihm auch jemanden empfohlen."

Der Spieleentwickler und seine Partnerin sahen sich kurz an, dann übernahm Antonia das Reden:

„Herr Otter, könnten Sie sich vorstellen, bei uns mit einzusteigen? Wir brauchen jemanden mit Ihrem Know-how und Kapital wäre auch nicht schlecht. Bitte!"

Drei Augenpaare richteten sich wartend auf Paul Otter, und erst jetzt begriff er, was sie eigentlich von ihm wollten:

„Also damit hatte ich nicht gerechnet, was soll ich sagen, es ist sicher eine interessante Aufgabe. Lasst uns noch ein wenig feiern und dann sehen wir mal. Falls ich bei euch mitmache, muss ich das noch mit meiner Frau besprechen. Aber unabhängig davon, den venezianischen Schlüssel, für den Sie sich interessierten, Herr Naumann, den leihe ich Ihnen für ihr Spiel gerne, er hat übrigens Herrn Monteverdi gehört. Wenn ich gleich nach der Katze schaue, bringe ich ihn mit herunter."

Für Mariaclara und Carl ging der Besuch in Köln schnell vorbei, und wie geplant flogen sie wieder zurück nach Talamone, das Agrotourismus-Hotel brauchte seine Chefin und Carl seine Computer. Bei der PolyTec AG hatte er gekündigt, aber auch als freier Mitarbeiter bekam er von der Firma weiterhin Aufträge, die er im Homeoffice mit seinen Rechnern in einem Nebengebäude des Gutshofes de Moro erledigte.

Kapitel 7 Louisas neues Zuhause

Louisa oder Luise war jetzt zwei Wochen in Köln und hatte mit der Einrichtung ihrer Wohnung genug zu tun. Müller-Langenfeld, der neue Name gefiel ihr immer besser. Als sie zufällig in einem Kölner Kaufhaus ein Loriot-Poster mit der lustigen Badewannenszene sah, konnte sie nicht widerstehen und ließ es in einem Fachgeschäft rahmen. Dafür wählte sie einen edlen vergoldeten Barockbilderrahmen, der Kontrast zu dem preiswerten Cartoon erzeugte einen verblüffenden Effekt.

Sie hängte die Karikatur im Wohnungsflur auf und die Handwerker oder Lieferanten, die bei ihr arbeiteten, lachten, wenn sie die bekannte Szene von Loriot entdeckten, bei dem Namen musste die Frau Humor besitzen. Tatsächlich hatte ein Lieferant sie wohl nicht richtig verstanden und sogar „Herr Müller-Lüdenscheid" auf den Lieferschein geschrieben, trotzdem kam alles an.

Das Einrichten des neuen Domizils hatte Louisa Freude bereitet, weil sie ihre Fantasie ausleben konnte und ihr niemand reinredete. Die Preise waren ihr egal, Geld war genug vorhanden und sie hatte das geschenkte Vermögen auf Konten verschiedener Banken verteilt. Wegen der hohen Einlagen wurde sie sofort von lästigen Anlageberatern hofiert, jeder wollte nur ihr Bestes. In zwei Schließfächern deponierte sie für Notfälle reichlich Bargeld und eine zweite Waffe.

Auf einmal musste sie wieder an den Vorfall im Hauptbahnhof denken. Louisa glaubte mittlerweile daran, dass es jemand auf sie abgesehen hatte und derjenige nur aus Versehen die Frau neben ihr vor den Zug stieß. Andererseits war sie davon überzeugt, dass man sie nach den kleinen Gesichtskorrekturen und dem vollkommenen Stilwechsel nicht wiedererkennen konnte, oder war es doch ein Zufall gewesen? Außerdem, wer sollte sie erkannt und sich an ihre Fersen geheftet haben, um sie in Deutschland umzubringen?

Sie musste an die Zugnachbarin im ICE denken, die ohne ihre schnelle Reaktion vor ihren Augen auf den Schienen gestorben wäre. Die Aktion war für Louisa sehr riskant gewesen, nicht wegen des einfahrenden Zuges, die Gefahr wusste sie einzuschätzen, sondern wegen möglicher Fotos oder Videos von ihr, die bei so einem Spektakel rund um die Welt gegangen wären. Erkannt würde sie nicht, aber populär. Als Lebensretterin würde sie überall Aufmerksamkeit erregen und das war nicht in ihrem Sinn.

Bereits während der Zugfahrt hatte die Nachbarin auf Louisa einen unglücklichen Eindruck gemacht, das lag wahrscheinlich an ihrem Misserfolg auf der Messe. Der Frau war es nicht gelungen, für ihr kleines Start-up-Unternehmen Kapital aufzutreiben. Die Visitenkarte besaß sie noch und sie rief die Nummer an, landete aber auf einem Anrufbeantworter und legte sofort wieder auf.

Am nächsten Morgen klingelte bei Louisa in der Mittelstraße das Telefon.

„Hallo!"

„Guten Morgen hier ist Antonia Halma von LA-Games, Sie haben gestern bei uns angerufen?"

Louisa erkannte die Stimme sofort und sagte:

„Ja, ich bin Frau Müller-Langenfeld, die Frau aus dem ICE, Sie gaben mir eine Visitenkarte. Ich wollte mich nur erkundigen, wie es Ihnen geht."

„Oh, meine Lebensretterin", und Antonias Stimme wurde weinerlich, weil sie jetzt wusste, wer am Telefon war, „Danke, dass Sie mich gerettet haben und nett, dass Sie sich nach mir erkundigen. Mir geht es gut, an dem Abend bin ich trotz leichter Kopfschmerzen und einiger Prellungen doch noch zu unserer tollen Wohnungseinweihungsfeier gegangen, von denen ich ihnen erzählt habe, ich hätte auch was verpasst. Aber wie geht es Ihnen, Sie waren leider so schnell verschwunden. Als ich auf dem Bahnsteig zu mir kam, konnte mir keiner sagen, wohin Sie gegangen sind. Könnten wir uns bitte treffen? Ich möchte mich bei meiner Retterin unbedingt erkenntlich zeigen."

Wie konnte sie ihr fluchtartiges Verschwinden begründen, gerade noch rechtzeitig fiel Louisa eine Ausrede ein:

„Frau Halma, ich mag keinen Trubel. Es geht nicht gegen Sie, aber Menschenansammlungen vertrage ich nicht, ich habe eine Phobie und Probleme im Mittelpunkt zu stehen. Aber genau das wäre gestern passiert, deswegen habe ich mich weggeschlichen. Das hat also nichts mit Ihnen zu tun, ich hoffe, Sie respektieren meine Privatsphäre."

„Aber selbstverständlich, ich möchte mich für Ihre Hilfe nur gerne persönlich bedanken."

„Das haben Sie ja jetzt getan und damit ist alles erledigt und kein Wort zu niemanden. Andere Baustelle, was macht die Investorensuche, hatten Sie mittlerweile Erfolg? Auf unserer gemeinsamen Zugfahrt habe ich meine Investitionsbereitschaft erwähnt und dass ich mir vorstellen könnte, bei Ihrer Firma mit einzusteigen, aktiv oder als stille Teilhaberin, denn Ihre Ideen gefallen mir. Also, ehe ich mein Geld am Roulettetisch verzocke und die Spielbank in Bad Neuenahr reich mache, riskiere ich das Geld lieber bei Ihnen."

„Dann sollten wir uns unbedingt treffen, ich kenne da einen fantastischen Italiener."

„Frau Halma, Essen sehr gerne, ich bin gerade erst nach Köln gezogen, aber italienisch ist nicht so ganz meine Sache. Suchen Sie etwas anderes aus und ich lade Sie ein, keine Widerrede."

Frau Halma wollte sich wieder melden. Durch das Gerede über Restaurants bekam Louisa etwas Appetit, essen gehen lohnte sich nicht, sie würde sich eine Kleinigkeit besorgen und in der neuen Wohnung bleiben. Bei der Tochter ihrer Vermieterin hatte sie sich nach besonderen Lebensmittelgeschäften in der Nähe erkundigt.

Zwei Empfehlung hatte sie sich gemerkt, ein spezielles Brot von der Bäckerei Balkhausen hier um die Ecke in der Apostelnstraße und der Käseladen Wingenfeld, Ehrenstraße - Ecke Friesenwall.

Sie fand die kleine Bäckerei sofort, und stellte sich draußen an der langen Warteschlange an. Als sie im Geschäft an der Reihe war, trug Louisa mit ihrer Bestellung unfreiwillig zur allgemeinen Erheiterung bei:

„Ich möchte bitte, ein Bundeskanzlerbrot kaufen."

„Adenauer-Brot", korrigierte freundlich die nette Bedienung und erzählte kurz, dass nach dem 1. Weltkrieg Konrad Adenauer Oberbürgermeister von einem hungernden Köln war, damals erfand er das Notzeitbrot aus Mais. Sie backen es immer noch, haben aber das Rezept dem heutigen Geschmack etwas angepasst.

Danach ging sie weiter bis zur Ehrenstraße, rechts lag der Millowitsch-Platz. Etwas versteckt sitzt der große Kölner Volksschauspieler in Bronze gemütlich auf einer Parkbank. Von dort schaut er den Gästen der Außengastronomie eines Schnellrestaurants im Sommer beim Essen zu. Für das Denkmal des geliebten Kölners ist dies sicher keine prickelnde Aussicht, aber seiner Mentalität entsprechend, wartet er mit einer einladenden Geste auf Besucher. Louisa entdeckte die Skulptur erst, weil sie von einer aufgeregten asiatischen Reisegruppe belagert und fotografiert wurde. Eine der Frauen nutzte die freundliche Geste der Figur und kuschelte sich an den bronzenen Willy Millowitsch. Kaum stand sie auf, ließ sich die nächste aus der Gruppe in der gleichen Pose mit dem Kölner Original ablichten. Willy hat den Menschen schon immer Freude bereitet, war sein Theaterstück „Etappenhase" auch in Japan bekannt oder war das Fotoshooting nur ein Punkt aus dem Reiseführer?

Leider wusste sie nicht mehr, ob es zum Käsegeschäft links oder rechts die Ehrenstraße entlangging. Sie sprach einige junge Passanten an, aber die hatten es eilig oder sie kannten das Käsegeschäft nicht. Drei Ur-Bayern in typischer Landestracht, rot-weiß-kariertes

Hemd, Lederhose und Trachtenhut mit Gamsbart erbarmten sich ihrer. Zur Überraschung sprachen die Männer kein Bayerisch, das sie wegen ihrer Internatsaufenthalte in Süddeutschland einigermaßen verstand, sondern einen für sie unverständlichen Dialekt: Kölsch. Der Wortführer sah an dem verständnislosen Gesichtsausdruck, der jungen Frau, dass sie seine Wegbeschreibung zu dem Laden nicht verstanden hatte, und sofort wechselte er in ein perfektes Hochdeutsch. Wie er belustigt gestand, war er Nachrichtensprecher beim WDR und machte den Vorschlag:

„Junge Frau, kommen Sie mit uns, wir gehen sowieso daran vorbei. Es ist übrigens Kölns ältestes Käse-Spezialgeschäft von 1896. Der Laden hat eine erstklassige Ware und eine tolle Beratung, kein Vergleich mit dem abgepackten Supermarktkram. Junge Frau, Sie sehen mich so seltsam an, nein, es ist noch nicht die Fünfte Jahreszeit. Was wir tragen, sind keine Karnevalskostüme, sondern echt bayrische Trachten, wir sind auf dem Weg zu einer Veranstaltung unseres Kölner Alpenvereins. Noch mal, wir kommen an dem Geschäft vorbei, und vielleicht schaffen wir es, Sie auf dem Weg dahin anzuwerben, mit 20.000 Mitgliedern sind wir die zweitstärkste Gruppe im Deutschen Alpenverein, nur München hat mehr Mitglieder."

Das Käsegeschäft gefiel Louisa. Sie kaufte einen kräftigen Greyerzer und suchte zusätzlich noch eine andere Geschmacksrichtung. Die freundliche Bedienung, eine Frau Pütz, empfahl einen französischen Rohmilchkäse und ließ sie probieren, letztlich verließ Louisa den Laden mit vier leckeren Käsesorten. Als sie zurück zu ihrer Wohnung kam, saß der einarmige Bettler immer noch auf der gegenüberliegenden Straßenseite. Der Mann war ihr bereits aufgefallen, als sie vorhin das Haus verließ. Der schien sie zu beobachten, aber das machte er sehr ungeschickt, ein Profi war das nicht

Louisa dekorierte in ihrer Wohnung noch etwas um, als sie mit dem Ergebnis zufrieden war, schaute sie noch einmal hinunter auf die lebendige Mittelstraße. Dort saß immer noch der einarmige

Bettler, auf einmal hob er seinen Kopf und sah herauf zu ihrem Fenster. Nicht, dass Louisa Angst hatte, sie konnte sich schon wehren, trotzdem, der Fremde war lästig, sie sollte etwas unternehmen, nur was. Sie war jetzt ganz auf sich allein gestellt, es gab keinen Don Velatus-Clan im Hintergrund mehr, der sie im Notfall absicherte. Andererseits brauchte sie nicht mehr die toughe Killerin zu spielen, eine Rolle, in die sie hineingedrängt wurde und aus lauter Dankbarkeit ihrem Patron gegenüber annahm. Es war keine Angst, nur so ein unterschwelliges Gefühl von Gefahr. Das war vermutlich ein Erbe ihres leiblichen Vaters Don Velatus, der besaß das Talent, Gefahren weit im Voraus zu erahnen, eine entscheidende Eigenschaft, wenn man in so einer Branche alt werden möchte.

Mit Wehmut musste sie an ihn denken, die gemeinsame Zeit in Deutschland hatten Vater und Tochter nähergebracht. Bereits in Italien genoss sie allerlei Privilegien. Den ersten eigenen Auftrag bekam sie direkt von Don Velatus, der Kauf des Landgutes de Moro war nicht problemlos gewesen. Dazu kam, dass durch die Zerschlagung des Velatus-Clans der Kauf des Gutes von der Justiz wieder rückgängig gemacht wurde.

Aber das war jetzt nicht mehr ihr Problem, vielmehr störte Louisa der einarmige Beobachter unten vor dem Haus. Sie fuhr ins Erdgeschoß und wollte ihn zur Rede stellen, aber der Bettler war verschwunden. Als sie wieder ihre Wohnung betrat, klingelte bereits das Telefon, nur wer kannte die Nummer?

„Hallo Frau Müller-Langenfeld, ich bin's noch einmal, Antonia Halma, die Frau, der sie das Leben gerettet haben. Ich möchte Ihnen einen weiteren Vorschlag für ein gemeinsames Essen unterbreiten. Was halten Sie von indisch, tailändisch, oder Muscheln?"

„Muscheln?" fragte überrascht Louisa nach.

„Ja, Miesmuscheln auf der Ehren- oder Breitestraße, ich weiß nicht genau, wo die Namensgrenze in der Shopping-Meile liegt, dort gibt es seit ewigen Zeiten ein kölsches Muschellokal, das hat den sonderbaren Namen Bieresel."

„Ehrenstraße war ich heute schon, das ist nicht weit weg von meiner Wohnung. Da würde ich Sie gerne treffen, aber einladen brauchen Sie mich nicht. Ich freue mich, Sie gesund wiederzusehen und dann reden wir über Ihre Firma."

An einem Dienstagabend trafen sich die dankbare Antonia Halma mit ihrer Retterin Luise Müller-Langenfeld vor dem „Bieresel". Das Lokal war gut besucht und die jungen Frauen setzten sich auf die letzten freien Plätze, ihr Eintreffen wurde vom Nachbartisch mit einigen dümmlichen Sprüchen kommentiert. Die Kellnerin rief die erheblich angeheiterte Rentnerrunde zur Ordnung und entschuldigte sich bei den neuen weiblichen Gästen. Die alten Herren beschäftigten sich wieder mit Krankheiten und der Weltpolitik, deshalb ging es nebenan hoch her.

Die Frauen gaben ihre Bestellung auf: 2x Muscheln rheinische Art. Frau Antonia Halma lehnte sich zufrieden zurück, stöhnte kurz auf und verzog gequält ihr Gesicht:

„Entschuldigung, Sie glauben gar nicht, wo ich überall blaue Flecken habe."

„Die Prellungen werden Sie noch eine Weile spüren. Ich habe eine Frage, suchen Sie immer noch Geldgeber für Ihr Start-up-Unternehmen?", und zögernd trank Louisa ihren ersten Schluck Sünner Kölsch.

„Wir haben einen Investor an der Angel, aber der will nur dauernd mit mir ausgehen. Ansonsten kommt er nicht aus den Puschen."

„Es gibt Kulturen, ich glaube in der Südsee oder bei den Indianern, da ist der Lebensretter für die Person ein Leben lang verantwortlich, die er vor dem Tod gerettet hat. Sorry, darf ich Antonia zu Ihnen sagen? Wieviel Geld fehlt Ihrer Firma noch?"

Vollkommen entspannt einigten sich die beiden Frauen über eine Kapitaleinlage mit Teilhaberschaft. Louisa bekam zum Schluss noch eine neue Visitenkarte mit den Worten überreicht:

„Wir sind umgezogen und sind jetzt in der Kölner Südstadt."

Am Nachbartisch wurde zügig hintereinander das Essen für die Rentnerrunde serviert. Sofort begann das in diesem Kreis übliche Ritual, die Kellnerin musste sich von den Berufsnörglern die Reklamationen anhören: „Nicht durchgebraten, obwohl ich es doch extra so bestellt hatte." Ein anderer quengelte: „Wer soll denn das alles essen?". Seinem Gegenüber war die gleiche Portion zu klein und er stellte enttäuscht fest: „Sehr übersichtlich." Der Rest redete weiter über neue Krankheiten und von den guten alten Zeiten des 1. FC Köln. Man stritt sich lautstark, wann der Fußballverein zum dritten und letzten Mal Deutscher Meister und Pokalsieger gewesen war.

Antonia störte die lauter werdende Streiterei am Nebentisch und sie rief zu ihnen herüber:

„1978! Ich war noch nicht auf der Welt, aber so was weiß man als Kölnerin. In diesem Jahr war der FC das letzte Mal Deutscher Meister. Er wurde auch noch Pokalsieger und damit gewann er also das Double, 1978 ist bisher das erfolgreichste Jahr in der Vereinsgeschichte gewesen."

Kleinlaut gab ihr einer der Fußballfans recht. Die Situation war für die Experten peinlich. Zum Glück bekam auch der Rest der Altherrenrunde ihr Essen, und sofort wurde es angenehm ruhig. Ab jetzt konnte man sich in der Gaststube wieder in Zimmerlautstärke unterhalten.

Antonia nutze den Moment der Stille und schenkte ihrer Lebensretterin eine hübsche Halskette mit einem goldenen Kölner-Dom-Anhänger. Louisa freute sich sehr über dieses geschmackvolle Präsent und legte es direkt an, dabei blinkte kurz die Halskette auf die sie unter der Bluse trug, das Abschiedsgeschenk von Don Velatus.

Nun brachte die Kellnerin die Muscheln rheinische Art zu den beiden Frauen und mit einer Kopfbewegung zum Nachbartisch sagte sie leise:

„Es gibt Miesmacher, die kommen mit dem festen Vorsatz ins Wirtshaus, dass es ihnen nicht schmeckt, am Nebentisch sind solche Prachtexemplare darunter. Was ich nicht verstehe, leider kommen sie trotzdem immer wieder."

Louisa war von dem Essen begeistert und löffelte den leckeren Sud aus Weißwein, Zwiebel, Suppengemüse und Gewürzen genüsslich aus dem kleinen Topf. Bei Antonia hatte sie abgeguckt, dass man die leeren Muschelschalen in dem hohen emaillierten Topfdeckel stapelt.

Kapitel 8   Die neue Firma

Paul Otter sagte den Spieleentwicklern zu. Er hatte sich vorher über die Online-Spieleszene kundig gemacht und war sich des Risikos, aber auch der Chance bewusst. Er beteiligte sich nur mit der Hälfte des benötigten Kapitals. Den Rest sollte Bauhauß beisteuern. Die Mehrheit an der Firma hielten weiterhin Leo und Antonia mit 52 %, und die beiden Teilhaber jeweils 24 %.

Die erste Gesellschafterversammlung fand bei Leo und Antonia in der Severinstraße statt. Als Paul eine Etage tiefer die Wohnung betrat, unterbrach das Paar einen heftigen Streit, um nach kurzem Zögern ihm dann doch den Grund ihrer Meinungsverschiedenheit zu offenbaren. Das Finanzamt verlangte von der neuen Firma eine hohe Steuervorauszahlung, obwohl es noch keinerlei Einnahmen gab. Antonia war den Tränen nahe und schob Paul den Bescheid über den Tisch. Nachdem ihn sich der Geschäftsmann angesehen hatte, beruhigte er die beiden:

„Ich sehe schon, da ist etwas mit den Einnahmen und Ausgaben durcheinandergeraten, gebt mir die Unterlagen, ich bring sie zu meiner Steuerberaterin, die regelt das für uns. Die Einspruchszeit beträgt vier Wochen."

„Mir ist beim Ausfüllen der Formulare vermutlich ein Fehler unterlaufen. Ich glaube, ich habe zwei Felder vertauscht", entschuldigte sich Leos Freundin Antonia mit einem mitleidregenden Gesichtsausdruck.

„Das kriegt die Steuerberaterin schon hin, aber wann kommt Herr Bauhauß?", fragte Paul und sah kritisch auf seine Armbanduhr.

Antonias verfinsterte Mine hellte sich bei der Frage schlagartig auf, endlich gab es für sie die Gelegenheit, etwas Positives zu berichten:

„Herr Bauhauß konnte sich bisher noch nicht durchringen, in unser Start-up zu investieren, er überlegt und überlegt. Aber das Problem ist gelöst, wir brauchen sein Geld nicht mehr, ich habe als Ersatz eine Investorin gefunden, sie wird gleich hier sein."

Louisa stand noch unten vor der Haustür und erinnerte sich, dass sie vor Jahren bereits einmal hier gewesen war, damals lieferte sie bei dem Finanzmann Monteverdi einen Geldkoffer ab. Auf den Klingelschildern fand sie die Namen Naumann/ Halma und wollte gerade auf den Knopf drücken, da entdeckte sie eine Reihe höher das Schild de Moro/ Otter. Nein, sie sollte nicht klingeln, es wäre leichtsinnig, dort hineinzugehen, sie musste Frau Halma absagen. Während sie auf dem iPhone nach der Telefonnummer scrollte, versperrte sie ungewollt den Hauseingang.

„Pardon", eine Frau wollte das Gebäude betreten. Ohne aufzusehen, warf Louisa noch einen schnellen Blick auf die Namensschilder, nur um sicher zu sein, dass sie sich nicht geirrt hatte. Danach ging sie sofort einen Schritt zu Seite, um Platz zu schaffen. Die hilfsbereite Hausbewohnerin glaubte, dass die Fremde auf den Klingelschildern nach jemanden suchte, deshalb fragte sie freundlich:

„Kann ich Ihnen helfen? Wen suchen Sie?"

Erst jetzt sah Louisa auf, vor ihr stand leibhaftig Ilaria de Moro, die Frau mit dem Landgut in Talamone. Vor Schreck war sie wie paralysiert, dabei rutschte ihr ungewollt der Name heraus:

„Frau Halma", am liebsten hätte sie sich auf die Zunge gebissen, aber es war zu spät.

„Dritter Stock, sie wohnt eine Etage unter uns. Kommen Sie mit hinein."

Die Maklerin betätigte im Aufzug den Knopf vom 2. Stockwerk für die Besucherin und für sich den zum 3. Stock. Gemeinsam fuhren die Frauen sich freundlich anlächelnd nach oben. Louisa war sich vollkommen sicher, dass Frau de Moro sie nicht erkannte, trotz des

Treffens damals im Café Reichard am Kölner Dom und später bei der Versteigerung in Italien. Louisa sah sofort, dass die Maklerin wieder eine sündhaft teure Handtasche trug. Allerdings wurde das Problem noch größer, als sie die Wohnung von Leo und Antonia betrat, dort saß bereits Herr Otter am Tisch, damals ihr Gegner bei der Versteigerung des Landgutes de Moro in der Toskana. Aber auch er erkannte sie nicht, weil die neue Frau Müller-Langenfeld vollkommen anders aussah, sich kaum schminkte und eher bieder kleidete. Dazu kam, dass sie mit ihm nur italienisch gesprochen hatte. Louisa überlegte, war das Zufall oder Schicksal, denn wieso trifft man ausgerechnet in einer Millionenstadt wie Köln kurz hintereinander zwei Personen, die einem gefährlich werden konnten.

Man machte sich miteinander bekannt, Leo erklärte Frau Müller-Langenfeld, dass Herr Otter der kaufmännische und er selber der technische Geschäftsführer werden sollte und warum sie dringend Kapital benötigten.

Es sei für sie ein Glücksfall, dass die kleine, aber erfolgreiche Spieleentwickelungs- und Animationsfirma „69" am Kartäuserwall zum Verkauf stehe. Er kenne den 38-jährigen, etwas sonderbaren Chef, der habe sich eine goldene Nase verdient und wollte sich jetzt zur Ruhe setzen. Seine Firma wolle er für kleines Geld auf die Schnelle verkaufen, der Nachfolger müsste aber seine Mannschaft übernehmen und kleinere Verbindlichkeiten bedienen. Leo sei an der Firma sehr interessiert, denn während eines Praktikums in seiner Studienzeit habe er die Mitarbeiter und deren Fähigkeiten zu schätzen gelernt. Diese Leute waren genau die Spezialisten, die man benötigte, um so ein technisch aufwendiges Computerspiel mit realistischen Grafiken samt Soundeffekten serienreif zu machen. In diesem Metier, so Leo, seien die großen Player den kleinen Firmen überlegen, aber mit dem Können von „69" und ihrer super Spieleidee würden sie Erfolg haben.

„Was soll die Firma denn kosten?", fragte Paul und Leo antwortete:

„Nur 200.000 Euro, allein das Equipment ist mehr wert. Einen kleinen Pferdefuß gibt es, sie müssen noch ein letztes Projekt für einen Fernsehsender fertigstellen, der Abgabetermin ist schon morgen. Sie haben ein skalierbares digitalisiertes Stadtbild von Köln programmiert, aber da gibt es irgendwelche Probleme, deshalb hoffen sie auf eine Terminverlängerung, aber das sieht nicht gut für sie aus. Ich habe Ausschnitte davon gesehen und kann nur sagen - fantastisch, so was ähnliches schwebt mir auch für unser Spiel vor. Bei dem Verfahren kann man die Stadt zu unterschiedlichen Zeiten darstellen. Der Verkäufer hat mir diesen Kaufvertrag mitgegeben, es fehlen nur der Preis und die Unterschriften. Herr Otter, können Sie die Verhandlung übernehmen, der Chef von „69" gilt als knallharter Geschäftsmann. Ich habe mit so was keine Erfahrung und weiß, dass Sie in solchen Sachen ein Profi sind, von dem wir alle lernen können."

Mit den Worten schob Leo den Vertrag zu Paul, der ihn interessiert überflog und dann seinem neuen Partner antwortete:

„Kein Problem, das mache ich gerne. Wie ich gerade sehe, ist die Firma „69" e. K., laut Handelsregister ein sogenanntes Einzelunternehmen. Bei der Geschäftsform haftet der Inhaber laut Gesetz auch mit seinem privaten Vermögen, vielleicht ist das der Grund, warum er es mit dem Verkauf so eilig hat. Ich rufe ihn gleich an und vereinbare schnellstmöglich einen Termin. Aber sollten wir uns nicht duzen, sonst ist alles ein wenig steif."

Frau Müller-Langenfeld hatte die ganze Zeit zugehört, eigentlich wollte sie nur eine stille Teilhaberin werden, aber die Sache war interessant und die Leute gefielen ihr:

„Ich bin Luise."

Das Geschäftliche war zügig abgehandelt, und der kaufmännische Geschäftsführer würde sich um die Formalitäten kümmern. Bei der Firma LA-Games hatten sich lediglich die Eigentümerverhältnisse geändert.

Danach wurde wenig über ihre neue Firma, aber immer mehr von Leos beispielloser Wohnungseinweihung geplaudert. Paul erklärte Louisa, die bei dem Fest nicht dabei war, was für eine große Künstlerin Leos Tante sei und welche Schau sie veranstaltet habe. Die Art, wie Paul Otter ihr von der Aktionskünstlerin erzählte, gefiel Louisa und nebenbei dachte sie, er ist zwar der Älteste in der neuen Firma, aber er hat das gewisse Etwas. Seine Frau, die de Moro, ist mit Sicherheit nicht hässlich, mach dir nichts vor Louisa, sie ist bildhübsch für ihr Alter.

„So Leute", Louisa nahm jetzt eine aufrechte Haltung ein und meldete sich mit kräftiger Stimme zu Wort. Das war nicht mehr das scheue Reh, das sie bisher gespielt hatte, „also Leute, ich möchte mich liebend gern in die Firma einbringen, allerdings keinen 8-Stunden-Job. Ich würde am liebsten auch bei den Übernahmeverhandlungen dieser Computerfirma dabei sein. So was interessiert mich, ich denke, da kann ich viel von dem Profi lernen. Bei der Verhandlung störe ich nicht, ich bin still wie ein Mäuschen. Herr Geschäftsführer, falls ich mitdarf, könnte ich dann bitte vorab eine Kopie des Kaufvertrages zum Einlesen bekommen?"

„Gerne. OK, dann gehen wir eben zu zweit", das ist gar nicht so schlecht, dachte sich Paul, denn eine attraktive Frau könnte für ein gutes Gesprächsklima sorgen.

Die Gelegenheit für die erste Verhandlung kam schneller als erwartet. Paul bekam bereits am nächsten Tag einen Termin bei dem Eigentümer von der Produktionsfirma „69". Der bestand allerdings darauf, dass das Gespräch nicht in seiner Firma, sondern privat bei ihm zuhause stattfand, seine Mitarbeiter sollten von diesen Verkaufsverhandlungen vorläufig noch nichts erfahren.

Paul war für den verabredeten Termin spät dran, gerade wollte er in der Tiefgarage losfahren, da rief sein Freund Kolumbus an. Der ehemalige Landstreicher war total aufgelöst und flehte ins Telefon hinein:

„Paul, du musst mir helfen, meine Agnes ist auf dem Wilhelmplatz umgekippt und ins Krankenhaus gebracht worden. Sie war zum Einkaufen auf dem Wochenmarkt in Nippes. Eine Nachbarin hat das mitbekommen und mir sofort Bescheid gegeben, sie weiß aber nicht, wohin Agnes eingeliefert wurde.

„Kolumbus, das kriegen wir raus, ich wollte gerade zu einem Termin und stehe noch in der Tiefgarage. Ich fahre direkt zu dir."

Von seinem Tesla aus rief er die andere Geldgeberin Frau Müller-Langenfeld an. Eigentlich hatten sie sich vor dem Haus des Verkäufers verabredet:

„Hallo Luise, bei mir ist was Wichtiges dazwischengekommen. Normalerweise würde ich den Termin absagen, aber du bist vermutlich schon auf dem Weg. Falls du dir das zutraust, kannst du auch erst einmal allein hingehen. Klopf mal auf den Busch, warum er verkaufen will und wo finanziell seine Schmerzgrenze liegt, damit hätten wir bereits eine Verhandlungsbasis. Solche Verhandlungen werden sowieso nie bei dem ersten Termin entschieden, hast du den Kaufvertrag gelesen, ich habe ihn mir gestern Abend auch noch einmal durchgesehen und finde ihn in Ordnung. Schau mal, was das für ein Typ ist. Alles klar?"

„Kein Problem. Ich stehe bereits vor seiner Haustür und versuche mal mein Glück."

Während des Verkaufsgesprächs wurde der unsympathische Firmeninhaber von „69" aufdringlich, die hübsche junge Frau war genau seine Kragenweite. Jedoch im Handgemenge nutzten ihm seine 130 Kilogramm gegen das in Kampftechnik ausgebildete Leichtgewicht nichts und er musste schmerzlich erfahren, dass er sich das falsche Opfer ausgesucht hatte. Nun bestimmte Louisa die Regeln und führte daher die Verhandlung nach einer speziellen neapolitanischen Methode durch, was zur Folge hatte, dass er eine Nacht wegen einer Handverletzung und Kreislaufproblemen im Krankenhaus verbringen musste. Das Ergebnis der schmerzhaften Verhandlung war, dass er ihr die Firma für einen symbolischen Euro überließ.

Während Louisa „verhandelte", telefonierte Paul von unterwegs und erkundigte sich beim Rettungsdienst, in welches Krankenhaus die Frau vom Wochenmarkt am Wilhelmplatz gebracht wurde. Ja, er ist ein Verwandter, ein Neffe. Der Ehemann sei mit der Situation überfordert, deshalb rufe er an.

„Gut, ausnahmsweise, St. Vinzenz-Hospital in Nippes", sagte der Mann in der Leitstelle.

Kolumbus stand bereits auf der Straße und winkte aufgeregt, als er Pauls Auto erkannte. Der Tesla Fahrer fuhr mit eingeschalteten Warnblickleuchten kurz an den Straßenrand:

„Schnell steig ein, ich kann hier nicht parken. Ich weiß, wohin Agnes gebracht worden ist."

Als sie in der St. Vinzenz Klinik ankamen, beschwor Paul seinen alten Freund, sich als Ehemann von Agnes auszugeben, als Lebensgefährte würde er sonst keinerlei Auskünfte bekommen. Kolumbus war vollkommen mit den Nerven fertig und ohne Paul hilflos. Erst als sich herausstellte, dass Agnes bereits auf eine normale Station verlegt worden war, beruhigte sich der alte Mann. Es sei nur ein kleiner Schwächeanfall gewesen, meinte der Arzt, dehydriert, also viel zu wenig getrunken. Sicherheitshalber sollte die Patientin noch eine Nacht im Krankenhaus bleiben.

Kapitel 9 Louisas Verhandlung + Leos Passwort

Nachdem Louisa allein zum Vorgespräch zu dem Inhaber von „69" gegangen war, hatte sie nichts mehr von sich hören lassen. Paul machte sich Sorgen und versuchte sie den restlichen Tag über zu erreichen. Ebenso erfolglos blieben seine Anrufe bei dem Verkäufer, auch den bekam er nicht ans Telefon, beide hatten sich anscheinend in Luft aufgelöst. Er ärgerte sich über Luises Verhalten, inzwischen hätte sie doch anrufen können, dachte er sich, aber dann resignierte er, morgen war sowieso Gesellschafterversammlung und dort musste sie über den Verlauf der Verhandlung berichten.

Vor dem Treffen hatte Leo noch eine technische Frage bei der Firma „69". Bei dem Telefonat erfuhr er von einem befreundeten Programmierer, dass der Inhaber des kleinen Unternehmens plötzlich Hals über Kopf verreist sei, ohne seine Leute zu informieren. Seine Angestellten wissen nicht, ob und wann er überhaupt zurückkommt, deshalb haben sie Angst um ihre Jobs und die überfälligen Gehälter. Nun wussten sie nicht mehr, wie es weitergehen sollte und die Stimmung war mehr als gedämpft.

Dann aber erschien Louisa, wenn auch verspätet. Paul kochte innerlich vor Wut und konnte seine Verärgerung nur mit Mühe verbergen, was bildete sich diese Frau ein. Wegen der Hiobsbotschaft aus der Computerfirma warteten die anderen drei Teilhaber gespannt, ob sie mehr Informationen besaß, schließlich hatte sie gestern noch mit dem Inhaber von „69" verhandelt.

Aber Louisa sagte nichts, bis Paul der Kragen platzte. Mit einem provokanten Unterton rasselte er verärgert einen Fragenkatalog herunter, egal, sie war dort gewesen und jetzt musste die Teilhaberin Farbe bekennen:

„Na Luise, wie sind die Verhandlungen gelaufen?

Erstens: Hast du einen neuen Termin ausgemacht?

Zweitens: Wann sind die mit dem Fernsehauftrag fertig?"

„Moment bitte," unterbrach ihn Louisa, „ich notiere mir die Fragen. So, bitte weiter Paul."

„Drittens: Will er wirklich verkaufen und wann können wir die Firma übernehmen?

Viertens: Konntest du seine Preisvorstellung von 200.000 Euro etwas reduzieren und um wieviel?"

Louisa kam sich vor, als säße sie als Angeklagte vor einem Tribunal. Nein sie wollte diesmal nicht mehr das unbedarfte Dummerchen spielen wie bei dem Kick-off-Meeting. Das würde jetzt ihre Show werden:

„Bitte entschuldigt meine Verspätung, aber ich musste eben noch etwas Wichtiges erledigen. So, Herr Geschäftsführer, nun zu Ihren Fragen:

Punkt 1: Wir haben keinen Termin mehr mit „69".

Am Tisch wurden ungläubig Blicke gewechselt und verständnislos Köpfe geschüttelt.

„Zu Punkt 2: Ihr Auftrag fürs Fernsehen ist endgültig geplatzt, sie nehmen ihnen das animierte Stadtmodell von Köln nicht ab, denn der Abgabetermin wurde nicht eingehalten. Das kann die Firma 100.000 Euro Konventionalstrafe kosten, aber da ist kein Geld mehr, weil er sie ausgeplündert hat und deshalb müsste er den Betrag aus seinem Privatvermögen begleichen. Dazu kommen noch die Löhne für den letzten Monat, die der Inhaber von „69" noch nicht gezahlt hat. Deshalb will er die Firma schnell loswerden.

Zu Punkt 3: Eigentlich müsste er Insolvenz anmelden, doch dann muss er bei der Geschäftsform auch mit seinem Privatvermögen haften. Das ist der eigentliche Grund, warum er schnellstens verkaufen will. Außerdem läuft bald ihr Mietvertrag aus.

Zu Punkt 4: Der Preis", Louisa zögerte etwas, räusperte sich verlegen und mit einem unschuldigen Augenaufschlag sagte sie, „einen Euro."

„Super, willst du uns auf den Arm nehmen", Leo war richtig sauer, das reichte jetzt und ironisch spottete er, „da scheint was schiefgelaufen zu sein. Ein Angebot von einem Euro, lächerlich, der hat dich auf den Arm genommen."

Paul machte sich ganz andere Gedanken, er ärgerte sich über sich selbst. Wie konnte er Louisa zur ersten Verhandlung nur allein gehen lassen, ihr fehlte doch jede Erfahrung.

Deshalb musste er jetzt unbedingt mit dem Mann persönlich reden und die Angelegenheit reparieren. Was sollte er sich aufregen, noch war ja nichts abgeschlossen und ein wenig gönnerhaft sagte er in die Runde:

„Als kaufmännischer Geschäftsführer werde ich versuchen alles in Ordnung zu bringen und einen vernünftigen Preis aushandeln."

„Sorry, Herr Geschäftsführer, aber das wirst selbst du nicht schaffen", sagte Louisa deutlich mit kräftiger Stimme und lehnte sich dabei lässig zurück. Auf einmal strotzte sie vor Selbstvertrauen und dazu passte auch ihre Körpersprache, als sie Paul provozierend ansah. Der glaubte in ihrem Blick eine gewisse Schadenfreude zu erkennen, dazu hatte sie wirklich nicht den geringsten Anlass, Sack und Asche würden besser zu ihrer Pleite passen. Gerade wollte er seinem Unmut freien Lauf lassen, da legte Louisa noch nach:

„Gestern während unserer Verhandlung bekam der Eigentümer von „69" gesundheitliche Probleme und musste ins Krankenhaus. Heute wurde er entlassen und jetzt", Louisa warf einen kurzen Blick auf die große Ikea-Wanduhr, „sitzt er bereits im Flieger nach Thailand."

Damit war der Deal geplatzt und ein Traum ausgeträumt, fassungslos starrten alle Louisa an, keiner am Tisch bekam ein Wort heraus. Begriff das Dummerchen denn nicht, was sie angerichtet hatte, der Kauf dieser Firma war ihre große Chance gewesen, um an das technische Know-how und Equipment heranzukommen, das ihnen fehlte. Aber die Frau zeigte weder Einsicht noch Reue, sondern schien sich keinerlei Schuld bewusst zu sein, oder hatte sie den Kauf absichtlich torpediert, wer war sie eigentlich?

Noch geschockt beobachteten alle wie hypnotisiert, dass die Sünderin seelenruhig begann, in ihrer riesigen Handtasche herumzukramen, so als suche sie einen Lippenstift. Stattdessen zog sie eine dünne Aktenmappe heraus, legte sie behutsam vor sich auf den Besprechungstisch, richtete die Mappe rechtwinklig zur Tischkante aus und strich geradezu liebevoll noch einmal über den Pappdeckel.

Paul tat sie beinahe schon leid. Der Geschäftsführer dachte daran, dass er an der ganzen Misere nicht unschuldig ist, schließlich ließ er die unerfahrene Frau allein zur Verhandlung gehen. So tough wie sie tat, war sie anscheinend nicht, das konnte nicht gut gehen, das hätte er wissen müssen, mit dieser Erkenntnis verpuffte seine anfängliche Verärgerung:

„Luise es ist nicht so schlimm, die Firma gibt es doch noch und vielleicht können wir die Sache reparieren, ich hoffe sehr", Paul deutete auf ihre Mappe, „was Schriftliches von ihm hast du sicher nicht mitbekommen. Ist das der Entwurf, ich habe dir nämlich aus Versehen mein Original gegeben, kann ich ihn bitte zurückhaben?"

„Nein das ist nicht der Entwurf, sondern der unterschriebene Kaufvertrag inklusive der Namensrechte. Den Passus dazu habe ich handschriftlich eingefügt und vom Notar paraphieren lassen, ebenso wie den Kaufpreis. Ich bin eben nicht ernstgenommen worden. Also, ich habe die Firma", Louisa erhob kurz die Stimme, „für EINEN Euro gekauft. Ich bin heute zu spät gekommen, weil ich den Verkäufer vorhin aus dem Krankenhaus abgeholt habe, um mit ihm vor seinem Abflug nach Thailand noch zu einer Kanzlei zu fahren.

Den Termin hat mir eine Mitarbeiterin der Rheinischen Notarkammer kurzfristig vermittelt und hier ist der beglaubigte Vertrag."

Louisa reichte Paul die Mappe mit den Papieren, der blätterte sie durch und an der letzten Seite angekommen, konnte er sich ein breites Grinsen nicht verkneifen. Sie registrierte das mit einer gewissen Genugtuung, aber bevor sie zum Schluss kam, musste sie sich erst noch einmal Luft schaffen:

„Der Typ hat durch seine kreativen Leute Millionen verdient, aber jetzt, wo es einmal klemmt, will er sich dünne machen und keinen Euro investieren. Er kann froh sein, dass wir seine Firma übernehmen. Falls ihr die Firma nicht möchtet, nehme ich sie."

Antonia schloss ihren Mund wieder, den sie eben staunend geöffnet hatte:

„Luise, was ist denn passiert, ich kenne den Typ, der ist ein Ekelpaket aber als Geschäftsmann mit allen Wassern gewaschen und hat ein Vermögen verdient. Ich kann mir nicht vorstellen, wie du ihn so einfach übertölpeln konntest. Die Waffen einer Frau hast du bei dem schmierigen Fettwanst bestimmt nicht eingesetzt, also wie hast du das geschafft?"

Dem sexistischen Schwein musste Louisa erst schmerzhaft Manieren beibringen, wie, das erzählte sie den anderen besser nicht. Gelernt ist gelernt dachte sie sich und antwortete ihr:

„Ach, Antonia, du hast ihn richtig eingeschätzt, er ist ein Ekel aber die Waffen einer Frau brauche ich bei solchen Typen nicht, da gibt es andere Methoden", dabei tätschelte Louisa gedankenverloren ihre Handtasche. Antonias verbindliches Lächeln entwich einem Ausdruck von Verwirrung, die Handbewegung machte ihr erst jetzt bewusst, dass Luise immer so große Taschen trug, was schleppte sie immer mit sich herum?

Während des Geplänkels der Frauen studierte Paul den Kaufvertrag genauer, dann schüttelte er den Kopf:

„Kurz und knapp, hier steht alles drin, der Vertrag ist wasserdicht. Da habe ich geglaubt, gut verhandeln zu können und da kommst du Supertalent mit so einem Ergebnis. Also, ich bin baff und weiß nicht, wie du das geschafft hast, dazu noch die Namensrechte. Glückwunsch!"

Leo tuschelte kurz mit Antonia und anscheinend waren sie sich schnell einig, dann räusperte sie sich verlegen:

„Erst einmal Glückwunsch zu deinem Verhandlungsergebnis Luise. Also, wir beide haben damals den Firmennamen LA-Games nur so aus einer Laune herausgewählt, es sind die Initialen von Leo und Antonia. Wenn wir jetzt außer der Firma auch noch die Namensrechte von „69" besitzen, ist dies das Sahnehäubchen von Luises Verhandlung. Das sollten wir auch nutzen, denn in der Branche ist der Name ziemlich bekannt. Wir könnten noch einen Zusatz anhängen: „69-Games", „69-New", „69-Cologne", „69-4" für uns vier oder sonst irgendwas."

Nun begann eine lebhafte Diskussion um den neuen Firmennamen, man einigte sich auf „69-four", weil sie vier Firmengründer waren. Paul als kaufmännischer Leiter würde sich um die Handelsregister-Eintragung kümmern. Aber er hatte noch was:

„Nur noch eins Luise, was ist mit dem auslaufenden Mietvertrag?"

„Das sieht nicht gut aus. Der Inhaber von „69" gestand mir, dass der Immobilienbesitzer der Räume am Kartäuserwall eine deftige Mieterhöhung angekündigt hat, aber so ganz bin ich nicht dahintergekommen, was das bedeutet."

„Gut, dann reden wir noch mal mit dem Vermieter, aber vorher erkundige ich mich bei meiner Frau. Vielleicht hat sie kurzfristig irgendwo günstige Büros für uns, dann hätten wir notfalls eine Alternative. Leo, du kennst doch die bisherigen Räumlichkeiten der Firma, wir sollten uns nachher noch zusammensetzen, damit ich ihr ein paar Angaben machen kann, Quadratmeter und so."

Am Abend erkundigte sich Paul bei seiner Frau, ob sie passende Räumlichkeiten für die neue Firma kennt, weil am jetzigen Standort von "69" am Kartäuserwall die Miete laut Auskunft des Verkäufers stark ansteigen würde. Kennst du das Haus?

„Ja, ich kenn sogar den Hausbesitzer, es ist ein Kunde von mir. Er möchte, den Altbau möglichst schnell abreißen, und zahlt großzügige Abfindungen, wenn die Leute eher ausziehen. Nur die Firma „69" reagiert nicht, den Inhaber scheint das nicht mehr zu interessieren, deshalb wurde eine kräftige Mieterhöhung angekündigt, aber sein Vertrag läuft sowieso am Jahresende aus. Ich denke, falls ihr eher auszieht, wird sich der Bauherr finanziell erkenntlich zeigen oder euch eventuell den Umzug finanzieren, so was hat er bereits bei anderen Mietern getan. Der will das Gebäude möglichst bald abreißen und auf diesem Grundstück etwas Größeres bauen. Ich habe bereits den Auftrag, den Neubau zu vermarkten. Lass mich überlegen, ich habe in Mülheim ein neues Objekt an der Hand, das könnte was für euch sein, zumindest solltet ihr euch das einmal ansehen."

Das tat Paul mit Leo, der war von den Räumlichkeiten begeistert und sie mieteten in dem Gebäude eine ganze Etage. Der Umzug der Leute von „69" mit ihrem kompletten Equipment war nicht problemlos, doch immerhin ohne größere Komplikationen vonstattengegangen. Den Hauptteil der Kosten für den vorzeitigen Auszug aus dem Kartäuserwall übernahm der Immobilienbesitzer gerne, denn nun konnte er eher mit seinen Baumaßnahmen beginnen. Das neue Domizil in der Schanzenstraße war von allen gut angenommen worden und die Arbeit an dem Spiel lief mit der neuen Mannschaft auf Hochtouren.

Eines Abends in der Severinstraße erzählte Paul Ilaria, dass sich Antonia bei ihm über Leo beschwert hatte. Ihr Freund würde die letzten Tage zu Hause nur noch an seinem Supercomputer herumbasteln, anstatt sich weiter mit dem Spiel zu beschäftigen.

Geduldig hörte Ilaria ihrem Mann zu, was eigentlich nicht ihrem italienischen Naturell entsprach, dann sagte sie nachdenklich:

„Das ist doch der Rechner aus dem Keller, der Monteverdi gehörte. Der Finanzmann erzählte mir einmal in seiner Not, dass ihn Velatus vereinnahmt hatte und er für die Mafiosi Geldgeschäfte abwickeln musste. Er und sein Butler sind genau zu dem Zeitpunkt ermordet worden, als der Clan aufflog. Ich vermute, dass in dieser Situation Monteverdis Wissen für die Leute ein Risiko darstellte. Der wusste, wo Don Velatus Vermögen versteckt ist, er hatte es ja selber angelegt und das wurde ihm schließlich zum Verhängnis."

„Deshalb glaube ich nicht, dass Leo auf dem Rechner noch was in der Richtung findet", Paul grinste, „wie ich ihn kenne, geht es dem Computermann um die Technik, er erzählte mir mal was von speziellen Bauteilen. Oder glaubst du, der sucht auf dem Rechner nach Spuren oder Hinweisen, wo sich der Mafioso Don Velatus versteckt hat."

„Paul, ausgerechnet du Unglücksvogel bist dem Clanchef „ohne Gesicht", wie er in der Presse genannt wird, zweimal begegnet und weißt, wie er aussieht, was nicht ungefährlich ist. Man hat nie wieder von ihm gehört, aber mit so viel Geld kann man sich überall auf der Welt unsichtbar machen.

Ruf doch morgen mal Kolumbus an, wir sind mit dem Spieleabend überfällig, der Abend ist mit den beiden immer lustig, besonders wenn er pfuscht. Du kochst was Besonderes, du weißt, wie gerne die beiden essen, dazu ein Gläschen Wein, bei euch Männern wird es nicht bei einem bleiben und wie üblich wird es ein böses Ende nehmen. Mach bitte einen Abend aus, am besten nächsten Freitag."

„Ja. Ich bin müde, lass uns ins Bett gehen Ilaria."

*****

Eine Etage tiefer war Antonia bereits allein ins Bett gegangen. Leo dachte noch nicht ans Schlafengehen, dieser Superrechner faszinierte ihn, er konnte einfach nicht aufhören und wollte dem Gerät seine Geheimnisse entlocken. Seine Computerhacker Ehre war angefixt, seit Carl ihm bei seinem letzten Besuch in Köln von dem speziellen Arbeitsspeicher des Rechners erzählt hatte, persönlich kannte er diese Technologie nur aus der Fachliteratur. Obwohl er bereits hundemüde war, fand er den passenden Einstieg in das System und endlich gelang es ihm, den Speicher auszulesen. Allerdings waren alle Daten verschlüsselt, dann entdeckte er in dem ganzen Datenwust eine kleine Reader-Datei mit allerlei Arbeitsanweisungen in Klartext unter anderem die Worte „Password Reminder Hekate-Key". Das bedeutete Passwort Gedächtnisstütze Hekate-Schlüssel und Leo interpretierte, dass irgendwo vielleicht ein Schlüssel existiert, auf dem eine Merkhilfe oder ein Merksatz für ein Passwort steht.

Da fiel ihm ein, dass er Paul den antiken Schlüssel zurückgeben musste, von dem hatte er mit einem 3-D-Scanner ein digitales Abbild angefertigt, um es im Spiel einzusetzen.

Er lehnte sich enttäuscht in seinem Bürostuhl zurück, ohne Passwort lief nichts, aber wo sollte er es finden? Schlüssel, Key – Hekate, war das ein Wink mit dem Zaunpfahl gewesen? Das konnte die Lösung sein und voller Vorfreude tippte er den Namen der griechischen Göttin ein, wieder passierte nichts und er begann, sich zu ärgern. Um sich abzulenken, nahm er Otters kunstvoll gefertigten Schlüssel in die Hand und betrachtete im Schlüsselkopf das Rad der Hekate und am anderen Ende den interessant geformten Bart mit einer abgeflachten Kugel als Abschluss. Aber auch bei genauer Begutachtung von Paul Otters Leihgabe entdeckte er keinen eingravierten Text auf dem kleinen Kunstwerk. Enttäuscht grübelte Leo, der Hinweis aus der Datei hätte gepasst und in Gedanken versunken spielte er weiter an dem Schlüssel herum. Bei seiner Fummelei bemerkte er, dass sich die Kugel wie eine Schraube herausdrehen ließ.

Das Teil war der Verschluss für den langen hohlen Schlüsselschaft, Leo sah hinein und erkannte, dass ein aufgerollter Papierstreifen darin steckte. Er holte sich eine Pinzette aus Antonias Kosmetikschrank und zog das Papier heraus, auf dem stand deutlich geschrieben:

"La Torre Saracena di Louisa in Maremma traballa alle 16."

Das sah italienisch aus, die Wörter Torre und Maremma waren in den Geschichten seines Freundes Carl des Öfteren gefallen. Nach dem luxuriösen Versteck im Schlüssel musste es etwas Wichtiges sein, eine geheime Nachricht oder war es genau das wonach er suchte, der Merksatz oder Merkhilfe für ein Passwort. Dazu passte auch der Hinweis auf der Rechnerdatei und ein zufriedenes Schmunzeln huschte über sein Gesicht.

Leo war geradezu euphorisch, er musste mit jemanden darüber reden, das konnte der Durchbruch sein und ohne auf die Uhr zu schauen, rief er seinen Freund Carl in der Toskana an. Der glückliche Computermann musste es aber länger klingeln lassen, bis er seinen Freund aus dem Tiefschlaf geweckt hatte. Carl brauchte dann noch eine Weile, bis er einigermaßen wieder aufnahmefähig war und etwas orientierungslos fragte er:

„Ist was passiert?"

„Und ob", Leo holte tief Luft und voller Begeisterung las er etwas holprig den italienischen Satz vor, „schau mal auf dein Handy, ich habe dir den Text geschickt, du kannst doch etwas Italienisch."

Er war richtig stolz auf seine Leistung, sein Studienfreund würde sich bestimmt mit ihm freuen, aber zu seiner Überraschung flüsterte der leise ins Telefon:

„Hast du sie noch alle Leo, oder bist du betrunken? Egal, Moment, ich lese deine SMS. Wenn du mich auf den Arm nehmen willst, überleg dir bitte einen geschmackvolleren Scherz. Das ist jetzt ein äußerst ungünstiger Zeitpunkt und sehr dünnes Eis. Weißt du eigentlich, was dein Satz auf Deutsch bedeutet: Der Sarazenenturm von Louisa in der Maremma wackelt um 16 Uhr!

Wir haben einen anstrengenden Tag hinter uns, sei froh, dass Ma- Ma-riaclara n-nicht aufg-g-gewacht ist", er ärgerte sich so sehr, dass er wieder zu Stottern begann, „l-la-lass mich jetzt in Ruhe, du-du B-Bl-Blödmann!"

Carl legte einfach auf, dies war kein Scherz, sondern nur peinlich. Denn in einem Turm in der Maremma wurde er nach einem Kidnapping viele Tage eingesperrt und wäre darin fast verdurstet. Keine Ahnung, was seinen Freund da geritten hat, mit so was macht man keine Späße, denn er wusste doch auch von seinem traumatischen Erlebnis, der Entführung und der tagelangen Gefangenschaft. Jetzt war er hellwach und wütend, an ein Weiterschlafen war nicht mehr zu denken. Carl bekam immer noch Probleme, wenn er an sein Kidnapping im Turm dachte, aber das behielt er für sich, darüber konnte er kaum reden. Dass dieses Bauwerk, sein ehemaliges Gefängnis, ausgerechnet sein anderer Freund Paul erbte, hielt er sowieso für einen Witz des Schicksals.

Leo war auf Carl sauer, weil er sich nicht einmal erkundigt hatte, wie er auf den Merksatz für das Passwort gekommen war, statt sich mit ihm zu freuen, schien er verärgert zu sein. Carls Überheblichkeit beleidigte ihn, von wegen er sollte sich gefälligst einen geschmackvolleren Scherz ausdenken, wenn er ihn schon auf dem Arm nehmen will. Zugegeben, der Text hörte sich in Deutsch etwas seltsam an, aber trotzdem war Carls Reaktion überzogen. Deshalb war der stolze Entdecker Leo ebenfalls beleidigt und so schmollten letztendlich beide am Ende ihres Telefongespräches.

Leo konnte eigentlich stolz auf sich sein, dass er den Hinweis auf den Hekate-Schlüssel richtig erkannt und dazu auch noch das nötige Quäntchen Glück besaß. Sein Gefühl und die Umstände deuteten darauf hin, dass es sich bei dem Text um einen Schlüsselsatz zur Erstellung eines Passwortes handelt, eigentlich war er sich sicher und mit wilder Entschlossenheit setzte er sich an seinen PC. Er begann damit nach den üblichen Methoden mehrere Passwörter zu bilden, mit einem würde er schon Erfolg haben.

Aber wo konnte er es verwenden, er sah sich den abgespeicherten Datenwust noch einmal genauer an und entdeckte unter den vielen Dateien erst gegen Morgen eine Startdatei für ein Finanzprogramm, das er in der Menge der Daten bisher übersehen hatte. Er ließ die EXE-Datei auf seinem Notebook ausführen und es öffnete sich eine Eingabemaske: „Finanzreport". Dort sollte er den Benutzernamen eintragen, aber den kannte er nicht, erst danach konnte man das decodierte Passwort eingeben. Er versuchte es mit einigen Begriffen und Namen, aber so kam er nicht weiter und gab auf. Ohne Benutzerkennung nutzte ihm sein Passwort nichts, tief enttäuscht musste Leo einsehen, dass er mit seinem Latein am Ende war. Leider herrschte zwischen ihm und seinem Freund und Studienkollegen Carl momentan Funkstille, jeder war auf seine eigene Art beleidigt und schmollte vor sich hin. Dabei hatte ein Ideenaustausch zwischen ihnen bisher so manches technisches Problem gelöst.

Morgen Früh musste er wieder fit sein, in der Firma gab es Probleme mit einem Internetzugang, NetCologne wollte einen Techniker schicken.

Kapitel 10 Spieleabend + Commissario Benetton

Einige Tage später fand bei Ilaria und Paul in der Severinstraße der längst überfällige Spieleabend mit Kolumbus und seiner Agnes statt. Man hatte sich längere Zeit in dieser Konstellation nicht mehr getroffen. Der alte Weltenbummler überreichte der Gastgeberin einen Blumenstrauß, als sie die Wohnungstür öffnete. Paul kam zur Begrüßung mit seiner Kochschürze aus der Küche herbeigeeilt, er kochte bei diesen Anlässen fast immer.

Dann kam die neugierige Katze dazu und Agnes überschlug sich vor Begeisterung:

„Nein, was hat das Tier für schöne blaue Augen und zeig mal deine goldene Medaille."

Ihre Hand hatte den Anhänger noch nicht berührt, da bluteten bereits vier Kratzer auf ihrem Handrücken. Sie war mehr erschrocken, als dass es richtig schmerzte und überspielte die Situation. Paul war das peinlich:

„Entschuldige Agnes, aber den Anhänger darf niemand anfassen, ansonsten ist Hekate eine richtige Schmusekatze. Also, heute gibt es etwas Deftiges zu essen, Pfälzer Saumagen, Bratwurst und Leberknödeln mit Sauerkraut. Also den klassischen Pfälzer Teller."

Als Agnes das hörte, rümpfte sie enttäuscht die Nase:

„Schade, ich dachte, es gibt deine berühmte französische Zitronenpoularde und habe mich bereits den ganzen Tag darauf gefreut. Saumagen hört sich ekelig an. Ich habe das vor hundert Jahren im Fernsehen gesehen, Frau Kohl, die Frau des damaligen Bundeskanzlers, kochte bei Alfred Biolek und da habe ich direkt umgeschaltet. In der Fleischmasse steckten viele ekelige Fettbrocken", allein bei der Vorstellung schüttelte sie sich dermaßen angewidert, dass ihre üppigen Fettpolster wackelten.

„Agnes, komm bitte mit in die Küche, ich möchte dir etwas zeigen", nur widerstrebend folgte sie dem Gastgeber, „das ist eine

Saumagenscheibe schau sie dir bitte genau an. Deine sogenannten Fettbrocken sind in Wahrheit kleine Kartoffelwürfel, die mit magerem Fleisch in die Brätmasse eingearbeitet sind, ich meine, wenn jemand Fleischkäse ist, der mag auch Saumagen.

Während des Aperitifs erzählte Paul, dass er jetzt seit ein paar Tagen Teilhaber und kaufmännischer Geschäftsführer einer kleinen Firma ist. Er holte sein iPad, um den Gästen den Internetauftritt des Start-ups „69-four" vorzuführen. Der begann mit einem Intro des neuen Spiels, es folgten einige visionäre Texte und die drei Gesichter, die hinter der Firma stehen: Leo, Antonia und er. Eigentlich wollten die drei, dass Louisa mit aufs Bild der Führungsriege kommt. Nicht nur wegen ihres Supergeschäfts mit „69", sondern wie Paul es ausdrückte, als Louisa kurz zum Kopierer ging:

„Weil sie einfach wahnsinnig gut aussieht."

Und selbst Antonia stimmte ihm zu. So ähnlich erzählte Paul die Geschichte Kolumbus. Neugierig geworden, wollte dieser jetzt wissen, wie hübsch diese Frau nun wirklich ist, seine Agnes bekam sein Interesse mit und warf ihrem Lebensgefährten einen abstrafenden Seitenblick zu. Paul zeigte auf seinem Handy einen Schnappschuss, den Antonia heimlich von ihrer Retterin in einem Lokal gemacht hatte. Kolumbus staunte nicht schlecht:

„Die kenne ich! Als ich Agnes im St. Vinzenz-Hospital abholte und mit ihr zur Bahn ging, gab es daneben am Taxistand ein Spektakel, dabei ist mir diese bildhübsche junge Frau aufgefallen. Sie bestieg mit einem dicken Mann heftig streitend ein Taxi, er war verletzt und zeigte ihr immer wieder seine dick verbundene Hand. Die Frau kenne ich bestimmt, ich weiß nur nicht woher, aber es wird mir schon wieder einfallen."

„Vielleicht kennst du sie aus dem Fernsehen, Kino oder Playboy", amüsierte sich Paul, „aber wie sah der dicke Mann aus?"

Paul hatte eine Vermutung und er zeigte seinem Gast die alte, noch nicht gelöschte Homepage von „69", von der Webseite lächelte feist ein dicker Firmeninhaber seine Kunden an. Kolumbus erkannte ihn sofort wieder:

„So gestrahlt hat der vor dem Krankenhaus nicht, ganz im Gegenteil, die hübsche Frau war sichtbar besser drauf, aber das ist hundertprozentig der Mann."

Also stimmte Louisas Schilderung, dass der Verkäufer im Krankenhaus war, dachte sich Paul, da meldete sich sein Handy. Carl rief an:

„Ist Leo vielleicht bei euch? Ich muss ihn dringend sprechen, kann ihn aber nirgendwo erreichen. Er hat mir vor Kurzem etwas erzählt, was ich nicht ernst genommen habe, weil ich dachte, dass er mich mit seinem Spruch ärgern wollte, von wegen Sarazenen Turm und Maremma. Deshalb habe ich mich über Leo geärgert, er kennt mein Trauma wegen der Entführungsgeschichte. Was ist denn bei euch los, wo kommt denn der Lärm her?"

„Tut mir leid, Agnes und Kolumbus sind bei uns", übertönte Paul das Stimmengewirr im Hintergrund, „ich soll dich schön von den beiden grüßen! Carl, morgen früh treffe ich Leo und sage ihm, dass er dich anrufen soll. Ach, da fällt mir ein, er hat mir vor ein paar Tagen etwas von einem Klassentreffen in Bonn erzählt, ich glaube, der Termin ist heute Abend. Entschuldige, ich muss aufhören, wenn ich denen das Essen nicht sofort auf den Tisch stelle, stecken mich die hungrigen Kannibalen aus Köln-Nippes in den Kochtopf. Wie ich die einschätze, essen diese Banausen lieber Menschenfleisch als Pfälzer Saumagen."

Nebenan wurde bemerkt, dass er sein Telefongespräch beendet hatte und sofort machte Agnes, die gute Seele, auf sich aufmerksam. Ihr und Paul Otter hatte es Kolumbus zu verdanken, dass er den Weg von der Straße in das sogenannte bürgerliche Leben zurückfand.

„Mittlerweile habe ich so einen Hunger, dass ich sogar diese Pfälzer Schweinereien essen würde", drängte Agnes zur Eile, obwohl sie die meisten körperlichen Reserven besaß.

„Entschuldigt bitte, dass ich meine Pflichten als Koch schleifen ließ", bat Paul um Verständnis und fügte als Erklärung hinzu, „aber alles ist bereits auf dem Herd, ich muss nur ein wenig hochdrehen. Ich finde, in der Pfanne leicht angebräunte Saumagenscheiben schmecken am allerbesten. Stichwort Röstaromen. Kolumbus, kannst du dich bitte um den Wein kümmern, er steht auf der Anrichte. Zum Essen gibt es einen Dürkheimer Feuerberg vom Katharinenhof, ein im Eichenfass gereifter Dornfelder."

Kaum war Paul in der Küche, klingelte diesmal Ilarias Handy, was ihr einen abstrafenden Blick von Agnes einbrachte. Sicher war es nicht höflich, wenn schon wieder einer der Gastgeber telefonierte, doch sie sah auf dem Display den seltenen Anrufer und freute sich sehr:

„Commissario Benetton, was für eine schöne Überraschung."

„Signora de Moro, ich freue mich sie zu hören und bedanke mich noch einmal für die Einladung auf ihr Gut de Moro. Meine Tochter und ich haben sie gerne wahrgenommen, aber sie verstehen, als Geschenk können wir es nicht annehmen."

„Commissario, ich sehe Sie schon lange nicht mehr als Carabiniere, sondern als Freund der Familie."

„Sehr freundlich Signora, aber leider hat mein Anruf einen ernsten Hintergrund. Wir hatten heute Abend ein herrliches Barbecue. Danach habe ich mich mit Ihrem Freund Signore Carl Schmitz über Computersicherheit unterhalten. Er versteht davon viel mehr als ich. Er favorisiert die Merksatzmethode, um ein sicheres Passwort zu kreieren, das man sich auch merken kann und brachte dazu ein Beispiel. Als ich das hörte, wurde ich hellwach, denn genau den gleichen Satz haben wir in einem versteckten Bunker bei der Villa des

Mafiosi Don Velatus gefunden. Ich glaube nicht an Zufälle, deshalb habe ich ihn gefragt, wie er auf diesen Text gekommen ist.

Angeblich hat Carl Schmitz den Satz von seinem Studienfreund aus Köln geschickt bekommen. Nebenbei erzählte er mir, dass dieser Freund in der Wohnung des ermordeten Signore Monteverdi lebt, dem ehemaligen Bankier der Mafia. Das kann doch kein Zufall sein? Der junge Mann heißt Leo Naumann und ist aber laut meinem Kölner Kollegen Kriminaloberrat Schlösser ein vollkommen unbescholtenes Blatt. Schlösser meint, in der Wohnung kann er den Velatus Satz niemals gefunden haben, denn die wurde von Spezialisten am Tag nach dem Mord sehr gründlich durchsucht. Später, als alle Möbel draußen waren, ist noch einmal erfolglos nach eingebauten Verstecken gesucht worden. Wissen Sie etwas über diesen Leo Naumann? Hat der Kontakte zur Mafia?"

„Mit Sicherheit nicht! Der junge Mann ist ein Informatiker, der Computerspiele entwickelt und mein Mann ist sogar an seiner Firma beteiligt. Ein Mafioso ist der sicher nicht."

„Grazie, Signora de Moro und entschuldigen Sie die späte Störung."

„Buona Notte, Commissario."

Nach dem üppigen Saumagenessen mit Leberknödel Sauerkraut und Bratkartoffel servierte Ilaria ihr Tiramisu nach einem alten Familienrezept, das ihr ihre Tante Anna-Rita in der Toskana beigebracht hatte und fragte:

„Wer möchte noch einen Espresso oder einen Kaffee?"

Agnes und Paul orderten einen Espresso. Kolumbus wie immer einen Kaffee, dann wollte er seine Bestellung noch ergänzen, aber Ilaria winkte kopfschüttelnd ab und ihr tat es schon in dem Moment leid, als sie sagte:

„Ich weiß, ich weiß schon, du trinkst dein schwarzes Heißgetränk immer ohne alles, aber mit einem Löffel zum Umrühren. Ich frage dich nicht warum und bitte erkläre es mir nicht schon wieder, ich hatte heute einen anstrengenden Tag."

Kolumbus rührte seinen schwarzen Kaffee auch ohne Milch und Zucker immer um, wer unbedarft wegen dieser Marotte nachfragte, bekam einen ausführlichen Vortrag über Thermik in Flüssigkeiten und die „Richmannsche Mischungsregel" zu hören. Allzu gerne erklärte er den physikalischen Vorgang, dieses kleine Vergnügen war ihm jetzt genommen worden.

Nach dem Essen verließen alle das Speisezimmer und setzten sich gut gelaunt an den großen Olivenholztisch im Wohnzimmer, auf ihm stand bereits das Scrabble Spiel und die Getränke. Der alte Tisch gehörte zu den Möbelstücken, die sie von ihrem Landgut in Talamone mit nach Köln genommen hatten. Ilaria de Moro liebte ihn, weil an dem massiven Olivenholztisch bereits Generationen von de Moros gesessen hatten. Nun begann der Höhepunkt des Abends, die Vier spielten Scrabble, mit „lustig" war es immer schnell vorbei, wenn es um die Zulässigkeit und Schreibweise deutscher Wörter ging. Gegen Ende entstand eine hitzige Debatte, als Kolumbus das Wort Eizahn legte und damit ein Feld mit „Dreifacher Wortwert" abdeckte. Paul wollte den Begriff nicht gelten lassen, wurde aber überstimmt und drohte damit, als nächstes das Wort „Schwanzhund" zu legen, das kannte er aus einem Loriot-Film. Der eindeutige Sieger des Abends hieß Kolumbus, deshalb bedankte er sich überheblich bei den „Scrabble Amateuren". Der alte Weltenbummler konnte nicht gewinnen und Paul nicht verlieren, aber nach der dritten Flasche Dürkheimer Feuerberg waren sie wieder allerbeste Freunde.

Wie verabredet ging Paul am nächsten Morgen hinunter in die Wohnung zu Leo und Antonia. Gemeinsam wollten sie vorab anhand von Grundrissen Änderungen in der Bürobelegung in Köln-

Mülheim besprechen, um unnötige Querelen unter den Mitarbeitern zu verhindern.

„Leo ist gestern nach seinem Klassentreffen nicht nach Hause gekommen", mit den Worten empfing Antonia Paul, „ich habe bereits einen Schulfreund von ihm angerufen. Der hat mir erzählt, dass sie gemeinsam das Lokal verlassen haben, aber mehr weiß er auch nicht. Ihm wird doch nichts passiert sein?"

Paul wurde es mulmig, denn seine Frau hatte ihm von dem Anruf des Commissario Benetton berichtet und er musste seitdem an die Mafia denken. War das eventuell eine Entführung wie damals bei Carl in Italien? Er machte sich zu viel Gedanken und mit seinen Fantasien sollte er die Frau nicht noch mehr beunruhigen.

Ziemlich angeschlagen tauchte Leo gegen Mittag mit reichlich Restalkohol wieder auf. Nach dem Bonner Klassentreffen war er noch mit einigen alten Schulkameraden noch in der Kölner Altstadt versumpft. Sehr zum Bedauern seiner neugierigen Freundin erinnerte er sich an gar nichts mehr. Paul sah, dass er heute mit Leo in dem Zustand nichts mehr anfangen konnte und ging einen Kaffee trinken.

Kapitel 11 Der Einarmige

Louisa schlenderte die Severinstraße entlang und sah sich interessiert einige Schaufenster an. Sie erschrak, als jemand laut ihren Namen rief:

„Hallo, Frau Müller-Lüdenscheid! Pardon, Langenfeld."

Es war ihr Geschäftspartner Paul, der mit einem älteren Herrn vor einem Straßencafé saß und ihr freundlich zuwinkte. Als sie an ihrem Tisch nach einigen aufmunternden Angeboten Platz nahm, sagte er:

„Luise, darf ich dir meinen alten Freund Kolumbus vorstellen? Seine Partnerin nimmt einmal die Woche an einem Yogakurs hier um die Ecke teil. Wenn ich Zeit habe, treffen wir uns hier zu einem Kaffee. Anschließend gehen die beiden in die Gaststätte Wirtz zum Mittagessen, direkt gegenüber dem Krankenhaus. Der Wirtz ist Kult und kommt schon in einem alten BAP-Lied vor. Und das ist Luise Müller-Langenfeld, Kolumbus."

Dem Weltenbummler gegenüber saß jetzt die unverschämt hübsche Frau, die Kolumbus bereits aus der Ferne am Taxistand aufgefallen war, als er seine Agnes aus dem Krankenhaus abholte. Zu Pauls Überraschung brachte sein ansonsten eloquenter Freund kein Wort über seine Lippen, sondern starrte die Schönheit mit offenem Mund und einem etwas dümmlichen Gesichtsausdruck an. Er schien vollkommen entrückt, als hätte man dem Alten den Stecker gezogen.

Aber das war nur äußerlich, in dem weitgereisten Geschichtenerzähler brodelte es. Jetzt, wo die bildhübsche Frau ihm direkt gegenübersaß, war er sich sicher, sie zu kennen, aber woher? Auf einmal fiel es Kolumbus ein und längst verschüttete Erinnerungen kehrten zurück.

Louisas Anblick hatte seine Fantasie angeregt und ihn in längst vergangene Zeiten entführt. Es dauerte eine Weile, bis er wieder zurück in der Wirklichkeit war, jetzt wurde ihm bewusst, dass er eben nicht den besten Eindruck gemacht hatte. Schnell überlegte der alte Weltenbummler, wie er seinen Aussetzer erklären konnte:

„Gnädigste, ich bin sehr erfreut, Sie kennenzulernen", verlegen fuhr er sich über seine störrischen grauen Haare. Dabei nahm sein wettergegerbtes Gesicht verträumte, weichere Züge an, weil er jetzt wusste, woran sie ihn erinnerte:

„Sie haben eine frappierende Ähnlichkeit mit einer Neapolitanerin, die ich vor vielen Jahren kennenlernen durfte, damals in ..."

„Manitoba", rief Paul dazwischen, er wollte sich den Gag nicht entgehen lassen. Denn normalerweise, wenn Kolumbus eine Geschichte mit „Damals in ..." begann, erzählte er immer von Manitoba, wo auch immer das sein mochte. Doch diesmal fand nur Paul seinen vorwitzigen Zwischenruf lustig, denn Louisa kannte diese Geschichten noch nicht.

Der Weltenbummler ignorierte den Zwischenruf seines Freundes und erkannte an ihrem interessierten Blick, dass sie ein potenzielles Opfer für seine fantasievollen Abenteuergeschichten war. Doch was er der schönen Frau wegen seines Blackouts erzählte, war die Wahrheit:

„Nein, in Neapel. Ich hatte damals in Marseille auf einem alten Frachter angeheuert, als uns auf der Höhe von Capri beide Maschinen im Stich ließen. Wir mussten uns in Neapel in eine Reederei schleppen lassen. Die Ersatzteilbeschaffung und die Reparatur dauerten über ein halbes Jahr. Bei den aufwendigen Arbeiten wurden auch viele einheimische Handwerker beschäftigt, darunter ein neapolitanischer Elektriker, der mehrere Jahre bei den Kölner Verkehrsbetrieben gearbeitet hatte.

Der Mann heiratete während den Reparaturarbeiten und lud zur Hochzeit auch einige seiner Arbeitskollegen ein, unter anderem mich, den Kölner. Es war ein großes Fest mit der hübschesten Braut, ach was sage ich, sie ist die schönste Frau, die ich jemals gesehen habe. Sie hatte eine verblüffende Ähnlichkeit mit Gina Lollobrigida, einer italienischen Filmschauspielerin der Fünfzigerjahre, die ich sehr verehrte. Ich habe die Frau des Elektrikers nie vergessen und Sie sehen der Neapolitanerin täuschend ähnlich, also wie aus dem Gesicht geschnitten, nur in Blond statt Rot."

Die toughe Frau war etwas gerührt von der Geschichte und dem Kompliment. Sie sah ihrer geliebten Mutter schon immer ähnlich, bis auf die Nase und die Augen, durch die Schönheitsoperationen hatte sie sich ihr unbewusst noch ähnlicher gemacht. Das wurde ihr erst jetzt richtig klar. Die Erzählung ging ihr sehr nah, ihr Vater, genauer gesagt Stiefvater, wie sie jetzt wusste, war tatsächlich Elektriker im Hafen von Neapel gewesen, sollte Kolumbus wirklich ihre Eltern gekannt haben?"

„Kolumbus, vergraule mir mit deinen Räubergeschichten unsere Kapitalanlegerin nicht. Luise, warst du schon mal in Neapel? Nein? Schade, es ist eine schöne Stadt mit vielen alten Prachtbauten und einem etwas morbiden Charme, immerhin gab es mal ein Königreich Neapel!", Paul bemerkte bei seiner Frage nicht, wie Louisa verlegen ihren Geburtsort verleugnete. Zu ihrer Freude wechselte er das Thema:

„Hast du dich in deiner neuen Wohnung schon eingelebt, Luise? Falls du eine unvergessliche Einweihungsparty veranstalten möchtest", Paul schmunzelte, „empfehle ich dir Leos Tante, Frau Monschau."

„Nachdem, was ihr von dem Fest bei Leo erzählt habt, scheint sie eine große Aktionskünstlerin zu sein. Apropos Wohnung, in meiner Wohnung werde ich schon tagelang von der gegenüberliegenden Straßenseite von einem Mann beobachtet, er ist harmlos, aber lästig. Anfangs wollte ich das nicht wahrhaben, warum sollte mir jemand nachspionieren, aber mittlerweile bin ich mir vollkommen sicher, da nutzt auch seine Verkleidung als einarmiger Bettler nichts.

Er ist mir auch schon gefolgt, da hatte er auf einmal zwei Arme, er war es, da bin ich mir ganz sicher."

„Frau -", setzte Kolumbus an, aber Louisa winkte energisch ab:

„Nenn mich einfach Luise."

„Gerne, man nennt mich Kolumbus. Also, ich habe hier in Köln ein paar Jahre auf der Straße gelebt und in der Innenstadt kenne ich noch viele meiner ehemaligen Kollegen, zumindest den harten Kern. Der Beschreibung nach, ist das der einarmige Hennes, mein alter Kumpel. Er hat zwei Arme, aber er meint, die Masche mit einem Arm ist besser für sein Geschäft. Paul, du hast ihn doch auch einmal kurz kennengelernt, damals, als wir nachts in Sankt Ursula eingestiegen sind und er uns vor der Polizei gewarnt hat. Also, Luise, sag mir, wo du wohnst und ich gehe vorbei und rede ein paar Takte mit ihm, denn er ist kein Krimineller oder Spanner."

„Das ist nett von dir, Kolumbus. Nicht, dass ich Angst hätte, aber es ist so ein komisches Gefühl dauert beobachtet zu werden", bedankte sich Louisa mit einem unschuldigen Augenaufschlag.

Irgendwie wechselte das Gespräch auf das Agrotourismus Hotel de Moro in Talamone und Paul schwärmte von der Ausstattung und der üppigen Gartenanlage. Seine Augen begannen zu leuchten, als er die traumhafte Landschaft und seinen Sarazenen-Turm im Naturpark beschrieb. Er zog ein Prospekt des Gutes de Moro aus der Tasche und überreichte es Louisa. Plötzlich, ohne ein Wort zu sagen, sprang Kolumbus auf und rannte die Severinstraße entlang in Richtung Dom, dieses Tempo hätte man dem älteren Herrn nicht zugetraut. Auf einmal bog er in eine Seitenstraße ein und Louisa wollte ihm schon nachlaufen, um ihm zu helfen, ohne zu wissen wobei, doch Paul hielt sie davon ab:

„Du kennst Kolumbus noch nicht, falls er dir eines Tages von seinen erlebten oder erfundenen Abenteuern erzählt, wirst du erfahren, was für ein Held er ist. Leider sind seine Geschichten sehr lang, ich kenne bereits alle auswendig. Der Mann ist ein lebendes Lexikon und ein zäher Typ, vor einiger Zeit ist er sogar in meiner Wohnung von einem Mafioso angeschossen worden. Er schwebte damals in Lebensgefahr, wie man jetzt sieht, ist das alles spurlos an ihm vorüber gegangen."

Louisa erinnerte sich nur zu gut, denn sie war es damals, die Laufenberg den Mordauftrag erteilte, Paul Otter aus Rache wegen des Landgutes zu erschießen. Aber der Versager vermasselte es und schoss auch noch auf den Falschen, nämlich auf Kolumbus. Jetzt im Nachhinein war sie über Laufenbergs Unfähigkeit froh, denn Paul war mittlerweile ein guter Freund geworden.

Eine Viertelstunde später kam Kolumbus lässig zum Café zurück geschlendert und setzte sich völlig relaxt wieder auf seinen Platz. Seinen erkalteten schwarzen Kaffee rührte er mit Hingabe um. Louisa beobachtete seine kreisende Handbewegung und wollte ihn darauf aufmerksam machen, dass er noch keinen Zucker in seine Tasse getan hatte:

„Herr Kolumbus, sie haben noch nichts im Kaf..."

Paul unterbrach sie mitten im Satz, was es wusste wie Kolumbus reagierte wenn sie ihre Frage stellte. Durch seine Unhöflichkeit wollte er verhindern, dass sein alter Freund seine Marotte, auch schwarzen Kaffee umzurühren, in epischer Länge erklärte, und das wollte er sich und der Frau nicht antun.

„Kolumbus, was war denn eben los?"

Der angesprochene Rückkehrer setzte sich auf seinen Stuhl und lehnte sich entspannt mit einem zufriedenen Gesichtsausdruck zurück, dann schlürfte Kolumbus genüsslich einen Schluck des kalt gewordenen Kaffees, bevor er zu erzählen begann:

„Weil ich euch beiden gegenübersitze, fiel mir auf, dass der einarmige Hennes auf, wie er uns von der anderen Straßenseite beobachtet. Nachdem, was wir eben von Luise hörten, konnte das kein

Zufall sein. Auf der Jakobstraße habe ich ihn eingeholt. Nach eindringlichem Zureden gestand er mir, dass ihm ein Unbekannter den Auftrag gab, Frau Müller-Langenfeld zu beobachten. Der „Einarmige Bettler" ist von dem Mann in der Mittelstraße angesprochen worden, weil sein Stammplatz genau gegenüber von Luises Wohnung liegt. Hennes soll die hübsche Frau beschatten und seine Beobachtungen aufschreiben, ob sie Besuch bekommt, wann sie aus dem Haus geht und wohin. Angeblich will ihr eifersüchtiger Verlobter dies wissen, aber der Stadtstreicher glaubt ihm die Geschichte nicht. Falls er mehr herausbekommt, erhält er einen Bonus, so wie heute: Leute im Café auf der Severinstraße getroffen. Fürs Beobachten bekommt er pro Tag 50 Euro und mit dem Bonus sind das manchmal bis zu 100 Euro. Das ist viel Geld."

„Danke, Kolumbus, Sie sind mein Held", dabei lächelte Louisa ihn freundlich an, „jetzt weiß ich Bescheid und werde mit dem einarmigen Hennes reden."

Das tat sie noch an dem gleichen Abend und Hennes wurde zum gutbezahlten Doppelagenten. Sie bekam jeden Tag einen Durchschlag seiner Aufzeichnungen, bevor er sie in einem stummen Briefkasten deponierte und das Geld vom Vortag herausnahm. Louisa wusste noch nichts über den Auftraggeber, aber nach einer Woche stand der einarmige Hennes plötzlich nicht mehr vor ihrem Haus. War ihm etwas passiert, weil er auch für sie arbeitete?

Ein paar Stunden später beim gemeinsamen Abendessen erzählte Paul seiner Frau, dass er mit Kolumbus zufällig Frau Müller-Langenfeld in einem Café getroffen hat. Bei dem Anblick der jungen Frau sei der alte Weltenbummler richtig ausgeflippt, weil sie ihn an Neapel erinnerte, dort hätte er vor ungefähr 30 Jahren die bildhübsche Braut eines Arbeitskollegen kennengelernt. Angeblich würde Luise der Neapolitanerin zum Verwechseln ähnlichsehen, diese Ähnlichkeit habe den alten Mann sprachlos gemacht.

Daraufhin erklärte Ilaria, dass es auf der Welt von jedem Menschen sieben Doppelgänger gibt, sowas stand in einer Illustrierten.

Mit der Geschäftspartnerin ihres Mannes gab es bisher wenig Berührungspunkte, aber ihrer Meinung nach besaß sie irgendetwas Südländisches und dass die Haare blond gefärbt sind, war ihr sofort aufgefallen. Dann meinte sie noch, dass die junge Frau sich nicht ihrem Typ entsprechend kleidet, am liebsten würde sie mit ihr einmal shoppen gehen. Luise sei doch noch jung und für ihr Alter viel zu brav angezogen. Mut zur Farbe und etwas mehr Chic könnte ihr Outfit vertragen. Ilaria verstieg sich in der Aussage:

„Sie kleidet sich wie eine wohlhabende Landfrau aus dem Oberbergischen. Die erkennt man bei ihrem Einkaufsbummel auf der Schildergasse sofort an der teuren biederen Kleidung, farblich eher gedeckt, auf jeden Fall Ton in Ton und in bequemen Schuhen. Auch gerne mit einer diagonal um den Oberkörper geschlungenen kleinen Handtasche, damit die Hände beim Einkaufen frei sind, aber hier unterscheidet sich Luise mit ihren riesigen Umhängetaschen."

Kapitel 12 Merksatz und Telefonanruf

Leo war immer noch auf Carl sauer, weil der auf seinen Erfolg so verärgert reagiert hatte, anstatt sich mit ihm zu freuen. Es war mehr als ein Zufall gewesen, den Merksatz im Schlüssel zu entdecken, aber das daraus gebildete Passwort allein nutzte auch nichts, weil er die Benutzerkennung nicht kannte.

Üblicherweise werden beide Begriffe als Zugang zu Programmen benötigt.

Als er damals Carl in der Nacht anrief, war der sehr überheblich und beleidigend gewesen, doch der Merksatz, über den sich sein Freund aufregte, stand genauso auf dem versteckten Papierstreifen in dem Hekate-Schlüssel, er hatte sich den Text doch nicht ausgedacht. Eingeschnappt schmollte Leo und ignorierte danach mehrere Anrufe seines Freundes aus Italien. Aber nun war er mit seinem Algorithmus am Ende, deshalb überwand er seinen Stolz und rief seinen Studienkollegen an.

„Endlich, Leo", meldete sich Carl, „ich muss mich unbedingt bei dir entschuldigen, das mit deinem Merksatz habe ich in den falschen Hals bekommen. Wie ich jetzt weiß, gibt es den Text wirklich, und es ist ein Zufall, dass er auf mich passt, bei deinem nächtlichen Anruf dachte ich, du wolltest mich ärgern."

„Ist schon okay, ich habe das auch ein wenig ungeschickt rübergebracht. Ich glaube, der Satz ist eine Merkhilfe für ein Passwort, aber woher weißt du, dass es den Satz tatsächlich gibt."

„Ich habe mich mit einem Gast unseres Agriturismo, Commissario Benetton über Computersicherheit unterhalten. Er ist ein guter Bekannter von Ilaria de Moro, beruflich meine ich. Auf Einladung von Ilaria macht er hier mit seiner kleinen Tochter Urlaub. Beim Thema Passwörter habe ich ihm die Satzmethode empfohlen. Als Beispiel las ich ihm dummerweise den Satz vor, den du mir aufs Handy geschickt hast, du weißt, über den ich mich richtig geärgert habe, Sarazenen-Turm und so. Als ich begann den Text vorzulesen, hat er den Spruch zu meiner Verblüffung Wort für Wort vervollständigt und danach ist er richtig ausgeflippt."

„Was regte den Commissario denn so auf?", wollte Leo wissen und Carl erzählte ausführlich was er an dem Abend von ihm erfahren hatte:

„Nach der Zerschlagung des Don Velatus-Clans wurden viele seiner Männer verhaftet. Einer von diesen Mafiosi verriet seinem Zellennachbarn, einem V-Mann, dass es in der Luxusvilla seines Patrons einen Tunnel zu einem versteckten Bunker gäbe. Bei den bisherigen Durchsuchungen war den Beamten kein geheimer Unterschlupf aufgefallen.

Mit den neuen Erkenntnissen aus dem Gefängnis wurde die Villa noch einmal mit großem Aufwand von der Carabinieri durchsucht. Aber erst Kommissar Zufall sorgte für den Durchbruch. Für eine Zigarettenpause ging einer der Spezialisten hinaus vor das Gebäude und sah den Kindern auf der Straße, beim Verstecken spielen zu. Als dann der Kleinste an der Reihe war, wurde er von den anderen sofort entdeckt. Daraufhin machten sich die Größeren über ihn lustig, und der kleine Junge begann herzerweichend zu weinen. Der rauchende Uniformträger wollte gerade einschreiten, um den größeren Kindern ihre Hänselei zu verbieten, da verriet der Junge schluchzend in seiner Not, warum sein Versteck so schlecht war:

„Auf der Straße ist es auch blöd, hier gibt es keine Wunderdusche, wo man sich unsichtbar machen kann wie in der Villa des Patrons."

Der erfahrene Polizist und Familienvater ging zu dem Kleinen und fragte behutsam nach, was das mit der Wunderdusche auf sich hat. So erfuhr er von dem Jungen, dass seine Mutter in der Villa des Patrons im Haushalt half und auch putzte. Von ihr hatte das fantasievolle Kind aufgeschnappt, dass es dort eine Dusche gebe, die unsichtbar machen konnte.

Daraufhin befragte man die Hausbedienstete, aber die wusste angeblich von nichts. Die erfahrenen Ermittler ließen sich nicht täuschen und untersuchten alle Badezimmer, tatsächlich fand man mit einem Sonargerät hinter einer Duschkabine einen Hohlraum. Die Spezialisten erkannten, dass die gefliese Rückwand eine perfekt getarnte Geheimtür verbarg. Hier begann ein langer Tunnel, der bis zum übernächsten Grundstück führte und dort in einem Bunker endete, über dem der Gemüsegarten einer Gärtnerei angelegt war.

Die Einrichtung des Versteckes war so gebaut, dass man sich hier sehr lange aufhalten konnte. Schnell war klar, dass es sich um ein Versteck des Clanchefs handelt, das mit allem Luxus ausgestattet war, hier konnte er sich vor der Justiz für längere Zeit verbergen. Anscheinend sollte es ihm nicht so ergehen, wie manchem seiner mächtigen Kollegen, die von der Carabinieri gejagt, ihren Lebensabend unter ärmlichsten Verhältnissen in Höhlen oder abgelegenen Schäferhütten verbringen mussten."

Carl dachte daran, dass der Commissario an der Stelle seiner Erzählung höhnisch lachte, Mitleid mit den flüchtigen Mafiabossen schien er keine zu haben. Carl wischte den Gedanken beiseite und berichtete weiter was er erfahren hatte:

„Don Velatus hatte für den Notfall vorgesorgt, in dem komfortabel ausgestatteten Bunker konnte er schnell verschwinden und unsichtbar werden. Statt Fenster simulierten riesige Monitore den freien Blick in die Landschaft. In dem geschmackvoll eingerichteten Arbeitszimmer setzte sich ein Computerspezialist der Carabinieri an den Schreibtisch von Don Velatus, um einen Laptop des Mafiosis zu entsperren. Bevor er mit seiner Arbeit anfing, ließ er seinen Blick durch den Raum schweifen. Die komplette Einrichtung im Stil Louis XV. gefiel dem kunstsinnigen Beamten, dessen Eltern in Florenz ein Antikmöbelgeschäft führten. Dann zuckte er zusammen, denn die feine Rokokoeinrichtung wurde durch einen primitiven Olivenholzbilderrahmen mit einer schlichten Handarbeit entweiht. Genau gegenüber von dem Mahagonischreibtisch hing dieser Stilbruch: ein auf groben Leinen gestickter Spruch an der Wand. Er kannte den italienischen Zungenbrecher, diese Lebensweisheit hatte der Mafiaboss immer vor Augen, wenn er auf seinem Platz saß:

„C*hi troppo in alto mira, cade sovente precipitevolissimevolmente*": Wer zu hoch hinaufsteigt, kann tief fallen!

Wie sich später herausstellte, handelte es sich um eine Handarbeit seiner verstorbenen Großmutter, ihr Geschenk zu seiner Erstkommunion mit Jahreszahl, das ihr Enkel in Ehren hielt."
Leo unterbrach seinen Freund:
„Das wäre doch auch eine schöne Merkhilfe für ein Passwort."

„War es letztendlich auch. Denn beim Lesen dieses sinnigen Spruchs hatte der erfahrene Computerspezialist der Carabinieri so ein seltsames Bauchgefühl. Bevor er seine technischen Hilfsmittel zum Entsperren von Don Velatus PC einsetzte, gab er von jedem gestickten Wort den ersten Buchstaben als Passwort ein und tatsächlich öffnete sich das Eingabemenu. Wie sich bei weiteren Ermittlungen herausstellte benutzte Don Velatus für seine diversen Computeranwendungen Merksätze, dabei nahm er für seine Passwörter immer nur von jedem einzelnen Wort den ersten Buchstaben.

Fast gleichzeitig entdeckte man bei der Hausdurchsuchung einen raffiniert versteckten Safe, in dem lag ein mit einem Hekate-Rad verzierter, hohler venezianischer Schlüssel. In dem Schlüsselschaft steckte ein Papierstreifen exakt mit dem gleichen Merksatz, mit dem du mich nachts geweckt hast."

„Carl, aber was hat das mit mir zu tun?" sagte Leo am Telefon und war froh, dass sein Freund nicht sehen konnte, dass er kreidebleich geworden war. Er dachte daran, dass Paul Otter ihm den Mafiaschlüssel geliehen hatte, aber wo war der ursprünglich her? Besser er würde nicht nachfragen, sonst würde er noch schlafende Hunde wecken.

„Also Leo, es könnte gut sein, dass du im Rahmen einer Amtshilfe von der deutschen Polizei vernommen wirst. Den Commissario wundert, dass dieser Merksatz nun in Köln auftaucht. Die Polizei hat ermittelt, dass Don Velatus auf seiner Flucht sich hier kurz aufgehalten hat und das macht sie natürlich hellhörig. Jetzt will er wissen, woher du diesen Satz kennst und ob du Kontakt zu dem Mafiaboss hattest. Mariaclara war dabei, sonst hätte ich nicht alles verstanden. Also lass dir was einfallen, kann gut sein, dass man dich im Rahmen der Amtshilfe durch die deutsche Polizei befragt, aber es ist auch möglich, dass alles im Sand verläuft, weil der Velatus-Clan-Fall abgeschlossen ist."

„Dann hoffen wir das Beste", Leo war zufrieden, dass er sich mit seinem Freund wieder ausgesöhnt hatte.

Nachdem das Telefonat beendet war, dachte er nach und setzte sich an seinen Laptop und grübelte, dann hatte er eine Idee. Er selbst speicherte bei öfter benutzten Anwendungen seine persönlichen Kennungen aus Bequemlichkeit immer auf dem eigenen Rechner. Wenn man dann ein Programm aufruft, wird das Benutzerfeld in der Eingabemaske automatisch ausgefüllt. Warum sollte es der Vorbesitzer des Superrechners es mit seinen Kennungen nicht genauso gemacht haben.

Er schaltete den Caryus-23 ein, mit dem Monteverdi früher die Konten verwaltete und lud die Startdatei für das Finanzprogramm. Auf dem Bildschirm erschien eine Maske Finanzreport und dort war das Benutzerfeld bereits vorausgefüllt: Viktor Emanuel III., Italiens letzter König und ein leeres Eingabefeld forderte das Passwort. Schnell holte er den langen italienischen Merksatz aus dem Hekate-Schlüssel und tippte von jedem Wort den ersten Buchstaben ein, denn das hatte der Mafioso laut diesem Commissario auch immer so gemacht. Damit waren die zehn Felder in der Eingabemaske mit Sternchen ausgefüllt.

Leo holte tief Luft und drückte die Return-Taste. Was dann mit einem Ping auf dem Bildschirm erschien, erinnerte ihn an sein Onlinebanking bei der Sparkasse. Nur waren hier mindestens ein Dutzend Konten bei Banken auf der halben Welt eingerichtet. Der Saldo aller Kontostände war eine schwindelerregende Summe. Die Millionen machten Leo nervös, andererseits geriet er in eine gewisse Goldgräberstimmung. Das von ihm gefundene Passwort war der „Sesam öffne dich" zu einem riesigen Schatz, aber konnte er wirklich auf das Geld zugreifen? Nach kurzer Überlegung entschloss er sich, es einmal auszuprobieren. Leo wählte ein Konto auf den Bahamas aus und überwies als Test 100 €, aber nicht auf sein privates Bankkonto, sondern sicherheitshalber auf das anonymere Firmenkonto.

Er erzählte niemandem von seinem Versuch, wahrscheinlich waren das uralte abgeschlossene Transaktionen. Leo glaubte nicht, dass seine Überweisung ausgeführt wurde, denn das ganze Prozedere war zu einfach, den Versuch machte er nur so zum Spaß.

Das Leben ging weiter und der Einzug ihrer Firma „69-four" in die neuen Räume in Mülheim geschah innerhalb kürzester Zeit. Nun war Leo mit seinem Team damit beschäftigt, Fleisch um das Gerippe von Antonias Skript zu schaffen. Die Sache mit den mysteriösen ausländischen Bankkonten würde er sich irgendwann später noch einmal ansehen, wenn er wieder mehr Zeit besaß, jetzt musste erst das Spiel fertig werden.

Die übernommenen Angestellten von „69" waren genau die Spezialisten, die sie benötigten. Die erfahrenen Leute brachten auch neue Ideen mit ein. Das nicht so üppige Gehalt der Mitarbeiter wurde mit einer gewinnabhängigen Erfolgsprämie aufgepeppt, ein Anreizsystem, das Paul gegen den anfänglichen Widerstand seiner Miteigentümer durchsetzte. Die Leute waren begeistert und Leo musste im Nachhinein eingestehen, dass ihr Team jetzt noch motivierter ihren Job machte.

Nach einem langen Tag fuhr Paul spontan und ohne Termin zum überfälligen Haareschneiden. Seine Stammfriseurin Vanessa hatte gerade erst mit einem neuen Kunden begonnen und gab ihm ein Zeichen, dass er sich etwas gedulden muss und brachte ihm einen Stapel Illustrierte.

Kein Problem, er freute sich auf den Klatsch und Tratsch der Prominenz in den bunten Blättern. Zuerst überflog Paul eine Motorsportzeitung und stutzte, als ihm das Gesicht eines ehemaligen Kunden des Autohauses „Colonia von 1926" aus einem Cabrio entgegen lächelte. Oben am Rand des großformatigen Fotos sah man den bekannten weißen Schriftzug: Hollywood. Darunter folgte eine Homestory, bei der es um seine Erfolge und um die Oldtimer-Leidenschaft des Gastgebers ging. Jack hatte mittlerweile in den USA als Vice President eines großen Medienkonzerns Karriere gemacht und war für den Vertrieb zuständig. Das Unternehmen war Paul natürlich ein Begriff, warum sollte er ihn nicht anrufen, an der Westküste dürfte es jetzt Vormittag sein.

Er deutete Vanessa an, dass er draußen vor dem Friseurladen warten würde. Paul ging zu seinen Tesla und nach einigen Anrufen bei ehemaligen Autohauskunden, von denen er wusste, dass sie damals mit dem Amerikaner befreundet waren, bekam er die Telefonnummer in Kalifornien. Der Vice President erinnerte sich sofort wieder an den Kölner Autohändler, bei dem er mehrere Fahrzeuge kaufte, unter anderem einen aufwendig restaurierten Alfa Romeo, mit dem er sich für die Zeitschrift fotografieren ließ. Etwas Wehmut überkam Jack bei dem Gedanken an seine Kölner Jahre:

„Hello, how are you Paul, du hast Glück, meine neue Assistentin hat dich verwechselt, deshalb hat sie dich sofort durchgestellt, ansonsten schirmt sie mich total vom normalen Leben ab, aber umso besser. Ich freue mich! Hast du den Bericht über mich in der Deutschen Motorsportzeitung gesehen und unser rotes Oldtimer-Baby wiedererkannt, mit dem wir beide damals an der Mille Miglia teilgenommen haben? Still I fond memories of the classic car rally in Italy."

Der Vice Präsident kam ins Plaudern und schwärmte von seiner Zeit in der Domstadt, hier lernte Jack auch seine deutsche Ehefrau kennen. Als er wissen wollte, was Paul jetzt so treibt, erzählte der von der neuen Firma und dem Computerspiel.

„Das finde ich gut, das letzte was ich von dir gehört habe, dass du mit deiner hübschen Frau auf eurem Landgut in der Toskana sitzt und die Seelen baumeln lasst. Es ist schön, etwas aus der Alten Welt zu hören. Da kommt mir eine Idee, sollen wir beide nächstes Jahr nicht noch einmal an der Oldtimer-Rally Mille Miglia teilnehmen? Dafür vermittle ich dir einen Kontakt zu unserer Europa-Repräsentantin, die kann sich euer Spiel einmal ansehen, die Lady ist übrigens auch autovernarrt. Wie war noch das rheinische Wort für „Eine Hand wäscht die andere". Stopp, sag nichts, gleich fällt es mir wieder ein: Kölscher Klüngel. Ach, sag mal, was für einen Wagen fährst du jetzt eigentlich?"

„Jack, ich habe jetzt einen Tesla", und Paul konnte sich vorstellen, wie der Autonarr darauf reagierte und prompt drang lautes Gelächter aus Kalifornien an sein Ohr.

„Entschuldige, ich muss mich erst beruhigen. Junge, da ist doch gar kein richtiger Motor eingebaut, noch nicht einmal ein kastrierter, wo ist denn der Sound, wenn du Gas gibst. Praktisch soll das Ding ja sein, meine Frau fährt auch so was. Aber erwähne dein Elektroauto nicht bei unserer Europa-Repräsentantin, die hat nämlich Benzin im Blut und würde dich nicht ernst nehmen. Goodbye!"

Kapitel 13 Leos Überweisung

Die vier Eigentümer „69-four" trafen sich zu ihrem üblichen Jour fixe in ihrem Domizil in der Schanzenstraße.

Bevor Leo zu dem Termin in die Firma fuhr, kontrollierte er von zu Hause aus das Firmenkonto, aber es gab keinen Zahlungseingang aus den Bahamas, also nichts war bisher passiert. Seine 100 Euro-Testüberweisung hatte nicht funktioniert. Vermutlich waren auf dem Superrechner alte Datensätze und das Konto auf den Bahamas gab es längst nicht mehr. Bei diesen großen Summen wäre doch niemand so leichtsinnig gewesen, die Daten ungesichert abzuspeichern, oder jemand hat sie absichtlich mit irgendwelchen Hintergedanken so offen auf diesem Rechner hinterlassen. Egal wie, vielleicht hatte er auch etwas falsch gemacht, er würde es noch einmal versuchen, aber welchen Betrag sollte er diesmal einsetzen? Bei der Überlegung drängte sich Leo eine Zahl auf, eben hatte er für den nächsten Jour fixe noch den Bedarf für neue elektronische Geräte ermittelt und war bei seiner Kalkulation auf 25.000 Euro gekommen. Und weil er den Betrag noch im Kopf hatte, setzte er ihn einfach in die zweite Überweisung ein. Was konnte schon passieren und gut gelaunt fuhr er in die Schanzenstraße, aber seine Stimmung würde nicht lange so bleiben.

Bei der anschließenden Besprechung in der Schanzenstraße waren die Anteilseigner noch nicht vollständig. Luise kam eher selten, weil sie nicht in das allgemeine Tagesgeschäft eingebunden war, deshalb begann Leo, der kreative Kopf und technische Leiter, pünktlich mit seinem Vortrag. Er berichtete von den Fortschritten, welche ihre kleine Firma bei der Gestaltung des Spieles machte und hoffte, bis zur Londoner Spielemesse „Games Week" fertig zu sein. Dort wollte man ihr Produkt der Öffentlichkeit vorstellen und Paul würde sich um einen Messestand kümmern. Außerdem informierte er über den Vorschlag eines Mitarbeiters, von ihrem Spiel eine abgespeckte Handyversion zu entwickeln, dies sollte man sich genauer ansehen.

Da klopfte es zaghaft an der Tür des Besprechungszimmers, und Louisa machte einen zögerlichen Schritt in den Raum hinein und blieb stehen. Durch ihr Erscheinen unterbrach sie Leos Vortrag und sagte etwas verlegen:

„Sorry, zu spät wie immer. Zwar habe ich das Memo mit dem Termin gelesen, aber ich weiß nicht, ob ich bei diesen Besprechungen erwünscht bin, weil ich ja sonst nichts für die Firma mache?"

„Setz dich", und Leo deutete auf den leeren Stuhl am Tisch, „zwei Sachen noch und ich bin fertig. Also, ich habe den Eindruck, dass unsere Leute voll motiviert sind. Die Hoffnung auf die Erfolgsprämie ist ein echter Motivationsschub, das war eine gute Idee von Paul, deshalb sind wir schneller als geplant. Das Interaktionsdesign ist bereits fertig und gelungen, auch die Entwickelung der lebensecht animierten Charaktere ist fast abgeschlossen, allerdings gefallen mir die Outfits von einigen Figuren nicht, da fehlt der letzte Pfiff. Unsere Jungs und selbst die beiden Mädchen tragen immer, Jeans und T-Shirt, anscheinend glauben sie, dass alle Menschen auf der Welt im Jahr 2044 auch in diesem Einheitslook herumlaufen. Unsere Figuren müssen auch optisch unterscheidbarer sein. Wir brauchen jemand mit Geschmack, der sich mit Kleidung und Farben auskennt. Vielleicht kann irgendeiner einen Designer oder eine Designerin aus dem Hut zaubern, der/ die unseren Leuten mit neuen Ideen auf die Sprünge hilft? Das ist kein Fulltime-Job, aber es eilt, wir brauchen schnell jemanden mit Stilempfinden, der sich die Figuren kritisch ansieht. Jetzt kann man noch viel ändern, später wird das alles viel aufwendiger und teurer."

„OK, ich möchte dich nicht abwürgen", meldete sich nun Antonia mit erhobener Hand, „denn ich habe möglicherweise eine Lösung für das Problem. Aber vorher liegt mir noch was auf dem Herzen. Luise tritt hier viel zu bescheiden auf, im wahrsten Sinn des Wortes ist sie eine stille Teilhaberin. Ich meine, sie hat so viel Geld in die Firma gesteckt, deshalb sollten wir sie in die aktive Geschäftsleitung mit einbinden, was meint ihr?"

Dabei sah die kleine Person die beiden Männer prüfend an und die nickten zustimmend. Mit dem Erfolg im Rücken redete Antonia weiter:

„So, jetzt wäre das auch geklärt, du bist doch einverstanden, Luise? Gut! Also, in meinem Büro ist noch ein Schreibtisch frei, wenn du möchtest, gehört er dir, dann hast du jederzeit einen festen Platz in der Firma. Aber nun zu unserem Kostümproblem, Luise. Als ich dich letztens abgeholt habe, ist mir in deiner total chic eingerichteten Wohnung ein Stapel internationaler Modezeitungen aufgefallen. Da waren die verrücktesten Sachen abgebildet, das scheint dich zu interessieren, auch wenn du dich persönlich dezenter," Antonia verkniff sich das Wort langweilig, „aber auf jeden Fall immer geschmackvoll kleidest. Du bist immer sehr elegant angezogen, wäre die Kostümgestaltung nicht etwas für dich? Versuch es doch mal. Wenn du möchtest, gebe ich dir ein Skript mit, da werden alle Figuren beschrieben, es handelt sich um die unterschiedlichsten Charaktere, sie sollten entsprechend gekleidet sein, von zerlumpt bis edel, und einige auch chic."

„Ja, da würde ich sehr gerne helfen. Ich war auf einem Internat am Bodensee, dort habe ich bei einer Design-AG mitgemacht, seitdem interessiere ich mich für Mode. Nach meinen Entwürfen lasse ich mir gelegentlich Sachen anfertigen. Also, ich traue mir das zu und würde es gerne probieren", Louisas Augen leuchteten, Mode war ihre Leidenschaft, leider musste sie sich wegen ihrer Versteckspielerei unauffällig und damit langweilig kleiden. Auf einmal beäugte sie den kaufmännischen Geschäftsführer Paul kritisch, dabei neigte sie ihren Kopf abwechselt nach rechts und links, dann stellte sie fest, so als wollte sie ihr Stilempfinden unter Beweis stellen:

„Sehr guter Haarschnitt, gefällt mir, steht dir gut."

Irritiert über das unerwartete Kompliment fasste sich Paul verlegen in seine Haare und bekam einen roten Kopf. Schon immer, wenn ihm etwas peinlich wurde, löste sein vegetatives Nervensystem das Erröten aus. Er ignorierte es und weil er als Nächster in der Runde das Wort erhielt, stellte Paul die Frage:

„Bist du auch einverstanden, Leo? - Gut, du hast den Job, Luise. Jetzt zu den Finanzen unserer Firma: Also, ich habe meine Kontakte in diverse Richtungen ausgestreckt, aber wenn wir auf der Londoner „Games Week" nicht direkt durchstarten, brauchen wir eine langfristige Strategie, um unsere qualifizierten Mitarbeiter durchgehend beschäftigen zu können, sonst ist unsere Firma eine Eintagsfliege. Zurzeit setzen wie alles auf eine Karte, aber wir benötigen nach „Colonia 2044" weitere Projekte. Noch besser wären zusätzliche externe Füllaufträge, die uns direkt Geld einbringen, also im Prinzip ein zweites Standbein. Von den übernommenen Mitarbeitern habe ich erfahren, dass sie früher bei „69" nebenbei Werbefilme und animierte Reklamespots für Medien oder Messeauftritte der PolyTec AG produziert haben.

Ich habe einen guten Bekannten Gottfried von Kessel, mehr schon ein Freund, er ist der CIO dieses Düsseldorfers Konzerns und ich habe bei ihm auf den Busch geklopft. Der hat mich an den zuständigen Abteilungsleiter verwiesen, dabei kam heraus, dass sie wussten, dass die Firma „69" auf der Kippe stand, deshalb wollten sie eigentlich die Firma übernehmen. Aber bevor der Firmenkauf von allen Konzerninstanzen abgesegnet war, gehörte „69" bereits uns. Weil sie mit deren Leistungen sehr zufrieden waren, würden die PolyTec-Leute mit uns als Nachfolger gerne weiter zusammenarbeiten."

Etwas dünnhäutig schreckte Leo auf und entrüstete sich:

„Ich kenne das aus anderen Betrieben, dann sind wir nicht mehr Herr im eigenen Haus. Wenn die pfeifen, müssen wir alles andere stehen und liegen lassen."

„Nein! Langsam", beruhigte ihn Paul, „die PolyTec bietet uns zwei Optionen an, Lohnaufträge oder einen festen Rahmenvertrag, dessen Volumen maximal 30 Prozent unserer Kapazität beanspruchen darf. Wir bekämen dann monatlich einen Scheck für die Bereitstellung unserer Ressourcen und bei Inanspruchnahme die Arbeitskosten. Damit hätten wir Basiseinnahmen und wir könnten erst einmal überleben, falls „Cologne 2044" nicht so läuft, wie wir es erwarten. Wir haben 3 Wochen Zeit, uns zu entscheiden und ich finde, es ist ein faires Angebot. So, da ist mir noch etwas Seltsames aufgefallen, nur eine Kleinigkeit zum Schluss, auf dem Firmenkonto sind eben 100 Euro eingegangen."

Leo zuckte zusammen und wurde bleich. Gut, dass die andern dies nicht bemerkten. Für die bisher zurückhaltende Louisa hörte sich Pauls letzter Satz nach einem Gag an. Sie schüttelte sich vor Lachen und konnte nichts dagegen tun. Ihr Lachanfall war für sie wie eine Befreiung, deshalb schaffte sie es nicht, sich eine Anmerkung zu verkneifen:

„Ganze 100 Euro Geldeingang, wunderbar! Kaum nehme ich an einer Sitzung teil, sind wir schon in der Gewinnzone. Die Besprechungen sind so lustig, ich glaube, dass ich was verpasse, wenn ich nicht regelmäßig komme und", sie hatte einen Zeigefinger erhoben und sah Paul an, „natürlich pünktlich. Herr Geschäftsführer!"

Paul sah sie überrascht an, ließ sich aber nichts anmerken, er fühlte sich ein wenig auf den Arm genommen:

„Es geht nicht um die 100 Euro, sondern dass sie von einer Bank aus der Karibik stammen. Es ist vermutlich eine Fehlbuchung oder ein Irrläufer, was weiß ich."

„Vielleicht sind es irgendwelche Hacker, die Luftballons starten, um Kontodaten abzugreifen. Also ich schlage vor, dass wir den Vorgang ignorieren", meinte Antonia, nur Leo schien geistig abwesend zu sein. Er bekam jetzt kalte Füße, weil er vorhin noch 25.000 Euro von dem Bahamas-Konto abgebucht hatte. Jetzt wurde ihm in letzter Konsequenz bewusst, dass er Zugriff auf die fremden Konten besaß. Die Überweisung mit den 100 Euro war durchgegangen, also würde es mit dem zweiten Betrag auch noch etwas dauern, bis er auf ihrem Firmenkonto auftaucht. Jetzt war klar, seine Aktionen waren kriminell, sollte er es den anderen beichten? Leo traute es sich im Moment noch nicht, man konnte doch alles wieder zurück überweisen. Wenn jedoch auch noch der höhere Betrag auf ihrem Konto auftaucht, würde Paul als kaufmännischer Geschäftsführer nachforschen müssen, was es mit dem Geld auf sich hat. Außerdem gab es noch ein Problem, was werden die Leute tun, denen das Geld gehört, vielleicht würde man die abgebuchten kleinen Beträge bei dem riesigen Guthaben überhaupt nicht bemerken.

Kapitel 14 Kontoauszug

Im fernen Argentinien saß in einem Luxushotel der gelangweilte Don Velatus in seiner Präsidentensuite. In drei Wochen würde sein neues festungsartig angelegtes Anwesen in der Nähe von Montevideo fertig werden.

Der Clanchef grübelte, wann würde er seine Familie wiedersehen? Ein später Trost war ihm seine Tochter Louisa aus einer vorehelichen Beziehung, die er seiner Frau bis zum heutigen Tag verschwieg. Louisa war beinah so hübsch wie ihre Mutter.

In die war Don Velatus unsterblich verliebt gewesen. Aber als die Frau damals von ihm schwanger wurde schickte sie ihn, den Kleinkriminellen aus Neapel, in die Wüste. Sie heiratete stattdessen einen festangestellten Elektriker unten vom Hafen, das schien ihr eine bessere Perspektive zu sein. Ein paar Jahre später, als er Clanchef war und sich Velatus nannte, ehelichte er aus taktischen Überlegungen die Tochter eines konkurrierenden Mafiafürsten. Damit verhinderte er einen Bandenkrieg und stärkte zusätzlich noch die Macht seiner Organisation. Aber immer, wenn er Louisa sah, musste Don Velatus an ihre Mutter, seine große Liebe denken.

Über seinen Mafiaclan förderte er das Mädchen von Kindesbeinen an. Als sie älter wurde, war der Einstieg in den Velatus-Clan für Louisa selbstverständlich, dort wurde sie in vielen Sachen ausgebildet und bekam einen besonderen Status. Niemand im engeren Führungskreis traute sich Don Velatus zu fragen, weshalb er die junge Frau weitgehend verheimlichte und bevorzugte.

Später, als ihm die Justiz bereits auf den Fersen war, versteckte er sich ohne seinen Tross nur mit Louisa in einer Villa im Taunus. Durch das Versteckspielen verbrachten sie zwangsläufig mehr Zeit miteinander und lernten sich dadurch besser kennen. Der Patron erinnerte sich gerne an den Tag und an ihr ungläubiges Gesicht, als er ihr gestand, dass sie seine leibliche Tochter ist. Velatus Vatergefühle entwickelten sich so stark, dass er es verantwortungsvoller fand, sich während seiner Flucht von ihr zu trennen. Ab jetzt durfte er sie vorläufig nicht mehr sehen, es war sein Fleisch und Blut, und die Nähe zu ihm würde sie nur gefährden. Es hatte ihn viel Aufwand gekostet, die junge Frau bis jetzt unter dem Radar der Ermittlungsbehörden zu halten.

Nur für kurze Zeit war er Besitzer des Landgutes de Moro gewesen, dann brach sein Imperium zusammen. Den dazu gehörigen Sarazenen-Turm, der ein paar Kilometer entfernt einsam in der Wildnis stand, schenkte er seiner Tochter Louisa, die sich um den Kauf des Gutes gekümmert hatte, sie wollte sich im Turm eine Ferienwohnung einrichten.

Don Velatus war kein Buchhalter, dafür brauchte er Experten. In den letzten Jahren wurde sein Auslandsvermögen von dem Schweizer Monteverdi verwaltet. Umso mehr tat es ihm leid, dass er den sympathischen Mann aus Sicherheitsgründen eliminieren lassen musste, aber so waren die Regeln. Der Finanzmann kannte das Risiko seiner Mitwisserschaft und wusste, was im Fall der Vernichtung des Mafiaclans mit ihm, dem Insider geschehen würde. Und so geschah es, aber zum Leidwesen des Patrons leider mit einigen Pannen.

Die aus Italien angereisten Killer sollten nach der Tat dem Toten die goldene Halskette samt Medaillon abnehmen, aber an seiner Kette hing kein Anhänger. Auch den alten verzierten Schlüssel, den sie mitbringen sollten, fanden sie nicht. Bei der Durchsuchung der Räume stießen sie unbemerkt eine brennende Kerze um. Durch dieses Missgeschick entwickelte sich auf einem dicken Teppich ein kleiner Schwelbrand und ein Rauchmelder löste aus. Den schrillen Alarm hörte die Nachbarschaft und die Mörder flüchteten aus der Wohnung. Als die Feuerwehr in der Wohnung eintraf, entdeckte sie zwei Leichen und informierten sofort die Mordkommission.

Deshalb mussten die Mafiosi der Kölner Niederlassung nachts in die Wohnung einbrechen, um Monteverdis Superrechner sicherheitshalber zu entsorgen. Die Männer fürs Grobe transportierten ihn in die Tiefgarage, erst hier bemerkten sie, dass der hohe Blechschrank nicht in ihren gestohlenen Combi passte. Nach telefonischer Rücksprache schlossen sie das Gerät in Monteverdis Keller ein, vorher zogen sie auf Anweisung die Speicherkarten heraus und übergaben sie im Trude-Herr-Park einer von Don Velatus weiblichen Bodyguards. Der zurückgelassene Computer war ihrem Patron nicht wichtig.

Für den Mafiaboss war sein Versteck, weit weg von der Heimat, in der argentinischen Hotelsuite nervenzermürbend, aber er war gezwungen, sich zu gedulden. Er musste hier noch eine Weile unsichtbar bleiben, bis seine neue Identität fertig wurde und sein neues gesichertes Anwesen einzugsbereit war. Aktuell ging die größte Gefahr für ihn von der argentinischen Unterwelt aus, sie würde ihn jagen, wenn sie wüssten, was für ein Goldfisch sich in ihrem Revier aufhielt. Deshalb vertrieb er sich in seiner Luxussuite die Zeit mit Amazon Prime Video, Netflix und Co. Mehr aus Langeweile als aus Interesse überprüfte er mit einem Notebook sein Vermögen, die Daten liefen über ein Satellitentelefon. Wodurch und mit welchen Mitteln er reich geworden war, interessierte ihn nicht, er glaubte, dass er das Geld verdient hatte, dabei waren ihm die Methoden egal gewesen. Er war in Neapel in einem Armenviertel aufgewachsen, hier musste man um sein Überleben kämpfen und Kriminalität gehörte zum Alltag. Hier setzten sich nur die Stärkeren durch, denn es herrschte der Grundsatz, fressen oder gefressen werden.

Und jetzt brachte ihn die Langeweile fast um, deshalb kontrollierte er öfter sein Vermögen, das er vor den italienischen Behörden im Ausland versteckt hatte. Dafür benutzte er das bedienerfreundliche Programm, das ihm sein Finanzmann Monteverdi eingerichtet hatte.

Das PC-Programm markierte die Konten ohne Geldbewegung mit einem gelben Hintergrund. Bei Abbuchung erschien das Feld in rot und bei Geldeingang in grün.

Was war das? Bei zwei Banken leuchtete das Feld rot auf, aber es durfte nur einmal rot sein, denn er hatte seinem Neffen eine Zugriffsberechtigung für ein Konto in dem amerikanischen Steuerparadies Delaware erteilt. Er sollte von dort Geld über Umwege auf einige lokale Banken in Montevideo überweisen, um kleinere Geschäfte zu machen und Rechnungen zu begleichen. Auch eine größere Summe Bargeld sollte im Haus sein. Es ist immer wichtig, vor Ort flüssig zu sein, zum Beispiel um Schmiergeld sofort verfügbar zu haben, man wusste ja nie. Schon als Kind zeigte Pietro ein Talent für Zahlen, deshalb finanzierte er dem Sohn seiner Schwester ein internationales Betriebswirtschaftsstudium, das er gerade abgeschlossen hatte. Der Junge war Familie und gehörte zu seinem kleinen Tross, der ihn zu dem Versteck nach Argentinien begleitete.

Die andere rot markierte Bank lag auf den Bahamas und da besaß nur er, der Patron, alleinige Verfügungsgewalt, wie bei den anderen Offshore-Konten. Er loggte sich dort ein, 100 Euro Abbuchung vor einer Woche, bei dem Empfänger handelte es sich um eine Firma „69-four" GmbH in Köln. Bei dem kleinen Betrag konnte es eine Fehlbuchung sein oder allenfalls irgendeine alte Rechnung aus Monteverdis Zeiten, denn der wohnte in der Domstadt. Er würde das erst einmal auf sich beruhen lassen, vielleicht waren das irgendwelche Pilotbuchungen oder Trojaner, mit so etwas kannte er sich nicht aus. Tage später wählte er sich sicherheitshalber noch mal in das Konto der Karibikbank ein und staunte nicht schlecht, vor ein paar Stunden waren diesmal 25.000 Euro abgebucht worden und wieder an diese Kölner Firma.

Bei Don Velatus schrillten alle Alarmglocken, hatte sein Neffe Pietro ihn bei der Passworteingabe ausspioniert? Die kleinen Beträge deuteten darauf hin, dass etwas möglichst unauffällig ablaufen sollte. Sein Misstrauen richtete sich gegen den Neffen und er stellte ihn zur Rede, früher in der Heimat hätte allein der Verdacht Konsequenzen für den Beschuldigten gehabt. Zu Hause In seinem Umfeld war er, der Don, allmächtig gewesen und damit Herr über Leben und Tod, jetzt besaß er mehr Zeit und Geduld als früher, zudem waren seine personellen Ressourcen zurzeit überschaubar. Der junge Mann versicherte glaubhaft nichts gemacht zu haben, aber wer sonst konnte hinter den Überweisungen stecken?

Der reiche Flüchtling machte sich ernsthaft Sorgen, irgendwo gab es ein Leck und dies musste schnellstens geschlossen werden. Oder war eine Finanzbehörde seinen ausländischen Schwarzgeldkonten auf der Spur? Aber wenn jemand stehlen wollte, würde der sich nicht mit so kleinen Beträgen zufriedengeben. Eigentlich war es unmöglich, dass irgendwer Zugriff auf seine Auslandskonten besaß, aber falls doch, dann konnte er Millionen überweisen und ihn über Nacht zum armen Mann machen. Gedankenverloren griff er sich an die Brust, und lächelte zufrieden, als er das Katzenmedaillon mit dem Nummernkonto spürte, auf dem ein Drittel seines Notgroschens lag. Das zweite goldene Medaillon bewahrte Louisa auf, ein weiteres war nach dem Tod Monteverdis verschwunden und damit der Zugriff auf das dritte Nummernkonto. Sein Vermögen in der Heimat hatte, wie in diesen Fällen üblich, bereits der italienische Staat konfisziert.

Von dem Geld, das sein genialer Finanzmann über Jahre auf spezielle ausländische Banken geschafft hatte, kannte nur noch er allein die Zugangsdaten, seit Monteverdi nicht mehr lebte. Jetzt sofort alles umzubuchen war kaum machbar. Die Passwörter zu ändern ist nicht bei allen Banken auf die Schnelle möglich, darauf wies ihn bereits damals sein mittlerweile toter Finanzmann hin. Für den Fall, dass der Patron den wichtigen Merksatz vergessen sollte, versteckte Monteverdi ihn in den hohlen Schaft eines antiken Schlüssels. Für sich machte er auch ein Duplikat, alle Teile schmückte das Rad der Hekate, dieser griechischen Göttin.

Nur seiner Tochter Louisa traute Don Velatus noch, ihren Lebensweg hatte er verfolgt und glaubte zu wissen, was für ein Mensch sie ist. Für den Fall, dass ihm auf der Flucht etwas zustoßen sollte, vertraute er ihr das Geheimnis des alten Schlüssels an. Außerdem überreichte er ihr eins von den drei Kriegskassen-Medaillons, aber er sagte ihr noch nicht, was es damit auf sich hat. Ja, auf seine Tochter konnte er sich verlassen, da war er sich sicher. Er wusste nicht, dass die Carabiniere seinen kleinen Geheimtresor längst entdeckt hatten, aber mit dem Passwort im versteckten Schlüssel nichts anfangen konnten. Sie wussten nicht, für welches Programm es benötigt wurde.

Das Leck bei den Bankkonten musste unbedingt geschlossen werden, deshalb zitierte er seinen Neffen in sein Hotelzimmer:

„Pietro, ich bin auf meiner Flucht eine Zeit lang in Köln gewesen, wir hatten da auch eine aktive Zelle. Ich war sogar im Kölner Dom, was für ein Wunder ist dieses Bauwerk und dazu noch der goldene Schrein mit den Gebeinen der Heiligen Drei Könige", der tiefgläubige Mafioso bekreuzigte sich, „wunderbar. Ich habe dort eine Kerze für meine kranke Mutter angezündet. Ich glaube, sie hat auch mir geholfen, denn kaum hatte ich die Kathedrale verlassen, wurden meine Begleiter, drei Prioren zu unserem Herrn heim gerufen. Sie wurden bei einem Erdbeben im Dom von einem Baugerüst erschlagen. Angeblich ein tragischer Unfall, aber ich fürchte, der Anschlag galt mir. Ich habe gehört, dass an einem Sicherungsbolzen manipuliert worden ist, es gibt einige Leute aus Neapel, die schnell reich werden wollen, aber die Heiligen Drei Könige haben mich beschützt. Der Kölner Dom ist zwar nicht der Petersdom, aber auf seine Art einzigartig. Also prüfe bitte, wer hinter diesem Konto steckt und komm dann rüber."

Seinem Großonkel gegenüber besaß Pietro eine geradezu religiöse Verehrung, für ihn war es eine Ehre, seinem Patron, wie er ihn nannte, zu dienen. Er ging in sein Zimmer zu seinem Rechner und recherchierte. Knappe 10 Minuten später klopfte er bei seinem

Gönner an die Tür, aber es kam kein „Herein" oder so was, er hörte nichts. Er wartete gespannt und kämpfte mit sich, sollte er es wagen, noch ein zweites Mal anzuklopfen. Er wurde einer Entscheidung enthoben, denn aus dem Zimmer brüllte eine ungeduldige Stimme:

„Verdammt noch mal Pietro, komm endlich herein."

„Patron, woher wussten Sie, dass ich vor ihrer Tür warte?"

„An deinem ängstlichen Anklopfen. Junge, solange du dich an dein Gelübde hältst, brauchst du doch vor mir keine Angst zu haben, also hast du schon was herausgefunden?"

„Ja, das Konto gehört einer Computerfirma in Deutschland, Köln-Mülheim", er hob einen PC-Ausdruck hoch. Das sind die vier Inhaber, drei mit Bild, nur von der vierten Person, einer Luise Müller-Langenfeld fehlt das Foto."

Don Velatus riss Pietro den Ausdruck aus der Hand:

„Diesen Mann kenne ich, es ist der Ehemann von der de Moro, Herr Marder, nein, Otter! Ach, da steht es doch, Paul Otter, ich wusste, dass es sich um ein Raubtier handelt. Ihm und seiner Frau gehört das Gut de Moro in der Toskana, das ich mir damals als Altersruhesitz ausgesucht hatte. Als ich meiner Mutter das Landgut zeigte, bin ich dort dem Mann einmal begegnet und später noch einmal in Köln. Wenn er eins und eins zusammenzählt, könnte er mir gefährlich werden, er ist einer der Wenigen, vielleicht sogar der Einzige außerhalb unseres Clans, der weiß, wie ich aussehe."

„Patron, du hast mir letztens von einer Louisa erzählt, sie hat die Aktion mit dem Landgut de Moro organisiert, du schwärmst immer so von ihr. Weißt du, wo sie sich momentan aufhält? Sie war doch mit dir in Deutschland. Vielleicht ist sie noch da und kann etwas herausbekommen?"

„Junge, lass Louisa außen vor, was hältst du davon, selbst nach Köln zu fliegen und nach dem Rechten zu sehen. Ich gebe dir eine meiner Leibwächterinnen zur Unterstützung mit, Tiziana war mit mir schon einmal in Köln. In der Stadt haben wir noch einige Leute auf unserer Lohnliste, aber mir fehlen zurzeit aktuelle Informationen, wenn sich die Wogen gelegt haben, erfahre ich wieder mehr. Außerdem kannst du doch gut Deutsch, hat mir deine Mutter erzählt."

Kapitel 15 Angst

Louisa warf um die Mittagszeit von ihrem Wohnzimmerfenster einen Blick hinunter auf die belebte Mittelstraße. Sie wollte nur sehen, ob der einarmige Hennes wieder seinen Platz gegenüber ihrem Hauseingang eingenommen hat. Der Obdachlose war seit ein paar Tagen wie vom Erdboden verschwunden, aber auch niemand anders schien seinen Posten übernommen zu haben. Wer war der ominöse Unbekannte, der den Einarmigen beauftragt hatte, sie zu beobachten.

Vielleicht überwachte man sie elektronisch. Im Internet fand sie ein Geschäft, das Scanner für Abhörgeräte vertrieb. Mit so einem Wanzendetektor suchte sie die Wohnung ab, aber sie fand keinen einzigen Minisender, der sie ausspionierte. Das Handy, welches sie vor der Abreise von Don Velatus geschenkt bekam, tauschte sie bereits in Bad Soden aus. Denn auf dem Gerät entdeckte Louisa ein verborgenes Tracker-Programm und darüber hätte ihr Patron immer gewusst, wo sie sich aufhielt.

Sie setzte sich an ihren Schreibtisch und blätterte in dem Prospekt, den Paul ihr letztens im Straßencafé in die Hand gedrückt hatte: „Agrotourismus Hotel de Moro in der südlichen Toskana". Besonders die farbenfrohen Aufnahmen von der traumhaften Landschaft, den alten Gemäuern mit der gepflegten Gartenanlage und den vielen bunten Blumen gefielen ihr. Beim Weiterblättern schnürte es ihr fast das Herz ein, als sie auf Seite 8 empfohlene Wanderziele in der Umgebung des Hotels sah und darunter auch ein Foto ihres geliebten Sarazenen-Turms.

Weil sie damals für Don Velatus das Landgut de Moro beschaffte, bekam sie von ihm den dazugehörigen Sarazenen-Turm geschenkt. Nach der Zerschlagung des Mafiaclans fiel sein gesamter Grundbesitz an den Staat. Deshalb konnten die ehemaligen Eigentümer Ilaria de Moro und Paul Otter ihr Landgut mit Sarazenenturm wieder zurück ersteigern. Damit war der einsame Wachturm im Naturpark Maremma für Louisa verloren, sie hatte sich in den wehrhaften

Turm, die Landschaft und den weiten Blick übers Meer verliebt, dazu kam ein Gefühl von Sicherheit, das die dicken Mauern vermittelten. Noch heute war sie über den Verlust sehr traurig und bei dem Gedanken daran bekam sie immer noch feuchte Augen.

Um 14 Uhr war eine außerplanmäßige Besprechung in der Firma angekündigt worden und sie sagte sofort zu, es ging um eine kleine Kapitalerhöhung, irgendetwas technisches musste ersetzt werden.

Als Paul zu Hause die Tiefgarage verlassen wollte, blockierte ein roter Ford Focus oben an der Rampe die Ausfahrt. Auf der Rückbank des Wagens saß eine Frau, die mit einer Spiegelreflexkamera ungeniert zu ihm hinunter fotografierte, was sollte das? Der Fahrer mit seiner verspiegelten Sonnenbrille warf noch einen kurzen Blick auf ihn, bevor er das Auto startete und mit quietschenden Reifen fluchtartig davonraste. Bei Paul schrillten alle Alarmglocken, durch die unschönen Geschehnisse der letzten Jahre war er vorsichtig geworden. Wenn er vor die Haustür ging, sah er immer nach links und rechts, ob nicht irgendwelche Gefahren auf ihn lauerten. Sein sonderbares Verhalten wurde von seiner Frau nie belächelt, denn auch sie hatte genug negative Erfahrungen sammeln müssen, konnte aber mit dem Erlebten besser umgehen.

Auf seinem Weg zur Firma nach Mülheim fuhr Paul über die Deutzer Brücke auf die andere Rheinseite. Bei einem Blick in den Rückspiegel entdeckte er einen roten Focus, so ein Modell blockierte vorhin kurz seine Garagenausfahrt. War das vielleicht derselbe von eben und verfolgte er ihn jetzt? Diesen Verfolgungswahn musste er wieder loswerden, bisher hatte er sich immer getäuscht. Aber ein wenig Vorsicht schadet nie und bis zur Besprechung in Mülheim war noch ausreichend Zeit.

Rote Autos von diesem Modell gab es in der Ford Stadt Köln reichlich. Trotzdem siegte seine Angst und er fuhr hinter der Deutzer Brücke nicht nach Mülheim, sondern bog in entgegengesetzter Richtung ab. Hier auf der Siegburger Straße gibt es am Rhein entlang eine lange Reihe Parkbuchten, direkt am Anfang war eine frei, in die er hineinfuhr. Und wie er befürchtet hatte, folgte ihm der rote Ford Focus, aber zu seiner Erleichterung hielt er nicht an. Jetzt ärgerte sich Paul, wieder einmal war er Opfer seiner blöden Ängste geworden. Er blickte dem roten Focus noch nach und überlegte bereits, wie er von hier nach Mülheim fahren konnte, ohne einen großen Umweg zu machen. Da sah er, dass bei seinem Verfolger die Bremslichter aufleuchteten und er nur 30 Meter weiter ebenfalls einparkte.

Sofort verließ Paul wieder seine Parknische und beschleunigte seinen Tesla mit der brachialen Gewalt des Elektroantriebes. Ein Blick in den Rückspiegel verriet Paul, dass ihm der Focus folgte, um ihn abzuschütteln kreuzte er verbotswidrig und riskant den Gegenverkehr. Die erste Straße, in die er abbiegen konnte, führte durch eine Wohnsiedlung mit einem unbekannten Straßengewirr. Hier war er noch nie gewesen, die Straßennamen hatte er in Köln bisher noch nie gehört: Immergrün-, Osterglocken-, Pfingstrosen- und Christtannenweg. Auf dem versteckt liegenden Efeuplatz parkte er 10 Minuten, aber seine Verfolger tauchten nicht mehr auf.

Bei der kurzfristig von Paul einberufenen Besprechung in Mülheim fehlte ausgerechnet der einladende Geschäftsführer, obwohl auf dem Memo extra um pünktliches Erscheinen gebeten wurde. Mit fünf Minuten Verspätung betrat auch Paul den Raum.

Louisa sah ihn kritisch an, diesmal war ausnahmsweise nicht sie als Letzte zur Besprechung eingetroffen und deshalb räusperte sie sich demonstrativ. Dass sich diesmal ausgerechnet der kaufmännische Leiter der Firma verspätete, bereitete ihr sichtbares Vergnügen. Verlegen wie ein Schuljunge entschuldige er sich:

„Es war was mit dem Auto."

„Och, Tank leer. Kein Benzin? Ich dachte es wäre ein Frauenproblem", die Bemerkung konnte Louisa sich nicht verkneifen, worauf Leo amüsiert einwarf:

„Der fährt doch ein Elektroauto. So jetzt aber ernsthaft, wir brauchen eine neue Workstation für Grafik und KI-Berechnung und noch ein paar Geräte für insgesamt ca. 25.000 Euro. Ich glaube, wir müssen das Kapital erhöhen oder unser kaufmännischer Geschäftsführer ändert seinen heiligen Budgetplan, wofür ich wäre, oder sieht jemand einen anderen Weg?"

„Ich gebe der Firma einen zinsfreien Kredit. Durch eine Kapitalerhöhung sinkt der Firmenanteil von Antonia und Leo, weil sie nicht so liquide sind. Damit würden unsere beiden kreativen Köpfe ihre knappe Mehrheit verlieren. Gott sei Dank ist Pauls Etat durch den günstigen Kauf von „69" solide finanziert, aber wir wissen nicht, was noch kommt. Ist mein Angebot für euch in Ordnung?", Louisa sah in die Runde und alle waren einverstanden.

Paul meldete sich zu Wort und legte eine ausgedruckte E-Mail auf den Tisch:

„Ich habe auch noch was. Wie ihr wisst, haben wir auf der Londoner Spielemesse einen Stand gebucht, um unser Spiel vorzustellen, Leo und ich fliegen dorthin. Und jetzt kommt es: ein alter Kunde aus meiner Autoverkäufer-Zeit ist mittlerweile Vice President eines internationalen Entertainment Konzerns in Kalifornien", jetzt wedelte er mit seinem Blatt Papier, „der hat mir einen Kontakt mit seiner Europachefin vermittelt. Sie trifft sich anlässlich der Londoner Spielemesse mit ihren Experten. Am Montag nach der Messeröffnung bekommen wir Gelegenheit, in diesem erlauchten Kreis unser Spiel vorzustellen."

Alle waren begeistert und der kaufmännische Geschäftsführer ein wenig stolz auf sich.

Nach der Besprechung fragte Louisa:

„Paul, kannst du mich nachher mit in die Innenstadt nehmen, oder musst du das Auto noch aufladen?"

Sie fuhren den langen Auenweg Richtung Deutzer Brücke, als Paul in einiger Entfernung im Rückspiegel einen roten Focus sah. Zur Überraschung seiner Begleiterin umrundete er den Kreisverkehr vor dem RTL-Gebäude und lenkte wieder zurück. Jetzt müsste ihm sein Verfolger entgegenkommen, nun würde Paul ihm ins Gesicht sehen können. Noch bevor sie sich auf gleicher Höhe befanden, erkannte er die verspiegelte Sonnenbrille des Fahrers, die Fotografin saß auf der Rückbank und hielt etwas in der Hand. Dann ging es sehr schnell, als sie aneinander vorbeifuhren, hörte man ein dumpfes Plopp, und Louisa zuckte zusammen:

„Was war das denn, die Frau hinten im Auto hat auf uns geschossen!", rief Louisa entsetzt.

„Meinst du wirklich, da war so ein kurzes Geräusch, aber kein Schuss."

„Doch Paul, das war ein Schuss mit einem Schalldämpfer. Das waren Profis, wenn sie gewollt hätten, wäre mindestens das Auto getroffen worden", Louisa wurde es mulmig, „das war eine Warnung, die wollen uns einschüchtern. Antonia hat mir erzählt, dass du und deine Frau schon einmal Probleme mit der Mafia hattest."

Offenbar kannte sie sich mit Waffen aus. Was sollte er der jungen Frau erzählen, anscheinend hatte sie schon was gehört, deshalb würde er Louisa besser selber informieren. Er vertraute ihr, obwohl sie sich noch nicht so lange kannten. Er erzählte von ihren früheren Problemen mit dem Rappa- und Velatus-Clan und dass er heute von einem roten Focus verfolgt wurde. Aber von diesen Mafiaclans konnten die nicht sein, denn die gibt es dank der italienischen Justiz nicht mehr, also von dieser Seite hatte sie nichts zu befürchten.

„Bist du dir sicher, dass von denen keine Gefahr mehr ausgeht, oder hast du noch eine Leiche im Keller? Vielleicht hat jemand ein Problem mit dir und weiß anscheinend immer, wo du bist. Möglicherweise wurde an deinem Wagen ein magnetischen Peilsender angebracht, so was kennt man doch aus dem Kino. Das Problem ist, dass die Autos heutzutage immer mehr aus Plastik bestehen. Am sichersten wird der magnetische GPS-Sender am Fahrzeugboden oder an der Radaufhängung befestigt."

„Was du alles weißt, ich bin überrascht", sagte Paul und fuhr am Ende des Auenwegs auf einen Parkplatz vor einer Backsteinhalle. Ein großes Plakat warb für „Santos Grills, der weltgrößte Grillfachhändler".

„Hier bei Santos habe ich mit Carl schon einmal an einen Grill-Seminar teilgenommen, das war eine lustige und sehr interessante Veranstaltung. Ich sehe mal eben nach, ob ich etwas finde."

Paul stieg aus und bückte sich, dann kroch er auf allen vieren ohne Rücksicht auf seinen feinen Anzug, fast unter seinen Tesla. Louisa verließ auch das Auto und half bei der Suche. Sie erinnerte sich an ihre Ausbildung und ging an der Beifahrerseite in die Hocke, dort ließ sie ihre Hand am Holm des Fahrzeugbodens entlanggleiten, denn hier sollte man normalerweise den magnetischen Sender anbringen.

„Da ist etwas", rief Paul aufgeregt und kam enttäuscht auf ihre Fahrzeugseite, „nein, das gehört zum Auto. Hast du was entdeckt?"

„Kann sein, aber ich möchte mich nicht schmutzig machen. Kannst du bitte hier mal genauer nachsehen?"

Louisa hatte den kleinen GPS-Sender ertastet, aber sie wollte nicht die große Macherin sein und deutete zwei Handbreit daneben. Paul trat näher an sie heran und kniete sich vor sein Auto, fühlte und strahlte:

„Ich habe es, aber nicht da, wo du hingezeigt hast, sondern ein Stück daneben. Hier ist das kleine Ding. Was machen wir jetzt damit?"

Das Modell kannte Louisa, das benutzte sie auch. Sie nahm es dem staunenden Mann aus der Hand und wollte es ausschalten, überlegte es sich aber anders, ein paar Sekunden später klebte der

Sender unter dem Nachbarfahrzeug mit dem Kfz-Kennzeichen „BM".

„Oder möchtest du das Ding zur Polizei bringen? Dann hole ich ihn wieder zurück, aber so hast du erst einmal Ruhe", leider irrte sich die Expertin mit der Ruhe.

Sie fuhren den Auenweg wieder zurück. Auf der Deutzer Brücke Richtung Innenstadt sagte Louisa:

„Ich finde aus dieser Perspektive ist das Panorama von Köln am schönsten. Du kannst mich am Heumarkt rauslassen, dann brauchst du keinen Umweg zu fahren."

Aber natürlich fuhr sie der Gentlemen in die Mittelstraße bis vor ihre Haustür. Auf der Fahrt erkundigte sich Louisa naiv nach seinem Turm in der Toskana und ob man in diesem Agrotourismus Hotel auch einen Kurzurlaub buchen kann. Grundsätzlich kein Problem, meinte Paul und dann erzählte er von seinem Sarazenen-Turm im Naturpark, der zwar schön sei, aber zu weit entfernt vom Gut de Moro liegt. Das sei auch ein Grund, warum es so lange her sei, dass sich jemand darum gekümmert hat. Ilarias Großvater war der letzte, der den Innenausbau modernisiert und bewohnbar machte, er starb gegen Ende der Bauarbeiten und als Wohnung wurde der Turm bisher nicht genutzt. Als der letzte männliche Turmherr nicht mehr auf Erden weilte, fiel das Gebäude im Naturpark in einen Dornröschenschlaf. Erst als Paul seine Enkelin Ilaria heiratete, wurde er traditionell als ihr Ehemann der Turmherr und Eigentümer des alten Wachturms. Bei dem Gedanken daran zog er die Beifahrerin in seine Überlegungen mit ein:

„Ich denke darüber nach, ob ich den alten Wachturm nicht besser verkaufe, es ist eine Schande, wenn er nicht genutzt wird. Von da oben hat man einen wunderbaren Ausblick über das Meer und auf der anderen Seite über die Hügellandschaft der Toskana. Wir leben in Köln und die meisten Gebäude des Landgutes werden sehr erfolgreich als Hotel betrieben. Ich werde einen Makler aus der Region mit dem Verkauf beauftragen. Wir hatten schon überlegt, alles in Talamone zu verkaufen, aber es ist der Stammsitz der de Moros. Dann kam meine Frau auf die Idee mit dem Agrotourismus, den betreibt jetzt die Verlobte meines Freundes Carl. Der hat sich auch finanziell an dem Objekt beteiligt und seine Braut Mariaclara ist Kölnerin, aber ihre Familie stammt aus Italien. Sie managt das richtig toll, obwohl sie das nicht gelernt hat. Das Hotel läuft mittlerweile gut und macht jetzt Gewinn. Luise, du hast doch anscheinend Geld zu viel, brauchst du nicht zufällig einen alten Wachturm?"

Mit der Frage hatte Louisa überhaupt nicht gerechnet oder sollte das ein Scherz sein? Sicherheitshalber lachte sie, dabei kam ihr der Gedanke, ob Paul mehr über ihre Vergangenheit wusste. Auf jeden Fall war dieser Turm ihr Lieblingsort, seit sie ihn und die Landschaft das erste Mal sah. Die Einsamkeit und die Stille war für die Neapolitanerin das Paradies. Von ihrem Beifahrersitz warf sie einen Blick zu ihm herüber und sie erkannte, dass er es ernst meinte. Nach kurzer Überlegung kam ihr eine Idee und mit hochgezogenen Brauen antwortete sie:

„Das kommt auf den Preis an. Ich wollte eine Woche Urlaub machen, ich kann ja mal fragen, ob im Gut noch was frei ist," Louisa zögerte kurz, „Ich habe eine Bekannte, eine wenig erfolgreiche Schriftstellerin, die sucht zum Schreiben eine ruhige Immobilie im sonnigen Süden. Ich werde ihr davon erzählen."

Mittlerweile waren sie vor ihrer Haustür eingetroffen:

„Möchtest du noch mit hochkommen, Paul, einen Kaffee?"

„Danke! Sehr nett, aber ich muss weiter, außerdem sind hier die Parkplätze ein Problem. Ich erwarte gleich noch einen Anruf aus Kalifornien."

Kapitel 16 Pauls Besucher

Paul war nach der Verabschiedung von Luise direkt in die Severinstraße gefahren und stieg gut gelaunt in der Tiefgarage aus seinem Auto. Beim Zuschlagen der Tesla-Tür musste er seiner Frau Ilaria im Nachhinein recht geben, bei ihrem Mercedes hörte sich das Plopp satter an. Das Ladekabel brauchte er noch nicht einzustecken, er konnte laut Anzeige noch 440 Kilometer fahren. In dem Moment spürte er etwas Hartes in seinem Rücken.

„Nicht umdrehen! Weiter gehen, sonst bist du tot", sagte eine Frauenstimme auf italienisch, „Signore Otter, wir kennen dich sehr gut."

Paul wurde Richtung Fahrstuhl dirigiert und durch einen kräftigen Schubs stolperte er hinein. Dabei konnte er auf der verspiegelten Rückwand des Aufzuges kurz die beiden Entführer mit ihren Sturmmasken sehen. Ohne zu fragen, wählte der Mann den 3. Stock, er schien sich auszukennen. Als Paul seine Wohnungstür vor Nervosität nicht schnell genug aufgeschlossen bekam, erhöhte sich schmerzhaft der Druck des Revolverlaufs in seinem Rücken. Kaum konnte er die Tür öffnen, schubste sie ihn mit der Waffe ins Wohnzimmer, hier befahl die Frau:

„Hinsetzen! Dort hinten auf den Stuhl mit den Armlehnen."

Dann drückte sie dem Partner ihre Waffe in die Hand. Mit einer Rolle Panzerband fesselte sie die Arme des vollkommen verstörten Paul an die Stuhllehnen und seine Fußgelenke an die Beine des Esstischstuhls. Zum Schluss klebte sie ihrem Opfer noch ein Stück des breiten Gewebebandes über den Mund. Während der Fesselung hielt der Fremde den Revolver mit Schalldämpfer auf ihn gerichtet. Aus dem Nebenzimmer schlich sich in geduckter Haltung Hekate auf ihren vier Pfoten in den Raum, der Ganove entdeckte sie und machte seine Komplizin auf sie aufmerksam:

„Guck mal, hier ist eine Katze mit einem hübschen Medaillon am Halsband, och ist die süß", und weg war das Tier. Pietro musste in diesem Moment an seinen Patron denken, trug der nicht so einen ähnlichen Anhänger an seiner goldenen Halskette? Bei einer Katze hatte er so was noch nicht gesehen. Bei seiner Phobie vor Hunden wusste er, dass die in Deutschland Steuermarken trugen, vielleicht war das bei Katzen genauso, aber hier in der Stadt war ihm dies noch nicht aufgefallen.

Paul realisierte noch nicht, was hier eigentlich vorging. Der Mann mit der Sturmmaske setzte sich nun gemütlich ihm gegenüber und gab seiner Partnerin ihre Waffe zurück. Der Revolver verschwand unter ihrer Jacke und ohne Eile begann sie die Räume zu durchsuchen. Paul wusste nicht, was er davon halten sollte, die mussten doch damit rechnen, dass er in der Wohnung nicht allein blieb. Wenn Ilaria früh Feierabend macht, kam sie oft um diese Zeit nach Hause, hoffentlich heute nicht, sonst würde auch sie in Gefahr geraten.

Das Telefon klingelte, dann sprang der Anrufbeantworter an und was er nun hörte, sorgte bei Paul für Erleichterung:

„Ich bin es Liebling, ich komme heute Abend etwas später, so um acht."

Die Frau hatte Pauls Laptop gefunden und gab es ihrem Komplizen.

Der Eindringling startete den Rechner und wollte gerade den Gefangenen nach dem Passwort fragen, da entdeckte er den Fingerabdrucksensor des Gerätes. Er ging zu Paul und drückte dessen Zeigefinger auf den Sensor, dies war einfach, weil die Hände frei und nur die Handgelenke an den Stuhllehnen gefesselt waren. Sofort verschwand der Sperrbildschirm und man konnte den Rechner ohne Eingabe eines Passwortes benutzen. Paul beobachtete ihn genau, der Mann kannte sich mit PCs gut aus, so routiniert wie er tippte und scrollte.

Der Fremde suchte etwas auf dem Laptop, offensichtlich ohne Erfolg, dann sah er sich die Aktivitätsverläufe des Rechners an. Das dauerte, und weil Paul sie noch nie gelöscht hatte, konnte der Mann weit zurück in die Vergangenheit gehen, dann schüttelte er seinen Kopf und warf seiner Partnerin einen Blick zu. Daraufhin riss sie ihrem Opfer mit einem Ruck das Klebeband vom Mund und Paul stöhnte erschrocken auf.

„Signore Otter", in einem überraschend freundschaftlichen Tonfall begann der Mann seine Fragen zu stellen, „wie haben Sie von unserem Konto die 25.000 Euro abgebucht. Mit welchen PC? Mit diesem sicher nicht."

„Das muss ein Irrtum sein, ich habe nirgendwo Geld abgebucht. Ich schwöre!"

Seine weibliche Begleitung kam wieder zurück in das Wohnzimmer, sie hatte noch ein bisschen herumgeschnüffelt und wedelte mit zwei Flugtickets, die sie ihrem Begleiter hinhielt:

„Oh, ihr beiden wollt am Montag in einer Woche nach London fliegen, vorher noch schnell ein paar Konten von fremden Leuten plündern und dann vom Flughafen Heathrow irgendwohin in die weite Welt. Manche Leute kriegen nie genug."

Paul schüttelte vehement den Kopf:

„Nein, nein. Ich fliege mit einem Kollegen, dem Entwickler unseres neuen Computerspiels zu einer Messe, den Games Week nach London. Dort haben wir einem Termin bei einem internationalen Entertainment Konzern."

Seinen Worten schenkte man keinen Glauben und das Duo trug den Stuhl mit dem darauf gefesselten Opfer ins Badezimmer, dort wurde er in die bodenbündige Dusche gestellt. Auf Anweisung der Frau, sie schien für das Grobe zuständig zu sein, wurde Paul samt Stuhl umgekippt, sein Kopf lag nun auf den Bodenfliesen neben dem Wasserablauf und er befand sich in einer Stufenlagerung. Diese Position kannte er von seinem Bandscheibenvorfall, Kopf und Rücken unten und die angewinkelten Beine oben, nur waren diesmal die Unterschenkel an den Stuhlbeinen fixiert.

„Was habt ihr vor, ich habe mit dem Geld nichts zu tun", rief Paul ängstlich.

Die Frau legte ein Gästehandtuch über sein Gesicht und drehte die Handdusche auf, durch das nasse Frotteetuch bekam er etwas Wasser in die Luftröhre. Bei Paul setzte sofort der Würgereflex ein, er würde ertrinken, zumindest fühlte es sich so an und er bekam Todesangst. Das Wasser floss und floss unbarmherzig weiter, gleich würde er sterben. Der maskierte Mann machte sich Sorgen, doch seine Begleiterin beruhigte ihn, bei dieser Lagerung gerät kein Wasser in die Lunge, Waterboarding ist eine saubere Foltermethode, gleich redet er. Die Methode ist sicher und wurde bereits von der heiligen spanischen Inquisition bis hin zu den Amerikanern in Guantanamo erfolgreich eingesetzt, das erklärte die Frau und nahm das nasse Handtuch von Pauls Gesicht.

Der schnappte in seiner Not sofort nach Luft, verschluckte sich, hustete und würgte, bis er noch mal die Frage beantworten konnte:

„Ich weiß wirklich nicht, wie das Geld auf unser Firmenkonto gekommen ist. Vor vier Tagen war es noch nicht darauf, nur eine seltsame Buchung über 100 Euro. Seitdem habe ich die Kontostände nicht mehr kontrolliert, das müsst ihr mir glauben!"

Prompt klatschte das nasse Handtuch wieder auf seinem Gesicht und sofort konnte er kaum noch atmen, obwohl noch kein Wasser floss. Er hörte, wie seine Peiniger miteinander tuschelten, dann fragte die Sadistin:

„Wer war die Frau vorhin bei dir im Auto? Schnell, sonst drehe ich das Wasser wieder auf."

Das Handtuch wurde etwas angehoben und gierig atmete Paul tief ein, sein Körper brauchte dringend Sauerstoff, hastig stammelte er:

„Frau Müller-Langenfeld, eine Kollegin."

„Wo wohnt sie?"

„Innenstadt, Mittelstraße, die Hausnummer weiß ich nicht."

Das nasse Tuch landete wieder auf seinem Gesicht und behinderte sein Luftholen, aber man konnte es aushalten. Seine Peiniger tuschelten wieder, und erneut floss Wasser, Paul spürte, dass er ertrank. Erfolglos zerrte er in seiner Panik an seinen Fesseln, es war ein letztes Aufbäumen. Auf einmal hörte er von weit her, dass der Mann befahl, die Aktion abzubrechen.

Der Folterstuhl wurde aufgerichtet und sofort wurde sein Mund wieder mit einem Stück Klebeband verschlossen.

„Kein Wort zu niemanden, auch nicht zu deiner Frau, sonst müssen wir sie liquidieren, wir erfahren alles. Wenn sich die Sache mit dem Geld nicht klärt, werden wir dich bald wieder besuchen, da kannst du sicher sein", sagte die maskierte Frau, während sie mit einer Hand seinen Hals würgte. Die beiden Folterer verließen die Wohnung, aber die Frau kam noch mal kurz zurück, zog ein Klappmesser aus der Hosentasche und ging auf den gefesselten Paul zu. War nun seine letzte Stunde gekommen, hatten sie es sich anders überlegt und brachten ihr Opfer jetzt doch noch um. Zu seiner Erleichterung ritzte sie nur das Klebeband an seinem rechten Handgelenk ein, damit er sich ohne fremde Hilfe befreien konnte und nicht in dieser Situation vorgefunden wurde.

Er brauchte nicht lange, bis er sich vom dem beschädigten Gewebeband befreit hatte. Sollte er die Polizei rufen und seine Frau warnen? Er entschloss sich, die Drohung der beiden Eindringlinge ernst zu nehmen. Schnell räumte er das Badezimmer auf. Er zog seine nassen Sachen aus und versteckte sie in seiner Sporttasche, er würde alles heimlich zur Reinigung bringen, Ilaria durfte nichts merken. Paul stellte sich unter die Dusche, als dann das Wasser über seinen Kopf lief, kehrten seine Todesängste zurück. Würde er dieses traumatische Erlebnis jemals wieder loswerden? Nachdem er sich neue Sachen angezogen hatte, trocknete er den Stuhl mit Ilarias schickem Dyson-Föhn und stellte ihn zurück ins Wohnzimmer. Da klingelte sein Handy, er sah, dass es Luise war:

„Hallo Paul, ich glaube, mir ist in deinem Auto ein Lippenstift aus der Tasche gerutscht. Ich wollte dich nur warnen, falls deine Frau ihn findet, könnte sie auf dumme Gedanken kommen und verkehrte Schlüsse ziehen."

„Danke Luise, ich hinterlege ihn im Büro, ach was, ich bringe ihn dir vorbei. Wo bist du jetzt?", Paul hüstelte verlegen, er hatte ein schlechtes Gewissen, weil er sich von den Folterern zwingen ließ, ihren Namen zu verraten.

„Im Restaurant Belgischer Hof, aber bringen brauchst du ihn mir nicht", Louisa lachte, „ich wollte mich eben nachschminken und da habe ich den Lippenstift vermisst. So, und jetzt warte ich auf mein Essen."

„Ich bin in einer Viertelstunde bei dir", sagte Paul und unterbrach sofort die Verbindung, ohne der jungen Frau Gelegenheit für eine Antwort zu lassen. Louisa schüttelte den Kopf, irgendwas stimmte mit ihm nicht.

Kapitel 17 Ein gefährliches Bündnis

Helmut Laufenberg war aus einer hessischen Justizvollzugsanstalt ausgebrochen und wollte mit dem Zug nach Köln fahren, dort konnte er bei einem alten Schulfreund untertauchen. Kurz vorher las er in der Presse, dass der Velatus-Clan von der italienischen Justiz zerschlagen worden war und damit endete endgültig für ihn ein Albtraum, jetzt war er frei. Er brauchte keine Angst mehr vor der Mafia und der grausamen roten Louisa zu haben, denn sie hatte Helmut gedroht, ihn umzubringen. Unter Leitung von Louisa musste er als Strohmann das Landgut de Moro in der Toskana für Don Velatus kaufen. Dann beging er einen Fehler, weil er meinte, ihm würde ein Stück von dem Kuchen zustehen.

Damit die junge Frau bei der Mafiaaktion den nötigen Respekt bei ihren Leuten erhielt, wurde auf Wunsch des Patrons die Legende von einer blutrünstigen Killerin von ihr verbreitet. Zwar konnten sie das Gut erwerben, aber durch die Habgier von Helmut Laufenberg waren die Carabinieri aufmerksam geworden und begannen die Hintergründe des Immobilienkaufes zu ermitteln. Eigentlich sollte der Erwerb des Altersruhesitzes des Patrons möglichst unauffällig vonstattengehen, aber jetzt war genau das Gegenteil eingetreten. Diesen Fehlschlag empfand Louisa als Leiterin des Einsatzes als persönlichen Makel und hatte später gedroht, sich an dem Strohmann Laufenberg zu rächen.

Der flüchtete vor ihr in die Domstadt, dort spürte sie ihn auf und gab ihm noch eine allerletzte Chance, er sollte den Gutsbesitzer Paul Otter erschießen. Bei seinem Pech vermasselte der Unglücksrabe den Auftragsmord und schoss stattdessen einen alten Mann an, der in Otters Wohnung die Pflanzen goss. Noch im Haus wurde er von zwei Kriminalbeamtinnen verhaftet, die sich zufällig vor Ort befanden. Er wurde verurteilt und kam auch noch wegen einer zur Bewährung ausgesetzten Freiheitsstrafe in ein Frankfurter Gefängnis.

Jetzt, nach dem gelungenen Ausbruch, ging es für ihn wieder aufwärts, die Mafia war Vergangenheit und die Polizei kein Problem für ihn. Im Frankfurter Hauptbahnhof nahm er den ICE nach Köln. Er setzte sich hinten in einen langen Großraumwagen, endlich fuhr der Zug los, Helmut Laufenberg entspannte sich auf seinem bequemen Sitzplatz, alles war gut, seine alte Glückssträhne kehrte zurück. Eine Frau, die es gerade noch in den Zug geschafft hatte, ging hastig an ihm vorbei nach vorne. Bei ihrem Anblick gefror ihm das Blut in den Adern.

Er kannte keine Frau, die so schritt wie die Italienerin, dieser katzenhafte Bewegungsablauf, irgendwo zwischen Catwalk und Sportplatz, faszinierte ihn schon immer. Er wunderte sich bloß über ihre ungewöhnlich schlichte Kleidung, so kannte er diesen bunten Paradiesvogel nicht. Zwar konnte er diese Killerin nur von hinten sehen, aber er war sich vollkommen sicher, dass es sich um Louisa handelt. Vor dieser Frau hatte er panische Angst, denn sie drohte ihm damals, ihn grausam umzubringen, falls er Otter nicht ermorden würde, dafür bekam er eine Waffe von ihr. Wie er sie kannte, würde sie ihre Versprechungen halten und bei dem Gedanken erinnerte er sich an ihre Worte:

„Eines Tages werde ich dich finden und dann wirst du, Atheist, beten lernen."

Kaum war er durch die Hilfe einer Gefängnisgang aus der Strafanstalt ausgebrochen, tauchte die Killerin in seiner Nähe auf. Wie konnte es sein, dass sie ihm bereits auf den Fersen war? Standen seine sogenannten Fluchthelfer auf der Lohnliste der Mafia? Oder wurde er bei seinem Gefängnisausbruch nur unterstützt, damit Louise ihn auf freier Wildbahn waidmannsgerecht erlegen konnte, um ihre angekündigte Rache zu genießen? Gab es bei den Mafialeuten so eine Art Ehrencode, obwohl der Clan nicht mehr existierte? Helmut Laufenberg bekam Todesangst.

Im Kölner Hauptbahnhof war auf dem Bahnsteig Gedränge und er schaffte es, nahe an Louisa heranzukommen. Im allgemeinen Durcheinander ergab sich für ihn unerwartet die Gelegenheit, sie mit einem Stoß von hinten vor einen einlaufenden Zug zu schubsen. Ohne lange nachzudenken, holte er zum Schlag aus, jetzt wäre er die Killerin ein für alle Mal los. Weil er in seiner Aufregung kurz zögerte, schien sie seine Absicht zu ahnen und wich seinem kräftigen Stoß aus. Durch den Schwung traf er die Frau vor ihr und statt Louisa stürzte die Unbekannte vor den einfahrenden Zug. Wieder einmal hatte er die falsche Person erwischt. Ironie des Schicksals, ausgerechnet die Mafiakillerin rettete die Unbekannte vor dem einfahrenden Zug. Noch bevor die umstehenden Leute die Situation richtig erfassten, tauchte Louise bereits in der Menge unter und er sah, dass sie Richtung Ausgang eilte.

Nach dem gescheiterten Versuch im Bahnhof, sich seiner Verfolgerin Louisa zu entledigen, entdeckte Laufenberg Louisa am Taxistand und folgte ihr bis zur Mittelstraße. Dort sah er zum ersten Mal ihr Gesicht und er zweifelte, ob sie es wirklich war, sie sah anders aus. Aber als er sie mit dem Taxifahrer beim Ausladen des Gepäcks reden hörte, war sich Helmut Laufenberg hundertprozentig sicher. Er überredete einen Bettler, der genau gegenüber dem Haus seinen Stammplatz besaß, sie zu beobachten. Für ihn wäre es zu gefährlich gewesen, die Frau auszuspionieren, er musste sich selbst verstecken. Wie es sich herausstellte, wohnte die italienische Killerin unter einem ungewöhnlich langen Namen in dem Haus.

Als Helmut Laufenberg vor vier Wochen in einem Frankfurter Gefängnis die Nachrichten sah, wurde er an seine Vergangenheit erinnert. An der Börse waren die Aktien eines kleinen Pharmaunternehmens durch die Decke gegangen, weil es ihr gelungen war, einen neuen vielversprechenden Wirkstoff zu entwickeln. Ausgerechnet in diese kleine Firma investierte der Betrüger vor Jahren einen Teil seines ergaunerten Kapitals. Das Geld hatte er gierigen Golfspielern abgenommen, die an Traumrenditen glaubten, wie Kinder an den

Weihnachtsmann. Der Erfolg bei dem Unternehmen blieb aus, deshalb schrieb er damals seinen ergaunerten Einsatz als Verlust ab. Durch seine Verhaftung blieben die Aktien unangetastet in seinem Portfolio liegen. Diesem Umstand war es zu verdanken, dass er jetzt richtig abkassieren konnte, es war aber nicht so einfach an das Geld heranzukommen, dafür brauchte er die Unterstützung eines Kumpels aus seiner früheren Finanzzeit. Bis die Angelegenheit abgewickelt war, würde er sich wieder einmal bei seinem gesetzestreuen Schulfreund in der Breite Straße in Köln verstecken.

Mit dem dicken Gewinn würde er nach Indien reisen und erst einmal bei einem befreundeten Schmuckhändler untertauchen und in Ruhe sein neues Leben organisieren. Dieser Kaufmann belieferte ihn jahrelang mit dem preiswerten indischen Modeschmuck für seinen Laden in Peschici.

Allmählich setzte sich bei Helmut Laufenberg die Erkenntnis durch, dass Louisa ihn nicht jagte, anscheinend verfolgte sie ganz andere Interessen. Die Killerin war gar nicht hinter ihm her gewesen und ihr gleichzeitiges Eintreffen in Köln ein dummer Zufall. Denn sein einarmiger Spion teilte ihm mit, dass sich die Frau in einem Straßencafé mit Paul Otter getroffen hatte, aber sonst wenig Kontakt zu anderen Leuten besaß. Demnach gab es für ihren Aufenthalt in der Domstadt ganz andere Gründe. Möglicherweise machte sie Geschäfte mit ihm, andererseits konnte er sich das schwer vorstellen. Vielleicht gab es wegen des Landgutes in Talamone noch eine offene Rechnung und deshalb kontaktierte sie diesen biederen Saubermann Otter.

Leider versiegte seine Informationsquelle ein paar Tage später, der Bettler war auf einmal spurlos verschwunden, ohne irgendein Lebenszeichen zu hinterlassen. Hatte Louisa ihn bemerkt und liquidiert? Weil Helmut Laufenberg seinen Unterschlupf kaum verließ, besaß er Zeit ohne Ende, er googelte Paul Otter, der gehörte auch zu den Leuten, die er damals um ihr Geld brachte. Über ihn kam er auf die Homepage der Firma „69-four", auf der waren die vier Inhaber namentlich aufgeführt, allerdings nur drei mit Foto, das Bild von Frau Müller-Langenfeld fehlte. Das konnte nur Louisa sein, denn dieser lange Name stand auch auf dem Klingelschild in der Mittelstraße.

Seine Angst vor Louisa war wie verflogen, sie machte also Geschäfte mit dem Otter und war deshalb in Köln. Vielleicht gab es die Möglichkeit, das Startgeld für sein zweites Leben erheblich zu erhöhen, denn seiner Meinung nach standen die de Moro und der Otter noch in seiner Schuld.

Und dass der ausgerechnet mit Louisa zusammen an einem Start-up-Unternehmen beteiligt war, das konnte sich Laufenberg beim besten Willen nicht vorstellen, irgendetwas stimmte da nicht. Beide stammten aus vollkommen unterschiedlichen Welten, die eigentlich reguläre Geschäftsbeziehungen gegenseitig ausschlossen.

Er entschloss sich, die Firma genauer anzuschauen und ging zur Feierabendzeit in die Schanzenstraße und suchte die Adresse. Er fand schnell das Gebäude, in dem mehrere kleine Unternehmen untergebracht waren. An einem der Eingänge war ein großes Firmenschild angebracht: „69-four", 1. Stock. Er wollte sich unter einem Vorwand die Räumlichkeiten ansehen, vielleicht als Kontrolleur der Hausverwaltung oder sonst was, aber er durfte auf keinen Fall von Louisa oder Otter gesehen werden. Auf den reservierten Parkplätzen der Firma stand nur noch ein alter Kleinwagen aus Bonn und ein Elektroauto mit dem Kennzeichen K-PO 11. Das Nummernschild mit PO schreckte in ab, das konnte Paul Otters Wagen sein. Der Tesla parkte zum Aufladen an einer Wallbox. Helmut wartete eine Stunde, dann gab er auf, die Fahrzeugbesitzer blieben anscheinend länger.

Am nächsten Tag ging er wieder dorthin, jedoch etwas später und reihte sich an der KVB-Haltestelle Keupstraße in eine Straßenbahnladung junger Gianna Nannini-Fans ein, die in Richtung Schanzenstraße pilgerten. Er verließ den Tross in Höhe des Gebäudes von „69-four", die Menschenmasse strebte weiter in Richtung der Veranstaltungshalle E-Werk. Diesmal stand auf den reservierten Parkplätzen vor der Computerfirma nur noch der alte Polo mit dem Bonner Kennzeichen.

Bei der Firma „69-four" in Köln-Mülheim war längst Feierabend. Nur Leo arbeitete noch, als seine Freundin Antonia kurz ihren Kopf durch die Bürotür steckte:

„Leo, ich bin jetzt auch weg, du bist heute Abend der letzte in der Firma. Ich muss noch was einkaufen, also bis später zu Hause. Ach, soll ich unten abschließen?"

„Nein, das brauchst du nicht, ich mache auch gleich Schluss. Bis nachher."

Doch es kam vollkommen anders, Leo wollte sich nur noch schnell das Firmenkonto ansehen, dann zuckte er zusammen, als er seine zweite Überweisung entdeckte. Ein Schauer lief ihm über den Rücken, und erst jetzt begriff der Computermann in letzter Konsequenz, dass er den vollkommenen Zugriff auf das riesige Mafiavermögen besaß. Das war kein Spiel mehr, es handelte sich um das Geld, das einst sein ermordeter Wohnungsvorbesitzer Monteverdi verwaltete.

Von den weltweit verstreuten Mafiakonten hatte Leo letztens eine Statusabfrage zu Hause mit dem Superrechner gemacht. Er verglich die Summen mit seiner ersten Abfrage und stellte fest, dass es außer seinen Testbuchungen, keinerlei Zahlungsbewegungen gab. Wie auch, der Mafiaclan existierte dank der italienischen Justiz nicht mehr, das wusste er von Paul. Anscheinend kümmerte sich auch sonst niemand um das Vermögen, weil alle im Gefängnis saßen, aber falls er sich daran bediente, war er auch ein Krimineller, aber was sollte er machen? Am besten, er würde sich weiter dumm stellen, niemand aus der Firma wusste, dass er für die 25.000 Euro Überweisung verantwortlich war.

Andererseits sind die herrenlosen Konten ein Jackpot, dachte sich Leo. Man musste schon ein Heiliger sein, um der Versuchung zu widerstehen. So eine Chance bekommt man nur einmal im Leben. Aber selbst, wenn er sich an dem Vermögen bedienen wollte, wohin sollte er Millionenbeträge transferieren, ohne dass es auffiel? Es gibt doch eine Finanzaufsicht, aber mit so etwas kannte er sich überhaupt nicht aus. Jetzt musste sich Leo entscheiden, noch ist nicht allzu viel passiert, aber sollte man die vielen herrenlosen Millionen nutzlos in der Karibik vergammeln lassen?

Draußen vor dem Gebäude beobachtete Helmut Laufenberg, wie eine junge Frau eilig das Haus verließ und sich im Laufschritt Richtung Straßenbahn entfernte. Heute sah die Situation besser aus als gestern, es schien Feierabend zu sein, auch Otters Elektroauto stand nicht auf dem Parkplatz. Nun sollte er die Gelegenheit nutzen und hineingehen, vielleicht würde er herausbekommen, was es mit dieser Firma auf sich hat. Der Eingang war unverschlossen und er ging hinauf in den ersten Stock. An einem langen Gang lagen die Büros, nur im letzten brannte Licht, dort klopfte er an die Tür.

Tief in seine Gedanken versunken schreckte Leo auf, war es schon so spät, kamen bereits die Reinigungskräfte? Dann klopfte es ein zweites Mal und gleichzeitig wurde die Tür geöffnet und ein Mann mittleren Alters betrat ungebeten sein Büro:

„Guten Abend! Entschuldigen Sie, ist Herr Otter zu sprechen?", fragte er, obwohl er wusste, dass der nicht mehr im Gebäude war.

„Tut mir leid, der ist bereits außer Haus."

Leo wusste nicht, dass Paul und Louisa zur selben Zeit im Restaurant „Belgischer Hof" saßen.

„Darf ich auf ihn warten, wir sind verabredet", log der Eindringling frech, denn er wollte sich hier ein wenig umsehen.

Der unbekannte Mann irritierte Leo, weil der vor Selbstbewusstsein strotzend ungefragt den Raum betrat und sich auch noch direkt vor seinem Schreibtisch aufbaute. Schnell klappte der Computerfachmann sein Notebook zu, dabei stieß er mit seiner Schusseligkeit den halb vollen Kaffeebecher neben sich um und die braune Flüssigkeit floss über den Tisch. Erschrocken beobachtete er tatenlos, wie sich allmählich die Kaffeelache auf dem Schreibtisch in Richtung zweier DIN A 4 Blätter ausbreitete. Ohne zu zögern, ergriff der Fremde die beiden Ausdrucke, damit sie trocken blieben. Er wollte die Papiere dem Unglücksraben in die Hand drücken, aber Leo wischte erst einmal eifrig den Tisch mit mehreren Tempotaschentüchern trocken.

Laufenberg behielt deshalb die Blätter noch in der Hand und warf einen Blick auf das obere Blatt. Es war der Statusausdruck eines Finanzprogrammes, ähnliches kannte er von seiner Ausbildung bei der Sparkasse. Auf dem Papierblatt standen fein säuberlich die Namen vieler ausländischer Banken und ein anerkennender Pfiff entwich dem Besucher, als er die Millionenbeträge in der Spalte Saldo erblickte. Ungläubig sah er sich den jungen Mann hinter dem Schreibtisch an, diese Summen passten nicht zu einem kleinen Start-up-Unternehmen für Computerspiele. Bei diesen Beträgen konnte es sich um ein Geldwäscheunternehmen der Mafia handeln, das würde die Teilhaberschaft von Louisa an der Firma erklären. Aber auch falls es das Vermögen des ehemaligen Velatus-Clans war, konnte er sich vorstellen, dass sie ihre Finger mit drin hat. Nur dieser brave Paul Otter als weiterer Teilhaber passte nicht in Laufenbergs Vorstellungen.

Leo wurde misstrauisch, als er mit Schrecken erkannte, dass der Fremde seinen Blick nicht mehr von den Zahlen abwenden konnte. Die beiden Blätter hatte er in seiner Wohnung über den Superrechner ausgedruckt, denn nur über den besaß er Zugriff auf die Konten, anscheinend wurde zur Identifizierung auch noch eine Hardwarekennung des Rechners mit gesendet. Am nächsten Morgen wollte er eigentlich Paul die Zahlen zeigen und alles enthüllen, aber Paul musste plötzlich zu Verkaufsverhandlungen nach Essen. Falls er morgen Nachmittag wieder ins Büro kommt, würde er ihm alles beichten.

„So, nun Butter bei die Fische", Laufenberg bluffte gut, sonst hätte er nicht einen halben Golfklub um seine Ersparnisse bringen können, „das ist doch Mafia-Geld und was machen Sie damit, junger Mann?"

Mit der Frage ging der golfende Finanzbetrüger langsam mit den Papieren in der Hand rückwärts Richtung Bürotür.

„Halt, bleiben Sie hier, bitte", Leo wollte ihm das Papier abnehmen und machte Anstalten aufzustehen, aber als er das triumphierende Grinsen im Gesicht des Fremden im Türrahmen sah, ließ er sich resigniert wieder auf seinen Bürostuhl sinken.

„Vielleicht", Laufenberg warf noch einmal einen kurzen Blick auf die Zahlen und nickte anerkennend, „bei allen Heiligen, das sind weit über 100 Millionen allein schon auf der ersten Seite. Ich habe geahnt, dass hier was nicht stimmt, das hier ist ein getarntes Finanzunternehmen der italienischen Mafia, gemanagt von Louisa, der sogenannten Frau Müller-Lüdenscheid und dem feinen Geschäftsmann Otter. Ich werde die beiden hochgehen lassen, und wenn es das Letzte ist, was ich tue. So, jetzt sag was!"

„Bitte, bitte, die beiden wissen von nichts, aber ich werde ihnen alles beichten", und dann sprudelte die Geschichte mit dem Superrechner nur so aus Leo heraus und zum Schluss atmete er sogar erleichtert auf. Es war wie eine Befreiung für ihn, irgendjemanden die Story zu erzählen, auch wenn es ein Unbekannter war. Bisher hatte er seinen Freunden noch nichts von seiner Entdeckung erzählt, er wollte sie nicht zu Mitwissern machen.

Helmut Laufenberg fiel es schwer, seinen Jubel zu unterdrücken, endlich wieder ein Glückstag. Wenn die Geschichte stimmt, die der Junge erzählt hatte, dann handelte es sich um die Schatztruhe des

Velatus-Clans. Und wenn er so überlegte, waren der Computermensch und er als Finanzmann ein echtes Dream-Team.

„Ich sage dir, wenn alles so ist, wie du es mir erzählt hast, wäre es der Fehler deines Lebens, die beiden einzuweihen. Ich kenne Otter von früher, der rennt sofort zur Polizei und dann haben sie dich. Du allein hast den Code geknackt und bist damit ans Ende des Regenbogens gelangt, hier hast du den Goldtopf entdeckt. Aber der Schatz ist für dich allein zu schwer, und da komme ich ins Spiel, ich helfe dir tragen. Ich kenne mich in der Finanzbranche bestens aus und unterstütze dich, ich bin Helmut."

Mit diesen Worten bemühte sich Laufenberg, einen möglichst seriösen Eindruck zu erwecken und streckte ihm seine Hand entgegen. Mit seiner gespielten Vertrauenswürdigkeit legte er immer wieder geldgierige Geschäftsleute herein.

„Ich heiße Leo. Aber wir können doch nicht", er unterbrach seinen Satz und war bei dem Vorschlag vollkommen von der Rolle, denn noch nie hatte der Programmierer gegen ein Gesetz verstoßen. Sein bisher einziges Strafticket bekam der junge Mann, weil er einmal aus Versehen die Parkzeit überschritt.

„Wenn wir es nicht nehmen", Helmut legte nach, „kassiert es eines Tages der Staat oder irgendwelche Ganoven heben es vorher ab. Ich mache dir einen Vorschlag: Wir teilen! Ich kümmere mich um alles, trage alle Kosten, gründe Scheinfirmen und richte Offshore-Konten für jeden von uns auf den Bahamas sowie auf Gibraltar ein. In den Steueroasen ist das Geld sicher, wir bleiben anonym und zahlen keine Steuern, solange du keine Zinserträge hast, passiert nichts. Für jedes Konto bekommen wir eine nummerierte Debitkarte und dann trennen sich unsere Wege."

Für Leo hörte sich das alles problemlos an, es gab kein Risiko und sie würden fair teilen, für den jungen Mann klang das wie ein rundum Sorglospaket. Der erfahrene Finanzbetrüger wusste, dass er sein Opfer jetzt an der Angel hatte, diese einmalige Chance würde er sich nicht mehr entgehen lassen. Er musste nur Paul Otter und Louisa aus dem Weg gehen.

Morgen sollte Helmut Laufenberg das restliche Geld aus seinem Finanzbetrug aus Kölner Zeiten erhalten. Ursprünglich wollte er damit nach Indien verschwinden, aber wenn er mit diesem Computermenschen ins Geschäft kommt, war dies eine ganz andere Hausnummer und dann wäre er richtig reich.

Kapitel 18 Belgischer Hof + Leos Problem

Louisa sah Paul sofort, als er das Restaurant Belgischer Hof betrat. Sie setzte sich immer so, dass sie mit dem Rücken zur Wand saß und die Tür im Auge behielt. Sie winkte ihm zu, als er seinen Blick vom Eingang durch das Lokal wandern ließ, endlich entdeckte er sie und Paul zeigte ihr bereits aus der Ferne den vermissten Lippenstift.

„Darf ich", fragte Paul und deutete auf den freien Stuhl ihr gegenüber, Louisa nickte zustimmend. Die beiden jungen Männer vom Nachbartisch sahen den Störenfried kritisch an, denn sie hatten gerade den Mut gefasst, die attraktive, alleinsitzende Frau anzusprechen. Paul bemerkte die bösen Blicke und wollte am liebsten zu ihnen sagen: „Ich bin gleich wieder fort".

„Setz dich bitte, was darf ich dir bestellen? Mein Retter in der Not", und sie deutete auf ihre Lippen, „ich musste eben einen anderen Farbton auftragen, der passt nicht so richtig zu meiner Bluse und so was bereitet mir körperliche Schmerzen."

„Ich bin nicht nur wegen deines roten Kussmundes gekommen, ich habe dir etwas sehr Wichtiges zu sagen."

Bei diesen Worten warf er Louisa einen mitleidheischenden Dackelblick zu, bei dem sie auf einen sonderbaren Gedanken kam, der ihr gar nicht gefiel: Wollte er ihr eine Liebeserklärung machen? Dann beugte sich Paul auch noch über den Tisch und deutete ihr an, etwas näher heranzurücken. Ungern tat sie ihm den Gefallen, dann sagte er leise:

„Ich habe vorhin etwas Furchtbares erlebt, mir zittern jetzt noch die Knie, ich bin in meiner Wohnung überfallen und gefoltert worden."

Entsetzt riss Louisa die Augen auf, das war das Letzte, worauf sie gekommen wäre und gespannt lauschte sie seiner Erzählung:

„Waterboarding, ich weiß jetzt, wie sich ertrinken anfühlt", das Erlebte war sofort wieder in Pauls Bewusstsein gedrungen, „und, das ist wirklich nicht angenehm. Die wollten von mir etwas über eine 25.000 Euro-Überweisung auf unser Firmenkonto wissen, von der ich zu dem Zeitpunkt keine Ahnung hatte. Ich darf niemanden von der Wasseraktion erzählen, sonst bringen sie meine Frau um. Dir muss ich es sagen, um dich zu warnen, denn sie haben mich gezwungen, dich zu verraten, tut mir leid. Sie wollten wissen, wer die Frau heute Nachmittag bei mir im Auto war und wo du wohnst. Ich weiß nicht, warum sie das wissen wollten, denn mit den Bankgeschäften von „69-four" hast du doch überhaupt nichts zu tun. Demnach waren das die Gleichen gewesen, die aus dem roten Auto auf uns geschossen haben, der Fahrer trug eine verspiegelte Sonnenbrille."

Louisa lehnte sich zurück und überlegte. Irgendwie erinnerte sie die Vorgehensweise an den Velatus-Clan, aber warum sollten die so etwas mit ihm anstellen? Obwohl es absurd war, bekam sie den Gedanken nicht mehr aus dem Kopf, aber sie wollte erst eine andere Möglichkeit ausschließen und fragte deshalb:

„Kamen die vielleicht aus dem Ostblock oder Balkan, das erkennt man doch an der Aussprache?"

„Nein, die redeten italienisch und trugen Masken, so Sturmhauben. Ich bin mir sicher, dass es Neapolitaner waren. Bei denen ist es wie bei uns mit den Schwaben, man hört sie sofort heraus. Die Frau ist die brutalere von den beiden gewesen, sie hat gedroht wiederzukommen, falls sie nicht herauskriegen, wer bei ihnen abgebucht hat, oder wenn ich sie verrate. Ich glaube, es waren Mafiosi."

„Also Paul, ich kenne mich in diesen Sachen etwas aus, frage mich bitte nicht warum oder woher. An deiner Stelle würde ich wirklich niemanden von dem Überfall erzählen, jeder der davon erfährt, ist in Gefahr. Das waren Profis, vor denen kann die Polizei dich und deine Frau nicht schützen, ich würde die Drohung ernst nehmen, aber das ist deine Entscheidung."

Paul wunderte sich, aber er sah Luise jetzt mit anderen Augen. Wie sie sich vorhin bei der Autofahrt mit dem GPS-Sender und dem Schuss auskannte und jetzt ihre Gefahrenanalyse, das hörte sich alles fundiert an. War sie vielleicht eine Undercover-Agentin? Konnte er ihr wirklich vertrauen? Aber das tat er längst. Luise riss ihn aus seinen Überlegungen:

„Hast du nach dem Überfall kontrolliert, ob wirklich 25.000 Euro auf unser Firmenkonto überwiesen wurden?"

„Habe ich, und ja, sie haben tatsächlich recht, der Betrag ist uns gutgeschrieben worden. Wieder von der Bank aus der Karibik wie vor ein paar Tagen die 100 Euro, worüber du dich letztens bei der Besprechung lustig gemacht hast."

„Und du hast echt keine Ahnung von wem das Geld stammt?"

„Luise, ich wäre froh, wenn ich wüsste, wer unser Gönner ist, aber ich begreife die Zusammenhänge nicht und sicherlich ist es keine Spende. Das Geld gehört uns nicht, deshalb müssen wir es zurückgeben, in der Hoffnung, dass danach wieder Normalität einkehrt."

„Gute Idee, Paul, vielleicht lassen sie uns dann in Frieden. Du hast ja am eigenen Leib erfahren, wozu die fähig sind, mit denen ist nicht zu spaßen."

„Ich rede noch mit den anderen Partnern und wenn alle einverstanden sind, überweise ich das Geld zurück, sobald ich Zeit habe, aber bis zu der Games Messe in London bin ich ziemlich ausgebucht. Morgen bin ich in Essen, ein deutscher Elektronikmarkt möchte das Programm eine Woche vor seiner Markteinführung exklusiv für eine Werbeaktion anbieten. Dabei haben wir noch nicht einmal einen Produzenten, das wird sich frühestens in London am Rande der Games Week entscheiden. Ansonsten muss ich noch Vorbereitungen für London treffen, du weißt ja, dass Leo und ich Montag nächster Woche dort Gelegenheit bekommen, unser Spiel einem internationalen Entertainment-Konzern vorzustellen. Das ist der Kontakt, den mir ein ehemaliger Kunde aus dem Autohaus vermittelt hat. Aber wie gesagt, morgen früh habe ich erst einmal den Kundentermin in Essen."

***

Am nächsten Morgen war Leo überrascht, als Paul ihm auf dem Bürokorridor über den Weg lief:

„Was machst du denn hier? Hattest du heute nicht ein Verkaufsgespräch im Ruhrgebiet?"

„Ja. Guten Morgen, Leo, eigentlich wollte ich bereits in Essen sein, aber mein Verhandlungspartner vom Elektronikmarkt ist erkrankt. Seine Sekretärin hat mich noch auf dem Weg zum Bahnhof erwischt und da habe ich umgeswitcht und bin hierhergekommen. Aber ich bin gleich wieder weg und hole nur die entsprechenden Unterlagen, ich kann einen anderen Interessenten vorziehen. Aber das sind alles nur Nebenschauplätze, falls es in London mit dem Medienkonzern nicht klappt. Noch was, hast du dir die letzten Kontoauszüge angesehen?"

„Ja, noch gestern Abend. Ich möchte schnellstens die Bestellung für den neuen Server herausgeben und musste dafür prüfen, ob Luise uns den Kredit schon angewiesen hat. Ja, ihr Geld ist bereits auf unserem Konto gutgeschrieben. Was mich wundert, ist, dass genau der gleiche Betrag noch einmal aus der Karibik überwiesen wurde. Ist doch irgendwie seltsam, ob es da einen Zusammenhang gibt?"

Mit der Suggestivfrage wollte Leo von sich ablenken und stellte damit eine Verknüpfung zwischen Luise und der Karibik her, gut fühlte er sich nicht dabei. Paul gefiel der Zusammenhang, den sein Partner knüpfte, nicht und verärgert schüttelte er seinen Kopf. Für ihre Firma wäre diese Art von Misstrauen untereinander kontraproduktiv und er wollte die Vermutung direkt aus der Welt schaffen:

„Soll das heißen, du verdächtigst Luise? Warum sollte sie uns den Betrag zweimal überweisen? Nein, das hat nichts miteinander zu tun, aber das Geld aus der Karibik dürfen wir nicht einfach behalten. Wir können es nicht einmal verbuchen, das kann zu erheblichen Problemen mit dem Finanzamt führen. Mit unserer Steuerberaterin habe ich bereits gesprochen und die hat mir dringend empfohlen, das Geld möglichst zeitnah zurückzuüberweisen. Luise und Antonia sind dafür. Leo, wenn du auch einverstanden bist, mache ich in den nächsten Tagen eine Überweisung?"

„Das ist eine sehr gute Idee, mach das. Das mit Luise nehme ich zurück, die gleiche Höhe der Beträge wunderte mich nur, tut mir leid. So, ich muss zu unserem Game Figuren Designer, was er mir bisher gezeigt hat, sieht eindeutig besser aus, seit Luise ihn berät. Er sagt, sie ist ihm mit ihren Ideen eine große Hilfe, um ehrlich zu sein, bin ich von ihrer Arbeit angenehm überrascht. Sie hat ganz tolle Einfälle und für die Kostüme interessante Farben, obwohl sie selber wie eine graue Maus durchs Leben läuft."

„Das hat meine Frau auch gesagt, sinngemäß: Sie ist richtig hübsch, aber verpackt sich schlecht. Also dann überweise ich die 25.000 und 100 Euro dorthin, wo sie hergekommen sind, in der Hoffnung, dass dann Ruhe ist."

Kapitel 19 Mediapark

Pietro, der Neffe des Patrons Don Velatus war seit zwei Wochen in Deutschland, zur Verstärkung wurde er von Tiziana begleitet, einer Leibwächterin seines Onkels. Ihre Aufgabe bestand darin, das Leck aufzuspüren, über das Teile seines hart verdienten Offshore Vermögens abfloss. Bisher war ihr einziger Anhaltspunkt eine unbekannte Kölner Softwarefirma, wer oder was steckte dahinter?

Don Velatus erster Verdacht fiel auf Paul Otter, denn das konnten keine Zufälle sein:

Erstens: Der kaufmännische Geschäftsführer einer Firma ist für solche Aktionen prädestiniert.

Zweitens: Er wohnt im gleichen Haus wie früher sein ehemaliger Finanzmann.

Drittens: Er kennt Don Velatus, zumindest hatte er ihn schon zweimal gesehen.

Als er aus Köln die Meldung bekam, dass seine beiden Leute Otters Wohnung durchsucht und ihm bei ihrem Besuch einer strengeren Befragung unterzogen hatten, war er vorerst zufrieden. Bei dieser Methode gibt es nur wenige, die nicht die Wahrheit sagen, und trotzdem kamen bei ihm immer noch Zweifel auf, weil seiner Meinung nach alles auf diesen Otter hinwies. Aber Pietro und seine Partnerin kamen zu dem Schluss, dass ihr Opfer nicht die Geldüberweisungen durchgeführt hatte, deshalb gab er ihnen freie Hand. Ab sofort durften sie auf eigene Faust ermitteln.

Ihr Verdacht fiel auf eine andere Person aus dem Start-up-Unternehmen. Als sie letztens Paul Otter beobachteten, nahm er eine Frau aus der Firma im Auto mit. Wie sie beim Waterboarding von Paul herausbekamen, handelte es sich um die Teilhaberin, von der es als Einzige kein Bild auf deren Homepage gab. Dank Tizianas geschulter Beobachtungsgabe war ihr die bewusst unauffällig auftretende Frau gleich verdächtig gewesen, mit der Unbekannten stimmte etwas nicht.

Sie wollten sich diese Frau Müller-Langenfeld als Nächstes vorknöpfen, denn es musste jemand aus der Führungsriege des Startups sein und möglicherweise besaßen alle Teilhaber Zugriff auf das Firmenkonto. Ihr Kompagnon war so nett, beim Waterboarding ihren Namen zu verraten, wer sie ist und wo sie wohnt, aber mehr wussten sie von der Frau nicht. Deshalb beschattete Don Velatus Leibwächterin die Unbekannte drei Tage lang, wie sich herausstellte, eine unspektakuläre Angelegenheit, weil sie kaum Kontakte hatte. Trotzdem kam Tiziana zu einer überraschenden Erkenntnis, die sie Pietro bei einem kleinen Spaziergang abseits des Großstadttrubels im Mediapark mitteilen wollte. Schweigend gingen sie bei Sonnenschein nebeneinander auf dem futuristisch gestalteten Viadukt über den künstlichen See. Auf der Mitte der Brücke blieben sie stehen und betrachteten gemeinsam die Umgebung, bis sie sagte:

„Bellissima, es ist wunderschön hier, diese Ruhe und als Panorama die moderne Architektur ringsherum. Sieh mal, in der Fassade des Hochhauses spiegelt sich die Silhouette des Kölner Doms. Ich vermute, dass sich hier um die Mittagszeit viele Leute aus den Büros die Füße vertreten. Schau mal, da hinten kann man sogar Boote mieten."

„Ja, es ist eine der schöneren Ecken der Stadt, so sauber und gepflegt. Aber was du als Spiegelung in der Glasfassade siehst, ist ein riesiger Siebdruck auf den Fensterscheiben. Aber deswegen sind wir nicht hier, also im Internet finde ich keinen Eintrag, der zu Frau Müller-Langenfeld passt. Also Tiziana, was hast du über diese Frau herausbekommen?"

„Nicht viel, aber ich habe einen Verdacht. Ich bin ihr eine Zeit lang gefolgt und darin bin ich richtig gut."

„Sicher die Beste", warf Pietro belustigt ein.

Tiziana störte die Ironie nicht, sie nahm seine Worte gelassen hin, schließlich war er der Neffe des Patrons:

„Natürlich bin ich die Beste, aber nicht nur beim Auskundschaften. So, nun hör mir doch endlich zu. Ich habe sofort bemerkt, dass die Frau mit der gleichen Macke herumläuft wie ich, auch sie kontrolliert fortwährend ihr Umfeld. Sie beobachtet dauernd, was um sie herum geschieht, aber nicht ängstlich, sondern professionell. Auf der Straße geht sie ganz normal, eher damenhaft, für mich sieht das bei ihrem Erscheinungsbild wie geschauspielert aus. Aber wenn sie ihre Rolle vergisst, bewegt sie sich anders, dynamischer, fast schon katzenhaft, zum Bespiel an einer Fußgängerampel, wenn es bei der Überquerung knapp wurde.

Ich bin mir sicher, die Frau ist nicht die, für die sie sich ausgibt. Vielleicht ist sie eine Polizistin im Undercover Einsatz und sie will Don Velatus mit den Geldüberweisungen aus seinem Versteck locken, noch wahrscheinlicher ist für mich, dass sie eine Agentin eines Nachrichtendienstes ist. Ich sehe bei ihr ähnliche Verhaltensmuster, wie sie uns, der Leibgarde von Don Velatus, von pensionierten Geheimdienstlern antrainiert wurden. Deshalb bin ich überzeugt, dass sie eine ähnliche Ausbildung genossen hat."

Den letzten Satz sagte sie mit einer gewissen Anerkennung, dann schob sie ihre Sonnenbrille mit dem Zeigefinger etwas herunter und sah Pietro über den Rahmen hinweg vielsagend an:

„Und noch etwas fiel mir auf: ich bin mir sicher, dass sie bewaffnet ist, in ihrer großen Handtasche scheint sich etwas Schweres zu befinden. Das Teil lässt sie keinen Moment aus den Augen und hat es immer griffbereit, so als könnte sie jederzeit schnell etwas herausziehen, wahrscheinlich einen Revolver. Also, ich glaube die Frau ist richtig gut, kann es sein, dass sie hinter der gleichen Sache her ist wie wir?"

„Möglich, aber dann ist sie schon einen Schritt weiter als wir, denn sie ist bereits in der Firma drin, die das Geld von den Konten unseres Patrons abbucht."

Eine Spaziergängerin mit Hund kam ihnen auf der Brücke entgegen. Der nicht angeleinte Gordon Setter trottete gelangweilt neben seinem Frauchen her. Die beiden Italiener waren so in ihr Gespräch vertieft, weshalb Pietro das Tier zu spät bemerkte und sofort ließ seine Canophobie sein Herz rasen. Bei seiner geradezu pathologischen Angst vor Hunden wollte er ausweichen, aber die breite Fußgängerbrücke war ihm zu schmal, deshalb machte er ein paar hastige Schritte um die überraschte Tiziana herum und brachte sich hinter ihr in Sicherheit. Die freundliche Hündin war begeistert, endlich wollte ein Zweibeiner mit ihr herumtollen. Sofort rannte sie zu ihm herüber und hüpfte vor lauter Begeisterung bellend um ihren lustigen Kumpel herum. Ihr neuer Freund spielte Verstecken mit ihr und vielleicht würde er auch noch Stöckchen werfen.

Durch das Verhalten ihres Hundes unangenehm überrascht, rief die gut gekleidete Spaziergängerin entsetzt:

„Royal Henriette Beautiful Darknets - bei Fuß!", die klare Ansprache mit dem kompletten Namen aus dem Zuchtbuch benutzte sie nur, damit die Hündin sich ihrer edlen Herkunft bewusstwurde und sich entsprechend ihres Stammbaumes verhielt. Danach versuchte sie den etwas hilflos wirkenden Mann zu beschwichtigen, indem sie reflexartig das Mantra der Hundebesitzer rezitierte, an das wirklich nur Frauchen oder Herrchen glauben:

„Keine Angst, die tut nix."

Tatsächlich folgte die ansonsten gut erzogene königliche Henriette augenblicklich aufs Wort und wurde angeleint, zur Belohnung bekam sie ein Frolic. Der verängstigte Pietro atmete erleichtert auf, allmählich beruhigte sich sein Herzrasen und der Puls näherte sich wieder dem grünen Bereich. Gespielt lässig grinste er zu der Hundehalterin hinüber, um nichts in der Welt würde er seine Canophobie eingestehen, vor allem weil Tiziana das mitbekommen würde, ihren Spott brauchte er nicht. Die Spaziergängerin lächelte freundlich zurück und erklärte dem jungen Mann:

„Entschuldigen Sie bitte, Henriette hat das noch nie getan."

Als Royal Henriette mit ihrem Frauchen bereits außer Hörweite war, drehte sich die Hündin zum letzten Mal um und warf ihrem lustigen Spielkameraden einen schmachtenden Blick zu. Erst als Pietros südeuropäische Gesichtsfarbe allmählich wieder zurückkehrte, äußerte Tiziana ihre Gedanken über Frau Müller-Langenfeld:

„In meinen Augen hat sie sich verraten, als sie am Bahnhof mehrere exklusive internationale Modejournale kaufte. Das passt überhaupt nicht zu der grauen Maus, was will sie damit anfangen, die Frau schminkt sich nicht einmal. Wir müssen herausbekommen, wer sie ist, ich habe sie heimlich fotografiert und die Bilder dem Patron geschickt, vielleicht kennt er sie. Mit einer Gesichtserkennungssoftware habe ich sie vorher erfolglos im Internet gesucht und die größte Übereinstimmung", Tiziana amüsierte sich köstlich, „gab es mit einer italienischen Filmschauspielerin der Nachkriegszeit, aber die wird bald hundert."

In seiner Hotelsuite in Argentinien starrte Don Velatus ungläubig auf sein Handy, dabei blätterte er immer wieder die letzten Bilder aus Köln durch. Fotografiert war seine uneheliche Tochter Louisa. Das Kind war ihrer hübschen Mutter immer schon sehr ähnlich gewesen, aber jetzt auf den Fotos sah sie genauso aus wie seine große Jugendliebe aus Neapel. Mit Sicherheit hatte sich Louisa operieren lassen, sein Aussehen zu verändern ist nicht die schlechteste Idee, wenn man untertauchen muss, um ein neues Leben zu beginnen, er dachte auch darüber nach. Der Patron schickte sofort eine kurze Anweisung an seinen Neffen.

Als auf Pietros Handy die Nachricht ankam, gab es für ihn im Moment andere Prioritäten. Er erlag den Verlockungen eines mobilen

Eismannes, der gerade Anstalten unternahm, einen lukrativeren Standort aufzusuchen. Schnell kaufte er sich drei Kugeln Stracciatella in einem Waffelhörnchen, seine Begleiterin wollte nur einmal Erdbeere. Mit ihren Eishörnchen auf der Hand setzten sie sich am See des Mediaparks auf eine Parkbank. Hier sonnten sie sich und genossen die eiskalte Verführung, dabei beobachteten sie wortlos, wie ein Angler immer wieder einen gelben Gummi-Köderfisch mit seiner Rute weit ins Wasser warf, um dann die Schnur erneut aufzuspulen. Nach unzähligen Versuchen hatte endlich ein Fisch angebissen und seine Angelrute bog sich unter der Last. Mit Mühe und einem Kescher gelang es dem Angler seinen schweren Fang aus dem Wasser zu holen.

Als Tiziana den stolzen Angler beobachtete, dachte sie an einen paradoxen Spruch ihres Großvaters: Fische, die bellen, beißen nicht. Aber bei Pietros Animosität gegenüber Hunden behielt sie ihn lieber für sich. Zwei ältere Spaziergänger mit Rollatoren blieben stehen und einer kommentierte den Fang:

„Ein Hecht, schätze Minimum 10 Kilo. Schade, dass ich wegen meiner maroden Knochen nicht mehr angeln kann. Das war damals eine schöne Zeit."

Sein schwerhöriger Freund hatte ihn nicht verstanden und gab in viel zu großer Lautstärke auch noch eine Anglerweisheit von sich:

„Ist der Fisch auch noch so klein, er muss erst mal gefangen sein!"

Irritiert sah der Angler zu ihm herüber.

In der Situation fiel Pietro plötzlich ein, dass sein Handy vorhin eine Nachricht empfangen hatte, aber wegen des Eisessens war ihm das vollkommen durchgegangen und schnell sah er sich die eingegangene SMS an:

„Hände weg von dieser Frau! SIE ist für euch absolut tabu!"

„Was ist denn mit dem Patron los, erst gibt er uns freie Hand und jetzt legt er uns wieder an die Leine", ärgerte sich Pietro und vergaß vor lauter Wut sein Eis weiter abzuschlecken. Es dauerte nicht lange, da tropfte die aufgetaute Stracciatella Eiscreme unten aus dem Waffelhörnchen auf seine helle Sommerhose, aber erst als er das kalte Nass auf seiner Haut spürte, schreckte er auf und warf den Rest in einen nahen Mülleimer.

„Sieh dir doch den Fleck an", Tiziana deutete kopfschüttelnd zwischen seine Beine, „du Ferkel. Die Sache ist doch klar, Don Velatus kennt die Frau und wir sollen sie in Ruhe lassen, vielleicht hat er sie auch auf die Geldgeschichte angesetzt?"

Pietro rubbelte wie wild mit einem Taschentuch über den feuchten Eisfleck an einer delikaten Stelle seiner Hose und vergrößerte damit nur den Schaden. Zwei vorbeispazierende Teenagerinnen konnten sich bei diesem Anblick ihr lautes Kichern nicht verkneifen. Verlegen sah Tiziana hinauf in den Himmel und betrachtete intensiv eine einsame Kumuluswolke, dabei tat sie so, als würde sie den seltsamen Mann neben ihr auf der Bank nicht kennen. Pietro schien nichts peinlich zu sein, denn ungeachtet seines blamablen Anblickes dauerte es, bis er mit seinem erfolglosen Reinigungsversuch aufgab. Seine Gedanken kreisten um seinen Patron, von dem war er richtig enttäuscht:

„Verdammt, du hast recht, mein Onkel traut mir das nicht zu, ich bin von ihm bitter enttäuscht. Anfangs hat er sogar vermutet, dass ich mich an seinem Geld bediene, aber wenigstens das konnte ich richtigstellen. Ich habe ihm dann geholfen, die Zugangsdaten bei seinen Banken zu ändern, aber bei zwei Konten funktionierte es auf die Schnelle nicht."

Tiziana sah ihren Partner an und schüttelte den Kopf:

„Der Fleck im Schritt deiner Hose sieht echt peinlich aus. Du musst ins Hotel und dich umziehen, so laufe ich nicht mit dir durch die Stadt."

Kapitel 20 Entsorgung und Messe

Wieder einmal hatte es Helmut Laufenberg geschafft, sein neues Opfer von sich zu überzeugen. Um sein seltsames Verhalten zu erklären, gestand er, dass man ihn wegen eines Kavaliersdeliktes, einer albernen Steuergeschichte, suchte und deshalb müsste er sich etwas bedeckt halten. Indem er das gestand, wollte er ihm zeigen, wie offen und ehrlich er zu seinem neuen Partner war und dadurch Vertrauen aufbauen. Dem Computermann wollte er ein Gefühl von Sicherheit vermitteln, so als hätte er ihn nach seinem Geständnis in der Hand und er könnte ihn deshalb nicht übers Ohr hauen.

Man traf sich am nächsten Morgen wieder. Leos Sorge war, dass er über den Supercomputer irgendwann lokalisiert werden konnte. Die Datenverbindungen liefen wegen der geschickten Programmierung seines Vorgängers über mehrere weltweit verteilten Server, trotzdem bestand der Informatiker darauf:

„Das Ding ist so groß wie eine Kühlgefrierkombination und muss möglichst schnell aus meiner Wohnung. Ich erzähle überall herum, dass ich den gefundenen Computer verschrotten musste, weil der seinen Geist aufgab."

Dem Finanzmann war das gar nicht recht, denn das würde alles verzögern. Das durfte er auf keinen Fall zulassen:

„Darüber habe ich mir bereits Gedanken gemacht und mir ist klar geworden, wir brauchen natürlich diesen Computer noch, aber gleichzeitig ist er ein Problem. Ich habe meinen alten Schulfreund, bei dem ich zurzeit wohne, gefragt, ob ich einen Computer mit in die Wohnung bringen darf. Er hat nichts dagegen, noch weiß er allerdings nicht, was für ein riesiges Teil es ist, aber das kriege ich irgendwie geregelt. Zurzeit leidet er unter Liebeskummer. Er hat eine Frau während einer Kreuzfahrt auf der Postschiffroute in Norwegen kennengelernt. Danach ist sie sofort bei ihm eingezogen und nun haben sie sich zu seinem Leidwesen wieder getrennt, deshalb kann ich jetzt bei ihm wohnen."

„Aber wie kriegen wir den Schrank dahin? Dazu benötigen wir einen Kleintransporter und es darf niemand im Haus sein", überlegte Leo laut.

„Ganz im Gegenteil, dein Umfeld sollte auf jeden Fall mitbekommen, dass du das Teil verschrottest. Du sagtest was von einem Blechschrank, kann man nicht den nackten Rechner herausnehmen und vorerst nur den Schrank entsorgen?"

„Das ist eine gute Idee, da hätte ich auch selbst draufkommen können. Ich baue nur das Rack mit dem Rechner aus, vieles von der Peripherie, wie die unterbrechungsfreie Stromversorgung, benötigen wir nicht. Wenn ich den Schrank zum Wertstoffhof bringe, ist die Story mit dem defekten Computer glaubwürdiger. Aber das sind nur technische Sachen, wie läuft das mit dem Geld?"

Helmut Laufenberg machte wieder den Kümmerer, er würde zusätzliche Offshore-Konten einrichten, und natürlich auch wieder die anfallenden Gebühren übernehmen. Alles hörte sich für Leo gut an, er müsste nur noch eine Zeit die Füße stillhalten, kein Geld ausgeben und am besten erst einmal so weiterleben wie bisher. Als alles geklärt war, erkundigte sich der Finanzmann beiläufig, welche Funktion diese Frau Müller-Langenfeld in Leos Firma bekleidete. Laufenberg hatte schon Angst, dass der Informatiker die Frage zu indiskret fand, aber der gab ihm leutselig Auskunft:

„Sie rettete meiner Freundin das Leben und ist vermögend. Sie hat geerbt, ich übrigens auch, deshalb konnte ich mir hier diese Luxuswohnung leisten, aber bei ihr muss es wesentlich mehr sein. Sie investiert im großen Stil und ist sehr clever, aber warum interessiert dich das?"

„Nur so", ich muss vorsichtig sein, dachte sich Laufenberg, ich darf Leo nicht misstrauisch machen und wechselte schnell das Thema, „wann können wir die erste Transaktion starten? Also ich benötige nur ein paar Tage für die Eröffnung anonymer Offshore Konten in Steuerparadiesen, ich nutze noch einmal meine alten

Connections in der Branche. Wie lange brauchst du mit deinem Computer?"

„Helmut, jederzeit, aber mir wäre es lieber, wenn sich das Ding bei den Umbuchungen nicht mehr in meiner Wohnung befinden würde."

„Langsam, Leo, und falls irgendwas auf dem Transport kaputt geht, wäre alles umsonst gewesen. Ist das Risiko nicht zu groß?"

Laufenberg legte nach und setzte sein überzeugendstes Lächeln auf:

„Die ersten Überweisungen sollten wir sicherheitshalber noch bei dir zu Hause machen, dann wissen wir auch, dass dein Passwort funktioniert. Danach verschrotten wir nur den großen Blechschrank und den eigentlichen Rechner transportieren wir in die Ehrenstraße. Von dort machen wir dann die nächsten Umbuchungen, ist das für dich in Ordnung? Was hältst du von Anfang nächster Woche?"

„Stopp, der Termin geht gar nicht, da bin ich doch mit meinem Geschäftspartner auf der London Games Week und anschließend haben wir wichtige Lizenzverhandlungen. Da muss einfach ein Techniker dabei sein. Andererseits was soll es, nächsten Montag bis Mittwoch wäre ich allein zu Hause. Meine Freundin ist in Lövenich, um ihrem Vater beim Tapezieren zu helfen, das kann sie richtig gut. Dann können wir ungestört von meiner Wohnung aus umbuchen und sofort danach das Gehäuse entsorgen und den eigentlichen Rechner zu deinem Kumpel schaffen."

„Leo, wenn wir nicht schnell sind, können wir es vergessen, das Geld wird für uns nicht mehr lange auf dem Silbertablett präsentiert werden. Wir müssen dranbleiben, melde dich kurz vor dem Flug krank und schicke einen deiner Computerleute als Ersatzmann mit. So ein Vermögen kannst du mit deinem Laden nie verdienen."

„Hast du bis dahin die Zugangsdaten für unsere Konten?", fragte der Programmierer erneut, in der Hoffnung, die Aktion auf einen späteren Zeitpunkt hinauszuschieben oder noch besser, ganz sein zu lassen.

„Keine Sorge Leo, das klappt schon. Du musst dir am Montag einen Kleintransporter leihen, alles klar? Wenn ich um 9 Uhr komme, wie erkenne ich, dass bei dir die Luft rein ist? Ehe ich es vergesse, hast du in deiner Wohnung einen guten Handyempfang?"

„Klar, wir haben sogar G5 Standard, aber ich gebe dir lieber analog ein Zeichen. Die Leute über uns haben ihre Gardinen nach vorne hin immer auf, unsere sind zur Straße normalerweise zugezogen. Wenn die Luft rein ist, ziehe ich alle Stores im zweiten Stock zurück, das kannst du von unten mit einem flüchtigen Blick erkennen. Blume oder Vase im Fenster geht auch, aber da müsstest du sehr genau hochschauen und das ist doch unnötig auffällig."

Clever, dachte sich Laufenberg, er sollte vorsichtig sein und den Bogen nicht überspannen, denn dumm war sein Partner nicht, nur naiv.

Bei seiner Arbeit konnte sich Leo jetzt nicht mehr richtig konzentrieren und hatte dazu noch ein ungutes Gefühl. Er bekam Bauchschmerzen, aber wenn die Aktion vorbei ist, würde alles wieder in Ordnung sein. Dieser Helmut war sehr überzeugend gewesen und schien von der Materie was zu verstehen.

Damit die angebliche Verschrottung des Superrechners in seinem Umfeld glaubwürdig erschien, bastelte Leo jeden Tag nach Feierabend zu Hause an dem Gerät herum. Nach und nach lag er seiner Freundin in den Ohren, dass das blöde Ding Probleme mache, weil die Zentraleinheit eine Macke habe. Am Wochenende erklärte Leo ihr, dass er mit seinem Latein bei dem Caryus-23 am Ende sei, deshalb wäre es das Beste, er würde sich von dem Rechner trennen. Ansonsten müsste er für die Reparatur noch mehr Geld und Zeit investieren aber eine Garantie, dass er wieder funktioniert, gäbe es trotzdem nicht. Antonia war sein Gejammere mittlerweile leid und genervt vertrat sie ihre Meinung, die sie in den letzten Tagen gebildet hatte:

„Verschrotte endlich das blöde Ding, der Computer stand doch nicht umsonst zum Entsorgen im Keller. Dass er anfangs noch Lebenszeichen von sich gab, waren seine letzten Zuckungen und außerdem ist er für unsere Anwendungen viel zu speziell."

Am Freitagabend warf Leo das Handtuch und verkündigte seiner Partnerin:

„Wenn ich aus London zurück bin, schaffe ich den Schrottrechner auf den Wertstoffhof nach Niehl."

„Gottseidank", erleichtert fiel Antonia ihrem Freund um den Hals, „dann hast du endlich wieder den Kopf für mich und unsere Arbeit frei. Aber allein schaffst du es nicht, das große Teil wegzuschaffen, du musst dir Hilfe holen oder beauftrage eine Entrümpelungsfirma."

Samstagmorgen klagte Leo über erhebliche Magen-Darm-Beschwerden und leichtes Fieber, und er informierte Paul über seine gesundheitlichen Probleme. Falls es ihm nicht besser ging, könnte er nicht mit zu der London Games Week Messe fliegen, in diesem Fall müsste ihn Mike, sein bester Programmierer, vertreten. Er würde ihn sicherheitshalber für alle Fälle schon einmal informieren. Vorher hatte er kurz daran gedacht, einen von den beiden Kölner Technikern, die bereits seit drei Tagen in London den Aufbau ihres Standes betreuten, für Pauls Verkaufsvorführung abzuzweigen. Aber sobald die Messe geöffnet war, wurden die beiden auf dem Stand für die technische Präsentation des Spieles benötigt. Für die Bewirtung der Besucher und eine hübsche Optik würden die Messehostessen einer britischen Agentur sorgen, die Paul bereits gebucht hatte.

Sonntagmorgen stand Leo nicht auf, sondern blieb jammernd im Bett liegen:

„Ich glaube, dass ich mir den Magen verdorben habe, ich kann mich kaum noch auf den Beinen halten, ich brauche ein paar Tage absolute Ruhe. Ich auf der Messe, das geht auf keinen Fall."

Antonia konnte das Elend nicht mehr mit ansehen:

„Ich rufe Paul an und sage auf jeden Fall für dich die Londonreise ab, dann informiere ich meine Eltern, dass ich nicht zum Tapezieren kommen kann, weil du krank bist."

„Antonia, dass mit Paul ist in Ordnung, aber das Tapezieren kannst du unmöglich absagen. Deine Eltern haben schon die halbe Wohnung leergeräumt und alles vorbereitet, außerdem sagst du doch selber, dass dein Vater nicht der große Handwerker ist, die brauchen dich. Antonia, du machst es wie geplant und schläfst drei Tage in deinem alten Zimmer in Lövenich, dann könnt ihr länger arbeiten und du bist eher fertig. Essen ist genug im Kühlschrank und im Notfall rufe ich dich an. Heute und die nächsten Tage bin ich sowieso an das Bett gefesselt und benötige absolute Ruhe. Ich hoffe, dass ich Mittwoch wieder auf den Beinen bin, dann bist du auch bei deinen Eltern fertig."

Der Informatiker hatte bei seinen sogenannten Reparaturversuchen bereits im Rechner einige Befestigungsschrauben gelöst, damit man den funktionsfähigen Caryus-23 am Montag schnell von seiner Peripherie trennen konnte. Aber morgen früh musste er noch einsatzfähig sein, um die ersten Umbuchungen aus seiner Wohnung noch ausführen zu können, danach würden sie ihn in Helmuts Unterschlupf abtransportieren, um später von dort die restlichen Mafiakonten zu plündern. In der letzten Nacht vor dem geplanten Gelddiebstahl bekam er vor lauter Aufregung Panikattacken und jetzt war ihm wirklich schlecht. Leo machte kaum ein Auge zu und sah wegen des Schlafentzuges richtig elend aus, deshalb musste er am frühen Morgen mit Engelszungen auf seine Freundin einreden, damit sie wie geplant zu ihren Eltern nach Lövenich fuhr.

So, jetzt war der Tag gekommen, danach gab es kein Zurück mehr für ihn, aber mit seinen Testüberweisungen hatte er bereits den Rubikon überschritten. Leo zog die Gardinen zur Straße hin ganz auf und brauchte nicht lange zu warten, da klingelte es. Bevor Helmut Laufenberg die Wohnung betrat, sah er sicherheitshalber noch einmal kurz auf sein Handy, das Display zeigte vier Balken an, also voller Empfang. Er war zufrieden denn das Telefon würde noch wichtig werden. Als Leo die Wohnungstür öffnete, wedelte Laufenberg mit einem dicken Briefumschlag, aus dem er vier kleine Mappen herausfingerte und ihm feierlich überreichte:

„Für jeden zwei, das sind die Unterlagen der Offshore-Banken, einmal Bahamas und einmal Gibraltar, die Unterlagen musst du gut verstecken. Dies sind die nummerierten Debitkarten, damit du problemlos dein Geld abheben kannst. Deine Zugangsdaten kannst du später ändern, ich musste bei der Einrichtung der Konten irgendwas eintragen. Komm, lass uns anfangen."

Vorsicht, dachte sich Leo, der ist mit allen Wassern gewaschen, die Passwörter sollte ich eigentlich sofort ändern, aber was soll's, das konnte er auch noch später machen. Sein Gewissen plagte ihn momentan überhaupt nicht, das war für ihn jetzt wie ein Computerspiel.

Den Rechner hatte er bereits hochgefahren und er rief die erste Bank auf seiner Liste auf: „Kein Zugang", das gleiche passierte bei der zweiten, dritten und vierten Bank. Leo verstand die Welt nicht mehr und bekam feuchte Hände, dabei hatte er sich auf allen Konten der Liste bereits mehrfach eingeloggt und Statusabfragen durchgeführt.

Der clevere Helmut Laufenberg stand etwas abseits, damit sich der Computermann bei der Dateneingabe nicht beobachtet oder gar bedrängt fühlte. Entsetzt bemerkte Laufenberg, dass der Informatiker seine Finger auf einmal von der Tastatur nahm und sich geistesabwesend zurücklehnte. Warum machte er nicht weiter, wollte ihn der Milchbubi reinlegen oder bekam der Typ kalte Füße?

„Irgendwas stimmte nicht, vielleicht mache ich was falsch, einen Augenblick, ich muss mich voll konzentrieren.", Leo schloss kurz die Augen, konnte es sein, dass ihm bei der Passworteingabe ein Fehler unterlaufen war? Eigentlich nicht, sicherheitshalber überprüfte er noch einmal die Groß- und Kleinschreibung, enttäuscht versuchte Leo es weiter. Als Nächstes auf seiner Liste kam die Bank dran von der er die Testüberweisungen auf das Firmenkonto gemacht hatte. Von Helmut hörte man während der ganzen Zeit keinen einzigen Mucks. Der Informatiker zögerte kurz, ehe er diesmal die Return Taste betätigte, und tatsächlich öffnete sich zu seiner Erleichterung das Eingabeportal des Kontos. Er klickte Guthaben an und ein grün umrahmtes Feld erschien mit der Summe:

„11.174.900 Euro."

Helmut setzte sich neben Leo und rieb sich verwundert seine Augen:

„Komisch ist dieser krumme Betrag, auf deiner Liste stehen nur runde Summen, auf dem Konto sollten eigentlich 12 Millionen sein. Kaum zu glauben, da scheint der Velatus-Clan doch noch aktiv zu sein, oder jemand anders knabbert bereits an unserem Kuchen. Ach nein, der Fehlbetrag sind deine Testüberweisungen, ist das richtig?"

Der Informatiker nickte etwas verlegen, ja es waren seine Überweisungen an die Firma.

„Komm Leo, jetzt machen wir die Echtzeitüberweisungen, das ist billiger, schneller und unkomplizierter als diese antiquierten Blitzgeschichten. Buche auf jedes deiner Konten 3 Millionen und bei mir einmal drei und auf mein anderes zwei Komma noch was, also den Rest, dann ist dieses Mafiakonto leergeräumt."

„Ok, Helmut, aber ich möchte vorher meine Zugangsdaten ändern, denn auf unsere neuen Konten kann man von jedem Rechner auf der Welt zugreifen."

„Komm, Leo, deine Zugangsdaten kannst du doch nachher noch ändern. Ich platze bald vor Neugier, ob das mit dem Geld überhaupt funktioniert", der Finanzmann machte etwas Druck, denn er wollte Leo hereinlegen. Sobald das Geld von dem Mafiakonto auf Leos neuen Konten überwiesen war, würde ein alter Kumpel die Standardpasswörter der neuen Bank heimlich ändern. Ab dann könnte Leo nicht mehr auf seine Konten zugreifen und Helmut und sein Kumpel würden sich das Geld teilen. Deshalb musste verhindert werden, dass der Computermann vor der Überweisung eigene Passwörter eintrug. Laufenbergs alter Kumpel saß zu Hause vor dem Rechner und wartete auf die SMS des Finanzbetrügers, um die Zugangsdaten sofort auszutauschen.

Die Aktion löste Helmut Laufenberg aus, indem er irgendeine Taste seines Handys betätigte, und die verabredete SMS wurde abgeschickt, so war das Gerät programmiert. Dafür brauchte er das Telefon noch nicht einmal aus der Hosentasche zu ziehen, alles sollte diskret ablaufen. Sicherheitshalber hatten sie die Funktion mehrmals ohne Probleme probiert.

Doch Leo saß bereits startbereit an der Tastatur und wollte gerade mit der Passwortänderung beginnen, da legte ihm Helmut freundschaftlich eine Hand auf seine Schulter:

„Das kannst du doch immer noch machen. Sag mal Leo, traust du mir nicht?"

„Von mir aus, Helmut, du bist ungeduldig und willst wissen, ob das wirklich funktioniert? OK, dann ändere ich später in Ruhe die Passwörter."

„Prima, aber wenn ich bitten darf, zuerst deine Konten", damit war Zeit für die geplante Manipulation gewonnen. Er setzte sich neben Leo und half durch Vorlesen oder Kontrollieren der langen Zahlenreihen für einen schnellen Ablauf. In einer Viertelstunde war alles erledigt und jetzt kamen seine Überweisungen an die Reihe, doch vorher griff er in seine Hosentasche und löste die verabredete SMS aus.

Nun musste sein alter Sparkassenkumpel schnell die Startpasswörter von den Konten ändern, bevor Leo sie gegen seine geheimen Passwörter austauschte. Die Zeit dafür verschaffte ihm Helmut, indem er den Informatiker beiläufig in ein Gespräch verwickelte. Er erkundigte sich, auf welchen Computersystemen sein neues Spiel laufe, worauf der Entwickler ausführlich beschrieb, welch großer Aufwand dahintersteckte, um es für die verschiedenen Systeme kompatibel zu machen.

Mittlerweile war genug Zeit vergangen und Laufenbergs Compagnon musste die Passwörter getauscht haben, alles war bestimmt längst in trockenen Tüchern. Helmut entspannte sich zufrieden, er wusste, dass er den jungen Mann um den Finger wickeln konnte. Nun, nachdem er sich sicher war, auch Leos Anteil zu besitzen, erinnerte er ihn wohlwollend, dass er endlich seine persönlichen Zugangsdaten einrichten sollte. Wieder stellte sich Laufenberg demonstrativ etwas abseits, um seinem Opfer Privatatmosphäre vorzugaukeln, es war reine Show, denn ändern konnte der nichts mehr.

„Danke Helmut, dass du mich daran erinnerst. Vor lauter Aufregung hätte ich es beinahe vergessen, meine Zugangsdaten zu ändern, aber das wäre ja nicht schlimm gewesen, denn nur du kennst die alten Daten."

Laufenberg rechnete jetzt jeden Moment mit einem großen Theater. Gleich würde Leo mit Entsetzen feststellen, dass er keinen Zugriff mehr auf seine Konten besaß. Die Startzugangsdaten musste sein Kumpel, auf die verabredete SMS hin, mittlerweile geändert haben. Aber warum flippte Leo nicht aus? Zu seinem Entsetzen beobachtete der Betrüger, wie sein Goldesel gut gelaunt auf der Rechnertastatur herum klimperte. Offensichtlich tauschte er problemlos die Startpasswörter und Benutzernamen gegen eigene aus, eigentlich dürfte Leo überhaupt keinen Zugriff mehr auf die Konten besitzen. Nach seinem Plan müsste er jetzt verzweifelt nach irgendwelchen Fehlern oder Gründen suchen, für dieses Szenario hatte sich Laufenberg einige obskure Begründungen ausgedacht. Der Betrüger verstand die Welt nicht mehr, wie konnte das sein, er hatte die SMS doch rechtzeitig abgeschickt. Unauffällig zog er sein Smartphone aus seiner Hosentasche, oben auf dem Display wo eben noch vier Balken angezeigt wurden, stand jetzt „Kein Netz!", sofort begriff er die Katastrophe.

„Sag mal Leo, hast du in deiner Wohnung keinen Handyempfang?"

„Natürlich, wir haben sogar G5. Das hast du mich schon einmal gefragt. Wie kommst du darauf, wir sind doch nicht in der Eifel", sagte er belustigt und war zufrieden, dass alles so gut abgelaufen war, das Abbuchen und auch die Änderung seiner Zugangsdaten. Alles hatte funktioniert, so wie Helmut es vorhersagte, ihm konnte er vertrauen. Doch was machte sein Partner auf einmal, er schüttelte, klopfte und drückte außer sich vor Wut auf seinem Handy herum. Der Auftritt erinnerte Leo an Rumpelstilzchen, und er konnte sich ein Schmunzeln nicht verkneifen:

„Helmut, dein Handy kann nichts dafür, dass du kein Signal empfängst, wenn du telefonieren möchtest, brauchst du nur aus dem Zimmer zu gehen, dieser Raum hier ist komplett abgeschirmt und deshalb abhörsicher. Toll, nicht wahr? Lass uns für heute aufhören und die restlichen Konten in den nächsten Tagen bei dir zu Hause abklappern, vielleicht sind noch Banken auf der Liste, wo das Passwort noch nicht geändert wurde."

Geändert, das war das Stichwort, ändern kann man jetzt nichts mehr und vielleicht klappt der Trick beim nächsten Mal, dachte sich Helmut:

„Kann sein, aber das geht nicht bei allen Offshore-Banken so einfach, deshalb sollten wir nicht zu lange warten, bis wir weitermachen. Ich habe mir auch überlegt, für unsere nächste Aktion zusätzliche Konten anzulegen, damit das Geld breiter gestreut ist. Hast du das gemietete Auto für den Abtransport des Rechners abgeholt?"

„Klar, der kleine Lieferwagen steht startklar hinter dem Haus in der Ladezone. Am besten, wir fahren den ausgebauten Rechner und den großen, aber leeren Blechschrank in den Keller und schieben die beiden Teile über die Tiefgaragenrampe hoch auf die Straße, dann sind wir direkt am Fahrzeug.

Kapitel 21 Louisas Beobachtung Transport

Hinter dem Angriff auf Paul Otter vermutete Louisa ihren Velatus-Clan, die Methoden, alles wies darauf hin. Wahrscheinlich war er ihr Hauptverdächtiger, weil die 25.100 Euro auf das Firmenkonto von „69-four" gebucht wurden, denn hier war er der kaufmännische Leiter und Don Velatus kannte seinen Namen. Nur verstand sie nicht, warum ausgerechnet dieser Otter das Problem sein sollte. Falls die Überweisungen aus der Karibik von den Konten des Patrons stammten, musste jemand die Zugangsdaten kennen und das war bestimmt nicht dieser harmlose Paul, woher sollte der die Passwörter haben. Doch wenn dem so wäre, würde er nicht so dumm sein, das Geld auf das offizielle Firmenkonto zu überweisen, das Leo einsehen konnte und das auch vom Finanzamt geprüft wurde.

Leider gab es für sie keine Möglichkeit, mit ihrem Patron Kontakt aufzunehmen, um den Sachverhalt aufzuklären. Vermutlich gehörten die Leute mit dem roten Wagen auch zum Clan und darin sah sie ihre einzige Chance, Paul aus der Schusslinie zu nehmen. Doch wie kam sie an das Pärchen heran? Höchstwahrscheinlich würden sie ihm noch einen weiteren Besuch abstatten, denn damit hatten sie Paul gedroht, falls sich die Angelegenheit nicht bald aufklärt. Louisa hatte eine Idee: Wenn die beiden in der Severinstraße wieder auftauchten, wollte sie das Paar fotografieren und dadurch möglicherweise identifizieren. Wenn es wirklich Leute von Don Velatus sind, könnte sie die eventuell kennen und dann müssten sie ihr einen Kontakt zu dem Patron vermitteln, aber die Chance war klein, weil er sie von den anderen Mafiosi ferngehalten hatte. Falls nicht, würde sie wenigstens wissen, wie Pauls Folterer aussahen.

Mit einem großen Blumenstrauß, Pralinen und etwas Geld schaffte sie es, eine Rentnerin aus dem Haus gegenüber von Pauls Wohnung zu überzeugen, ihr einen kleinen Raum mit Blick zur Severinstraße hin, für ein paar Tage zu überlassen. Von hier überwachte sie Pauls großes Wohnzimmer, die Vorhänge wurden nie zugezogen, vielleicht gab es auch keine? Für die Überwachung brauchte sie nicht einmal vor Ort zu sein, eine Spezialkamera filmte das Gegenüber automatisch, sobald sich im Raum irgendetwas bewegte. Louisa konnte sich jederzeit die Aufnahmen live auf ihrem Smartphone ansehen oder das Aufgezeichnete streamen.

Es wurde Montagmorgen und bisher war in der Wohnung nichts Ungewöhnliches geschehen. Pauls Folterer waren nicht mehr aufgetaucht, deshalb würde Louisa gleich hinfahren und die Überwachungskamera abbauen. Die Observation war ein Fehlschlag gewesen, in dem großen Raum sah man das Ehepaar abends nur reden, essen und fernsehen, ansonsten passierte wenig. Bis eines Abends ein unbekanntes Paar auftauchte, aber das war ein Fehlalarm, es handelte sich offensichtlich um Freunde. Nun war die ganze Sache sowieso hinfällig, weil Paul heute Morgen zu einer Computerspiele-Messe nach London geflogen war. Vorher hatte er sie noch angerufen und darüber informiert, dass Leo leider erkrankt und schwer bettlägerig sei, deshalb würde der Programmierer Mike zu seiner technischen Unterstützung mitfliegen.

Sie trank zu Hause noch einen Espresso, da meldete sich die Kamera, eine Bewegung hatte sie ausgelöst. Interessiert nahm sie ihr Handy, denn sie wusste, dass Paul um diese Zeit schon am Flughafen sein wollte. Louisa betrachtete das Livebild und entdeckte diesen Architekten Monschau. Das Gesicht kannte sie nur von Leos Wohnungseinweihung, Antonia hatte ihr die Fotos schon mehrfach gezeigt. Was für einen Zirkus würde Leos Verlobte erst mit ihren zukünftigen Hochzeitsbildern veranstalten. Der Mann war Ilaria gegenüber sehr vertraut, es sah aus, als würde er sie abholen. Nanu, hatten die beiden etwa eine Affäre?

Als sie in der Severinstraße eintraf, sah sie sofort aus dem Fenster auf das gegenüberliegende Gebäude, aber Ilaria de Moro und der Architekt schienen bereits das Haus verlassen zu haben. Es saß nur noch eine Katze hinter der Fensterscheibe und beobachtete vom 3. Stock aus das Treiben unten auf der Einkaufsstraße. Ab und zu blinkte ihr glänzender Halsbandanhänger im Sonnenlicht. Dann fiel Louisa auf, dass in der Wohnung darunter, bei Leo und Antonia, die Vorhänge an allen Fenstern zurückgezogen waren. Nun konnte sie zum ersten Mal, seit sie das Haus beobachtete, in deren Zimmer hineinschauen und prompt sah sie, dass da drüben zwei Männer herumliefen.

Jetzt wurde sie neugierig, denn sie wusste, dass Antonia bei ihren Eltern renovierte und Leo krank im Bett lag. Vorsichtig lockerte sie die Stativschraube und richtete die Kamera auf deren Fensterfront. Zu ihrer Überraschung sah sie Leo, aber einen kranken Eindruck machte er nicht, sondern lief ausgehfertig in Straßenkleidung herum und schien quietschvergnügt zu sein. Lachend redete der Computermann im Wohnzimmer mit einem Unbekannten mit Basecap. Louisa konnte den Fremden nicht erkennen, weil sie nur seinen Rücken sah. Auf einmal verschwanden die beiden in einen Nebenraum, ohne dass sich der Unbekannte umdrehte. Als die Männer aus dem Zimmer wieder herauskamen, trugen sie gemeinsam etwas in der Größe einer Weinkiste und verließen damit die Wohnung. Nun beobachtete Louisa den Hauseingang, aber hier tauchten sie nicht auf, vielleicht benutzten sie den Hinterausgang über die Tiefgarage.

Louisa war irritiert, als ihr Geschäftspartner mit einer Sackkarre wieder in seiner Wohnung auftauchte, gefolgt von dem Unbekannten mit der Kappe und beide verschwanden noch einmal in dem Nebenraum. Kurze Zeit später schob Leo die Karre mit einem hohen blauen Schrank aus dem Raum und der Fremde sorgte für die nötige Balance, dabei rutschte ihm die Kappe vom Kopf und Louisa traute ihren Augen nicht. Ihre Kamera lief die ganze Zeit mit, deshalb konnte sie sich die Szene noch einmal in Zeitlupe ansehen. Sie zoomte das Gesicht heran, es gab keinen Zweifel, das war Helmut Laufenberg alias Dautenburg. Wo gab es da Gemeinsamkeiten mit dem Spieleentwickler? Was für eine absurde Verbindung: Leo, ein durch und durch anständiger junger Mann und Laufenberg, dieser schmierige geldgierige Ganove. Ein anonymer Anruf bei der Polizei und er säße wieder im Gefängnis.

Was hatten sie mit den Sachen vor, die sie aus der Wohnung schafften? Von ihrem Fenster konnte Louisa nur die Haustür zur Straße kontrollieren, aber hier kamen sie nicht heraus, vermutlich parkte ein größeres Fahrzeug in der Tiefgarage oder dahinter, in einen normalen PKW passte zumindest der hohe Schrank nicht hinein. Louisa bestellte ein Taxi zu der Garagenausfahrt, hoffentlich kam es rechtzeitig und sie konnte ihnen folgen, um herauszubekommen, was die beiden miteinander zu schaffen hatten.

Die beiden Männer schreckten auf, als der Aufzug auf der Fahrt zur Tiefgarage bereits vorher in der ersten Etage stoppte. Die automatische Schiebetür öffnete sich und im Flur stand eine ältere Dame mit einem Mops. Die wartende Frau von Bödefeld staunte nicht schlecht, war das ein Déjà-vu-Erlebnis? Den Abtransport des sonderbaren großen blauen Kühlschrankes hatte sie vor Monaten bereits schon einmal gesehen, damals allerdings mitten in der Nacht. Diesmal stand zusätzlich noch eine Kiste in der Aufzugskabine, dafür aber nur zwei statt drei Männer. Einer davon war der neue Hausbewohner. Auf jeden Fall war der Aufzug wieder voll. Ihr dicker Mops, ein Freund von Lebensmitteln, machte trotzdem Anstalten einzusteigen, aber das Frauchen hielt ihn zurück, denn sie wollte sich nicht auch noch in die volle Kabine quetschen:

„Halt, Tiffany, komm bei Mama, wir warten, bis der Fahrstuhl leer ist, und dann gehen wir im Park Gassi."

Die automatische Kabinentür schloss sich und der Aufzug fuhr weiter abwärts.

Louisa verließ ihren Beobachtungspunkt im gegenüberliegenden Gebäude, sie rannte hinunter und überquerte die Straße, um hinter Leos Wohnhaus zur Tiefgaragenausfahrt zu gelangen. Schwer atmend angekommen sah sie gerade noch, wie ein gemieteter Kleintransporter in Richtung Ulrichgasse davonfuhr. Das mussten sie gewesen sein, allein schon wegen dem hohen Schrank, und schon bog Louisas Taxi um die Ecke:

„Fahren Sie bitte schnell los, dort lang und dann sehen wir weiter, ich verfolge einen weißen Kleintransporter, das Ganze ist eine Wette, wenn wir ihn einkriegen, bekommen sie 50 Euro Prämie."

Die Taxifahrerin warf einen misstrauischen Blick in den Rückspiegel und war beruhigt. Ihr weiblicher Fahrgast sah nüchtern aus und machte den Eindruck, als könnte die sich so einen kostspieligen Scherz leisten. Als sie die mehrspurige Straße erreichten, musste die Kundin sich entscheiden, geht die Verfolgungsfahrt Richtung Ringe oder Richtung Altstadt weiter.

„Links entlang", entschied Louisa aus dem Bauch heraus, als sie den Sachsenring erreichten, „jetzt versuchen wir es rechts."

Die Fahrerin überfuhr noch eine hellrote Ampel und da entdeckten sie in der Ferne den Transporter mit dem Logo einer Mitwagenfirma wieder. Der kam nur langsam voran, weil ein Lieferwagen in der zweiten Reihe parkte, und deswegen musste sich der fließende Verkehr in eine Fahrspur einreihen. Nun hatte die Taxifahrerin das Auto vor Augen, damit war ihr Ehrgeiz geweckt und wegen ihres forschen Fahrstils kamen sie näher heran.

Am Ebertplatz bekam Louisa einen Schreck, als das Fahrzeug den Platz umrundete. Hatten die beiden gemerkt, dass sie verfolgt wurden und fuhren deshalb zurück? Die Taxifahrerin sah, dass ihre Kundin nervös wurde, deshalb äußerte sie ihre Vermutung:

„Die wollen vielleicht in die Neusser Straße und da ist die Ehrenrunde um den Ebertplatz aus unserer Fahrtrichtung die reguläre Straßenführung. Sehen Sie, ich habe recht."

Dann fuhr der Wagen weiter Richtung Niehler Straße bis zum AWB-Wertstoffhof. Louisa stieg aus dem Taxi und beobachtete aus der Ferne, wie der große Blechschrank aus dem Transporter ausgeladen wurde. Das kleine Teil mit der Decke aber blieb im Wagen. Als das Auto wieder losfuhr, setzten die Frauen möglichst diskret ihre Verfolgungsfahrt fort.

Louisa wunderte sich, dass der Transporter in Richtung ihrer Wohnung fuhr, dann aber vorher auf der Ehrenstraße anhielt. Helmut Laufenberg stieg hastig aus und entlud die Kiste mit der Decke und setzte sie auf dem Bürgersteig ab. Leo fuhr mit dem leeren Kleintransporter allein weiter. Louisa drückte der überraschten Taxifahrerin zwei 100-Euroscheine in die Hand und verließ eilig das Auto, um die Lage aus sicherer Distanz zu beobachten.

Der Kasten, oder was sich auch immer unter der Decke verbarg, war nicht schwer, aber unhandlich. Der Finanzbetrüger hob es an und hatte Probleme, es richtig zu packen. Überrascht beobachtete Louisa, wie der einarmige Hennes mit großen Schritten die Straße überquerte und ihm als Zweiarmiger zur Hilfe eilte. Gemeinsam trugen sie das unhandliche Ding vom Bürgersteig bis zu einem nahen Hauseingang, um es davor abzusetzen. Dann gab es zwischen den beiden einen lebhaften Wortwechsel, bis sich der sogenannte einarmige Bettler wütend entfernte. Louisa lief ihm nach und sprach ihn von hinten an:

„Hallo, Herr Hennes, was machen Sie denn hier, ich habe Sie schon lange nicht mehr gesehen."

Im ersten Moment erschrak der Angesprochene, er hatte eher damit gerechnet, dass sein Widersacher von eben noch etwas von ihm wollte, deshalb lachte er erleichtert auf:

„Ach Sie! - Ich hoffe, Sie glauben nicht, dass mein Vorname „Einarmiger" ist. Frau Müller-Langenfeld, ich wurde beim Überqueren der Glockengasse auf einem Zebrastreifen angefahren und kam ins Krankenhaus, Fahrerflucht. Mein alter Stammplatz ist jetzt belegt, um an Geld zu kommen, versuche ich es wegen der vielen Laufkundschaft hier auf der Ehrenstraße. Der Schmuckladen da hinten gab mir ein paar Euro, damit ich nicht in der Nähe seines Schaufensters bettle. Eben kam mein Auftraggeber in einem kleinen Lieferwagen angefahren und schleppte eine schwere Kiste, da habe ich ihm geholfen. Zum Dank jagte er mich weg, weil ich jetzt weiß, wo er wohnt."

„War das der Mann, der Ihnen den Auftrag erteilte, mich zu beschatten?"

„Ja, aber der hat kein Interesse mehr an meinen Diensten, wie er mir eben beinahe handgreiflich mitteilte", der einarmige Hennes zuckte mit den Schultern, „schade."

Louisa wusste nicht, was sie davon halten sollte, warum hatte Laufenberg sie ausspionieren lassen. Er musste sie erkannt haben und wollte sie vielleicht erpressen? Was plant er und was hatte ihr Geschäftspartner Leo mit ihm zu tun?

Über ihre Beobachtungen musste Louisa dringend mit Paul reden, aber der war heute Vormittag nach London geflogen und sie hatte sich zu einem dreitägigen Seminar an der Ahr angemeldet, ein Tipp von Paul. Laut Terminkalender würden sie sich erst wieder am Freitag bei dem Jour fixe in der Firma treffen. Vielleicht gab es am Donnerstagnachmittag, wenn beide wieder in Köln waren, eine Möglichkeit, ihren Geschäftspartner zu informieren.

***

Am Mittwochmittag meldete sich Leo bei Antonia in Lövenich telefonisch gesund, es ginge ihm wieder richtig gut. Seine Freundin freute sich darüber, aber mit der Renovierung der elterlichen Wohnung hatte sie noch ein paar Stunden zu tun, erst am späten Nachmittag würde sie fertig werden. Er sollte um 19 Uhr nach Lövenich kommen, ihr Vater hatte sie und Leo zum Essen in die alte Schmiede eingeladen, danach würden sie nach Hause in die Severinstraße fahren. Dann belog Leo seine Freundin und erzählte ihr, dass er angeblich eben erst den defekten Caryus-23 entsorgt habe, und sie fragte neugierig nach:

„Ist alles mit der Verschrottung des Rechners gut gegangen, sag mal, wer hat dir eigentlich geholfen? Wie ich höre, hast du keinen von unseren Jungs um Hilfe gebeten, ich habe vorhin mit unserer Firma telefoniert, alle sind brav bei der Arbeit."

„Ein alter Schulfreund kam vorbei und packte mit an, ich wollte keinen von unseren Leuten bitten, die sind in der Firma wichtiger. Schade nur um den Superrechner, aber eine Reparatur wäre für uns unbezahlbar und außerdem ist er für unsere Anwendungen nicht konfigurierbar, deswegen schnell weg damit."

Donnerstagnachmittag. Louisa war von ihrem Seminar zurück in ihre Wohnung und packte die Sachen aus, dabei fiel ihr ein, dass sie dringend mit Paul wegen Leo sprechen wollte, der müsste nach seiner Londonreise auch wieder in Köln sein. Sie rief ihn in der Firma an, aber sein Telefonanschluss war auf Antonia umgeleitet. Von ihr erhielt sie die Auskunft, dass er sich heute freigenommen hat, und dann schob sie noch kichernd nach:

„Du weißt doch, der smarte Sonnyboy war doch in London und bei dem Zeitunterschied von einer ganzen Stunde leidet er vermutlich noch tagelang unter Jetlag. Seine innere Uhr muss sich bei der Zeitdifferenz erst wieder anpassen. Mein Leo schwächelte auch, er lag mit Bauchschmerzen Sonntag und Montag im Bett. Männer! Der Unterschied zwischen den Geschlechtern besteht darin: ich habe bei meinen Eltern drei Tage lang von morgens bis abends renoviert und bin danach ohne Ruhetag wieder bei der Arbeit erschienen."

Louisa musste laut lachen, aber sie wollte ihre brisanten Beobachtungen loswerden und rief Paul Otter auf seinem Handy an:

„Hallo Paul, wir beide müssen uns unbedingt treffen. Ich bin noch zu Hause, schlag bitte einen ruhigen Treffpunkt vor und pass bitte auf, dass du nicht verfolgt wirst."

„Das hört sich ja spannend an. Wie wichtig oder besser, wie eilig ist es denn?"

„Sehr!"

„Was hältst du von einer Kirche, da ist es ruhig und meistens auch leer. Lass mich mal überlegen, St. Apostel, das ist die große Kirche an der Stirnseite vom Neumarkt und ist nicht weit von deiner Wohnung entfernt. Sagen wir um 16 Uhr, passt dir das?"

Luise war wesentlich eher in der Basilika und konnte sich noch einer bereits begonnen Führung durch das Gotteshaus anschließen, trotzdem schaffte sie es noch, Paul pünktlich im Vorraum zu begrüßen:

„Hallo, immer wieder schön, jede der 12 romanischen Kirchen Kölns ist anders. Diese ist sehr hell und wunderbar ausgestaltet, aber für mein Stilempfinden etwas zu viel des Guten. Ich habe eben eine Führung mitgemacht, und jetzt weiß ich, was in Gotteshäusern ein Trikonchos, also ein Drei-Konchen-Chor ist. Die meisten Kirchen haben den Grundriss eines lateinischen Kreuzes, aber hier ist die Form des Chores wie ein dreiblättriges Kleeblatt gestaltet. Spätrömische Grabkapellen bildeten die Vorlagen für die ersten christlichen Sakralbauten, so bis um 200 herum. Einer der Teilnehmer sagte: Die Urchristen erwarteten die Wiederkehr Christus in Kürze und damit würde ihr irdisches Leben bald enden. Für die kurze Zeit lohnte es sich für die Kirchenbaumeister der jungen Religion nicht, eine eigene Architektur zu entwickeln und deshalb bauten viele noch im traditionellen römischen Stil. Nach einiger Zeit schwand die Hoffnung auf die baldige Wiederkehr Jesus immer mehr, und allmählich entwickelte sich für christliche Kirchen eine eigene sakrale Architektur oft im Kreuzbaustil."

„Bravo", Paul deutete einen Beifall an, „hier ist schon zu viel los. Nicht allzu weit, an der Hahnenstraße ist ein Café oder Bistro das „Le Menage" und um die Ecke herum das „Riphahn". Den Namen hat es von dem Kölner Architekten Wilhelm Riphahn, der im letzten Jahrhundert so viel in Köln gebaut hat, dort könnte man draußen sitzen.

Sie fanden eine ruhige Ecke im „Le Menage" und Paul wollte nicht so unwissend dastehen:

„Ich kenne noch eine weitere romanische Kirche in Köln mit einem Kleeblatt Chor, wie nennt man das noch mal richtig?"

„Drei-Konchen-Chor" half Louisa aus.

„Danke, also ich meine St. Maria im Kapitol, vorne nahe der Deutzer Brücke, gegenüber dem Dorint Hotel, sie ist übrigens Kölns größte romanische Kirche mit 100x40 Meter Grundfläche. Als sie gebaut wurde, war sie die größte Kirche der Christenheit. An ihrer Stelle standen vorher ein römischer Kapitols Tempel für Jupiter, Juno und Minerva, deren Mauerwerk wurde teilweise für die Fundamente der Kirche benutzt. So, aber jetzt erzähl mal, was gibt es denn Wichtiges, was die anderen morgen bei unserem Jour Fixe nicht erfahren sollen."

„Paul erst einmal vorweg, ich vertraue dir, aber ich kann dir zu meiner Person nur sagen, dass ich nicht als reiche Investorin geboren wurde, ich habe geerbt."

Das habe ich mir schon gedacht, Paul verbot sich seine Gedanken, weil er sich immer wieder ertappte, sie im Zusammenhang mit Polizei, Detektei oder Geheimdienst zu sehen. Aber wenn, dann lag das in ihrer Vergangenheit und das ging ihn nichts an.

„Es geht um Leo, den habe ich mit einem Kriminellen im Auto gesehen, den ich aus der Zeitung kenne, und bin den beiden nachgefahren. Ich habe noch nicht herausgefunden, was unser Partner mit dem Finanzbetrüger verbindet. Der ist keine große Nummer, aber immerhin schaffte er es, geldgierigen reichen Leuten etwas von ihrem Vermögen abzuluchsen, habe ich in der Zeitung gelesen. Der schmierige Typ ist vor Kurzem aus dem Gefängnis ausgebrochen und ist jetzt anscheinend in Köln untergetaucht."

„Ich bin vor Jahren selber schon einmal auf einen Finanzbetrüger hereingefallen, mein damaliger Chef hatte mir zu einer Geldanlage geraten. Du meinst, unser Freund Leo steckt mit einem Ganoven unter einer Decke?", empörte sich Paul etwas zu laut, worauf die Kellnerin einen kritischen Blick zu ihnen herüberwarf, „Meinst du, dass Leo uns ausnehmen will, um mit der Firma ein krummes Ding zu drehen? Leo ein Wolf im Schafspelz? Das kann ich mir bei dem Jungen kaum vorstellen."

„Sorry, bei diesem Partner schon, der Typ soll einen ganzen Golfklub mit dubiosen Geldanlagen übers Ohr gehauen haben. Spielst du Golf?"

„Nein, aber damals mein Chef vom Autohaus", mittlerweile neugierig geworden fragte Paul interessiert nach, denn es gab Parallelen; „Sag mal, weißt du, wie der heißt, eventuell Laufenberg oder …?"

„Genau. Am besten stellen wir Leo zur Rede, aber erst sollte das Spiel fertig sein."

„Unbedingt, ich habe schon zwei Internetportale an der Angel und einige Journalisten heißgemacht, die warten bereits auf das Spiel. Noch mal zu Leo, den kenne ich erst ein paar Monate, seit er bei uns im Haus eingezogen ist. Trotzdem kann ich mir schwer vorstellen, dass er krumme Dinger dreht. Aber ich bin jetzt beunruhigt, wenn er mit Laufenberg zusammenarbeitet, ist alles möglich. Der Finanzbetrüger hat uns als Strohmann der Mafia unser Landgut abgepresst, meine Frau entführt und an dem Kidnapping meines Freundes Carl war er auch beteiligt, außerdem hat er den alten Kolumbus angeschossen. Ich weiß aber, dass dieser Ganove im Gefängnis sitzt, also muss es jemand anderes gewesen sein, Luise."

Louisa schüttelte leicht gereizt den Kopf:

„Nein, warum, das habe ich dir eben schon gesagt. Hast du wirklich nicht mitbekommen, dass Laufenberg ausgebrochen ist? Sein Bild war doch in der FAZ. Das ist vielleicht hier nicht so in der Presse gewesen, weil er in der JVA Frankfurt seine Haftstrafe verbüßte, in Hessen muss er auch irgendwas angestellt haben."

Die Kellnerin ging an ihrem Tisch vorbei und hörte was von Ausbruch, JVA und Haftstrafe. Als sie hinter der Theke stand, sah sie sich das Paar genauer an, die Gesichter sollte man sich merken. Die beiden verließen das Lokal, er hielt die Tür auf und wollte ihr gerade folgen, da stoppte ihn eine Frauenstimme:

„Hallo Paul."

Überrascht seinen Namen zu hören, drehte er sich um und entdeckte in der anderen Ecke des Bistros die winkende Gesa mit ihrer alten Freundin Fritzi. Paul gab Louisa ein Zeichen, dass er gleich nachkommen würde und ging schnell zu den Frauen hinüber:

„Hallo ihr beiden Hübschen, was treibt ihr denn hier."

„Wonach sieht es denn aus? Da kommst du nicht drauf Paul, aber ich helfe dir, wir machen eine Kaffeepause."

Er reagierte nicht auf die Äußerung, schließlich waren sie viele Jahre ein Paar gewesen, deshalb kannte er Gesas Sarkasmus nur zu gut.

„Wie geht es euch und läuft eure Galerie immer noch so gut?"

„Das Geschäft ist eine Goldgrube, aber privat sieht es leider nicht so glänzend aus."

Fritzi konnte nicht mehr an sich halten:

„Sag es ihm doch, dein Mann, der feine Galerist Schiffgen ist ein Arschloch! Der macht auf dicke Hose und ist ein Spieler, wenn Gesa das Geschäft nicht an sich gezogen hätte, wäre die Galerie längst verzockt."

„Hör auf, Fritzi", Gesa war der Gefühlsausbruch ihrer Freundin und Mitarbeiterin peinlich und sie wechselte das Thema, „In meiner Beziehung gibt es Probleme, unsere Interessen sind zu unterschiedlich. Bei uns beiden, Paul, war das damals anders, wir haben über die gleichen Sachen gelacht, liebten gutes Essen und so weiter. Sag mal, gehst du auch noch immer gerne ins Kino, oder hängst du jetzt zuhause mit Netflix und Co ab?"

Etwas wehmütig sah Gesa zur Glastür, draußen stand immer noch die wartende Louisa.

Kapitel 22 Das Geschenk

Obwohl sich die Arbeiten an dem Onlinespiel bereits in der Testphase befanden, schien Leo mit seinen Gedanken ganz woanders zu sein, glaubte zumindest sein Team. Er selber überlegte noch, ob er Paul Otter beichten sollte, denn ihm vertraute er. Der war in vielerlei Hinsicht ein Vorbild für ihn, er holte oft seinen Rat ein, nicht nur in Angelegenheiten der Firma. Es wäre eine bittere Enttäuschung für seinen älteren Partner, wenn er von seinen kriminellen Machenschaften wüsste.

Nach der gelungenen Testüberweisung mit den 100 Euro hätte er Paul informieren müssen, spätestens nach seiner 25.000 Euro-Überweisung aus den Bahamas wäre der Zeitpunkt gekommen, aber er verpasste den richtigen Moment.

Und dann tauchte Helmut Laufenberg in der Firma auf, ab dem Abend lief alles mehr oder weniger von allein. Jetzt lagen für ihn auf zwei ausländischen Banken 6 Millionen Euro, so viel hätte er mit ehrlicher Arbeit in seinem ganzen Leben nicht verdienen können. Andererseits nutzte ihm das viele Geld zurzeit wenig, er konnte es nicht ausgeben, dazu quälte ihn permanent ein schlechtes Gewissen.

Seine Tat belastete ihn mehr, als er sich eingestehen mochte, er schlief schlecht und war unkonzentriert. Ausgeben durfte er den Schotter auf keinen Fall, erst später, wenn ihr Geschäft etwas abwarf, würde es nicht mehr auffallen. Selbst, als vor ein paar Tagen einige ungeplante Ausgaben für die private Haushaltskasse anstanden, unter anderem hatte der Kühlschrank seinen Geist aufgegeben, durfte er nicht aushelfen. Seine Partnerin Antonia hätte sofort wissen wollen, woher das Geld stammt. Er durfte sie da nicht mit hineinziehen, erst später, wenn er sicher war, dass seine Umbuchungen ohne Folgen blieben, wollte er sie einweihen. Antonia bat ihre Eltern um eine kurzfristige Überbrückung. Das machten sie gerne, aber Leo war es unangenehm, sich von einem kleinen Buchhalter aushelfen zu lassen, denn er wusste, dass der jeden Euro im

Portemonnaie umdrehen musste und es trotzdem noch schaffte, zu sparen.

Ein paar Wochen, bevor seine Schwiegereltern in Urlaub fahren wollten, bekam ihr geliebtes, aber betagtes Reisemobil einen Motorschaden und Leo sah, wie die herzensguten Leute darunter litten. Die Reparatur lohnte sich nicht mehr und ein neues Fahrzeug war für sie unbezahlbar. Sie hatten einen Großteil ihrer Ersparnisse für die Wohnungsrenovierung und neue Möbel ausgegeben. Bei einem sonntäglichen Kaffeetrinken bei Antonias Eltern zeigte ihm sein zukünftiger Schwiegervater voller Begeisterung ein Prospekt von seinem Traumwohnmobil. Das schicke Mittelklassemodell würde sich der Camper anschaffen, falls er mal im Lotto gewinnen würde, aber das war nur so ein Spruch. Denn er spielte kein Lotto, bei allen Glücksspielversuchen hatte Antonias Vater immer Pech gehabt. Bei seinen negativen Erfahrungen glaubte der Pessimist nicht mehr an Glück im Spiel.

Am nächsten Tag besuchte Leo einen Wohnmobilhändler, der die Marke vertrieb, bei ihm stand im Ausstellungsraum das gleiche Modell, von dem ihm Antonias Vater vorgeschwärmt hatte. Leo schilderte dem Verkäufer sein Problem. Er möchte das Fahrzeug seinem Schwiegervater in spe schenken, doch der würde das niemals annehmen. Der tüchtige Händler wusste Rat, nächstes Wochenende veranstaltete er, anlässlich seines Firmenjubiläums, ein Fest für Jedermann und einen Tag der offenen Tür.

Zum Rahmenprogramm gehörte unter anderem eine Tombola zur Unterstützung des Tierheims in Köln-Zollstock. In der Werbung stand für die Verlosung lediglich „Wertvolle Preise". Deshalb konnte er problemlos den Camper in die Gewinne mit aufnehmen, die Konkurrenz hätte bei dem wertvollen Preis was zu staunen. Aber so würde man dem Herrn Schwiegervater mit einem fingierten Los sein Traummobil gewinnen lassen. Leo war begeistert von der Idee und überwies den Kaufpreis von seinem neuen Konto in Gibraltar auf ein anderes Onlinekonto und von dort in mehreren Raten zu dem Händler.

Antonias und Leos Haushaltskasse wurde durch die nächsten Gehaltszahlungen wieder flüssig. Als Dankeschön, dass die Eltern seiner Freundin ihnen das Geld für einen neuen Kühlschrank vorgestreckt hatten, luden sie die zu einem gemeinsamen Sonntagsessen in Rodenkirchen ein. Nach einem vorzüglichen Mittagessen im Gasthaus „Zum Treppchen", erwähnte der Schwiegersohn in spe beiläufig, dass es hier in der Nähe einen großen Wohnmobil-Händler gebe, bei dem heute Tag der offenen Tür sei. Als alter Camper kannte sein Schwiegervater natürlich den Betrieb und wusste aus einer Campingzeitung, dass die Firma wegen eines Jubiläums an diesem Wochenende ein Fest veranstaltete. Und mit strahlenden Kinderaugen machte der Schwiegervater den Vorschlag:

„Könnten wir da nicht einmal vorbeifahren, wo wir schon hier in der Gegend sind?"

Das war für Leo eine Steilvorlage, jetzt hatte er keine Mühe mehr, ihn dahin zu locken.

Bei dem Händler gab es Bier vom Fass, dazu wurde gegrillt und es spielte eine Liveband, das alles sorgte für eine ausgelassene Stimmung. Eine hübsche Losverkäuferin animierte erfolgreich das Publikum zum Kauf von Tombola Losen für den guten Zweck. Zum Leidwesen von Leo interessierten sich seine Leute überhaupt nicht für die Gewinnveranstaltung. Die Frauen besichtigten trotz des opulenten Mittagessens bereits die Kuchentheke und der Schwiegervater inspizierte interessiert das ausgelobte Gewinnmobil.

Als der Händler seinen sonderbaren Kunden nebst Schwiegervater erkannte, machte er aus der Ferne Leo auf sich aufmerksam und deutete auf seine Armbanduhr und dann mit einer Kopfbewegung auf den hageren Mann mit Hut neben sich. Dem Typ stand auf der Stirn geschrieben: Lokalreporter, mit seinem Outfit bediente er das aus alten amerikanischen Filmen bekannte Klischee. Aus der Brusttasche seines geschmacklosen bunten Hawaii-Hemdes ragten zwei Kugelschreiber und ein kleiner linierter Block, dazu baumelten zwei Fotoapparate vor seinem Bauch.

Der Pressemann wartete nervös und ungeduldig darauf, dass er endlich den Gewinner der Verlosung knipsen konnte. Anschließend musste er sofort nach Köln-Sülz, zu der Kleingartenanlage Kletterrose, hier fand die Prämierung eines Wettbewerbs statt. Um was es dabei ging, wusste er nicht mehr, den schwersten Kürbis, die längste Gurke oder die dickste Tomate, doch das war ihm vollkommen egal, er musste dahin.

Das Zeichen des Händlers begriff Leo sofort und kaufte mehrere Lose, den Hauptgewinn trug er bereits seit gestern in seiner Jackentasche. Leo verteilte sie an seine Begleitung, seinem Schwiegervater drückte er drei Lose in die Hand, eins davon war der präparierte Hauptgewinn. Aber der Mann machte keinerlei Anstalten, sie zu öffnen, sondern beschäftigte sich weiter intensiv mit der Kühlschrankbelüftung seines Traummobiles. Mittlerweile kehrten die beiden Frauen zurück und seine Tochter zeigte ihm voller Stolz ihren Gewinn: zwei Campingstühle. Sie sah ihren Vater fragend an:

„Was hast du gewonnen Paps? Mami hat zwei Becher, ich glaube hier gewinnt jeder."

Ihr Vater schüttelte den Kopf und unterbrach ungern seine Besichtigung des Traummobiles, dann holte er genervt die drei jungfräulichen Lose aus der Hosentasche.

„Willst du sie ungeöffnet als Souvenir mit nach Hause nehmen? So kannst du natürlich nichts gewinnen, mach sie bitte endlich auf", bedrängte Antonia ihren Vater.

Er konnte seiner einzigen Tochter nie etwas abschlagen, aber was sollte es, er machte das alberne Spiel mit. Noch bevor er damit begann, die Lose unter Aufsicht seiner Familie zu öffnen, drückte er seinem Schwiegersohn in spe zwei, drei Euromünzen für die Lose in die Hand, und prompt sagte der Buchhalter:

„Junge, ich möchte nichts geschenkt. Übrigens, ich habe noch nie etwas gewonnen", und mit Schwung riss er das erste Los auf, „ich wusste es, Niete!"

Dabei schien er nicht einmal enttäuscht zu sein, sondern fühlte sich in seiner Einstellung bestätigt. Mit einer abwertenden Handbewegung warf er das Los demonstrativ neben sich in die Abfalltonne. Die zweite Niete entsorgte er ebenfalls lässig. Am liebsten würde er das dritte Los gar nicht erst öffnen, es war ja sowieso eine Niete, aber er wollte kein Spielverderber sein. Deshalb riss er brav sein Los auf und ohne genau hinzusehen, entsorgte es der glücklose Buchhalter in die Tonne.

Leo verstand die Welt nicht mehr, hier stimmte etwas nicht, der Gewinn musste dabei gewesen sein. Da bemerkte Leo, wie sein Schwiegervater zögerte und sich erschrocken an den Kopf fasste, man konnte richtig sehen, wie der Mann an seinem Tun zweifelte, war er zu voreilig gewesen, stand auf dem letzten Los nicht ein längerer Text? Sofort beugte sich Antonias Vater über die Abfalltonne, um aufgeregt darin herumzuwühlen. Schnell hatte er Erfolg und mit einem kleinen Zettel in der Hand richtete er sich zufrieden wieder auf. Der selbsternannte Pechvogel betrachtete den Fund durch seine Gleitsichtbrille und schlagartig wich die Schrebergartenbräune aus seinem Gesicht. Mit zittriger Hand streckte er den Hauptgewinn seiner Tochter entgegen, ohne ihn loszulassen, deswegen musste sie sich vorbeugen, um die zwei Worte auf dem zerknitterten Glückslos lesen zu können:

„Sonderpreis Wohnmobil".

Überwältigt von der Überraschung stieß sie ungewollt einen spitzen Schrei aus, der für allgemeine Aufmerksamkeit sorgte und sofort kam der Wohnmobilhändler mit dem Reporter angerannt. Am nächsten Tag konnte man im Lokalteil des Kölner Tagblattes einen kleinen Artikel lesen „Camper-Traum erfüllte sich in Rodenkirchen", daneben ein Bild von Antonias glücklichem Vater, der lässig aus der Seitenscheibe seines Wohnmobils winkte.

Die Schwiegereltern waren glücklich, jetzt konnten sie doch noch ihren lang geplanten Campingurlaub nach Skandinavien antreten. Leo freute sich mit ihnen, aber er schwor sich, ab jetzt die Finger von seinem ergaunerten Vermögen zu lassen. Sein Leben durfte sich nicht verändern, damit hatte Helmut Laufenberg recht, am besten nicht auffallen.

Kapitel 23 Leos Freund

Bei drei Banken war es Don Velatus nicht gelungen, die Zugangsdaten rechtzeitig zu ändern und prompt war eines seiner Konten von Kriminellen durch blitzschnelle Echtzeitüberweisungen geplündert worden. Die Art der Überweisung macht eine Rückbuchung unmöglich. Er tobte im fernen Argentinien und ärgerte sich über seinen ehemaligen Finanzmann Monteverdi, dann richtete sich sein Zorn gegen seinen Neffen, der in Köln immer noch nichts erreicht hatte, deshalb rief er ihn über sein verschlüsseltes Handy an:

„Buon Giorno Pietro, bei uns ist es noch Notte. Was treibt ihr eigentlich in Deutschland, jetzt wurde dieses Konto auf den Bahamas komplett leergeräumt, 12 Millionen sind spurlos verschwunden. Das Geld ist zu irgendwelchen Offshore-Banken abgeflossen und wie man mir sagte, wurde das sehr professionell gemacht. Verdammt noch mal, seid ihr in Köln überhaupt nicht weitergekommen?"

„Patron, leider nein, wir haben als einzigen Anhaltspunkt nur diese Computerfirma, da sind allerdings nur die ersten beiden kleinen Überweisungen eingegangen, von Millionen weiß ich bisher nichts. Die Geschäftsleitung der Firma besteht aus vier Personen."

„Ist von denen jemand verdächtig?"

„Ja, Patron. Tiziana vermutet, dass mit dieser Frau Müller-Langenfeld, von der sie dir das Bild geschickt hat, irgendwas nicht stimmt. Du hast uns verboten, sie auszuforschen, warum ist sie für uns eigentlich tabu? Sie ist erst vor Kurzem in Köln aufgetaucht und ist an der Firma „69-four" beteiligt, die Frau gehört sogar zu den Firmengründern. Oder steht die Frau vielleicht auf deiner Lohnliste und du hast ihr den gleichen Auftrag gegeben wie uns, weil du mir nicht zutraust, die Sache mit den Überweisungen zu klären?"

Die Fragen waren eine Unverschämtheit, das ging Don Velatus zu weit. Vor dem kleinen Hosenscheißer musste er sich doch nicht rechtfertigen, andererseits brauchte er ihn noch. Er schluckte seinen Ärger herunter und nach einer kleinen Pause räusperte er sich:

„Ich habe dir doch schon einmal gesagt, lass die Finger von der Frau! Sie ist so was wie Familie und für euch tabu! Für mich ist und bleibt dieser Otter verdächtig, der kennt sich mit Sicherheit in Gelddingen aus. Ich versuche noch jemanden zu aktivieren, meinen früheren Statthalter in Köln, ein gewisser Enzo Baldo. Tiziana kennt ihn von unserem Besuch in der Domstadt. Sobald ich ihn erreicht habe, wird er sich bei euch melden. Arrivederci."

Bereits am nächsten Morgen, während Pietro und Tiziana in ihrem Hotel noch frühstückten, bekam er eine SMS:

„Heute, 14 Uhr, Rheinufer Altstadt, runder Pegelturm, bei den Schiffsanlegern. E."

Sie fanden den auffälligen Turm mit der sonderbaren Uhr auf der Rheinpromenade neben der Deutzer Brücke. Pietro betrachtete interessiert das große Zifferblatt an dem runden Gemäuer und wunderte sich über die große Uhr mit einer 10-Stunden-Einteilung. Zu seiner Absicherung postierte sich die Leibwächterin in einigem Abstand hinter einem Baum. Aus der Ferne fiel ihr sofort ein in Rentnerfarbe gekleideter älterer Herr auf, der gelangweilt am Geländer der Rheinpromenade lehnte und von dort Pietro beobachtete. Auf einmal knöpfte der Fremde seine beige Jacke zu und ging die paar Meter lächelnd zu ihm herüber:

„Na junger Mann, Sie sehen aus, als seien sie nicht von hier. Ich warte auf meine Frau und beobachte Sie schon eine ganze Weile, wie Sie ungläubig auf die große Uhr schauen, die ist aber nicht kaputt. Die stammt auch nicht aus der Französischen Revolution, wo es für ein paar Jahre die dezimale Zeit gab: 1 Tag = 10 Stunden, a 100 Minuten, a 100 Sekunden. Geblieben ist aus dieser Zeit nur der Meter, der Liter und das Kilogramm. Also kurz, die Zeit kann man an diesem Turm nicht ablesen, aber ich kann sie ihnen sagen", der freundliche Herr warf einen Blick auf seine Armbanduhr, „wir haben jetzt genau 14 Uhr. Auf dem Zifferblatt am Turm wird nicht die Uhrzeit, sondern der aktuelle Wasserstand des Flusses angezeigt. Der Rheinpegel beträgt momentan 3 Meter und 18 Zentimeter, der dicke Uhrzeiger zeigt die Meter und der dünne Zeiger die Dezimeter an. Das ist jetzt ungefähr Mittelwasser, Hochwasser haben wir ab Pegel 6,20 und weitere 5 Meter höher bekommt die Altstadt nasse Füße."

Tiziana konnte die beiden nicht hören, aber aus ihrem Versteck beobachtete sie die Männer, bereit, jederzeit einzugreifen. Enzo redete auf Pietro ein, sie wusste, dass der Statthalter des Clans so um die Vierzig war, alle Achtung, seine Tarnung als Rentner war professionell, zumindest aus der Entfernung konnte man Enzo nicht wiedererkennen. Zu ihrer Überraschung beobachtete sie, wie eine ältere Dame mit zwei großen Einkaufstüten zielstrebig auf die beiden Männer am Rheinpegel zusteuerte und sich zu ihnen gesellte:

„Willi, erklärst du dem armen Mann die Welt", dann wandte sie sich an Pietro, „junger Mann, entschuldigen Sie, mein Gatte war bis zu seiner Pensionierung vor 12 Jahren beim Wasserstraßen- und Schifffahrtsamt Bingen, nun sind wir zu unserer Tochter nach Köln gezogen. Ich hoffe, er hat Sie noch nicht mit redundanten Pegel-Messverfahren belästigt. Willi, komm, wir müssen zur Bahn, nimm mir die Taschen ab und sag dem jungen Mann Tschüss."

„Giorno Tiziana", sagte ein Mann mit modischem Porkpie-Hut und langem Hipster Bart, der sich an sie herangeschlichen hatte und wie aus dem Nichts neben ihr auftauchte. Erst jetzt bemerkte Tiziana die Person, weil sie wie gebannt die Szene am Rheinpegel verfolgte. Erst auf den zweiten Blick erkannte sie Enzo, als er ihr überraschtes Gesicht sah, grinste er zufrieden:

„Kennst du mich noch?"

„Natürlich Enzo, aber wenn ich ehrlich bin, habe ich bis eben geglaubt, dass du da unten der alte Mann bist, der mit Pietro redet.

Eben dachte ich noch, was für eine tolle Tarnung, diese Körperhaltung und die professionelle Maske."

„Nein, so viel Mühe habe ich mir nicht gemacht", Enzo zog kurz an seinem Bart und ließ ihn wieder durch den Gummizug an seinen Platz flitschen, dabei wurde sein Grinsen noch breiter, „Ich habe auch die Situation am Rheinpegel beobachtet und dich in deinem Versteck entdeckt. Sag mal, musst du neuerdings für den Neffen unseres Patrons Kindermädchen spielen?"

„Ein wenig schon, du weißt, um was es geht?"

Gemeinsam beobachteten sie, wie der Rentner die Einkaufstaschen seiner Frau übernahm und sich das alte Ehepaar von Pietro verabschiedete. Der drehte sich um und als seine suchenden Blicke Tiziana entdeckten, die mit einem bärtigen Mann redete, winkte er ihr zu und machte Anstalten, zu ihr hingehen. Doch sie gab ihm ein Zeichen, dass er dortbleiben und sie nicht beachten sollte. Enzo nahm ihr wildes Gestikulieren mit Schmunzeln zur Kenntnis:

„Kindermädchen, sag ich doch, den musst du noch abrichten, ist der Kleine schon stubenrein? Also, nachdem mich unser Patron gestern anrief, habe ich diese Computerfirma gründlich durchleuchtet. Von den Eigentümern haben nur der technische und der kaufmännische Geschäftsführer Zugriff auf die Firmenkonten. Wie ich das sehe, besitzt dieser Naumann nicht das nötige Know-how für solche Finanztransaktionen, er ist nur der technische Kopf in der Firma, aber sein kaufmännischer Kollege kennt sich bestimmt mit Geldsachen aus. Ich habe mir seine Vita angesehen, er besitzt einen ganz anderen Hintergrund. Da bin ich ganz der Meinung unseres Patrons, nur Otter kann der Übeltäter sein, vielleicht will er sich an Don Velatus wegen der Toskana-Geschichte rächen. Das Landgut haben er und seine Frau zwar wieder, aber wer weiß. Nur wie er das mit den Überweisungen hingekriegt hat, bleibt nach wie vor ein Rätsel."

Tiziana deutete ihrem Partner Pietro wiederholt an, auf Distanz zu bleiben:

„Enzo, ich glaube, ihr vertut euch. Komm, gehen wir ein Stück die Rheinpromenade entlang. Pietro starrt so auffällig zu uns herüber, da können wir uns gleich ein Schild umhängen: Konspiratives Treffen! Mein Verdacht fiel bisher eigentlich auf diese Frau Müller Bindestrich, aber wenn sie keine Kontovollmacht für die Firma besitzt, ist sie außen vor. Den Otter hatten wir richtig in der Mangel und er konnte uns beide überzeugen, dass er mit den Überweisungen nichts zu tun hat, falls doch, war seine Vorstellung oscarverdächtig. Trotzdem, mit dieser Frau Müller stimmt etwas nicht, sie wirkt auf mich wie eine Undercover-Agentin und es würde mich nicht wundern, wenn sie mit dem Otter unter einer Decke steckt. Ich verstehe nur nicht, dass unser Patron die Frau als Familie bezeichnet, woher kennt er sie überhaupt?"

„Das darf ich dir nicht sagen, das musst du den Patron selber fragen, aber Tiziana, du verrennst dich, nur so viel, sie ist auf unserer Seite."

Enzos locker auf dem Kopf sitzender Porkpie-Hut wurde von einer Windböe erfasst und wäre beinahe in den Rhein geweht worden. Reaktionsschnell verhinderte er dies mit seiner linken Hand, mit der anderen sicherte er seinen falschen Hipster Bart. Er schien im Moment mit seinen Gedanken woanders zu sein und besorgt schüttelte er seinen Kopf:

„Don Velatus war mit der Frau schon einmal kurz in Köln, ich kenne sie und finde sie in Ordnung. Man könnte auf den Gedanken kommen, dass er die Katze, wie er sie nennt, für höhere Aufgaben aufbaut. Ich soll ihr ein verschlüsseltes Handy in den Briefkasten werfen, er will sie anrufen, deshalb glaube ich, dass er sie sehr gut kennt."

Als Paul abends nach Hause kam, war Besuch da. Seine Frau plauderte mit Kriminaloberrat Schlösser über die überzogenen Mietpreise in der Südstadt, neben ihm auf der Couch saß Hekate und ließ sich von dem Besucher streicheln. Eigentlich wollte der Polizeibeamte Leo Naumann befragen, aber der war noch nicht zu Hause, seine Lebensgefährtin erwartete ihn erst in einer knappen halben Stunde. Der Kriminalrat nutzte den Leerlauf, um eine Etage höher bei dem Ehepaar de Moro-Otter eine kurze Stippvisite zu machen, sie hatten einmal Personenschutz wegen des Velatus-Clans erhalten.

„Hallo, Herr Otter, man merkt, dass sich die Miezekatze bei Ihnen richtig wohlfühlt, ich bin froh, dass ich das liebe Tier zu Ihnen gebracht habe. Gerade habe ich Ihrer Frau erzählt, dass mich mein italienischer Kollege Benetton auf dem kleinen Dienstweg gebeten hat, mal mit Herrn Naumann zu reden. Ich war ein paar Wochen auf einer Fortbildungsmaßnahme und komme erst jetzt dazu. Es ist auch nicht so eilig, weil der Fall in Italien bereits abgeschlossen ist, diese Gerichtsverfahren sind bei den Italienern zeitnäher, bei unserer Justiz dauert so was eine Ewigkeit. Übrigens ist auch der Mafiaboss Velatus in Abwesenheit zu lebenslanger Freiheitsstrafe verurteilt worden und damit ist das Strafverfahren eigentlich abgeschlossen, einzig die Guardia Finanza sucht noch nach seinem Auslandsvermögen. Dies nur am Rande, übrigens, ihr Freund Commissario Benetton vermutet das auch, er hat eine fixe Idee wegen eines Computerpasswortes. Wenn ich ihn richtig verstanden habe, wurde eins gefunden, man weiß aber nicht, wozu es benutzt wird, man vermutet, dass es den Zugang zu Don Velatus Schatz sichert, nur wo liegt der?"

Ilaria meldete sich, während sie ihrem Gast gleichzeitig Kaffee nachgoss:

„Der Commissario rief mich letztens an und wollte wissen, was ich über Herrn Naumann weiß. Ich konnte ihm nur sagen, dass er vor Kurzem eine kleine Firma gegründet hat, an der auch mein Mann beteiligt ist und dort als kaufmännischer Geschäftsführer arbeitet. Dieser Leo ist Informatiker und lebt in seiner Computerwelt."

Der für den hohen Dienstrang relativ junge Kriminaloberrat Schlösser machte ein nachdenkliches Gesicht:

„Fangen wir einmal andersherum an. In Don Velatus Safe findet die Carabinieri einen Schlüssel mit einem Hekate-Symbol, in dem ein mafiatypischer Merksatz für ein Passwort versteckt ist. Unabhängig davon denkt sich laut seiner Aussage der junge Informatiker Naumann in Köln exakt den gleichen Satz aus. Doch damit nicht genug, er lebt auch noch in der Wohnung von Velatus ermordeten Finanzmann, mir sind das ein paar Zufälle zu viel, oder? Die Spezialisten der Carabinieri haben aus dem sorgsam aufbewahrten Merksatz ein Passwort nach der Methode des Mafiapatrons gebildet. Die Guardia Finanza vermuten, dass es der Schlüssel für seine Offshore Konten ist. Alle Mafiabosse schaffen mittlerweile einen Teil ihres Geldes außer Landes, weil der Staat nach einer Verurteilung ihr gesamtes Vermögen in der Heimat konfisziert. Don Velatus italienisches Vermögen ist natürlich auch eingezogen worden. Commissario Benetton ist sich ziemlich sicher, dass Velatus im Ausland auch noch horrende Summen besitzt."

Ilaria wollte etwas sagen, aber der Kriminalist ließ sie nicht zu Wort kommen.

„Entschuldigen Sie, Frau de Moro, sonst verliere ich den Faden. Ich habe damals wegen des Doppelmordes an Monteverdi und seines Butlers ermittelt und dabei kam heraus, dass der Finanzmann für die Mafia gearbeitet hat. Kein einziger Computer wurde in seiner Wohnung gefunden, wir gehen davon aus, dass die Killer alle mitgenommen haben."

„Herr Schlösser, genau dazu möchte ich etwas sagen. Sie haben mit den Computern bestimmt recht. Nur der Vollständigkeit halber, ich möchte niemanden verdächtigen, aber Herr Naumann entdeckte bei seiner Wohnungsbesichtigung im Abstellraum von Monteverdi unten in der Tiefgarage einen defekten Rechner. Auf dem verbeulten Blechschrank stand zweisprachig „Entsorgen" geschrieben. Als Elektroniker und Bastler wollte er den Computer ausschlachten. Der Nachlassverwalter war einverstanden, dies ersparte ihm die Entsorgung. Das Teil muss schon länger da unten gestanden haben, denn es sah ziemlich ramponiert aus."

Pauls Telefon klingelte, er sah, dass Leo anrief:

„Hallo Paul, Antonia sagte, dass der Kriminalbeamte bei euch auf mich wartet. Ich bin jetzt zuhause, er kann zu uns herunterkommen."

Wenige Minuten später erschien Schlösser eine Etage tiefer bei Leo Naumann und dessen Freundin. Bei der Befragung schwindelte Leo und hoffte, dass es dem Polizisten nicht auffiel. Den Merksatz habe er sich alleine ausgedacht, dabei sei ihm sein Freund Carl eingefallen, der in einem Sarazenen Turm in der Maremma gefangen gehalten wurde. Luise sei der Vorname einer der Miteigentümerin ihrer Software-Firma und 16 Uhr, weil er um die Zeit zu einem Termin musste. Dann habe er den Satz von einem Internetprogramm übersetzen lassen und das Ergebnis in Italienisch zum Spaß an seinen Freund in die Toskana geschickt. Irgendwie war Leo stolz auf sich, dass er die Geschichte so gut erfunden hatte. In Wahrheit aber hatte er den italienischen Text aus dem hohlen Schlüssel an seinen Freund geschickt.

„Das war aber ein derber Scherz, Herr Naumann. Ich erinnere mich, dass Carl Schmitz damals statt Paul Otter aus Versehen in der Toskana gekidnappt wurde, das ging doch auch tagelang durch die deutsche Presse. Noch eine Frage, Frau de Moro erzählte mir was von einem alten verbeulten Rechner aus dem Keller, darf ich den bitte einmal sehen?"

„Tut mir leid, der existiert nicht mehr. Ich habe erfolglos versucht, den Rechner zu reparieren und sogar Ersatzteile gekauft, aber es war eine Fehlinvestition. Letztendlich habe ich das Handtuch geworfen und ihn im Wertstoffhof entsorgt, nachdem ich Teile ausgebaut habe, die ich vielleicht noch gebrauchen kann."

„Gott sei Dank" wand Antonia ein, „mein Freund investierte sehr viel Zeit und Nerven in das blöde Ding und bekam ihn trotzdem nicht ans Laufen, das ist auch ein sehr spezieller Rechner gewesen. Aber er wollte nicht auf mich hören, dabei stand schon Entsorgen drauf, als wir ihn in unserm Keller in der Tiefgarage gefunden haben."

Kriminaloberrat Schlösser hatte kein gutes Gefühl, hier stimmte was nicht. Seine Erfahrung und sein Gespür sagten ihm, dass irgendetwas bei dem Computermann nicht in Ordnung war, auf jeden Fall würde er ihn im Auge behalten:

„Darf ich die ausgebauten Teile einmal sehen?"

„Kein Problem", und Leo ging mit ihm zu seinem abgeschirmten Arbeitszimmer. Hier lagen in einem Umzugskarton einige Elektronikbauteile, auf manchen sah man das Logo des Computerherstellers.

„Danke, das reicht mir", er würde bei Gelegenheit seinen italienischen Kollegen informieren und überreichte Leo zum Abschied seine Visitenkarte:

„Falls Ihnen noch etwas einfällt. Ich habe noch eine Bitte, Herr Naumann, ich spiele zum Entspannen gerne auf meinem PC Actions- und Strategie-Spiele. Mich interessiert, wie so was entwickelt wird, dürfte ich mir das irgendwann einmal bei Ihnen anschauen."

„Aber jederzeit, wir sitzen in der Schanzenstraße."

Kaum war der Kriminalist gegangen und als auch Antonia kurz den Raum verlassen hatte, nutzte Leo die erste Gelegenheit, um seinen speziellen Partner Helmut Laufenberg anzurufen:

„Ich bin's, die Polizei war bei mir und hat nach dem Rechner gefragt. Frau de Moro hat ihm von unserem Fund im Keller erzählt."

„Hast du was verraten?", fragte Helmut aufgeregt. Eigentlich hatte er jetzt genug Geld und sollte besser verschwinden. Der Junge wurde immer mehr zum Risiko, weil er für so was keine Nerven besaß, denn wenn die Polizei auftauchte, würde er alles ausplaudern. Deshalb sollte man die restlichen Banken von Velatus schnell abklappern, vielleicht fand der Informatiker noch einige mit nicht geänderten Passwörtern.

„Natürlich nicht, aber ich habe kalte Füße bekommen. Lass uns aufhören, wir haben doch genug Geld. Wir sollten den nackten Rechner in Einzelteile zerlegen und Stück für Stück an der tiefsten Stelle des Fühlinger Sees versenken."

„Besser nicht, dort trainieren öfter Taucher, Vater Rhein ist besser. Einverstanden aber wir haben noch nicht alle Banken von deiner Liste geprüft, vielleicht funktioniert dein Passwort auch noch für andere Konten. Ich finde, wir sollten es noch einmal versuchen, denn nie mehr in unserem Leben können wir so leicht so viel Geld verdienen. Damit wir kein Risiko eingehen, habe ich zusätzliche Offshore-Konten bei unseren Banken in Gibraltar und in der Karibik angelegt. Danach zerstören wir den Rechner und entsorgen die Teile. Anschließend trennen sich unsere Wege, ich fang ein neues Leben an und wir sehen uns nie wieder."

Laufenberg freute sich bereits darauf. Jetzt stand der Rechner in seinem Zimmer in der Friesenstraße und nicht in einem abgeschirmten Raum, diesmal würde sein Trick funktionieren und er konnte den Computermann übers Ohr hauen. Für das neue Geld gab es neue Konten und deshalb musste Leo wieder die Startpasswörter bei seinen Banken ändern. Wenn es genauso ablief wie in der Severinstraße, konnte sein alter Kumpel nach der Überweisung die Zugangsdaten schnell ändern, bevor Leo seine eigenen Passwörter eingab. Er musste ihm nur im richtigen Moment eine SMS senden und alles wäre gelaufen.

„Du bist dann in Sicherheit, Helmut, aber ich will kein neues Leben, meins gefällt mir hier, mit Antonia, den Freunden, der Firma und dem ganzen Drumherum."

„Leo, halt den Ball flach und mach jetzt keine Zicken. Der Freund, bei dem ich zurzeit wohne, geht tagsüber arbeiten und da können wir in Ruhe unsere letzte gemeinsame Aktion durchführen. Sagen wir morgen um 10 Uhr?"

„Morgen geht überhaupt nicht."

„Dann übermorgen, also Montag."

„OK, wenn du unbedingt willst! Hinterher muss ich den Rechner bei deinem Freund sowieso noch zerlegen, damit man keine Spuren verfolgen kann", Leo war klar, solange die Zentraleinheit mit diesem speziellen Speicher existierte, hatte Helmut ihn in der Hand. Seine Aktionen waren darauf abgespeichert, und ob man die Daten zu hundert Prozent löschen oder schreddern konnte, das wusste er bei dieser neuartigen Technologie nicht, vermutlich würden Spezialisten der Polizei eine Spur zu ihm finden.

Kapitel 24 Telefon

Luise Müller-Langenfeld leerte ihren Briefkasten und außer dem üblichen Reklamemüll war da noch ein dicker Umschlag, auf dem stand in großen Buchstaben: „Signora Müller-Langenfeld" und oben links in der Ecke als Absender „Il Patron".

In ihrer Wohnung tastete Louisa den dickgepolsterten Umschlag ab, er musste mit Gewalt durch den Briefkastenschlitz gepresst worden sein. Der Inhalt fühlte sich nach einem Handy an, aber es könnte auch eine Bombe sein. „Il Patron" als Absender hielt sie für unwahrscheinlich, denn woher sollte der wissen, wo sie sich aufhielt. Andererseits gehörte das Paar mit dem roten Ford Focus ziemlich sicher zum Clan, denn sie waren hinter dem Geld von den Bahamas her. Sie hatten ihre Adresse aus Paul herausgepresst und vielleicht Don Velatus verraten. Dann war ihr noch dieser Laufenberg seit der Bahnhofgeschichte auf den Fersen gewesen, aber mittlerweile schien er andere Interessen zu haben. Für Louisa blieb es ein Rätsel, woran der Versager sie erkannt hatte, oder war es nur ein Zufall gewesen? Mittlerweile war sie sich sicher, dass er es versucht hatte, sie vor den Zug zu schubsen, und weil das nicht geklappt hatte, konnte es sein, dass Laufenberg sie an die Konkurrenz, den Esposito-Clan in Neapel, verraten hatte. Die Leute waren gefährlich und Briefbomben in diesen Kreisen äußerst beliebt.

Sie wollte kein Risiko eingehen, es hieß jetzt jede Gefahr vermeiden. Sie ging ins Badezimmer, füllte das Waschbecken und legte behutsam den verschlossenen Umschlag hinein, denn Nässe macht die meisten elektronischen Zündeinrichtung funktionsuntüchtig. Nach einer halben Stunde öffnete sie den Briefumschlag unter Wasser. Erleichtert stellte sie fest, dass es keine Bombe, sondern ein einfaches Handy war, an dem ein durchgeweichter Zettel klebte. Mit etwas guten Willen konnte sie die verschwommenen Wörter gerade noch entziffern: „Du wirst angerufen! Enzo"

Mist, das Telefon ist hin, dachte sich Louisa, meinem iPhone hätte das Wasser nichts ausgemacht. Sie entfernte die SIM-Karte und kaufte in dem nächsten Telefonshop ein einfaches Gerät. Sie steckte die alte SIM-Karte in das neue Ersatzhandy und es funktionierte. Nun musste sie nur noch warten, bis sich ihr Patron meldete.

Am nächsten Morgen ließ sie sich wie an den Tagen zuvor, immer um 8 Uhr von dem gleichen Taxifahrer ins Büro zur Schanzenstraße fahren. Als sie in Richtung Mülheimer Brücke am Kölner Zoo vorbeifuhren, fiel ihr plötzlich ein, dass ihr neues Ersatzhandy noch zu Hause auf dem Tisch lag. Sie bat den Fahrer umzudrehen, sie hätte zu Hause etwas vergessen.

Als sie ihre Wohnungstür aufschloss, wurde Louisa stutzig, die Tür war nur zugezogen, nicht abgeschlossen, obwohl sie genau wusste, dass, wenn sie das Haus verließ, den Schlüssel bewusst immer zweimal umdrehte.

Offensichtliche Einbruchspuren konnte sie an dem Sicherheitsschloss nicht erkennen, also musste der Eindringling ein Spezialist sein, deshalb öffnete sie vorsichtig die Tür. Mit entsichertem Revolver schlich sie sich hinein, sehr leise brauchte sie allerdings nicht zu sein, denn ihr Waschtrockner schleuderte momentan in der höchsten Tourenzahl. Sie schaltete die Maschine nie ab, denn wenn sie nach Hause kam, war die Wäsche gewaschen und getrocknet.

Die Schlafzimmertür stand offen, eine junge Frau war mit der Durchsuchung des Kleiderschranks beschäftigt, sichtlich darauf bedacht, möglichst nichts durcheinanderzubringen. Lautlos stellte sich Louisa mit der Waffe im Anschlag in den Türrahmen und beobachtete seelenruhig die Einbrecherin. Auf einmal unterbrach die Fremde ihr Suchen, instinktiv spürte sie, dass sie nicht mehr allein war, das bedeutete, flüchten oder angreifen. Diese Entscheidung wurde ihr abgenommen, als sie aufsah und in die Mündung eines Revolvers blickte.

„Was machen Sie hier und wer sind Sie?", mit einer Aufwärtsbewegung ihrer Waffe deutete Louisa an, die Hände hochzuheben und betrat gleichzeitig ihr Schlafzimmer. Das die beiden Frauen sich bisher noch nie begegnet waren, lag an Don Velatus Geheimnistuerei um seine Tochter.

Tiziana war vollkommen perplex, damit hatte sie nicht gerechnet, schließlich stand Pietro zur Absicherung vor dem Haus. Er sollte sie alarmieren, falls Frau Müller-Langenfeld vorzeitig zurückkehrte, oder war er ausgeschaltet worden? Wie ihr Partner später gestand, war ihm auf seinem Posten langweilig geworden, deshalb fühlte er sich von dem nahen Tesla-Showroom auf der Mittelstraße geradezu magisch angezogen. Den Hauseingang, in dem Tiziana verschwunden war, ließ er im Prinzip nicht aus den Augen, nur zwischendurch warf er immer wieder einen kurzen Blick durch das Schaufenster zu den Elektrofahrzeugen. In einem schwachen Moment erlag der Autofan der Versuchung und betrat die Tesla-Ausstellung. Pietro konnte nicht anders, er musste sich seinen Traumwagen, den Type X mit Flügeltüren aus der Nähe anschauen, aber nur kurz, wie er später seiner schimpfenden Partnerin versicherte. Aber noch wusste Tiziana nicht, dass Pietros Autoleidenschaft schuld an ihrer misslichen Lage war:

„Ganz einfach, ich stehle."

„Danach sieht es für mich nicht aus, also reden Sie, oder es wird nach Notwehr aussehen. Ach, da steht Ihre Handtasche, entleeren sie das Ding auf dem Bett, ich möchte sehen, was Sie bereits alles eingepackt haben."

Die Einbrecherin zögerte, aber dann schüttete sie ihre Tasche langsam aus und hoffte, die Frau durch den speziellen Inhalt einen Augenblick abzulenken. Was da heraus kullerte und auf ihrer Bettdecke landete, verblüffte die Wohnungsmieterin tatsächlich, es war für sie wie ein Déjà-vu: Ein Revolver, zwei kleine Handgranaten, Springmesser, ein breites Gewebeklebeband und noch so ein paar Sachen, die eine gottesfürchtige Frau nicht mit in die Sonntagsmesse nahm. Louisa kannte die Zusammenstellung der tödlichen

Ausrüstung nur zu gut, sie hatte sogar die gleiche silberne Smith & Wesson, aber trotzdem fragte sie:

„Gehören Sie zu Don ...?", eine laute Detonation beendete den angefangenen Satz von Louisa. Der ohrenbetäubende Knall und der grelle Lichtblitz einer Blendgranate störten ihren Gleichgewichtssinn. Worauf sie orientierungslos taumelte und alles um sich herum unscharf wahrnahm, bis ein harter Schlag ihr das Bewusstsein raubte.

Das nervige Schnarren der Türsprechanlage weckte sie auf, irgendjemand hielt den Klingelknopf gedrückt. Noch etwas benommen wankte Louisa zur Wohnungstür und betätigte die Sprechtaste. Auf dem kleinen Monitor erkannte sie ihren Taxifahrer, sie sah, dass er redete, konnte ihn aber nicht hören. Sie musste ihn bitten, alles noch einmal und vor allem viel lauter zu wiederholen. Der verärgerte Mann wartete immer noch vor dem Haus, weil sie eine Stammkundin war, aber jetzt wollte er endlich wissen, wann es weiter gehe oder ob sie nicht mehr fahren wolle. Durch den ohrenbetäubenden Knall von eben hörte sie kaum etwas und verstand noch wenig, aber sie forderte ihn einfach auf, in einer Stunde wiederzukommen.

Währenddessen kontrollierte Louisa ihre Wohnung, aber nichts deutete darauf hin, dass hier eben noch jemand Fremdes gewesen war. Nur das Schlafzimmerfenster war zum Entlüften weit geöffnet worden und neben ihrem Bett stand eine volle Wasserflasche aus dem Kühlschrank. Aber die Beule an ihrer linken Schläfe erinnerte sie schmerzhaft an die unbekannte Einbrecherin. Das war ein Profi, daran gab es bei der Ausrüstung keinen Zweifel. Hilfe, wo war ihr Revolver. Nach kurzer Suche entdeckte sie ihre Handtasche, die baumelte an der Garderobe neben dem Loriot-Poster. Vorhin beim Hereinschleichen in ihre Wohnung hatte sie diese sachte zu Boden sinken lassen. Louisa rechnete mit dem Schlimmsten, als sie ihre Handtasche öffnete, das Portemonnaie mit dem Ausweis und den Karten konnte die Diebin nicht übersehen haben. Umso verblüffter war sie, als sie feststellte, dass nichts fehlt. Sogar ihr silberner Smith & Wesson Revolver steckte wieder in der Tasche und war sogar gesichert worden. Was war das für eine sonderbare Einbrecherin?

Sie rief in der Firma an und sagte Bescheid, dass sie etwas später käme. Die Verständigung war für beide Seiten sehr anstrengend, weil ihr Hörvermögen immer noch stark eingeschränkt war. In Gedanken ging Louisa die ganze Situation noch einmal durch, die Einbrecherin hatte in ihrer Handtasche fast die gleiche Ausrüstung, die sie früher auch mit sich trug. Don Velatus Leibwächterinnen waren so ausgerüstet, aber eigentlich konnte das doch keine sein. Der Patron würde ihr doch niemanden auf den Hals hetzen, das hatte er auch nicht getan, es war eine Eigeninitiative von Tiziana und Pietro. Bloß diese verdammte kleine Blendgranate kannte sie noch nicht, auch hatte Louisa nicht mitbekommen, wie das Ding ausgelöst wurde. Sie machte sich frisch, zog sich um und ging hinunter. Auf der anderen Straßenseite wartete bereits wieder das Taxi. Den lauten Lieferwagen bemerkte sie nicht, aber ein Schutzengel und das automatische Notbremssystem des Fahrzeugs rettete die hörgeschädigte Frau im allerletzten Moment.

In der Schanzenstraße ging sie sofort zu Paul und erzählte von dem Einbruch, dem Lichtblitz und dem entsetzlich lauten Knall. Als er nachfragte, bat sie ihn, lauter zu sprechen, noch lauter.

„Luise, durch die Detonation der Blendgranate ist dein Gehör geschädigt. Mir ist so etwas Ähnliches vor Jahren mit einem fehlerhaften Airbag passiert, der Explosionsknall im Auto war dermaßen laut, dass ich einen totalen Hörverlust erlitt. Meine damalige Freundin Gesa brachte mich zum HNO-Arzt, weil ich einen Tinnitus bekommen hatte, so ein dauerndes Ohrensausen. Kurz, der Mann konnte mir helfen und nach ein paar Behandlungen war alles wieder in Ordnung. Komm, ich fahr dich sofort zu diesem Doktor, der sieht mit seinem Rauschebart zwar aus wie der Weihnachtsmann, aber er hat Ahnung. Wir haben die gleiche Stammkneipe."

Paul meldete sie in der Arztpraxis an und Louisa wurde als Notfall sofort behandelt. Als der HNO-Arzt seine Patientin verabschiedete, drückte er seine Verwunderung aus:

„Ich weiß nicht, was heute los ist, Sie sind bereits die zweite Patientin mit so einem Trauma. Manchmal stelle ich diese Diagnose monatelang nicht, aber kurz vor Ihnen war schon eine Italienerin mit dem gleichen Problem hier."

Als sie nach der Behandlung wieder den Warteraum betrat, saß Paul immer noch da. Louisa freute sich darüber und lächelte ihn an:

„Hallo Doktor Paul, deine Ferndiagnose war richtig, dein studierter Kollege im weißen Kittel sagte auch etwas von einem Knalltrauma. Der Arzt hat mir eine hochdosierte Kortison-Infusion verabreicht, davon bekomme ich in den nächsten Tagen noch einige, allerdings schwächer dosiert. Außerdem wollte er mich krankschreiben. Kannst du mich nach Hause fahren, ich soll mich ausruhen."

Währenddessen klingelte in der Mittelstraße ungehört ihr Ersatzhandy aus dem Vodafone-Shop. Louisa hatte in das Telefon die SIM-Karte aus dem mit Wasser zerstörten Gerät eingesteckt. In Argentinien war Don Velatus enttäuscht, weil seine Tochter den Anruf nicht annahm, deshalb rief der Patron, Enzo Baldo in Köln an.

„Patron, sie hat das neue Handy, ich wollte es eben testen, aber sie geht nicht dran."

Die Auskunft machte Don Velatus nervös, war seiner Tochter was passiert? Wusste sein Neffe Pietro irgendwas, aber eigentlich sollte der einen Bogen um sie machen? Als er ihn am Telefon hatte, bemerkte der Patron sofort sein schlechtes Gewissen, denn Pietro stotterte verlegen herum:

„Wir wissen, dass wir Frau Müller-Langenfeld eigentlich nicht observieren sollen. Von Enzo haben wir erfahren, dass sie was Besonderes ist und irgendwie zu uns gehört, aber wir dachten, dass sie vielleicht ein doppeltes Spiel treibt. Unsere Ermittlungen kommen nicht weiter, wir wissen immer noch nicht, wer dein Konto geplündert hat und da glaubten wir, dass es jetzt keine Tabus mehr gibt. Wir sind mit unseren Ideen am Ende und für uns ist sie immer noch die Hauptverdächtige. Deswegen hat Tiziana ihre Wohnung durchsucht, leider ist dabei etwas schiefgelaufen, weil diese Frau eher zurückkam. Aber, es ist auch etwas Interessantes herausgekommen."

„Ich höre immer wir, wir. Du bist mein Neffe, aber ich bringe euch beide eigenhändig um", brüllte Don Velatus ins Telefon und raufte sich im fernen Argentinien seine rabenschwarz gefärbten Haare, „ist ihr etwas passiert?"

„Nein! Also nichts Schlimmes, Tiziana musste eine Blendgranate einsetzen und bekam einen kleinen Hörschaden und vermutlich auch die Frau. Das tut ihr leid, weil sie jetzt meint, dass Frau Müller-Langenfeld eine von uns ist. Bitte entschuldige die Frage, ist die Frau wirklich eine von uns?"

Don Velatus war außer sich, diese Null traute sich schon wieder, ihm, dem Patron eine Frage zu stellen, hatte er immer noch nicht begriffen, dass er nur gehorchen musste. Familie hin oder Familie her, dieser Bastard hörte nicht auf, ihn zu nerven, das würde er zu gegebener Zeit noch zu spüren bekommen:

„Pietro, zum allerletzten Mal, lasst die Frau in Ruhe, beschaffe mir lieber mein Geld. Ab jetzt halte dich an Enzo, ab sofort übernimmt er das Kommando, du machst, was er sagt. Hol mir jetzt Tiziana an den Apparat."

***

Louisa wurde nach mehreren Stunden erholsamen Schlafes von dem billigen Ersatzhandy geweckt, in das sie die SIM-Karte aus dem zerstörten Telefon gesteckt hatte:

„Ja! Patron?"

Auf der anderen Seite wurde direkt wieder aufgelegt und Louisa war enttäuscht. Immerhin ging es ihr schon deutlich besser. Zwei

Stunden später schellte es an der Haustür. Auf dem kleinen Monitor konnte sie nur einen grauen Schatten erkennen, und eine Männerstimme sagte nur zwei Worte:

„Briefkasten! Handy!"

Louisa steckte ihren Revolver in den Hosenbund, zog eine langweilige Kamelhaarjacke darüber und fuhr hinunter ins Erdgeschoss. Unten schaute sie die Straße entlang, aber nichts Auffälliges war zu sehen. In ihrem Briefkasten lag, wie vor ein paar Tagen, ein gepolsterter DIN-A5-Umschlag. In so einem hatte sie auch das erste Handy von Don Velatus bekommen. Alles war identisch, nur auf der Rückseite stand noch ein Gruß: Tanti saluti, Enzo (Ristorante "Non lo so"). Sorglos öffnete sie den Briefumschlag, denn diesmal kannte Louisa den Absender. Es war wieder das gleiche Modell wie letztens und auf einem Zettel stand: Verschlüsseltes Gerät, SIM-Karte von der ersten Lieferung einstecken und einschalten.

Eine halbe Stunde später meldete sich das Mobiltelefon und Louisa nahm sofort an:

„Hallo!"

„Ich bin es", sie erkannte die Stimme des Patrons, ihres Vaters, sofort. Ihr Hörvermögen hatte sich deutlich verbessert und sie konnte ihn einigermaßen verstehen:

„Ganz kurz, ich habe es schon einmal probiert und musste feststellen, dass die SIM-Karte in einem normalen Handy steckt und nicht in einem unserer Geräte mit Verschlüsselung. Enzo vermutet, dass du bei der ersten Lieferung an eine Bombe dachtest und das abhörsichere Gerät sicherheitshalber zerstört hast, du bist vorsichtig, das ist sehr gut. Wie geht es dir, liebe Louisa?"

„Gut! Ich freue mich, dass du anrufst."

„Meine Tochter, ich habe erfahren, wo du jetzt wohnst und kenne auch deinen neuen Namen, ich finde ihn etwas zu auffällig und zu lang. Aber was ich dich fragen muss, hast du irgendwas mit dem Verschwinden meiner", er brach mitten im Satz ab, war es nicht zu gefährlich, so offen am Telefon zu reden, aber nein, jetzt war die Verbindung verschlüsselt, „Millionen zu tun. Wie ich höre, hast du dich an einer Computerfirma beteiligt, das ist nicht schlecht, Teile deines vorgezogenen Erbes zu investieren. Auch ich habe vor vielen Jahren Aktien einer Computerfirma günstig erworben, das Paket mit den Microsoftaktien macht mir immer noch Freude. Aber ausgerechnet von deiner Firma sind mir von einer Bank auf den Bahamas ein paar Tausend Euro gestohlen worden und kürzlich wurde dieses Konto sogar komplett leergeräumt. Allerdings wissen wir nicht, wohin diese Millionen geflossen sind."

Seine Stimme klang etwas metallisch, sie vermutete, dass es an der Verschlüsselungstechnologie der Handys lag, aber das störte sie kaum:

„Ja, auf unserem Firmenkonto sind nur die beiden sonderbaren Zahlungen eingegangen, von denen wir nicht wissen, von wem und wofür man sie uns überwiesen hat, aber Millionen sind bei uns nicht angekommen. Paul Otter ist der kaufmännische Leiter, er überweist dir die 25.100 in den nächsten Tagen wieder zurück. Ich habe nicht gewusst, dass es sich um dein Geld handelt. Patron, ich schwöre beim heiligen Padre Pio, dass ich nichts damit zu tun habe."

„Gut, meine Liebe, das habe ich auch nicht im Geringsten vermutet. Die Bastarde sind diesmal so raffiniert vorgegangen. Uns fehlt bisher jeder Hinweis auf den Auftraggeber, auch der Empfänger des Geldes ist unbekannt. Meine Leute meinen, dass müssen ganz ausgefuchste Finanzprofis gewesen sein."

„Patron, wie ich es sehe, gibt es niemanden in unserer Computerfirma mit dem speziellen finanztechnischen Know-how und den nötigen Verbindungen zur Finanzwelt."

„Und dieser Otter, der muss doch Ahnung von Geldgeschäften haben, den verdächtige ich immer noch. Vielleicht übt er Rache, weil ich ihm und seiner Frau damals ihr Gut abgeluchst habe."

„Er ist ein erfahrener Geschäftsmann, aber mit Sicherheit kein Banker, ihm fehlen für so etwas die nötigen Kenntnisse und vor allem die entsprechenden Kontakte."

Nach einer kleinen Pause sagte Don Velatus:

„Das behaupten mein Neffe und Tiziana auch. Im Übrigen entschuldigt sie sich bei dir, sie war die Einbrecherin in deiner Wohnung. Sie sagt, mit der Blendgranate wäre sie zu voreilig gewesen, sie hätte dich besser ausreden lassen. So sind die jungen Leute heutzutage, sie haben keine Geduld und keinen Respekt mehr."

„Ich habe mir hier in Köln etwas aufgebaut und jetzt kommt so ein Mist dazwischen. Ich habe letztens den Strohmann gesehen, der das Landgut in der Toskana gekauft hat, dieser Laufenberg, dieser Verräter. Der ist auch auf der Flucht, hat aber Kontakt zu unserem technischen Geschäftsführer, einem Computerexperten, zumindest habe ich sie einmal zusammen gesehen, was ich sehr seltsam finde. Ich möchte meine Tarnung nicht aufgeben, kann ich deshalb Tiziana einsetzen?"

„Pietro und Tiziana habe ich vorhin das Kommando entzogen und Enzo mit der Einsatzleitung betraut. Ihn kennst du doch noch?"

„Na klar, dann halte ich mich an ihn, er soll sich melden."

„Meine Liebe, noch etwas Wichtiges, falls mir etwas zustößt, denk an die drei Katzenmünzen, in jeder ist die Nummer eines Schweizer Bankkontos versteckt, um daranzukommen, musst du sie spalten. Es ist unsere Kriegskasse, falls alles andere nicht mehr funktioniert. Du hast eine, ich habe eine und Monteverdi hatte eine, aber die ist leider spurlos verschwunden. Ich kann mir vorstellen, dass sie immer noch in seiner ehemaligen Wohnung versteckt ist, denn sie ist nirgends aufgetaucht. Egal, auf jedem der drei Nummernkonten ist so viel Geld, dass es für Notfälle des Clans ausreicht. Aber keine Angst, ich bin gesund und mir wird schon nichts passieren. Ciao, Bella Louisa. Buona Fortuna!"

Louisa überlegte, Monteverdi ist in seiner Wohnung erschossen worden. Er dürfte kaum Gelegenheit gehabt haben, den goldenen Anhänger irgendwo anders hinzuschaffen. Vor allem, weil er die Kette mit dem Anhänger immer um seinen Hals trug, aber genau das Ding fehlte nun. Er musste den Münzanhänger in der Wohnung versteckt haben, in der jetzt Antonia und Leo wohnten, deshalb brach Louisa bei ihnen ein und Enzo musste Schmiere stehen. In Ruhe durchsuchte sie die komplette Wohnung, was bei der Größe eine Zeit dauerte. Sie suchte versteckte Hohlräume im Boden und in den Wänden, prüfte sogar die Sanitärobjekte. In der Schlafzimmertür entdeckte sie ein Versteck, als sie oben über das Holztürblatt fühlte, das hatte einen Hohlraum, in denen 5000 Dollar steckten, die sie mitnahm. Aber das Goldstück fand sie nicht, jedoch amüsierte sie sich über die gewagten Dessous der Hausherrin.

Kapitel 25 Madame Tussauds

Letzten Montag geschah die von Paul erhoffte Sensation, die Europachefin eines internationalen Entertainment Unternehmens hatte auf Anregung ihres kalifonischen Mutterhauses die Vertreter des kleinen Start-ups „69-four" nach London eingeladen. Das Treffen fand im Rahmen der britischen Games Week-Messe statt. Dieser Weltkonzern gehört mit zwei weiteren Firmen zum Goldstandard in der Computerspielewelt. Um bei einem von den dreien sein Produkt präsentieren zu dürfen, musste man etwas Besonderes entwickelt haben oder Beziehungen besitzen. Allein die Einladung von einem der „Big Three" der internationalen Entertainment-Unternehmen galt in der Spieleentwickler-Szene als Ritterschlag.

Ursprünglich wollte Paul Otter mit Leo gemeinsam zur Messe. Weil das Genie überraschend erkrankte, musste Paul leider ohne ihn zur Vorführung ihres Computerspieles. Als Ersatz für Leo flog nun ein junger Programmierer aus der Firma mit nach London. Paul steckte nicht so tief in der Materie, deshalb brauchte der Kaufmann zur fachlichen Unterstützung einen Techniker, sein Ding war nun einmal das Verkaufen.

Bei der wichtigen Präsentation in der Europazentrale bewerteten einige Experten des Unterhaltungsriesen ihr Spiel „Cologne 2044". Falls die Tester grünes Licht gaben und im Konzern Interesse daran vorhanden wäre, würde man sich kurzfristig mit einem Angebot bei Paul melden. Gut gelaunt verabschiedete man sich nach zwei Tagen intensiven Verhandlungen aus Großbritannien.

Am Freitag, seinem ersten Arbeitstag nach der Londonreise, kam Paul wieder in die Firma. Als Zuständiger für die Finanzen bei „69-four" machte er endlich die Rücküberweisung zu der karibischen Bank. Er hatte deswegen schon ein schlechtes Gewissen, aber durch die Messe und die Vorbereitung war er die letzten Tage nicht dazu gekommen. Auf seinem PC tippte er in die Überweisungsmaske ihrer Kölner Hausbank die Daten von der Bahamas Bank ein, kontrollierte noch einmal alles und klickte auf „Senden". Nun brauchte er keine Angst mehr zu haben, dass seine Peiniger ihn noch einmal besuchten. Er wollte sich aus dem Programm schon wieder ausloggen, da bekam er eine Fehlermeldung:

„Auftrag wurde nicht ausgeführt!"

Er musste eine Ziffer oder einen Buchstaben falsch abgeschrieben haben, vielleicht gab es einen Zahlendreher. Akribisch prüfte er in der Eingabemaske ihrer Hausbank seine eingetippten Daten, aber alles stimmte, vielleicht war es ein technisches Problem? Er sendete die Überweisung ein zweites Mal und wieder erschien die gleiche Meldung auf dem Monitor:

„Auftrag wurde nicht ausgeführt!"

Daraufhin telefonierte Paul mit der Hausbank ihrer Firma und eine Sachbearbeiterin nahm sich des geschilderten Problems an. Nach einer Weile rief sie zurück. Sie hatte das Geldinstitut in der Karibik kontaktiert und erfahren, dass auf diesem Konto kein Guthaben mehr vorhanden sei und es deshalb automatisch gelöscht wurde, so stehe es in den Geschäftsbedingungen.

Paul glaubte, dass die beiden Folter-Mafiosi nur ihre 25.100 Euro aus den Bahamas wieder zurückhaben wollten, die irgendwie auf dem Firmenkonto von „69-four" gelandet waren. Er war nun sehr beunruhigt, denn Paul hatte Angst, seine Peiniger könnten ihn noch einmal aufsuchen, wenn er ihren Forderungen nicht nachkäme. Er wollte doch nur, dass sie ihn endgültig in Ruhe lassen!

Am Nachmittag in der Schanzenstraße bereitete Paul das Jour fixe für diese Woche vor, es gab einige gute Nachrichten zu verkünden. Er war extra vor dem Termin in das Besprechungszimmer gegangen, um die Bluetooth-Verbindung zwischen seinem Tablet und dem großen Fernseher zu prüfen. Alles funktionierte einwandfrei, damit konnte er diesmal problemlos Grafiken und Tabellen präsentieren. Letzte Woche war das nicht der Fall gewesen und nach mehreren Versuchen nahm Antonia Pauls iPad und schaltete im Einstellungsmenü die Datenübertragung ein. Seine Fehlbedienung löste in der Runde bei den jungen Leuten einen wissenden Blickwechsel aus, der je nach Naturell mitleidig oder belustigt ausfiel. Wohlwollend schien man sich einig zu sein, dass so was passieren kann, wenn man über vierzig ist.

Pünktlich zu ihrem Termin betraten seine drei Geschäftspartner gemeinsam den Raum. Louisa tat so, als würde sie Paul diese Woche zum ersten Mal sehen, ihr Treffen war zu brisant gewesen. Um möglichst unbedarft zu wirken, lästerte sie mit einem Schmunzeln im Gesicht:

„Aber hallo, unser kaufmännischer Geschäftsführer will sich diesmal keine Blöße geben und übt schon mal mit der Technik. Es ist doch schön, wenn man im hohen Alter noch aus Fehlern lernt. Wie war der Shoppingtrip nach London?"

Euch werde ich es noch zeigen, dachte sich Paul, mit 40 + gehört man noch nicht zum alten Eisen. Wartet nur, ich habe Zeit und werde euch heute auf die Folter spannen, dabei verkniff er sich mit Mühe ein Grinsen:

„Wunderbar, Sightseeingtour trifft es wohl besser. Ich war nach den Verhandlungen mit Mike, unserem Programmierer, noch bei Madame Tussauds, weil unser Flieger erst nachmittags in Heathrow startete und er einen Wunsch frei hatte. Wenn der Medienkonzern das Spiel kauft, hat der Junge einen großen Anteil daran. Bei der Präsentation unseres Spiels machte Mike eine sehr gute Figur und die technischen Experten des Konzerns waren von seinen detaillierten Fachkenntnissen begeistert. Wir müssen aufpassen, dass man ihn uns nicht abwirbt.

Wie gesagt, Mike hatte einen Wunsch frei und er wollte unbedingt im Wachsfigurenkabinett die „The Star Wars Experience"-Ausstellung besuchen. Von dort stammt auch das Foto auf seinem Schreibtisch, wo er neben der Wachsfigur von Han Solo steht. Für seine Mutter ließ sich Mike noch mit den Figuren der britischen Royals im plüschigen Palastambiente fotografieren, was mir schon ein wenig peinlich war. Er hat auch einen Wachsabdruck seiner Hand anfertigen lassen, der ist sogar von innen beleuchtet, also volles Programm, Mike hat nichts ausgelassen."

Die drei anderen am Besprechungstisch sahen sich fragend an, eigentlich wollten alle nur von Paul erfahren, ob es in London Chancen für ihr Spiel gab. Aber der ließ sich nicht aus der Ruhe bringen, sie sollten ruhig noch ein wenig zappeln. Bevor er den nächsten Satz begann, warf er ungewollt einen unfreundlichen Blick zu dem angeblichen kranken Leo herüber, was war dem Simulanten wichtiger gewesen als sein Spiel, er konnte es nicht verstehen. Deshalb fuhr Paul fort und quälte sein Publikum weiter, denn die wollten eigentlich nur wissen, wie ihr Spiel in London angekommen war:

„Liebe Freunde, bevor ich unsere finanzielle Situation präsentiere, möchte ich erst einmal über die Resultate unserer kleinen Reise berichten. Ich habe den Eindruck, dass „69-four" als Newcomer aus dem Stand heraus der Einstieg in eine heiß umkämpfte Branche gelingen kann. Auch wenn das mit den Amis nicht klappt, so ist allein ihr Interesse an uns in der Spielewelt nicht unbeachtet geblieben. Im Nachhinein haben sich zwei weitere Spieleproduzenten zu Gesprächen angekündigt und erste Angebote abgegeben. Auch von unserem Messestand bekam ich nur positive Rückmeldungen!"

Erleichtert wurde auf dem Tisch Beifall geklopft und Paul fuhr fort:

„Aber ich möchte nicht unbescheiden sein, denn auch ich konnte bei den Verhandlungen punkten, und zwar mit meinen Kenntnissen von Luxusautomobilen."

Irritiert schreckte Louisa auf und machte durch Handzeichen deutlich, dass sie eine Frage stellen wollte, aber Paul ignorierte sie und berichtete ungerührt weiter:

„Aus der Vita der Europachefin des Entertainmentkonzerns wusste ich, dass sie Oldtimer-Sammlerin ist und auch einen Bugatti

Type 57, Baujahr 1934, besitzt, von dem etwa 700 Stück hergestellt wurden. Das Auto war zu seiner Zeit ein technischer Leckerbissen, 8-Zylinder Monoblockmotor mit zwei oben liegenden Nockenwellen."

Antonia gähnte demonstrativ und ihr gelangweilter Blick signalisierte: Aufhören! Auch von den anderen war bereits ein leises Rumoren zu vernehmen, aber alle Unmutsbezeugungen ignorierte Paul, warum sollte er sich nicht selber loben, sonst machte es von denen am Tisch doch keiner. Also plauderte er entspannt weiter:

„In einer Teepause kamen wir nicht ganz zufällig über Oldtimer und speziell über Ettore Bugattis Meisterwerke ins Gespräch. Sie bemerkte, dass ich mich damit auskenne und als ich ihr noch gestand, dass ich den Type 57 für das schönste Auto halte, das je gebaut wurde. Das gefiel der eisernen Lady und ab da hatte ich bei ihr einen Stein im Brett. Nach der Präsentation lud sie uns spontan ein, ihre Schätze zu besichtigen. Übrigens räumt sie unserem Spiel nach Rücksprache mit ihren Experten große Chancen ein, aber endgültig entschieden wird in Kalifornien."

Antonia und Louisa sahen sich vielsagend an, gleich würde er vermutlich noch über das Wetter und den Linksverkehr in Großbritannien referieren. Der E-Mail-Account auf Pauls iPad meldete sich mit einem Gong. Paul schielte mit einem Auge auf das Display, erkannte den Absender und unterbrach seinen Vortrag:

„Nachricht aus London, deren Mutterhaus in den USA hat auch noch mal geprüft und unterbreitet uns bereits ein Angebot. Moment", und Paul übertrug die Mail via Bluetooth problemlos auf den großen Flatscreen.

Der große amerikanische Entertainmentkonzern will das Spiel international vermarkten mit Adaptionen für PCs, Playstation und XBOX. Sie seien bereit, 8 Millionen zu zahlen und die Firma „69-

four" mit einem Staffelsatz am Umsatz zu beteiligen. Auch unser Firmenlogo würde wie gewünscht klein, aber immerhin an den entsprechenden Stellen erscheinen.

Mit überschwänglicher Begeisterung wurde die gute Nachricht bejubelt. Paul tippte nebenbei die neuen Zahlen zu den anderen Angeboten in die vorbereitete Exceltabelle und sendete sie für alle lesbar auf den Flatscreen.

Stumm bestaunten sie alle die Zahlen, es gab einen eindeutigen Sieger. Louisa runzelte die Stirn, als sie bemerkte, dass die Frau, die mit ihrem Skript maßgeblich für den Erfolg verantwortlich war, überwältigt mit den Tränen kämpfte. Sie wandte sich zu ihr und sagte:

„Liebe Antonia, es ist wunderbar und schade, nun ist die unbeschwerte Zeit der Besitzlosigkeit dahin, wir sind alle Millionäre. Ihr seid für mich wie eine Familie geworden und habt mich so nett aufgenommen. Richtig angekommen bin ich, als ihr mir mit dem Kostümdesign auch noch eine Aufgabe zugetraut habt, die mir sehr viel Freude bereitet hat. Danke!"

Dabei nickte sie Antonia zu, deren Idee das gewesen war. Diese Worte und die kleine Geste machten es der jungen Frau nicht leicht, ihre Tränen zu unterdrücken, denn sie hatte mehr Grund, ihrer Lebensretterin dankbar zu sein. Leo sah, wie seine Freundin mit sich kämpfte und war ebenfalls gerührt, nun musste er auch etwas loswerden:

„Alle hier haben Anteil an unserem Erfolg. Luise und Paul, ohne eure großzügige Finanzierung hätten wir das niemals gestemmt. Luise, allein, wie du die Firma im Kathäuserwall für einen Euro gekauft hast, war der absolute Wahnsinn. Ohne diese Spezialisten wäre das Spiel nicht so realistisch geworden. Und Luises Kostümideen haben bei einigen Spielfiguren die Charaktere noch verdeutlicht. Aber, dass es aus dem Stand heraus so ein Megaerfolg wird, das verdanken wir eigentlich dir, Paul. Ohne deine Beziehungen und ohne deine Netzwerke wären wir niemals an diesen Weltkonzern herangekommen, du alter Autoverkäufer. Ich erinnere mich", jetzt wurden auch Leos Augen feucht, „an die Worte unseres gemeinsamen Freundes Carl, der sagte einmal über dich: Der kann wirklich alles verkaufen, sogar Kühlschränke an Eskimos."

Mit dem uralten Witz hatte Leo die Lacher auf seiner Seite, aber er konnte sich nicht darüber freuen, denn er war zum Betrüger geworden und fühlte sich elend. Er dachte an seinen „kriminellen Erfolg", der ihn wahrscheinlich hinter schwedische Gardinen bringen würde, oder er müsste ein Leben lang auf der Flucht sein. Er sollte mit Paul reden, denn Helmut Laufenberg wollte unbedingt weitere Konten leerräumen.

Pauls Handy brummte, er sah auf das Display, hob seinen Arm und alle verstummten, als sie sein ernstes Gesicht sahen. Er hielt das Telefon ans Ohr und hörte gebannt längere Zeit zu. Im Besprechungszimmer blieb es währenddessen mucksmäuschenstill, bis er strahlend sagte:

„Vielen Dank. Okay, um die Oldtimerrally in Italien kümmere ich mich. Unsere Europachefin will auch mitfahren? Also zwei Teams."

Das Gespräch war zu Ende, nun wandte sich Paul zu den anderen Teilhabern:

„Also, das war mein Kontakt aus Kalifornien, der Vice President des Entertainment Konzerns, ich soll mich um die Anmeldungen bei der nächsten Rally Mille Miglia kümmern. In erster Linie hat er uns gratuliert, er hat unser Spiel gespielt und ist jetzt süchtig."

Die Stimmung am Besprechungstisch über den großen Erfolg war geradezu euphorisch, deshalb machte Paul spontan einen Vorschlag, der begeistert aufgenommen wurde:

„Lasst uns heute Abend gemeinsam auf Spesen essen gehen."

„Aber nicht in so ein Schickimicki Lokal, ich möchte gerne etwas Deftiges essen", warf Antonia ein, die mit ihren maximal 50 Kilos sicher das Leichtgewicht in der Runde war.

Nach einigem Hin und Her entschied man sich für Lommerzheim in Deutz, um die berühmten dicken Koteletts zu essen. Man bekam nur noch einen Platz im Keller. Leo trank sehr schnell einige Kölsch hintereinander, das fiel sogar dem Köbes auf:

„Jung, du hast aber einen Durst, oder hast du Angst, dass unser Kölsch gleich alle ist? Keine Sorge, wir haben so viel davon, dass wir es sogar verkaufen."

Noch bevor das Essen kam, bat der bereits leicht alkoholisierte Leo seinen Nebenmann am Tisch leise:

„Paul, kannst du mal bitte mit mir zum Rauchen vor die Tür gehen?"

Nichtraucher Paul war wegen London noch sauer auf Leo, kapierte aber trotz reichlich Alkohol im Blut, dass sein Partner noch was auf dem Herzen hatte und ihn deshalb unter vier Augen sprechen wollte. Das passte jetzt eigentlich nicht hierher, aber was soll's. Die beiden stellten sich etwas entfernt von den Nikotinhardcore-Junkies hin und Leo beichtete die ganze Geschichte mit den Überweisungen und auch das mit Laufenberg:

„Ich bin so ein Idiot, was soll ich jetzt bloß machen?"

Das Geständnis war zu viel für Paul, am liebsten wäre er ihm an die Gurgel gegangen, aber er unterdrückte seine Wut:

„Du Blödmann, wegen deiner Geldgier wäre ich beinahe von der Mafia in meiner eigenen Wohnung umgebracht worden, weil sie dachten, ich hätte die 25.100 auf unser Firmenkonto überwiesen. Aber dann noch 12 Millionen von diesen gefährlichen Leuten zu stehlen ist noch eine ganz andere Hausnummer und war überhaupt nicht clever. Wenn die herausbekommen, und das werden sie, dass ihr sie ausgetrickst habt, werdet ihr euer Lebtag nicht mehr froh.

Dabei fällt mir gerade Ilarias Vater ein, der hat 40 Jahre als Eugen Ottero unter falschen Namen in Köln gelebt. Dieser Eugenio de Moro hat in seiner Jugend in Italien auch etwas angestellt und wäre dafür viele Jahre ins Gefängnis gekommen, stattdessen ist er geflohen und durfte nie mehr in seine Heimat zurück. In seinem Tagebuch habe ich später gelesen, dass er seine Flucht bitter bereut hat, weil er seine Strafe längst abgesessen hätte, aber so konnte er nicht mehr zurück und sah seine Familie nie mehr wieder. Bis zu seinem Lebensende empfand er es als Fehler, dass er die Konsequenzen seiner Tat damals nicht auf sich genommen hatte."

„Aber was soll ich jetzt machen? Antonia wird mich sowieso verlassen. Zur Polizei gehen?"

„Nicht die schlechteste Idee, aber diesem Clan wird das egal sein, die wollen ihr Geld zurück und Rache", Paul dachte an Luise, sie schien über mehr Kenntnisse von derartigen Problemen zu verfügen, „ich muss in Ruhe darüber nachdenken. Komm, wir gehen wieder rein, wir sollten den anderen den Abend nicht vermiesen, schließlich sind wir wegen unserer Siegesfeier hier."

Ein gequältes Lächeln huschte über Leos Gesicht, als sie sich an der Theke vorbei drängten, vor der die Gäste in Dreierreihen standen und tranken:

„Danke Paul, dass du mir zugehört hast. Ich werde das Mafiageld zurückgeben."

„Leo, das wird leider nicht funktionieren, ich habe es mit den 25.100 bereits versucht, aber das Konto, von dem du das Geld überwiesen hast, existiert nicht mehr."

Der junge Mann atmete tief durch, machte eine wegwerfende Handbewegung, so, als wäre ihm jetzt alles egal:

„Du hast recht, heute haben wir alle einen Grund zum Feiern und die Ironie des Schicksals ist, dass wir jetzt durch ehrliche Arbeit reich geworden sind."

Als sie wieder die Treppe zum Gewölbekeller des „Lommerzheim" heruntersteigen, dachte sich Paul, der arme Kerl hat jetzt viel Geld, die Frage ist nur, wie lange er davon etwas hat. Sie kamen rechtzeitig an ihren Tisch zurück, als der Köbes gerade die dicken Nackenkoteletts servierte. Bei dem Anblick lief Paul das Wasser im Mund zusammen, alles andere war jetzt nicht mehr so wichtig. Im offenen Nebenraum stimmte eine Geburtstagsgesellschaft ein Ständchen an, nicht schön, dafür aber laut und voller Inbrunst ertönte die kölsche Hymne der „Höhner" an die Freundschaft:

>Echte Fründe ston zesamme,
>ston zesamme su wie eine Jott un Pott
>Echte Fründe ston zesamme,
>eß och dih Jlöck op Jöck un läuf dir fott.
>Fründe, Fründe, Fründe en der Nut,
>Jon´er hundert hundert op e Lut.
>Echte Fründe ston Besamme,
>su wie eine Bott un Pott.

Wahre Freunde stehen zusammen,
Halten zusammen wie Pech und Schwefel.
Wahre Freunde halten zusammen,
Ist auch dein Glück auf Reisen und läuft dir weg.
Freunde, Freunde, Freunde in der Not,
Passen hundert hundert auf ein Lot.
Wahre Freunde halten zusammen,
Wie Pech und Schwefel.

>Do häß Pech, et jeit dr Birsch erav,
>Verjesse eß all dat wat do bisher jeschaff.
>Minsche, die dich vorher Jot Bekannt
>jeven dir noch nit ens mie de Hand.
>Jetz sühs do, wä met Rääch sich Fründ jenannt.

Du hast Pech, es geht steil bergab.

Vergessen ist all das, was du bisher geschafft.
Menschen, die dich früher gut gekannt haben.
Geben dir noch nicht mal mehr die Hand.
Jetzt siehst du, wer mit Recht sich Freund genannt.

Noch bevor eine Unterhaltung in dem halligen Keller wieder möglich war, nickte Paul Louisa zu, sie verstanden sich richtig gut. Das erste Mal, seit er sie kannte, hatte sich die Naturschönheit etwas stärker geschminkt, vermutlich eine Hommage an die Erfolgsfeier.

Dank reichlichen Genusses des leckeren Päffgen-Kölschs herrschte schnell eine ausgelassene Stimmung, die sich im Laufe des Abends weiter steigerte. Über alles und nichts wurde gelacht, man war nicht mehr lustig, sondern nur noch albern. Der Alkohol befreite auch Leo für den restlichen Abend von all seinen Sorgen und Ängsten.

Der Köbes hatte bereits die letzte Runde ausgerufen, da erschien die nüchterne Ilaria in einem Businesskostüm im Gewölbekeller und gesellte sich zu den stark angeheiterten „69-four" Eigentümern. Sie hatte Paul angeboten, die vier abzuholen, falls es bei ihrer Veranstaltung spät würde:

„Ich komme von einer Vernissage aus Flittard und da dachte ich mir, vielleicht seid ihr noch hier und dann kann ich euch mit dem Auto mitnehmen, wenn ihr wollt. Hier beim Lommerzheim machen sie gleich zu, oder wollt ihr noch woanders hingehen?"

Der Blick in die Gesichter der vollkommen betrunkenen Runde machte Ilaria die Sinnlosigkeit ihrer Frage bewusst:

„Köbes zahlen! Ich übernehme eure kleine Feier, aber den Erfolg von „69-four" feiern wir noch mal richtig groß, wenn das Spiel im Handel ist."

Antonia hatte auch schon Schwierigkeiten, ihre Worte zu artikulieren, aber mit etwas guten Willen konnte man trotz ihrer schweren Zunge „Hotel Wasserturm, Rooftop Restaurant mit alle Mann" verstehen.

Kapitel 26 Wild & Geflügel

Samstagmittag ging Paul einkaufen, er wollte seine Frau wieder ein wenig gnädiger stimmen, denn sie ärgerte sich immer noch über die „sinnlose Sauferei" Freitagabend in der Kneipe. Ilaria hatte die betrunkenen Gesellschafter und Gesellschafterinnen von „69-four" gestern Nacht von der Gaststätte abgeholt. Während sie den Rhein überquerten, wurde es Leo plötzlich im wahrsten Sinn des Wortes kotzübel. Um eine drohende Innenraumreinigung ihres Mercedes zu vermeiden, schaltete die Fahrerin im nächtlichen Straßenverkehr die Warnblinkanlage ein und stoppte mitten auf der Deutzer Brücke. Leo sprang in letzter Sekunde mit dicken Backen aus dem Fahrzeug und schaffte es eben noch bis zum Brückengeländer, um von dort aus großer Höhe im Vater Rhein die hungrigen Fische zu füttern.

Paul verließ gerade den Gemüseladen „Obs un Jemös" und ging hinüber auf die andere Straßenseite. Kurz vor Erhardts Wild und Geflügelgeschäft mit der nostalgischen Leuchtreklame Uhlenbroch, kam ihm Kibra, die hübsche eritreische Wahrsagerin, entgegen:

„Hallo Paul, wir haben uns ja lange nicht mehr gesehen. Glückwunsch zu eurem Erfolg mit der Firma, aber als Seherin möchte ich dich warnen, in deinem Umfeld gibt es einen dunklen Fleck, der könnte zu einer Gefahr werden."

„Danke, ich weiß, aber das hat sich geklärt, der Übeltäter hat sich mir gestern Abend offenbart."

„Dann ist es ja gut. Übrigens war ich gerade bei „Wild und Geflügel". Morgen Abend bekomme ich Gäste, und da gibt es Irish Stew, dafür habe ich mir die entbeinte Vorderkeule eines Salzlammes gekauft und dazu noch ein paar Delikatessen.

Außerdem habe ich mir für heute Mittag eine große Portion von Frau Erhardts selbst gemachtem Kartoffelsalat mitgenommen, in den könnte ich mich hineinsetzen. Der ist so lecker, der hat erhebliches Suchtpotenzial. Überhaupt macht die Frau tolle Sachen. Sie hat mir das Rezept vom Salat verraten, aber ich kriege den trotzdem nicht so hin. Wie ich an deinem Einkaufskorb erkenne, gehst du jetzt auch dorthin. Hast du zu Hause was gutzumachen, das siehst nach Zitronenhuhn aus."

„Woher weißt du das, Kibra?"

„So etwas fragt man keine Wahrsagerin", und strahlte, „hierbei brauche ich kein zweites Gesicht oder eine göttliche Eingabe, sondern wie so oft nur Logik. Ich sehe Zitronen in deinem Korb und du gehst in Richtung Geflügelgeschäft. Außerdem ist doch allgemein bekannt, dass du die französische Freiland-Poularde immer machst, wenn bei euch der Haussegen schief hängt, also ziemlich oft. Beobachtung und Kombination ist das 1x1, vor allem beim sogenannten Wahrsagen".

Sie grinste amüsiert und die beiden verabschiedeten sich lachend voneinander. Dann drehte sich die geheimnisvolle Kibra noch einmal um:

„Paul, du hast, als ich eben einen dunklen Fleck erwähnte, von einem Mann gesprochen, aber ich meine, dass die Gefahr von einer Frau kommt."

Grübelnd ging Paul mit seinem Einkauf nach Hause.

***

Währenddessen klingelte Leos Handy. Ein Blick auf das Display verriet ihm, wer was von ihm wollte und zu seinem allgemeinen Unwohlsein bekam er jetzt noch Magenschmerzen. Auf das Gespräch würde er liebend gern verzichten, aber es nutzte nichts, er durfte Helmut Laufenberg seinen speziellen Geschäftspartner nicht verärgern. Nach kurzem Zögern drückte er die Taste und noch bevor er sich selber melden konnte, hörte er:

„Hi Leo, endlich, alles klar bei dir? Wann kommst du? Übermorgen, also diesen Montag in die Ehrenstraße? Ich möchte möglichst schnell von hier weg, mir wird der Boden in Deutschland zu heiß."

„Langsam. Du meinst jetzt den Montag? Ich dachte wir hätten eine Woche später ausgemacht. Wir haben Freitag unser Spiel verkauft und da kannst du dir vorstellen, was hier los ist."

Leo war viel zu aufgeregt, seit er gestern Abend Paul beim Lommerzheim seine betrügerischen Überweisungen gestand, dafür hatte er sich vorher Mut angetrunken. So besoffen wie er gewesen war, wusste er jetzt nicht mehr, was er ihm alles gebeichtet hatte. Eigentlich war Leo davon ausgegangen, dass sein Geschäftspartner ausflippt und herumtobt. Paul war zwar ein wenig laut geworden, aber zu seiner Überraschung blieb er einigermaßen gelassen, vielleicht weil er auch betrunken war, oder glaubte er seine Geschichte nicht?

„Helmut", Leo fiel das Denken schwer, ihm brummte immer noch der Schädel, „mir ist nicht so gut, wir haben gestern Abend kräftig gefeiert. Ich melde mich bei dir."

Und drückte ihn einfach weg.

Er dachte immer noch an Paul, was würde der nun unternehmen? Leo bekam Panik. Sollte er es sich einfach machen und wie sein spezieller Partner Helmut im Ausland untertauchen? Aber seiner Antonia konnte er ein Leben auf der Flucht nicht zumuten, das würde sie auch wegen ihrer Eltern nicht mitmachen. Jetzt gab es auch noch den Erfolg mit dem Spiel und das fühlte sich richtig gut an, wäre da bloß nicht Monteverdis Superrechner mit der Versuchung gewesen, schnell reich zu werden.

***

In der Wohnung eine Etage darüber packte währenddessen Paul Otter seinen Lebensmitteleinkauf in den Kühlschrank. Dabei musste er an gestern Abend und an die angetrunkene Luise denken. Nach dem Kneipenbesuch hatten sie die vor ihrer Wohnung abgesetzt, er wollte mal fragen wie sie ihren Rausch überstanden hat, deshalb rief er in der Mittelstraße an:

„Hallo Luise, hast du den gestrigen Abend gut überstanden?"

„Ja mittlerweile schon, Paul. Heute Morgen ging es mir nicht so gut, aber nach einem Aspirin ist die Welt wieder in Ordnung. Ich war das erste Mal in meinem Leben berauscht, aber nicht von Champagner, was man einer Dame nachsehen würde, sondern von Bier. Kaum hat man das kleine 0,2 er stangenförmige Glas ausgetrunken, steht bereits das nächste vor einem. Aber was anderes, warum wollte dich Leo beim Lommerzheim unter vier Augen sprechen, ging es um die Firma oder hat das was mit diesem Laufenberg zu tun?"

„Unser Leo hat was angestellt, möglich, dass dieser Laufenberg auch mit drinsteckt, aber das sagt er nicht. Also ...", Louisa unterbrach ihn:

„Stopp, Paul, nicht am Telefon, ich glaube, deine Story ist sehr brisant, oder? Ich stehe hier sozusagen in Hut und Mantel und will zum Hansaring zu Saturn um mir einen großen 77-Zoll-Fernseher zu kaufen. Einen LG-OLED-Smart-TV, die sollen das beste Bild haben, bei dem Elektromarkt kann ich mir die Geräte ansehen und vergleichen. Können wir uns danach treffen?"

„Klar, ich warte vor dem Ausgang. Wir könnten dann einen kleinen Spaziergang im Hansapark unternehmen, der ist nicht weit von dem Elektronikmarkt entfernt. Falls wir uns verpassen, telefonieren wir."

Sein Auto konnte Paul auf einer Parkinsel des Hansarings abstellen und schlenderte in Richtung Saturn bis zum Gymnasium. Er wollte die vierspurige Straße zu dem Geschäft überqueren, musste aber an der Fußgängerampel warten. Dabei erblickte er auf der gegenüberliegenden Straßenseite die winkende Luise. Sobald es der Autoverkehr zuließ, rannte sie ungeduldig zu ihm herüber, die rot leuchtende Fußgängerampel und die anderen brav wartenden Passanten ignorierte sie.

„Ich habe einen Fernseher gekauft, das Tolle daran ist, dass er wird heute Nachmittag noch geliefert, aufgehängt und in Betrieb genommen wird. Was ist das denn für ein schönes altes Gebäude, ach, da ist ja ein Schild: Hansa-Gymnasium."

„Kolumbus könnte dir das besser erklären. So viel wie ich weiß, ist das Bauwerk zu Kaiser Wilhelms Zeiten im neugotischen Stil errichtet worden und besaß ursprünglich eine noch üppigere Fassade. Nach den Zerstörungen im zweiten Weltkrieg wurde sie nach 1945 etwas schlichter wiederaufgebaut, aber ich finde das Gebäude immer noch schön."

Als sie die Grünanlage erreichten, begann Paul während des Spazierengehens von seinem Gespräch mit Leo vor dem Lommerzheim zu berichten. Endlich hatte er Gelegenheit, mit jemanden über das Geständnis zu reden, bei ihr war er sich sicher, dass sie es für sich behielt:

„Luise, bei „69-four" sitzen wir beide als Kapitalgeber im selben Boot und du weißt, dass ich dir vertraue. Um auf deine Frage zurückzukommen, was Leo mir beim Lommerzheim gesagt hat. Erst mal, der Junge war Freitag ziemlich betrunken als er mir eine Räubergeschichte erzählte, ich bezweifle, ob das alles so stimmt, was er mir Suff sagte. Aber wenn er das wirklich alles getan hat, bekommt unser Freund große Probleme. Luise, ich habe den Eindruck, dass du Ahnung von solchen kriminellen Machenschaften hast."

Louisa blieb auf der Stelle stehen und sah ihren Begleiter ungläubig an:

„Du machst aber sonderbare Komplimente, Paul. Wie darf ich das verstehen?"

„Entschuldige! So ist das nicht gemeint, aber ich habe Augen im Kopf, und du hast in unseren Besprechungen bei der Spielekritik schon mehrmals etwas gesagt, das sich für mich nach einer Expertenmeinung anhört, zum Beispiel bei Waffen und Taktik, da warst du allen überlegen. Ich möchte gar nicht wissen, was du früher für einen Job hattest, aber nach meinen umfangreichen Kriminalfilmerfahrungen, könnte ich mir dich beim Geheimdienst, BKA oder als

Privatdetektivin vorstellen. Ich hoffe, du nimmst mir meine wilden Spekulationen nicht krumm und es geht mich auch überhaupt nichts an."

Louisa stand immer noch wie angewurzelt da und musterte ihr Gegenüber kritisch, aber bevor sie etwas sagen konnte, redete Paul weiter:

„Leo behauptet, dass er derjenige war, der die Überweisungen von dem Mafia- zu unserem Firmenkonto gemacht hat."

„Das hört sich nicht gut an", unterbrach ihn Louisa kopfschüttelnd und setzte den gemütlichen Spaziergang fort.

„Luise, es kommt noch schlimmer, er hat mit Hilfe eines Komplizen aus der Finanzwelt ein Mafiakonto komplett leergeräumt. Jetzt besitzt jeder 6 Millionen auf Offshore-Konten. Ich glaube, Leo weiß schon, dass er einen Fehler gemacht hat. Am liebsten würde ich die Geschichte seiner außergewöhnlichen Fantasie und dem Alkohol zuordnen und es als Aufschneiderei ignorieren, aber ich darf den Kopf nicht in den Sand stecken."

„Nein, das dürfen wir beide nicht", Louisa verstummte, bis eine Obdachlose mit einem Einkaufswagen, gefüllt mit ihrem gesamten Hab und Gut, sie überholt hatte, „ich erzählte dir bereits, dass Leo und Laufenberg gemeinsam etwas Großes zum Wertstoffhof und etwas Kleineres in die Ehrenstraße brachten. Ich habe den Eindruck, dass die Beiden sich schon länger kennen."

Jetzt konnte man an Pauls Gesichtsausdruck beobachten, wie bei ihm der Groschen fiel:

„Deine Beobachtung bestätigt sein Geständnis. Leo sagt, er möchte seinen Anteil, das sind 6 Millionen Euro, zurücküberweisen, aber das Konto in der Karibik existiert nicht mehr. Wäre es nicht das Beste, wenn er sich Kriminaloberrat Schlösser offenbaren würde? Er hat meiner Frau und mir schon einmal sehr geholfen. Aber ich habe keine Ahnung, was ihm für eine Strafe droht. Hast du vielleicht eine Idee, wie wir Leo helfen können?"

„Langsam verstehe ich dich richtig, du glaubst, ich wäre so eine Art weiblicher James Bond? Also gut", Louisa schmunzelte, dann flüsterte sie ihm geheimnisvoll ins Ohr, „ich versuche was, aber Leo muss absolutes Stillschweigen bewahren und vor allem darf er nicht mit der Polizei reden. Auch gegenüber Laufenberg muss er unbedingt seine Beichte verschweigen, erklär ihm das."

Sie gingen an einem in die Wiese eingelassenen Atrium vorbei, es war der Zugang zu einer unterirdischen Sporthalle, die man von der Straße nicht sehen kann. Die Halle und das Atrium trennten eine riesige Glaswand, durch die man in die Sporthalle hineinsehen konnte. Momentan wurde Volleyball gespielt.

Paul wusste nicht, was er von ihrer Ansage, keine Polizei einschalten. Beide schwiegen, als sie den Kiesweg an der mittelalterlichen Stadtmauer vorbei gingen. Dann machten sie einen Schwenk hinüber zum Klüngelpützpark, wo auf dem Skaterplatz einige Jungs übten. An einer schlichten Gedenkstätte blieben sie stehen und endlich traute er sich zu fragen:

„Luise, du meinst auch, dass es Mafiageld ist und du glaubst, dass die Polizei ihn nicht schützen kann?

„Ganz genau, das meine ich. Er könnte Kronzeuge werden, müsste aber anschließend in ein Zeugenschutzprogramm und das wäre das Aus für unsere hübsche Firma, ohne Leos Genie ist „69-four" nicht mehr so kreativ. Noch etwas Wichtiges, erzähl ihm nicht, dass du mich eingeweiht hast, okay? Was ist das denn für ein Gedenkstein?"

Und sie las:

„Hier wurden von 1933–1945 über tausend von der nationalsozialistischen Willkürjustiz unschuldig zum Tod Verurteilte hingerichtet."

Andächtig blieben sie davorstehen, dann erinnerte sich Paul:

„Kolumbus hat mir erzählt, dass hier um die Ecke das frühere preußische Gefängnis stand. Den Klingelpütz, wie es im Volksmund genannt wurde, nutzten später die Nazis als Haftanstalt und als Hinrichtungsstätte für ihre Sondergerichte. Hier geschahen die fürchterlichsten Grausamkeiten, auch mit dem Fallbeil wurden viele Menschen „Im Namen des Gesetzes hingerichtet". Gegen Ende des 2. Weltkrieges waren hier 10.000 Gefangene eingesperrt. Hinten am Hansaplatz ist noch eine Gedenktafel für die Opfer des Nationalsozialismus, das ist sogar Kölns älteste Gedenkstätte, aber da ist die Inschrift kaum noch zu erkennen."

„Traurige Sache, was Menschen anderen Menschen alles antun können:"

„Ja, Luise. Es ist furchtbar, dass so etwas im Land der Dichter und Denker passieren konnte. Aber zurück in die Gegenwart, es gibt noch einen Grund, weshalb ich dich sprechen wollte."

Paul zögerte einen Augenblick, bevor er weiterredete:

„Gegen dich sind Anschuldigungen erhoben worden. Der ehemalige Besitzer von „69" hat von unserem Erfolg in Thailand gehört und möchte daran partizipieren, er meint, ohne seine Firma hätten wir das niemals hinbekommen und da kann man ihm wohl kaum widersprechen. Er behauptet, du hättest bei der Verkaufsverhandlung seine Hand mit einem Messer auf dem Schreibtisch festgenagelt. Es wäre ein Wunder, dass der Stich keine Folgen hat, keine Sehne wurde verletzt. Er musste sich der Gewalt beugen und schenkte dir die Firma für einen Euro. Beim Notartermin stand er noch unter Schock."

„Ich weiß, wo ich hineinsteche", und in diesem Moment tat Louisa ihr vorlautes Eingeständnis bereits leid, „gut, ich habe ein wenig nachgeholfen, aber der Grapscher wollte es nicht anders."

„Er hat dich bei deinem Besuch belästigt?"

„Allerdings und das ist noch nett ausgedrückt", entrüstete sich Louisa und dann huschte ein Lächeln über ihr Gesicht, „aber, ich kann mich wehren und damit hatte er nicht gerechnet. Wo ist er denn jetzt?"

„Ich weiß nicht, aber er schreibt, dass er bald nach Deutschland kommt und mit uns verhandeln möchte. Wichtiger ist, ich muss auf alle Fälle mit Leo reden, aber zu Hause geht das schlecht."

„Komm doch mit ihm zu mir in die Mittelstraße. Nein, das ist auch nicht gut, warten wir doch bis Montag im Büro, da ist es am unauffälligsten. Ich komme vor Geschäftsbeginn und du kannst mich zu eurem Gespräch dann dazu holen", Louisa machte sich Gedanken, wie Leo aus dieser verfahrenen Situation herauskommen könnte, „besser keine Polizei, ich glaube nicht, dass die ihm helfen kann. Vielleicht kann man mit Don Velatus einen Deal machen."

Kapitel 27 Es wird ernst

Sonntagabend 20:15 Uhr, Louisa hatte es sich auf ihrer Vitra Lederottomane bequem gemacht. Dann schaltete sie den Tatort im Ersten Programm ein, das tat sie, weil sich das angeblich die meisten Deutschen am Sonntagabend ansehen. Von ihrem neuen riesigen 77-Zoll-Fernseher war sie begeistert, das gestochen scharfe Bild in der 8K-Technik und die brillanten Farben des OLED-Displays waren ein Genuss, was man von dem Krimi beim besten Willen nicht behaupten konnte.

Sie schreckte auf, als das verschlüsselte Handy klingelte:

„Buona sera, Principessa Louisa. Ich bin es, Enzo. Es freut mich, dass du dich in meinem Köln niedergelassen hast, wie geht es dir? Ich habe das von deinem Gehörschaden mitbekommen. Der Patron hat mir daraufhin die beiden Heißsporne zugeteilt, also mach dir keine Sorgen."

„Enzo, ich freue mich, dass du dich bei mir meldest. Sorgen mach ich mir deswegen keine, ich ärgere mich nur darüber, dass ich auf den Trick mit der Blendgranate hereingefallen bin. Ich habe eine Bitte, kannst du mir einen Kontakt mit Don Velatus vermitteln, ich kann ihn nicht erreichen."

„Das ist bei mir nicht anders, wenn ich ihn sprechen möchte, informiere ich jemanden, der setzt sich wieder mit einem anderen in Verbindung und so weiter. Ich habe den Eindruck, die Nachricht läuft zweimal um den Globus und irgendwann ruft der Patron an, mal geht das sehr schnell, mal dauert es. Ich kümmere mich, und falls du irgendwie Unterstützung brauchst, ruf mich an, du findest einen Zettel mit meiner Telefonnummer in deinem Briefkasten."

„Kannst du mir deine Nummer nicht einfach sagen? Ich dachte, diese verschlüsselten Handys sind abhörsicher?"

„Natürlich, aber du weißt doch, auch bei einem frommen süditalienischen Katholiken, so einer wie ich, ist das mit dem Glauben so eine Sache. In unserem Christentum ist immer ein Schuss Aberglaube dabei. Außerdem wird man bei meiner Lebenserfahrung automatisch vorsichtiger und so ein kleiner Zettel ist wirklich abhörsicher. Ciao Bella!"

Über ihrem neuen Fernseher rief sie die Mediathek auf, wählte die NDR-Talkshow aus und stoppte die Wiedergabe, als sich das gesicherte Handy des Patrons meldete. Nach kurzer Begrüßung erkundigte er sich im Ton eines wohlwollenden Familienvaters:

„Meine liebe Tochter, was kann ich für dich tun? Brauchst du irgendetwas?"

„Nein danke, ich glaube, dass ich eher etwas für dich tun kann. Ich habe da eine heiße Spur und könnte dir eventuell dein Geld wiederbeschaffen, zumindest die Hälfte davon. Dazu brauche ich freie Hand und der reumütige Täter, der dir das Geld zurückgeben will, darf nicht bestraft werden, so eine Art Kronzeugenregelung. Mehr möchte ich dazu noch nicht sagen."

„Mach mir nichts vor, von wegen heißer Spur, du weißt doch ganz genau, wer der Schurke ist. Ich habe sicher recht, gib es endlich zu, es ist dieser Otter, den du immer in Schutz genommen hast. Du hast mir letztens gesagt, er will mein Geld, das auf eurem Firmenkonto gelandet ist, wieder zurückbuchen, bisher ist bei mir davon nichts angekommen. Also zuverlässig ist dein Schützling nicht."

„Er hat es versucht, aber dieses Offshore-Konto ist mittlerweile von der Bank gelöscht worden. Was soll er denn jetzt mit den 25.100 Euro machen? Deine Verdächtigungen gegenüber Paul Otter sind falsch, es ist genau andersherum, er hat die Sache sozusagen aufgeklärt, aber vorläufig will ich dazu noch nichts verraten. So, was ist mit meinem Vorschlag, du bekommst von einem der beiden Übeltäter seinen Anteil zurück und lässt ihn dafür in Ruhe."

„Was ist mit dem zweiten Banditen, Louisa?"

„Da finde ich auch noch eine Lösung. Also entscheide dich, ist dir deine Rache wichtiger als deine Millionen,?"

„Du willst mich erpressen? Das hat noch niemand gewagt, du traust dich was", und ein herzhaftes Lachen war von jenseits des Atlantiks zu hören, „den Dickkopf hast du von mir. Gut, aber gehe kein Risiko ein, hole dir Enzo zur Hilfe. Ich sehe gerade aus dem Fenster, draußen ist ein herrlicher Sonnenuntergang, fast so schön wie früher zu Hause."

„Danke Patron, wenn ich mehr weiß, melde ich mich über Enzo", da fiel Louisa gerade noch rechtzeitig ein, dass noch was nicht geklärt war, „stopp, was soll Otter denn mit deinen 25.100 Euro anstellen? Er hat mir übrigens sehr geholfen."

Don Velatus lachte amüsiert:

„Ist er nicht ein wenig zu alt für dich? Also gut, wenn Otter das Geld nicht zurücküberweisen kann, dann soll er es für die Kölner Kathedrale spenden, da gibt es einen Dombauverein. Bouna notte."

Am Montag stand sie sehr früh auf, um vor Leo in der Firma zu sein, der war normalerweise immer der Erste und der Letzte in der Schanzenstraße. Sie versteckte eine Wanze in Pauls und eine in Leos Büro, jede war drahtlos mit einem MP3-Player in ihrer Handtasche verbunden, aber die Aufnahmen starteten erst ab einem gewissen Geräuschpegel.

Als dann Leo eintraf, musste er den langen Gang an allen Büros vorbei gehen, denn sein Schreibtisch stand im letzten Raum. Kaum war er an dem Gemeinschaftsbüro von Antonia und Luise vorbei stutzte er, die Tür stand halb offen. Das war ungewohnt und er sah hinein. Zu seiner Überraschung saß dort Frau Müller-Langenfeld an ihrem Schreibtisch, ein ungewohnter Anblick zu dieser frühen Stunde.

„Entschuldigung Luise, so früh habe ich dich hier noch nie gesehen. Guten Morgen erst einmal, ich war so in Gedanken", verlegen schwenkte er seinen Aktenkoffer, „ach, ehe ich es vergesse, Antonia lässt ausrichten, dass sie erst gegen Mittag ins Büro kommt. Sie macht noch einen Großeinkauf im Handelshof, falls du auch etwas von dort benötigst, sollst du sie anrufen."

Leo verschwand in sein Büro und Louisa bekam mit, wie er jemanden über seine Freisprechanlage anrief, das war für sie ideal, denn nun hörte sie über ihre Wanze auch, was der Gesprächspartner sagte:

„Hi Helmut, ich hoffe, du bist nicht sauer, dass wir uns heute nicht treffen. Ich finde es mittlerweile gefährlich, dass du unbedingt noch einen Versuch starten möchtest. Lieber würde ich den Caryus-23 Rechner schnellstens entsorgen und damit alle Spuren beseitigen.."

„Mein Freund, also jetzt zum Mitschreiben: Das Ding wird erst verschrottet, wenn du noch einen Versuch mit den restlichen Konten gemacht hast. Vielleicht wurden noch nicht alle Passwörter geändert und ich finde, dass wir es noch einmal versuchen sollten. Der Computer ist mein Pfand und bleibt so lange bei mir, bis du es noch einmal probiert hast."

Laufenberg unterbrach für einen Moment seine Drohung, um der dazu gehörenden Begründung das nötige Gewicht zu verleihen:

„Ich will dich eigentlich nicht unter Druck setzen, aber ich vermute, wenn Experten den Superrechner untersuchen, wird man sehr schnell eine Spur zu dir finden."

Tatsächlich hatte Leo Angst davor und sein Magen verkrampfte sich:

„Ich muss aufhören und melde mich später", weil er durch die Glasscheibe sah, dass Paul auf sein Büro zu kam und der durfte auf keinen Fall von seinen weiteren Machenschaften erfahren.

„Guten Morgen Leo, ich dachte, ich wäre heute vor dir in der Firma, unser Team fängt erst in einer halben Stunde an und ich möchte der Mannschaft zu Arbeitsbeginn die gute Nachricht aus Kalifornien mitteilen, wenn du einverstanden bist."

„Klar", sagte Leo und man sah ihm an, dass dies nicht seine größte Sorge war, „Paul können wir sprechen?"

„Gerne, wir haben ja noch ein Thema von Freitagabend aus der Kneipe. Komm doch zu mir rüber, ich habe da noch meinen Kaffee stehen."

Louisa hatte alles mitgehört, dann gingen die beiden in Pauls Büro. Dort war das zweite Abhörgerät versteckt und auch hier hörte sie alles mit.

„So, Leo, nun sag mir, dass es nicht wahr ist, was du mir vor der Gaststätte alles gebeichtet hast!"

„Es tut mir leid, Paul, ich weiß nicht mehr genau, was ich dir im betrunkenen Zustand erzählt habe, aber die Kernaussage stimmt: Ich war es, der die Pilotüberweisungen aus der Karibik auf unser Firmenkonto gemacht hat. Als ich dann wusste, dass es funktioniert, buchte ich 6 Millionen von den Bahamas auf meine Offshore-Konten um."

„Du hast mir beim Lommerzheim gesagt, dass du die Sache nicht allein gemacht hast, also sag, wer ist dein Komplize?"

Leo starrte verlegen auf den Fußboden, er konnte seinem Gegenüber nicht in die Augen sehen:

„Das möchte ich dir nicht verraten, der hat jetzt den Caryus-23 Rechner, mit dem ich die Überweisungen gemacht habe, und damit hat er mich in der Hand. Spezialisten der Polizei könnten alles auf dem Gerät nachverfolgen und dann bin ich dran."

„Glaubst du etwa, dass du ungeschoren aus der Sache herauskommst?", brüllte ihn Paul wütend an.

Eingeschüchtert gestand der Sünder:

„Helmut Laufenberg, er kennt dich und deine Ilaria aus der Toskana."

Jetzt musste sich Paul setzen und sah ihn enttäuscht an:

„Immerhin bis du jetzt ehrlich, denn ich wollte es nicht glauben, als man mir erzählte, dass man euch beide zusammen gesehen hat. Dieser Laufenberg, alias Dautenburg ist dein Spezi? Ein aus dem Gefängnis entwichener Betrüger und Kidnapper - ein Krimineller. Er hat mich und einen halben Kölner Golfclub um viel Geld betrogen, außerdem wollte er mich auf Befehl der Mafia umbringen. Ich war nicht zu Hause, aber Kolumbus goss in meiner Wohnung die Blumen und er wurde von ihm angeschossen."

„Aber mir erzählte er was von Problemen mit dem Finanzamt, es ging um irgendwelche belanglosen Steuergeschichten."

Paul lachte kurz auf und mit einem sarkastischen Unterton sprach er leise:

„Erzählen und Geschichten, du sagst es doch selbst, er hat dir Märchen erzählt und dich reingelegt. Aber du bist nicht der Erste, auch ich bin schon auf ihn hereingefallen und habe viel Geld verloren. Was hältst du davon, wenn wir Luise einweihen, aus meinen Beobachtungen habe ich den Eindruck gewonnen, dass sie von so etwas Ahnung hat, vielleicht war sie vor ihrer Erbschaft bei der Polizei oder so ähnlich, allerdings redet sie darüber nicht. Aber dass sie kriminalistische Kenntnisse besitzt, konnte man bei unseren Spielebesprechungen bemerken. Oder wir schalten Kriminaloberrat Schlösser ein, falls dir das lieber ist. Dann stellen sich folgende Fragen: Erstens, ob die Polizei dich beschuldigt, und zweitens, ob sie dich vor der Mafia schützen kann, denn hier sehe ich die eigentliche Gefahr für dein Leben."

„Antonia glaubt mittlerweile auch, dass Luise früher bei der Polizei oder einem Geheimdienst arbeitete. Außerdem hat sie unheimlich schnelle Reflexe, zum Beispiel wie sie von ihr im Hauptbahnhof gerettet wurde. Letztens waren die beiden im Café, da stellte Antonia aus Versehen ihr Wasserglas viel zu nahe an die Tischkante und es rutschte herunter. Luise reagierte blitzschnell und schaffte es, das halbvolle Glas aufzufangen, bevor es auf dem Fußboden zerbrach.

Als meine Freundin mir das erzählte, sagte sie nur: Diese Reaktion ist unglaublich, ich habe meinen Augen nicht getraut! Paul, von mir aus hole sie bitte, sie ist bereits im Büro, vielleicht kann sie mir helfen."

Louisa hatte alles über die versteckte Abhörwanze mitgehört, das nächste Glas sollte sie besser fallen lassen. Paul klopfte an ihre Bürotür:

„Luise, kommst du bitte?"

Leo gestand den beiden seinen Betrug, aber jetzt hörte sich manches für Pauls Ohren noch schlimmer an wie in der Nacht vor der Gaststätte, als beide mehr oder weniger betrunken waren. Heute, im nüchternen Zustand, begriff er erst die ganze Tragweite der Geschichte. Trotzdem bemühte er sich, seinen aufsteigenden Zorn zu zügeln, was passiert war, konnte man nicht mehr rückgängig machen. Leo war der Versuchung erlegen, aber immerhin zeigte er jetzt Reue, das große Rad hatte sowieso dieser Betrüger Laufenberg gedreht. Der schaffte es immer wieder, das Vertrauen von braven Leuten zu gewinnen, um sie anschließend skrupellos hereinzulegen.

Erst jetzt bemerkte Louisa, dass niemand mehr redete und beide Männer sie erwartungsvoll ansahen. Sie durfte auf keinen Fall zugeben, dass sie zu dem bestohlenen Mafiaclan gehört, für Paul musste sie weiterhin die Rolle der geheimnisvollen Frau mit einer Art James Bond Hintergrund spielen.

„Was hältst du davon, Luise, kannst du Leo einen Rat geben, wie er einigermaßen unbeschadet aus der Sache herauskommt. Soll er zur Polizei gehen?"

„Wie ich das sehe", sie zog ihre Stirn in Falten, „ist das eine Grauzone. Ihr sagt ja selber, dass es schmutziges Mafiageld ist und wenn er Pech hat, werden diese Leute ihn umbringen, aber anzeigen werden sie Leo bestimmt nicht. Wenn aber die italienische Justiz von der Finanzaktion Wind bekommt, wird er ganz andere Probleme bekommen: Betrug, Geldwäsche, Unterstützung einer kriminellen Vereinigung. Leo dürfte es schwer fallen zu beweisen, wie er an das Passwort und an die Kontenliste der Mafia gekommen ist."

„Aber ich möchte das Geld doch wieder zurückgeben", äußerte sich Leo kleinlaut und naiv.

„So einfach ist das nicht", mischte sich Paul ein, „erstens gibt es in diesen Fällen Amtshilfe und wem willst du eigentlich die Millionen zurückgeben, vielleicht der Mafia? Darüber wird die Polizei bestimmt nicht glücklich sein."

Wie aufs Stichwort klopfte es an der Tür und Kriminaloberrat Schlösser betrat das Besprechungszimmer:

„Entschuldigung! Störe ich? Ich war gerade hier in der Gegend und wollte das Angebot von Herrn Naumann, dem Shootingstar der Games Designer, wahrnehmen und mir die Produktion eines Computerspiels anschauen."

Der Auftritt des Kriminalbeamten kam zur unpassendsten Zeit überhaupt. Paul, der den Störenfried am besten kannte, übernahm das Reden. Ein flüchtiger Blick zu Louisa verriet ihm, dass es in ihrer Situation nicht angebracht sei, jetzt mit dem Polizisten eine Unterhaltung zu beginnen. Mit ein paar freundlichen Worten komplimentierte er Herrn Schlösser wieder heraus, mit dem Versprechen, ihm eins der ersten Exemplare des Spiels „Colonia 2044" zu schenken.

Leo atmete erleichtert auf, als der Polizist endlich den Raum verließ:

„Das war knapp, danke Paul, dass du das geregelt hast. Wenn der Kriminalrat länger geblieben wäre, hätte ich mich vielleicht verplappert."

„Leo, kann gut sein, dass wir den Oberrat Schlösser noch brauchen", dämpfte Louisa ihren leicht euphorischen Vorredner, „aber erst müssen wir uns darüber einig sein, was wir vorhaben. Also ich bin dafür, dass Leo mit dem Mafia-Paar, das Paul in seiner Wohnung überfallen hat, einen Deal macht und Leo seinen Anteil wieder zurückgibt. Anschließend hetzen wir die beiden Helmut Laufenberg auf den Hals. Gut wäre es, wenn ich die Gespräche für dich führen dürfte. Meine Mutter war Südtirolerin und deshalb spreche ich ganz passabel italienisch, besser als unser Freund Paul."

Der sah sie verblüfft an, denn seit sie sich kannten, hatte er von ihr noch kein einziges Wort in Italienisch gehört, trotzdem sagte er nichts, denn Luise redete bereits weiter:

„Am besten ihr lasst mich machen. Ich gehe gerne in eine neapolitanische Pizzeria in Ehrenfeld, da verkehren auch einige Leute von der ehrenwerten Gesellschaft. Die sind immer sehr nett zu mir und wir wechseln ab und zu ein paar Worte, dort werde ich mal meine Fühler ausstrecken, als Frau ist das einfacher."

Nach zwei Tagen berichtete die brave Luise dem staunenden Paul, dass sie über ihre Bekannten aus der Pizzeria Kontakt mit der Mafia aufgenommen habe. Dabei lernte sie in dem Lokal auch den Boss des Pärchens kennen, das Paul gefoltert hatte. Angeblich sei das ein Irrtum gewesen und die beiden würden sich bei ihm entschuldigen, das sei eine Sache der Ehre.

Um Louisas Story noch glaubhafter zu machen, lauerten Pietro und Tiziana eines Abends Paul im Dunklen vor seiner Haustür auf, bei ihrem Anblick wurde ihm richtig mulmig. Das verging schnell, als die Folterer ihre Entschuldigung für das Waterboarding stammelten und danach reumütig von dannen schlichen. Fast taten ihm seine

Peiniger schon leid, nach ihrem Auftritt fühlte er sich deutlich besser und die Angst, dass er noch einmal gefoltert werden könnte, war wie verflogen.

Nach der Aktion wuchs bei Paul immer mehr der Verdacht, dass Luise irgendwelche Kontakte zur Unterwelt besaß, vielleicht war sie doch eine Undercover-Agentin, denn wie sollte sie das alles sonst so schnell organisiert haben? Außerdem musste er ihr noch etwas mitteilen:

„Luise, den Turm in der Maremma habe ich an eine italienische Schriftstellerin verkauft und notariell ist auch schon alles geregelt. Mein Makler in Italien hatte nach langer Suche doch noch eine Käuferin aufgetan. Tut mir leid, du hattest doch eine Bekannte, die sich dafür interessierte. So ein Wachturm in der Wildnis ist sehr speziell, und nur für jemanden, der Einsamkeit mag oder sich verstecken will, ich bin froh, dass ich das Ding los bin."

„Ist okay, ich hatte ganz vergessen, dir zu sagen, dass meine ruhesuchende Bekannte etwas in Norwegen gefunden hat", und Louisa dachte, wenn du wüsstest, wem dein Turm jetzt gehört.

Das hatte sie bereits voller Stolz Don Velatus erzählt, sie hatte den Sarazenenturm bei Talamone mit Hilfe eines Advokaten gekauft. Der Patron wusste, was er ihr bedeutete, bereits als sie den Turm in der Maremma zum ersten Mal sah, verliebte sie sich in das historische Bauwerk. Deshalb schenkte er ihr einst das alte Gemäuer als Bonus, weil sie ihm das Landgut De Moro beschafft hatte und sie dann nur ein paar Kilometer von ihm entfernt lebte. Damals wusste sie noch nicht, dass sie seine leibliche Tochter war, aber zu der erträumten heilen Welt kam es nicht, weil sein Imperium durch die italienische Justiz vernichtet wurde.

In Argentinien war Don Velatus inzwischen in seine neue, festungsartige Luxusvilla eingezogen. Sein hochgesichertes Domizil war mit allem erdenklichen Luxus ausgestattet, aber weil er in diesem Land zur Untätigkeit verbannt war, kam ihm seine neue Heimat wie ein Gefängnis vor.

So hatte er sich sein Exil nicht vorgestellt, was nutzte ihm die ganze Sicherheit, wenn er tatenlos herumsitzen musste, anstatt allmählich seine alten Geschäfte wieder aufzunehmen. In Absprache machte das jetzt seine Schwester, die Frau seines inhaftierten Stellvertreters in Neapel. Die versuchte die lukrative Falschgeldproduktion wieder zu starten, und was er so hörte, machte sie das gar nicht so schlecht.

Er wusste, dass der Fahndungsdruck der italienischen Strafverfolgungsbehörden gegen seine Person nachgelassen hatte, der Focus der Justiz lag jetzt auf den aktuellen Mafiaclans. Don Velatus wollte wieder aktiv werden, aber das konnte er nur in Europa, denn hier hatte er Verbindungen und kannte die Strukturen. Außer in Italien könnte er fast in jedem anderen Land untertauchen. In Deutschland besaß er noch die besten Verbindungen, und von hier aus wäre es am einfachsten, über seine alten Strukturen in der Heimat zu agieren. Einige seiner alten Geschäfte wurden allmählich wieder von Leuten seines Clans betrieben, aber alles lief auf Sparflamme. Er wusste, ohne ihn, den Patron vor Ort, war seine Mannschaft kopflos, es fehlte an Strategie, Koordination und Organisation.

Die Attacke auf seine Bankkonten war vermutlich eine posthume Rache seines Finanzmannes Monteverdi, der diesem Otter vielleicht irgendeinen Tipp hinterlassen hatte. Bei dessen Liquidierung war nicht alles so gelaufen wie geplant. Der alte Schlüssel mit dem Passwort war verschwunden und auch die Goldmünze mit der Nummer für ein Schweizer Konto, auf dem immerhin ein Drittel seines Notgroschens lag. Zumindest waren die restlichen zwei Drittel bei ihm und seiner unehelichen Tochter in Sicherheit. Aber gerade um die machte er sich Sorgen, nicht wegen des Geldes, nein, sie besaß die Ehre eines echten Mafioso, sondern um ihre Zukunft. Louisa, seine

„gatta rossa" hatte er in sein Herz geschlossen, aber sie war ihm zu selbstständig geworden, so wie Katzen nun mal sind, sie haben einen eigenen Kopf und lassen sich nicht an die Leine nehmen.

Kapitel 28 Don Velatus

An einem lauen Abend saß Don Velatus auf seiner Terrasse und genoss bereits das dritte Glas Primitivo, er mochte die Aromen des vollmundigen Rotweins. Diese früh reifende Weinrebe, daher der Name Primo, gab es in seiner Heimat seit 3.000 Jahren. Bei dem Gedanken an den Süden Italiens wurde ihm schwer ums Herz. In dieser melancholischen Weinstimmung erinnerte er sich wieder einmal an seine große Jugendliebe und die Ähnlichkeit ihrer gemeinsamen Tochter mit ihr.

Er dachte in letzter Zeit oft an seine Tochter und wurde dabei sentimental, wie mag es ihr in Köln ergehen, sie erzählte ihm auch nicht alles, auch dass sie wegen der Münze in die ehemalige Wohnung von Monteverdi eingebrochen war, wusste er nur von Enzo. Auch ihre Nähe zu dem Gutsbesitzer-Ehepaar Otter und de Moro gefiel ihm überhaupt nicht, dadurch bestand immer die Gefahr, dass sie als Mafiamitglied enttarnt wurde und dann in die Mühlen der Justiz geriet. Dazu kamen die Probleme mit ihrem ehemaligen Strohmann Laufenberg, dem Louisa auf den Fersen war, weil er eines seiner Offshore Konten leergeräumt hatte.

Was er in dem Zusammenhang hörte, beunruhigte ihn sehr, das Kind riskierte zu viel. Wenn er Louisa richtig verstanden hatte, wollte sie den Betrüger Laufenberg benutzen, um den anderen Ganoven, den Computerfachmann aus ihrer Firma, reinzuwaschen. Er fand, dass seine Tochter zu emotional handelt, dadurch konnten ihr schnell Fehler unterlaufen. Don Velatus hatte ein ungutes Gefühl und spontan fasste er den Entschluss, für ein paar Tage nach Europa zu fliegen, allein wäre es am unauffälligsten. Bei den Behörden war sein Gesicht unbekannt und die echten Papiere stammten von einem bestechlichen Beamten eines Passamtes. Dazu gab es in Köln noch den Getreuen Enzo Baldo mit seinen Leuten, der hatte ja auch vorübergehend seinen Neffen unter die Fittiche genommen.

Der Patron rief Enzo in Deutschland an und teilte ihm seine Ankunft am Flughafen Köln-Bonn mit. Seine Leibwächterin Tiziana sollte ihn abholen. Auf der Fahrt in die Stadt brachte Tiziana ihren Boss in der Abbuchungsaffäre auf den neusten Stand, sie erwähnte auch, dass momentan Louisas Wiederbeschaffungsaktion gegen den Rädelsführer der Kontoplünderer lief. Louisa wollte mit diesem Herrn Otter sowie mit der Unterstützung von Enzo Baldo, den Finanzbetrüger Laufenberg in flagranti erwischen und ihn zwingen, das gestohlene Geld zurückzuzahlen. Nach ihrer Aktion würde Louisa zu ihrem Vater ins Hotel kommen. Vorher sollte ihn dort sein Neffe Pietro begrüßen und ihm Gesellschaft leisten. Neugierig auf Louisas Aktivität geworden, stellte Don Velatus seiner Fahrerin noch einige Fragen, dann befahl er in einem Ton, der keinen Widerspruch zuließ:

„Bring mich sofort zu meiner Tochter in diese Ehrenstraße, oder wie auch immer die Straße heißt! Ich bin nicht zum Warten über den Atlantik geflogen. Tiziana, ehe ich es vergesse, erinnere mich daran, dass ich die überfälligen Gelder für Neapel anweise, vor meinem spontanen Abflug bin ich nicht mehr dazu gekommen."

Sie fuhren mit dem Auto in die Nähe von Laufenbergs Haus, parkten versteckt in einer Nebenstraße und gingen zu Fuß weiter. Hier in die Ehrenstraße hatten die beiden Kontoräuber aus Leos Wohnung den Superrechner des ermordeten Monteverdi transportiert. Mit Sichtkontakt zu diesem Haus bezog Enzo Baldo Position, zwei seiner Leute warteten bereits im Keller auf ihre Befehle.

Laufenberg hatte Leo erpresst, damit er mit seinem technischen Know-how weitere Offshore Konten für ihn leerräumen würde. Aber der Computermann sperrte sich, er hatte sich verführen lassen und damals die Tragweite seiner Entscheidung nicht bedacht. Jetzt musste er noch einmal mitmachen, aber einen Anteil an der Beute würde er ablehnen, denn er wollte kein Dieb mehr sein. Außerdem wusste er von Paul, dass es sich um schmutziges Mafiageld handelt, und damit wollte er nichts mehr zu tun haben.

Nachdem Louisa in sein Problem eingeweiht war, hatte sie das Kommando übernommen. Sie überlegte sich einen Plan, wie ihr Geschäftspartner Leo trotz seiner kriminellen Banküberweisungen ohne Polizei und, vor allem ohne Schwierigkeiten mit der Mafia zu bekommen, einigermaßen ungeschoren davonkam. Don Velatus hatte sich von Louisa unter der Bedingung breitschlagen lassen, die Übeltäter nicht zu bestrafen, wenn er das gestohlene Geld zurückbekäme. Für die Transaktion bekam Louisa die Kontonummer einer Offshore Bank, dorthin würde Leo sein gestohlenes Geld überweisen. Aber wie konnte man erreichen, dass auch Helmut Laufenberg seinen Anteil zurückgab? Ihr Plan war, die Geldgier des Finanzbetrügers zu nutzen, denn der wollte unbedingt mit Leos Hilfe weitere Konten plündern und dabei würden sie ihn in flagranti erwischen und unter Druck setzen.

Wie unter den beiden Kontoräubern abgesprochen, fuhr der Computermann zu dem Termin in die Ehrenstraße, wo jetzt der Rechner von Monteverdi in Laufenbergs Unterschlupf stand. Aber Leo war nicht allein, er wurde von seinen beiden Geschäftspartnern Luise und Paul begleitet. Louisa hatte vorher erfolglos versucht, Paul davon abzuhalten an ihrer Aktion teilzunehmen, aber er ließ sich nicht abwimmeln. Denn sie konnte sich nicht vorstellen, dass Laufenberg ohne Druck seinen Anteil herausrückte. Deshalb hatte sie bereits weitere Maßnahmen vorbereitet, um dem Betrüger die Herausgabe des Geldes zu erleichtern, aber das durften ihre Begleiter vorher nicht wissen.

Bei mittäglichem Sonnenschein klingelte Leo an Helmuts Haustür. Das Türschloss surrte und der Computermann konnte ins Treppenhaus eintreten, seine Begleitung wartete erst einmal auf der Straße. Am elektrischen Türöffner schob er den kleinen Metallhebel nach oben und hob damit die Sperrfunktion des Schlosses auf, nun konnte man die Tür ohne Schlüssel öffnen. Zwei Stufen auf einmal nehmend eilte er die Treppe hinauf, auf der zweiten Etage wurde Leo bereits an der offenen Wohnungstür erwartet.

„Komm schnell herein. Schön, dass du pünktlich bist, Leo", säuselte Helmut Laufenberg, er bemühte sich, gut Wetter zu machen, denn er wusste, ohne den Computermann lief gar nichts.

Kurz nach ihm schlüpften Louisa und Paul durch die angelehnte Haustür und warteten, bis es im Flur ruhig wurde, danach schlichen sie nach oben in den dritten Stock. Hier im Treppenhaus harrten sie der Dinge, ihr Ziel bestand darin, Laufenberg in flagranti zu erwischen und ihn zu zwingen, seine ergaunerten Millionen wieder herauszurücken. Louisa hörte über Leos Mikrofon, wie sein Compagnon sagte:

„Leo, ich verspreche dir, dass nach den heutigen Abbuchungen der Rechner verschrottet wird."

Seinem Versprechen würde Laufenberg gern selber glauben, aber wenn er ehrlich zu sich war, wusste Helmut, dass er in Wahrheit nicht die moralische Kraft besaß, der Versuchung zu widerstehen, falls sie heute wieder Erfolg hatten. Als Spieler durfte man bei so einer Glückssträhne nicht einfach aufhören, damit würde er Fortuna erzürnen und das könnte man von ihm nicht erwarten.

Der Rechner war angeschlossen und stand bereits auf dem Esstisch, die lichtdichten Rollos waren elektrisch heruntergefahren, deshalb musste die Zimmerbeleuchtung eingeschaltet bleiben. Niemand konnte hereinschauen, die Verdunkelungen hatte der Vermieter in allen Wohnungen montieren lassen, weil nachts die Reklamebeleuchtung der Einkaufsstraße die Bewohner störte. Was Laufenberg nicht wusste: Louisa hatte den Computermann verkabelt, daher konnte sie eine Etage höher alles mithören. Das machte sicherheitshalber auch Enzo, der Statthalter von Don Velatus, draußen in seinem Auto, um im Notfall eingreifen zu können. Versteckt warteten in der Nähe jedoch auch noch ganz andere Leute, die ebenfalls die Frequenz von Louisas Sender abhörten, aber diese heimlichen Mithörer hatte keiner der Akteure auf dem Plan.

„Komm, lass uns jetzt sofort anfangen", drängte Leo und begann die Kontenliste der Reihe nach abzuarbeiten. Nach drei Fehlversuchen fand er auf seiner Liste wieder eine Bank, die sein Passwort akzeptierte. Die Erfolgsmeldung verkündete er laut und deutlich, damit seine Freunde über Funk es nicht überhören konnten. Helmut neben ihm war überglücklich, jetzt konnten sie das nächste Mafiakonto abräumen, denn er wusste nichts von Louisas Plan.

Der sah vor, dass Enzos Leute auf ihr Kommando hin die Stromleitung von Laufenbergs Wohnung unterbrachen, und zwar kurz bevor die Geldräuber durch eine neue Überweisung ein weiteres Konto leerräumen konnten. Als Elektriker der Kölner RheinEnergie getarnt, hatten sie sich Zugang zum Keller des Wohnhauses beschafft und Stellung vor dem Sicherungs- und Zählerkasten bezogen. Als sie von Louisa über Funk die Anweisung erhielten, drehten sie die Hauptsicherung für die Wohnung heraus. Nur oben bei Helmut und Leo wurde es dunkel und auch der Rechner funktionierte nicht mehr.

Helmut reagierte panisch, sie waren doch fast am Ziel:

„Was ist denn das jetzt, hast du mit dem Rechner einen Kurzschluss verursacht? Leo, mach was!"

„Ich kann nichts dafür, der Strom ist ausgefallen! Der Rechner besitzt keinen Akku, das ist kein Laptop. Wir müssen abwarten, bis der Strom wieder da ist, aber vielleicht ist nur eine Sicherung durchgebrannt. Helmut, fahr die Rollos hoch und schau nach draußen, ob in den Geschäften noch Licht brennt. Stopp, es ist ja noch heller Tag, gehe bitte mal in den Hausflur und drücke die Treppenhausbeleuchtung".

Der tastete sich im Dunklen Richtung Wohnungstür, als er sie öffnete, fiel Licht in seinen Flur und er sah die lange amerikanische Polizeistablampe auf dem Schuhschrank, die immer schon dort lag.

„Das Licht im Hausflur geht", rief Helmut und griff sich die Taschenlampe, „ich lauf mal schnell runter in den Keller, da muss irgendwo der Sicherungskasten sein."

Eine Etage höher vom Treppenabsatz, beobachteten Paul und Louisa, wie sich Laufenberg auf den Weg in den Keller machte. Nun schlichen sie sich hinunter in seine Wohnung, hier wartete Leo mit dem Rechner auf sie.

Enzos Leute erwarteten den Finanzbetrüger im Keller, er würde bestimmt nach den Sicherungen sehen. Hier unten würden sie ihm seine ungünstige Situation mit leichter Gewalt deutlich machen. Das war nichts für die schwachen Nerven ihrer beiden Geschäftspartner von „69-four", deshalb war das von Louisa so geplant, denn ohne Druck würde Laufenberg das Geld kaum wieder herausrücken. Nach der Behandlung im Keller würden die „Elektriker" den Dieb wieder in seine Wohnung bringen und er bekäme Gelegenheit, sein ergaunertes Geld direkt auf ein vorbereitetes Konto von Don Velatus zu überweisen. Falls er immer noch nicht einsichtig wäre, müsste man andere Maßnahmen ergreifen. Hierbei dachte Paul an die Polizei und Louisa an schmerzintensivere Methoden, für diesen Fall wartete Enzo vor der Tür, aber es kam ganz anders.

Noch während Laufenberg auf dem Weg in den Keller war, ging Tiziana mit Don Velatus die kleine Einkaufsstraße entlang zu dem gleichen Wohnhaus.

Aus einem unauffällig abgestellten Pkw beobachteten Enzo mit falschem Hipster Bart und sein Begleiter das Haus, in dem Laufenberg überführt werden sollte. Auf dem Bürgersteig der Einkaufsstraße erweckte ein ungeduldiger älterer Herr mit einer jungen Frau seine Aufmerksamkeit, weil der sich besonders rüde durch die gemütlich flanierenden Passanten drängte. Auf einmal erkannte Enzo die beiden und traute seinen Augen nicht, verblüfft rammte er seinem überraschten Beifahrer den Ellenbogen in die Rippen:

„Das ist Tiziana! Moment mal, der Mann daneben, Heilige Mutter Gottes, das ist doch unser Patron. Verdammt, was machen die hier? Der müsste nach seinem Flug eigentlich im Hotel sitzen und dort auf uns warten."

Die beiden verschwanden ausgerechnet in dem Gebäude, das von Enzo beobachtet wurde. Kurz bevor sich hinter dem Paar die Tür schloss, sah er noch, wie sie ihm eine Pistole zusteckte.

Im Keller traf Helmut Laufenberg auf die beiden Elektriker. Überrascht hob einer seine Waffe, doch Helmut war schneller und schlug mit voller Wucht seine lange Taschenlampe auf den Arm des Mannes. Der Revolver fiel zu Boden, dadurch löste sich ein Schuss. Den lauten Knall hörte man im ganzen Gebäude und auch draußen. Im Haus reagierte keiner, anscheinend war niemand anwesend. Nur die drei in Laufenbergs Wohnung zuckten zusammen und Louisa wusste, dass irgendwas schiefgelaufen war. Sie lief ins Treppenhaus, sah nichts, spürte aber die Gefahr, diese Fähigkeit musste ein Erbe ihres Vaters sein. Sie drehte um und verkündete Paul und Leo:

„Wir müssen hier schnell weg, unten stimmt was nicht. Ich habe mir das Haus vorher angesehen und einen Fluchtweg entdeckt."

Leo reagierte, indem er sofort damit begann seinen Kram einzusammeln und die Kabel vom Rechner zu trennen.

Noch lauter hörten der Patron und Tiziana den Schuss, denn sie hatten gerade im Erdgeschoß den Hausflur betreten. Die Leibwächterin deutete stumm nach unten und entsicherte ihre Waffe. Dann stellte sie sich vor die Kellertür, aber Don Velatus drängte Tiziana zur Seite, um selbst zu öffnen. Wild entschlossen rannte er die Treppe hinunter, seine Leibwächterin folgte ihm. Als sie unten ankamen, war das Problem bereits gelöst, Helmut Laufenberg saß mit Kabelbindern gefesselt auf dem Fußboden und einer von Enzos Leuten hielt sich seinen schmerzenden Arm fest.

Draußen, in dem als Lieferwagen getarnten Bulli der Polizei-Einsatzleitung, wurde der Schuss auch gehört. Hier saß unter anderem

Oberkriminalrat Schlösser und nickte dem Leiter des mobilen Einsatzkommandos zu, der erteilte seinen Leuten den Befehl:

„Zugriff."

Aufgeregt fragte währenddessen der Patron im Keller:

„Wo ist Louisa?"

„Die wird jetzt mit den beiden Deutschen oben in seiner Wohnung sein", antwortete einer von Enzos Leuten und deutete auf Laufenberg, „wir behandeln ihn noch ein wenig und bringen ihn dann hoch."

Auf einmal hörte man im Erdgeschoss Holz splittern.

Don Velatus vermutete Gefahr und rannte die Kellertreppe wieder hinauf, seine Leibwächterin ihm nach, dabei gab sie den beiden Leuten von Enzo Baldo ein Zeichen, ihnen zu folgen. Als sie mit gezückten Waffen im Hausflur ankamen, stürmte von der anderen Seite ein martialisch aussehendes Spezialeinsatzkommando in das Treppenhaus. Vorher hatten die Polizisten die unverschlossene Haustür mit einer Ramme geöffnet.

Für einen Augenblick standen sich beide Gruppen gegenüber, dann sprangen alle in Deckung, der SEK-Zugführer forderte unmissverständlich vom Gegner:

„Waffen runter!"

Der Clanchef der Camorra zögerte ein wenig zu lang, dies verstand einer von Enzos Männer falsch und schoss ungezielt in Richtung Hauseingang, um die Angreifer auf Distanz zu halten. Ab jetzt lief alles mehr oder weniger automatisch, aus der Deckung heraus schoss jeder auf den Gegner, Querschläger surrten durch die Luft. Die Feuerkraft der hochgerüsteten Spezialbeamten ließ aber keinerlei Zweifel an, wer letztlich hier die Oberhand besaß.

Durch den massiven Einsatz des SEKs war die Situation im Keller wesentlich ungemütlicher geworden. Trotzdem schafften es Enzos Männer mit ihren Pistolen die Einsatzkräfte der Polizei daran zu hindern weiter ins Haus vorzudringen, aber lange würden sie dem Beschuss nicht mehr standhalten. Don Velatus lief im Keller wie ein im Käfig gefangener Tiger hin und her, dabei wäre er fast auf den an Händen und Füßen gefesselten Laufenberg getreten, der mittlerweile ängstlich in einer Kellerecke lag. Verärgert über die Situation sah er zu seiner Leibwächterin herüber, währenddessen sie ihre Smith und Wesson nachlud, dann sagte er:

„Tiziana, wir müssen hier schnell heraus, das ist eine Mausefalle, gibt es einen Kellerausgang?"

Erst jetzt bemerkte seine Leibwächterin, dass sich sein Hemd immer mehr rot färbte, er blutete stark. Sie deutete auf den größer werdenden Fleck, aber der Patron schüttelte den Kopf, deshalb erläuterte Tiziana ihren Fluchtplan: .

„Patron, das Gebäudes ist bestimmt umstellt, ich kenne den Notfallplan von Louisa, der Fluchtweg führt über den Dachboden ins Nachbarhaus. Wir haben nur einen Versuch, um den Hausflur zu überqueren und zur Treppe zu gelangen", dabei nahm sie eine Blendgranate aus ihrer Handtasche. Dann wies sie Enzos Männer an, aus der Kellertür heraus Feuerschutz zu geben. Die Leibwächterin warf die Blendgranate Richtung Hauseingang und überquerte sofort mit Don Velatus den Flur. Für das SEK-Kommando befanden sie sich nun im toten Winkel des Hausflurs, von hier stiegen sie die Stufen hinauf zum Dachboden. Währenddessen schossen Enzos „Elektriker" ihre Magazine leer, aber wegen der überlegenen Feuerkraft der Einsatzkräfte gab es für sie keine Chance, den Keller lebend zu verlassen und sie kapitulierten, als sie das Gefühl hatten, dass Don Velatus im Treppenhaus auf dem Weg nach oben war.

Natürlich war die Schießerei in Laufenbergs Wohnung im zweiten Stock nicht zu überhören und sofort drückte Louisa aufs Tempo:

„Wir müssen schnell weg, lass den Kram hier Leo, du kannst die Kiste nicht mitschleppen. Beeilung!"

Daraufhin riss er ein Elektronikmodul aus dem Computer-Rack und steckte es in seine Hosentasche. Zur Überprüfung der Situation eilte Louisa hinaus in den Hausflur, dann stürmte sie zurück und rief laut:

„Wir müssen hier weg. Los, los, mir nach, wir flüchten über den Dachboden!"

Sie rannte die Treppe hinauf und die beiden Männer hinter ihr her. Als sie an der Dachbodentür ankamen, explodierte unten im Erdgeschoß eine Blendgranate. Bei dem lauten Knall musste Louisa an Tiziana denken, aber das konnte sie unmöglich sein, denn die saß längst mit dem Patron im Hotel und trank Kaffee.

Der Dachboden wurde als Trockenraum genutzt, an gespannten Wäscheleinen hangen Bettwäsche und Babysachen. Zielstrebig lief Louisa zur Wand des Nachbarhauses, hier verband eine graue Brandschutztür die beiden Häuser. Mit einem Dietrich öffnete sie das einfache Schloss. Im Nachbarhaus rannten sie die Treppe hinunter bis zu einem Fahrradkeller. Hier gab es einen Ausgang zu einem gepflasterten Hinterhof, den überquerten sie bis zu einem kleinen Tor, dann standen sie auf einer ruhigen Nebenstraße. Bis hierher hatten sie es unbemerkt geschafft, nun trennten sich ihre Wege. Louisa verabschiedete sich von den beiden, denn sie wollte wissen, warum die Polizei hier war und wie es zu der Schießerei kam, gab es vielleicht einen Verräter? Leo und Paul machten sich unauffällig auf den Weg durch die Innenstadt zu ihren Wohnungen in der Severinstraße.

Kurz nach Louisas Team hatte sich Don Velatus trotz seiner Verletzung mit letzter Kraft die Treppe zum Dachboden hinauf gequält. Er folgte mit Tiziana dem Fluchtweg seiner Tochter, also mussten auch sie im Nachbarhaus die Treppen wieder heruntersteigen. Seine Leibwächterin bemerkte, dass ihr Boss durch seine Verletzung immer schwächer wurde, sie musste sich unbedingt etwas einfallen lassen. Sie würde mit Waffengewalt Mieter zwingen, ihnen so lange Unterschlupf zu gewähren, bis der Polizeieinsatz beendet war. Sie klingelte an der erstbesten Wohnungstür, und da geschah etwas für Tiziana vollkommen Überraschendes, womit mit sie nicht im Geringsten gerechnet hatte. Ein junges Paar öffnete, und der langhaarige Mann im Che Guevara-T-Shirt deutete in die Einraumwohnung:

„Kommt schnell herein! Ihr seid auf der Flucht? Die Bullen sind überall."

Es waren Studenten, die sie mit offenen Armen empfingen, die jungen Leute hatten aus ihrem Fenster den SEK-Einsatz im Nebenhaus beobachtet. Der martialische Auftritt der Polizei bestärkte die Pazifisten in ihrem abgrundtiefen Hass auf die Obrigkeit, eigentlich auf den gesamten Staat. Dass die „Bullenschweine" jetzt auch noch verletzte Ausländer jagten, war das allerletzte, und als der arme Mann mit seiner Begleiterin vor der Wohnungstür stand, war es für sie keine Frage, man musste ihnen helfen.

Wenig später gingen Beamte von Wohnung zu Wohnung und erkundigten sich, ob jemand Fremde gesehen habe. Die Studenten gaben den Polizisten treuherzig Auskunft:

„Bei uns war niemand".

Tiziana machte sich wegen Don Velatus Schussverletzung ernsthafte Sorgen, weil er zusehends schwächer wurde, aber einen Arzt lehnte er kategorisch ab. Er wusste nicht, was die Kugel in seinem Körper alles zerstört hatte, aber der Schmerz war noch erträglich, trotzdem ahnte er, dass es dem Ende zuging.

Sterbende hat er im Laufe seiner Karriere schon oft gesehen, aber dass auch sein Leben endlich ist, darüber hatte er sich bisher keine Gedanken gemacht, schließlich war er doch der Patron und kein normaler Sterblicher. Er kam ins Grübeln, sein Lebensweg war nicht gradlinig verlaufen. Er hatte manche Abkürzung genommen und war dabei oft falsch abgebogen, aber trotzdem, oder gerade deshalb, wurde aus dem Kleinkriminellen der mächtige Patron. Er war Don Velatus, und der konnte doch nicht sterben wie jeder andere auch.

Da gab es noch etwas, über das nur sein Finanzmann Monteverdi Bescheid wusste, den musste er ja leider aus Sicherheitsgründen ausschalten lassen, so waren nun einmal die Regeln. Deshalb weihte er Louisa über seine Kriegskasse in der Schweiz ein. Hoffentlich erinnerte sich Louisa daran, wenn der Notfall eintrat, sicherheitshalber instruierte er seine Leibwächterin:

„Tiziana, sorge dafür, dass Louisa mein Amulett bekommt, es geht um das Überleben unseres Clans. Ich verlasse mich ganz auf dich, erinnere sie daran, dass hinter jeder Münze ein Drittel der Kriegskasse steht. Sie soll nach Luzern zu den Privatbankiers Rütli & Co fahren, sie weiß, was dort zu tun ist. An das letzte Drittel kommen wir nicht, der Zugang ist nur über Monteverdis Münze möglich, und die ist immer noch verschollen. Louisa soll noch einmal suchen, vielleicht findet sie die noch. Hast du alles verstanden Tiziana?"

Kapitel 29 Sterben

Louisa war enttäuscht, dass ihr Plan durch den brachialen Polizeieinsatz gestört wurde, wie war es dazu gekommen? Um dies zu erfahren, ging sie um den gesamten Häuserblock herum, zurück zur Ehrenstraße. Dort war Laufenbergs Wohnhaus mittlerweile von Ordnungskräften abgeriegelt. Durch das Spektakel angelockt, hatte sich vor dem Rot-Weißen-Absperrband eine neugierige Menschmenge versammelt. Optisch leicht verändert mischte sich Louisa unauffällig unter die Leute und beobachtete, dass dieser Helmut Laufenberg und auch Enzos sogenannte Elektriker im Polizeiwagen abtransportiert wurden. Sie konnte sich nicht vorstellen, dass Enzos Leute mit ihren Berettas 92 so ein Feuerwerk ausgelöst hatten. Außer mehreren Sturmgewehren war bei dem Schusswechsel auch eine Smith & Wesson zu hören, aber die benutzte die Polizei sicher nicht. Weil sie selber eine besaß, kannte sie deren Sound nur zu gut, aber wer hatte damit geschossen? Sie rief Enzo an:

„Hallo Enzo, wo seid ihr, wo steht euer Auto?"

„Louisa, wir standen bis eben in der Ehrenstraße und haben das Haus überwacht, wo ihr diesen Finanzbetrüger hereinlegen wolltet. Da taucht plötzlich Don Velatus mit seiner Leibwächterin Tiziana auf und die gingen ebenfalls in das Gebäude. Kurz danach hörte man einen Schuss, und wie aus dem Nichts tauchte Spezialpolizei auf. Die stürmten in das Haus und sofort begann die Ballerei. Bei dieser Übermacht konnten wir dem Patron nicht helfen und haben uns abgesetzt."

„Langsam", unterbrach ihn Louisa, „was hatte der Patron denn hier zu suchen? Er sollte doch vom Flughafen direkt ins Hotel gebracht werden, dort war er auch sicher."

„Sorry. Ich hatte ihm vorgestern von deinem Wiederbeschaffungsplan des Bahamas-Geldes erzählt, er will immer wissen, was du machst. Wie du weißt, hat er sich spontan zu einem Besuch in

Köln angemeldet, aber vorher nicht gesagt, dass er bei deiner Aktion persönlich dabei sein will. Ich glaube, er hat Angst um dich, seine Beraterin. Tut mir leid, dass ich ihm das von deinem Plan erzählt habe," brummelte Enzos einerseits verlegen, andererseits verärgert ins Telefon.

Louisa entfernte sich von der Absperrung, um ihn besser zu verstehen:

„Also, Enzo pass auf, Laufenberg und deine beiden Leute sind verhaftet worden, einer davon hat den Arm verbunden. Aber weder vom Patron noch von seiner Leibwächterin war bisher etwas zu sehen, irgendwann müssten sie doch wiederauftauchen, so oder so, noch nicht einmal ein Krankenwagen ist bisher hier vorgefahren. Wenn du die beiden nicht selber gesehen hättest, würde ich daran zweifeln, dass die beiden hier sind. Oder sie haben den gleichen Fluchtweg genommen wie wir, Tiziana könnte ihn gestern Abend bei unserer Besprechung aufgeschnappt haben. Wenn dem so ist, haben sie sich auch über das Nachbarhaus in Sicherheit gebracht und werden sich bestimmt gleich bei dir melden. Ruf mich bitte sofort an, solange warte ich hier."

Während das kriegerisch wirkende Sondereinsatzkommando abrückte, betraten irgendwelche Spurensicherer das Haus und die Schutzpolizei entfernte ihre Absperrungen. Das bedeutete, die Gefahr war vorbei und damit sank der Unterhaltungswert für die sensationsgierige Meute. Viel war für die neugierigen Gaffer nun nicht mehr zu sehen und enttäuscht setzten die Zuschauer ihre Einkäufe fort. Die Spezialkräfte waren abgezogen, nur noch zwei Streifenpolizisten patrouillierten gelangweilt vor dem Haus. Um bei ihrer Beobachtung des Gebäudes nicht aufzufallen, bummelte Louisa an den Schaufenstern entlang die Straße rauf und runter. Im Vorbeigehen schnappte sie ein Gespräch der beiden Ordnungshüter auf:

„Unsere Leute verfolgten Blutspuren vom Dachboden bis nebenan ins Nachbarhaus, dort wurden alle Hausbewohner befragt.

Zeugen haben beobachtet, wie zwei unbekannte Männer und eine Frau quer über den Hinterhof gerannt sind, von dort kommt man durch ein Tor auf die dahinterliegende Parallelstraße. Die sind längst über alle Berge und der Schlösser ist mächtig sauer."

Nun machte sich Louisa Sorgen, die Leute mussten sie mit Paul und Leo gesehen haben, aber von ihnen war keiner verletzt. Doch wo blieben Don Velatus und Tiziana, war ihnen etwas passiert?

Tatsächlich saßen die beiden immer noch in der Wohnung des Studentenpaars fest, denen es ein gutes Gefühl gab, gejagten Staatsopfern Asyl gewähren zu können. Hier waren sie auf ihrer Flucht für den Moment sicher, denn die verhasste Polizei gehörte zum Feindbild ihrer Gastgeber. Die junge Soziologiestudentin machte sich bereits Gedanken:

„Ihr könnt noch nicht abhauen, einige Bullen sind immer noch im Nachbarhaus. Von uns aus könnt ihr hier warten, bis die weg sind. Problem ist nur die Wunde. Ich schätze, ihr wollt nicht ins Krankenhaus, aber wir haben einen Freund, der ist auf unserer Seite und studiert Medizin. Der wohnt gleich hier um die Ecke, wenn ihr wollt, rufe ich ihn sofort an."

Dem angehenden Arzt fehlte es noch an Fachkenntnissen und vor allem an Erfahrung. Aber in diesem Fall erkannte der Medizinstudent sofort, dass der Zustand des Patienten äußerst bedenklich war.

„Der Mann muss schnellstens ins Krankenhaus! Da führt kein Weg dran vorbei."

Louisa wollte gerade den Ort ihrer misslungenen Aktion verlassen, da sah sie, wie ein Rettungswagen mit eingeschaltetem Blaulicht und Martinshorn das Nachbarhaus ansteuerte. Die beiden Streifenpolizisten leisteten den Rettungskräften eifrig Amtshilfe, indem sie den Straßenverkehr für sie stoppten. Kaum stand der Notarztwagen, eilten drei Sanitäter mit einem Notfallrucksack nebenan in das Gebäude. Deshalb konnte der Einsatz nichts mit Don Velatus zu tun haben, aber Louisa atmete auf und wartete weiter. Nach einer Weile trugen Sanitäter jemanden auf einer Trage aus dem Nachbarhaus, den sie nicht erkennen konnte und zu Louisas Überraschung folgte ihnen Tiziana. Wieso kam sie aus diesem Gebäude und wer wurde abtransportiert? Dann stieg Don Velatus Leibwächterin auch noch mit in den Krankenwagen und mit Blaulicht fuhren sie davon. Die beiden Streifenpolizisten gaben den Verkehr wieder frei.

Sofort rief sie Enzo Baldo an und der machte den Vorschlag:

„Die fahren bestimmt in die Uni-Klinik, wir werden Kontakt mit Tiziana aufnehmen. Ich melde mich, sobald ich etwas weiß."

In der Ehrenstraße passierte nichts mehr, dann meldete sich Enzo wieder:

„Louisa, ich konnte aus dem Krankenhaus nur erfahren, dass er notoperiert wird, anscheinend war es für den Don allerhöchste Zeit. Wir müssen unbedingt Tiziana aus der Schusslinie holen, bevor sie sich noch verplappert. Louisa, kannst du das nicht übernehmen, meine Leute und ich werden uns um Laufenberg kümmern, der singt sonst bei der Polizei. Der Typ ist ein Waschweib und weiß zu viel."

„Ist gut, ich fahre in die Klinik."

Louisa fand Tiziana im Wartebereich der Notaufnahme, sie schilderte, dass der Patron angeschossen wurde. Er habe unbedingt zu den Computerleuten gewollt, die sein Konto geplündert hatten, obwohl Louisas Aktion bereits lief. Warum er dabei sein wollte, wusste sie nicht.

„Ora é meglio che io prendo redini di questo ospedale, *(Besser ich übernehme jetzt hier im Krankenhaus)*", sagte Louisa leise zu Tiziana auf Italienisch, „forse un altro ti conosce? *(vielleicht hat dich jemand erkannt?)*"

Tiziana zögerte, griff in ihre Jackentasche und zog dann die geschlossene Faust wieder heraus:

„Ich muss dir vorher noch etwas vom Patron geben, steck es weg. Ich soll dich auch noch daran erinnern, dass die drei Anhänger oder Münzen die Schlüssel zur Kriegskasse sind, jede zu einem Drittel. Hier, ich soll dir sein Goldstück geben, eine hast du und die Dritte besaß sein Finanzmann Monteverdi. Ich hoffe, das alles sagt dir was, ich kann mit der Information nichts anfangen."

Louisa öffnete ihre Handtasche und Tiziana ließ diskret die Kette samt Anhänger hineingleiten.

In diesem Moment betrat ein grauhaariger Arzt das Wartezimmer und warf einen suchenden Blick in den Raum, dann ging dann schnurstracks auf Tiziana zu:

„Sie gehören zu Herrn Sutalev, dem Mann mit der Schussverletzung? Ich meine, dass ich Sie vorhin gesehen habe, als er eingeliefert wurde."

Unter diesem Namen hatte Tiziana den Patron am Flughafen abgeholt, jetzt musste sie weiter die Begleiterin spielen und stupste nebenbei Louisa an, damit die unauffällig verschwand. Der Arzt stellte sich vor und fragte die junge Frau nach dem Beziehungsgrad mit dem eingelieferten Patienten. Mit Nichte gab er sich zufrieden:

„Frau Sutalev, ihrem Onkel wurde eine Revolverkugel aus der Brust entfernt. Das Projektil ist leicht verformt, also ein Querschläger, es könnte nach dem Kaliber und der Art aus einer Polizeiwaffe stammen. Eine Arterie des Patienten ist verletzt, die Wunde konnten wir schließen, aber noch liegt er in Narkose. Er hat unverschämtes Glück gehabt und kommt wieder auf die Beine. Morgen wird er auf die chirurgische Station verlegt, und jetzt benötigt er viel Ruhe. Wissen Sie, was passiert ist? Wir sind verpflichtet, bei Schusswaffenverletzungen die Polizei zeitnah zu informieren.

Vor der Klinik wartete Louisa auf die Leibwächterin und ließ sich von ihr auf den neusten Stand bringen, danach rief sie Don Velatus Statthalter in Köln an und schilderte ihm die Situation, Enzo wusste sofort, was zu unternehmen war:

„Don Velatus muss so schnell wie möglich aus dem Krankenhaus heraus, bevor ihn die Polizei erkennungsdienstlich behandelt und er enttarnt wird. Die Carabiniere haben in seiner Villa in Neapel bestimmt DNA-Spuren gesichert. Wenn seine Identität bekannt wird, erhält die Schießerei in der Ehrenstraße einen anderen Stellenwert. Er würde verhaftet und nach Italien ins Gefängnis abgeschoben werden. Also, der Patron muss aus dem Krankenhaus, bevor Kriminalbeamte ihn befragen können. Du sagst, dass man ihn morgen auf die normale Station verlegt, dann wird dort bald die Polizei auftauchen. Nur wo bringen wir ihn unter, bis er wieder auf den Beinen ist?"

„Mein Vater kann natürlich zu mir, meine Adresse ist unbelastet. Nein, Laufenberg kennt sie. Aber um den wolltest du dich sowieso kümmern", merkte Louisa an.

Als Paul nach dem Polizeieinsatz unbemerkt in die Severinstraße zurückgekehrt war, schickte er Luise sofort eine Nachricht:

„Wir müssen uns treffen!"

Gleichzeitig mit dem Drücken der Sendetaste klingelte es an seiner Wohnungstür, Kriminalrat Schlösser stand mit einem Kollegen vor ihm:

„Hallo Herr Otter, schon zurück? Dürfen wir?" Und deutete in die Wohnung. Sie setzten sich an das Ungetüm von Oliventisch.

„Darf ich den Herren irgendwas anbieten? Kaffee, Tee, Wasser?", Paul versuchte den perfekten Gastgeber zu spielen, aber innerlich sah es bei ihm ganz anders aus. Mit viel Glück oder besser mit Luises Plan war ihnen die Flucht gelungen, ohne dass es jemandem aufgefallen war. Umso mehr wunderte er sich über das Erscheinen des Kriminaloberrates und der legte direkt los:

„Also Herr Otter, ich habe mit eigenen Augen gesehen, wie sie in das Gebäude hereingegangen sind, aber ich weiß nicht, wie ihr es geschafft habt, dort unbemerkt wieder herauszukommen. Für Sie ist es das Beste, von Anfang an mit offenen Karten zu spielen, und langweilen Sie mich bitte nicht mit obskuren Geschichten. Ich weiß, dass Sie und Ihre Frau durch die Mafia so einiges mitgemacht haben, deshalb will ich es Ihnen leicht machen. Wir observieren seit einiger Zeit Ihren Geschäftspartner Leo Naumann und sind dabei auf den gesuchten Ausbrecher Helmut Laufenberg gestoßen. Durch das Abhören ihrer Telefongespräche bekamen wir mit, dass die beiden zusammenarbeiten und erfuhren auch, wann und wo sie die nächste Straftat begehen wollten.

Wir hatten vor, die beiden in flagranti zu erwischen und waren deshalb mit großem Besteck vor Ort. Da tauchen zu unserer Überraschung auch noch Sie mit Frau Müller-Langenfeld am Tatort auf. Kurz darauf entdeckt der Funkfrequenz-Scanner in unserem Einsatzleitungsfahrzeug Signale einer Abhörwanze. Wie es sich schnell herausstellt, war es Leo Naumann, den wir mit abhören konnten.

Über Ihr Abhörgerät erfuhren wir, was im Haus passiert. Ich vermute, dass sie beide ihrem Compagnon von „69-four" helfen wollten, diesen Laufenberg hereinzulegen. Ich denke, ihr Freund Naumann hat mir so einiges zu erzählen, aber erst einmal dürfen Sie sich dazu äußern, Herr Otter."

„Herr Kriminaloberrat, ich habe nichts damit zu tun", beteuerte Paul, aber dann besann er sich eines Besseren, denn es würde sowieso alles herauskommen. Deshalb erzählte er, wie Leo beim Kauf der Wohnung des ermordeten Monteverdi in dessen Keller den Superrechner mit den Mafiadaten entdeckt hatte:

„Wie Herr Naumann, der Computerexperte, bald feststellte, konnte er mit diesem Rechner auf ein Mafiavermögen zugreifen. Als das der Betrüger Laufenberg mitbekam, stiftete er den in Gelddingen unbedarften jungen Mann zum Kontodiebstahl in Millionenhöhe an. Anschließend erpresste er Leo Naumann mit der Tat, zu der er ihn vorher animiert hatte, und verlangte von ihm weitere Überweisungen. Unser Partner wollte nicht mehr mitmachen und bat uns um Hilfe. Frau Müller-Langenfeld verkabelte Herrn Naumann, um Laufenberg in flagranti zu überführen. Als die Schießerei begann, haben wir drei uns in Sicherheit gebracht. Wer warum geschossen hat, weiß ich nicht, weil wir oben im Haus waren und der Schusswechsel unten im Erdgeschoss stattfand."

Der Kriminalist hörte zu, gleichzeitig schickte er seinen Begleiter fort, als er merkte, dass Paul sich ihm offenbaren wollte. Kaum hatte der Mann das Zimmer verlassen, da stellte er die für Paul überraschende Frage:

„Herr Otter, wie lange kennen Sie Frau Müller-Langenfeld schon? Ich vermute, erst kurze Zeit! Worauf ich hinaus will, diese Frau ist mir ein Rätsel, ihre Vita ist bei erster Überprüfung absolut lupenrein, trotzdem habe ich eine Identitätsfeststellung durch das Bundeskriminalamt veranlasst. Könnten Sie sich vorstellen, dass Ihre Geschäftspartnerin zur Mafia gehört?"

„Also Herr Schlösser, niemals, ich kenne sie schon eine Weile und kann sagen, dass sie eine ehrliche Haut ist, der ich vertraue. Ich habe den Eindruck, dass Luise früher bei der Polizei, Geheimdienst oder so was Ähnlichem war. Zumindest bei unseren Besprechungen in der Schanzenstraße über spezielle Spielabläufe blitzte auffällig oft ihr detailliertes kriminalistisches Fachwissen auf."

Der Ermittler lächelte mild:

„Sie können sich vorstellen, warum ich meinen Kollegen vorhin herausgeschickt habe? Nein? Dann sage ich es mal so, Sie und Frau

Müller-Langenfeld haben sich zumindest der Beihilfe strafbar gemacht, weil sie die Tat Ihres Geschäftspartners vertuschen wollten. Von mir aus, geschenkt. Mein italienischer Kollege Commissario Benetton und ich möchten gerne den kriminellen Sumpf austrocknen, aber dies geht nur, wenn die Mafia ihr Geld verliert."

Eine neue Kurznachricht meldete sich auf Pauls Handy. Er sah den Absender, aber erst als die Polizei gegangen war, rief er Luise an:

„Luise, wir müssen uns möglichst bald treffen."

„Das ist zurzeit keine gute Idee, Paul. Wir sollten erst einmal abwarten, was der heutige Polizeieinsatz für Auswirkungen hat. Ich hoffe, wir werden da nicht in etwas hineingezogen, was wir nicht zu verantworten haben."

„Da muss ich dich leider enttäuschen, die Polizei war bereits hier und weiß so allerlei. Wir sind bereits Teil der Ermittlungen, deshalb müssen wir unbedingt miteinander reden."

Louisa überlegte kurz und sagte:

„Paul, ich kann heute beim besten Willen nicht. Vorschlag: Komm morgen um 11 Uhr in die Neumarktpassage zum Käthe-Kollwitz-Museum. Tut mir leid, im Moment habe ich ein anderes Problem."

„OK, wenn es nicht eher geht, aber sei vorsichtig, Luise."

Kapitel 30 Klinik

Der ältere Herr mit der Schussverletzung war nach seiner Operation natürlich noch nicht vernehmungsfähig, deshalb wollte ihn die Polizei erst am nächsten Tag befragen. Noch vor dem Schichtwechsel wurde der Patient Herr Sutalev von der Intensivstation in ein Einzelzimmer auf die Chirurgische verlegt. Das Umbetten übernahm noch die Nachtschicht, denn auf Intensiv wurde jedes Bett benötigt.

Wie jeden Morgen begann um 7 Uhr in der Klinik ein neuer Arbeitstag und das Pflegepersonal versammelte sich zur Schichtübergabe im sogenannten Schwesternzimmer. Für die Tagschicht wurden die organisatorischen Angelegenheiten besprochen und nebenbei der hausinterne Klatsch erörtert. Ein Gerücht wurde heute mit einer gewissen Schadenfreude durchgehechelt: Die Anästhesistin Frau Dr. Berger, Ehefrau des unbeliebten Stationsarztes, hatte angeblich was mit dem neuen knackigen Rettungssanitäter.

Durch die halbhohe Verglasung konnte die Gruppe nebenbei beobachten, wie ausgerechnet bei ihrem Thema der gehörnte Stationsarzt Dr. Dr. Berger eine weißbekittelte Besuchergruppe durch die Station führte. Auffällig an der Delegation waren die frühe Uhrzeit und ein leerer Rollstuhl.

Kurz darauf schrillte auf der Station der ohrenbetäubende Lärm des Feueralarms, worauf es zu einem großen Durcheinander kam. Aber richtig chaotisch wurde es erst auf dem langen Krankenhausgang, als die Besuchergruppe von Dr. Dr. Berger, im Laufschritt zurückgerannt kam. Ohne Rücksicht auf Verluste, steuerten sie zielstrebig den Lastenaufzug an, vor sich her schoben sie einen vermummten Rollstuhlfahrer. Eine Krankenschwester stellte sich mit ausgestreckten Armen in den Weg und schrie ihnen, wegen des lauten Alarms, entgegen:

„Können Sie nicht lesen? Da steht doch: Im Brandfall nicht benutzen. Außerdem darf der Lastenaufzug nur vom Personal benutzt werden."

Ein kräftiger Mann aus der Besuchergruppe packte sie an der Hüfte und stellte die Schwester mit den Worten: „Scusi Seniora!", wie eine Schaufensterpuppe zur Seite.

Die Aufzugstüre öffnete sich und unbeeindruckt von dem Protest der Schwester schoben sie den Rollstuhl in die Aufzugskabine und fuhren abwärts. Wenig später wurde ein missbräuchlich ausgelöster Feuermelder entdeckt. Die allgemeine Aufregung hatte sich bereits gelegt, als zwei Kriminalbeamte auf der Station erschienen. Sie hatten Anweisung von ihrem Chef, den Mann mit der Schussverletzung zu befragen, wenn es seitens des Stationsarztes Dr. Dr. Berger aus ärztlicher Sicht keine Bedenken gab.

Leider war der Stationsarzt nicht auffindbar, selbst auf seinen Pager reagierte er nicht. Das Personal war ratlos, denn eben war der Doktor noch mit einer Besuchergruppe auf der Station gesehen worden. Ein Pfleger fand dann den Arzt gefesselt und geknebelt im Krankenzimmer des Patienten, den die Polizisten vernehmen wollten, jedoch von dem frisch Operierten fehlte jede Spur.

Mit dem gestohlenen Behindertentransporter eines Hilfsdienstes wurde Don Velatus für die Fahrt in die Mittelstraße leicht betäubt. In Louisas Wohnung erwartete den Verletzten bereits ein von Enzo engagierter Arzt, der ihn kurz untersuchte, eine Spritze gegen Thrombose verabreichte und ihm einige Medikamente daließ, die er nach Plan einnehmen sollte. Der verschwiegene Herr Doktor würde täglich vorbeischauen. Leibwächterin Tiziana blieb zum Schutz des Patrons in Louisas Wohnung.

Bevor sich Louisa zum Treffen mit Paul auf den Weg zur Neumarkt Passage machte, prüfte sie ihren Revolver und ließ ihn in der Handtasche verschwinden. Im Gästezimmer sah sie noch einmal kurz nach ihrem Vater, der schlief tief und fest. Nun musste sie sich beeilen, denn Geschäftsführer Otter war immer überpünktlich. Beim Hinausgehen schärfte sie Tiziana noch ein, hinter ihr die Tür abzuschließen und niemanden hereinzulassen.

Als Louisa an der Stadtsparkasse vorbeiging, entdeckte sie ein Stück vor sich Paul, dabei bemerkte ihr geschulter Blick einen jungen Mann, der ihn offensichtlich beschattete. Sicherheitshalber prüfte sie, ob sie auch verfolgt wurde, aber dafür gab es keine Anzeichen. Als Paul in die Passage einbog, gab sein Verfolger ein Handzeichen und eine junge Frau übernahm nahtlos die Observation. Louisa beobachtete das und wollte ihren Geschäftspartner warnen, deshalb folgte sie ihm. Beim Vorwärtsdrängen stieß sie aus Versehen mit einer Frau zusammen, die einen kleinen Hund auf dem Arm trug, dabei fiel Louisa der glänzende Anhänger am Hundehalsband auf, der erinnerte sie an irgendetwas, aber im Moment wusste sie nicht woran. Kurz bevor sie Paul einholte, fiel es ihr wie Schuppen von den Augen. Bei der Observation von Pauls Wohnung hatte sie vom Haus gegenüber auf dem Fensterbrett dessen Katze mit einem metallisch blinkenden Anhänger beobachtet. War das vielleicht die verschwundene dritte Münze gewesen, die Monteverdi bis zu seinem Tod für den Patron aufbewahrte? Das war nicht unwahrscheinlich, denn früher gehörte das Tier dem Schweizer Finanzmann, darauf hätte sie auch eher kommen können. Sie musste deshalb unbedingt ihre Handyaufnahmen prüfen, vielleicht konnte man durch Zoomen Genaueres erkennen. Als Louisa Paul Otter überholte, flüsterte sie ihm unauffällig eine Warnung zu:

„Du wirst beschattet, sieht nach Polizei aus. Abwimmeln, ich warte in der Ausstellung."

Die Worte, die sie ihm im Vorbeigehen zu raunte, ließen seinen Adrenalinspiegel rapide ansteigen. Durch Luise sensibilisiert, beobachtete Paul möglichst unauffällig, was um ihn herum geschah, er ging von einem Schaufenster zum anderen und beobachtete aus den Augenwinkeln heraus die flanierenden Passanten. Dann bemerkte er eine Frau, die ihm in einem gewissen Abstand folgte, aber sobald er sich umdrehte, blieb sie stehen, und sah sich Schaufensterauslagen an. Er ging nicht mehr weiter, mal sehen, wer jetzt die besseren Nerven besaß und nach einer Weile schlenderte sie lässig an ihm vorbei. Wie von Paul vermutet, kam sie wieder zurück, also hatte er sich doch nicht getäuscht und mit dem Risiko, sich zu blamieren, ging er schnurstracks auf die fremde Frau zu:

„Guten Tag Frau Kommissarin", sagte Paul auf Verdacht, „einen schönen Gruß an Kriminalrat Schlösser - ich bin schon groß und brauche kein Kindermädchen."

Auf dem Gesicht der Polizistin zeichnete sich ein breites Grinsen ab, und keineswegs überrascht antwortete sie vollkommen entspannt:

„Ober! Schlösser ist Kriminal-Ober-Rat und hat mir prophezeit, dass Sie mich bemerken, aber vielleicht geht es ihm genau darum. Sie sollen wissen, dass wir immer in Ihrer Nähe sind. Herr Otter, ich wünsche Ihnen noch einen schönen Tag."

Daraufhin drehte sich die enttarnte Beamtin um und ließ den verdutzten Paul stehen, ohne dass er die Chance bekam, noch etwas zu sagen. Er konnte ihr nur noch nachsehen, wie sie in Richtung Neumarkt davon ging. Wenig später betrat er das Käthe-Kollwitz-Museum, Luise wartete in der Nähe des Eingangs, als er hereinkam, sah sie durch ihn hindurch. Paul spielte mit, ging an ihr vorbei und betrachtete interessiert ein Werk der großen deutschen Künstlerin des 20. Jahrhundert. Nach einiger Zeit stellte sich Luise neben ihn:

„Gut gemacht, dein Schatten hat aufgegeben. So, jetzt erzähl mal."

„Kaum bin ich nach dem Spektakel in der Ehrenstraße wieder zurück in meiner Wohnung, taucht dieser Schlösser von der Kripo auf. Also der weiß alles, fast alles. Sie hatten Leo schon länger in Verdacht und überwachten sein Telefon, deshalb kennen sie auch die Rolle von Laufenberg. Ich weiß nicht, weshalb, aber Schlösser hat erwähnt, dass er deine Identität vom Bundeskriminalamt überprüfen lässt, aber was soll da schon herauskommen?", und Paul lächelte das erste Mal an diesem Tag.

Louisa ließ sich nichts anmerken, aber in ihrem Kopf schrillten alle Alarmglocken. Sie musste schnellstens zurück zu ihrer Wohnung in die Mittelstraße, Don Velatus musste sofort in ein anderes Versteck. Denn bei einer genaueren Überprüfung ihrer Legende würde sie über kurz oder lang von der Polizei Besuch erhalten. Durch Pauls Informationen aufgeschreckt, beeilte sie sich, schnell nach Hause zu kommen.

An einer roten Fußgängerampel musste sie in der Menge warten, Louisa nutzte die Gelegenheit, um sich die Fotos ihrer Observation von Pauls und Leos Wohnung anzusehen. Schnell fand sie das gesuchte Bild, die Katze am Fenster und vergrößerte es auf ihrem iPhone. Bei der hohen Auflösung des Fotos war sie sich ziemlich sicher, dass das Tier ein ähnliches, wenn nicht sogar ein gleiches Amulett trug wie sie und Don Velatus. Die Fußgängerampel wurde grün und es ging weiter. Kurz bevor Louisa zu Hause war, lief ihr zu allem Überfluss auch noch Kolumbus über den Weg. Dem Rentner war offensichtlich langweilig, er suchte ein Gespräch:

„Hallo hübsche Frau, Luise, du kommst hier nicht weiter. In deinem Wohnhaus hat es eine Schießerei gegeben, deshalb ist die Straße ab da vorne abgesperrt und seitdem stehe ich hier. Nebenbei habe ich gehört, wie ein Pressesprecher der Polizei einem Journalisten was von einem erschossenen alten Mann erzählte, der offensichtlich im Krankenhaus vermisst wird, er trug sogar noch das Patientenarmband der Klinik."

Louisa zuckte zusammen, ihr Vater war tot? Das konnte nicht wahr sein, wer sollte denn Don Velatus ermordet haben? Sie bekam weiche Knie und hätte am liebsten losgeheult, aber sie musste die Nerven behalten. Kolumbus erzählte weiter und erregte sofort wieder ihre Aufmerksamkeit:

„Außerdem wurde eine junge Frau schwer verletzt, es sieht danach aus als habe sie den Getöteten verteidigt, aber sie verweigert die Aussage. Nach den Blutspuren soll mindestens einer der Angreifer verletzt sein. Nach den Umständen geht die Polizei von einem Mafiakrieg aus," der alte Geschichtenerzähler schüttelte seinen Kopf, „armes Kind, und so was passiert ausgerechnet in dem Haus, wo du wohnst, was hast du bloß für Nachbarn. Man kann es sich nicht vorstellen, dass so was mitten in Köln geschieht."

Louisa war noch wie paralysiert und ohne ein Wort zu sagen, ließ sie den verblüfften Kolumbus stehen und näherte sich der Absperrung. Als sie zu ihrer Wohnung hinaufsah, war es für Louisa keine Überraschung mehr, dass hinter ihren Fenstern vereinzelt Lichtblitze aufleuchteten. Jetzt gab es keinen Zweifel mehr, die Spurensicherung war bereits bei der Arbeit. Kolumbus kam ihr nach, aber Louisa verabschiedete sich knapp und eilte davon. Hinter der nächsten Ecke rief sie Enzo Baldo an und schilderte ihm, was sie eben erfahren hatte: Der Patron ist tot und die Polizei vermutet einen Mafiakrieg.

Enzo sagte erst einmal nichts, nach einer kurzen Pause hörte sie, wie er schlucken musste und es ihm anfangs schwer fiel zu reden:

„Dann stimmt es doch. Ich habe gerade aus Neapel gehört, dass der Esposito-Clan damit prahlt, den großen Don Velatus umgebracht zu haben. Sie tyrannisieren bereits unsere Leute, wenn sie nicht zu ihrem Clan wechseln, das können wir nicht zulassen. Aber das größte Problem ist, dass die letzte Zahlung des Patrons nicht kam. Jetzt fehlen die Mittel in Neapel, um unsere Leute zu finanzieren und die Familien zu unterstützen, deren Männer im Gefängnis sitzen. Seit auch sein Stellvertreter verhaftet ist, kümmert sich seine Frau, die Schwester von Don Velatus, um die Geschäfte.

Wie man hört, macht sie das sehr gut, sie bringt uns sogar wieder ins Geschäft. Der Patron kümmert sich aus seinem Exil um die Finanzierung des Clans, nur falls ihm einmal was zustößt, sollte sie sich wegen der Finanzen an dich halten. Du wüsstest, was dann zu tun ist, und im Notfall könntest du Geld aus seiner Kriegskasse beschaffen. Die Frau des Stellvertreters weiß nicht, ob sie Don Velatus richtig verstanden hat, traute sich aber nicht nachzufragen."

Bevor Enzo weiterredete, zögerte er etwas:

„Meine Frage ist, hat er außer seinem Auslandsvermögen noch irgendwo anders Geld deponiert, weißt du darüber Bescheid und kommst du daran? Sie benötigt in Neapel dringend Geld für unsere Leute, um Don Velatus zu rächen und die lukrative Falschgeldproduktion wieder anzukurbeln. Aber erst einmal sieh zu, dass du dich in Sicherheit bringst. Auch wir tauchen hier vorübergehend unter, aber falls du uns brauchst, ruf mich an. Wenn du die Aufgabe übernimmst, besuche die Frau unseres Vizebosses Antonio in Neapel, Via Roma Verso Scampia, Pizzeria Bella Napoli 3. Sie leitet zurzeit unsere Geschäfte, übrigens sie ist die Mutter von Pietro."

„Über die Kriegskasse weiß ich Bescheid. Ich kümmere mich um das Geld und werde sehen, was ich machen kann. Wie ich vorhin von Paul Otter erfahren habe, ist mir die Polizei bereits auf den Fersen. So ist es nun mal, die Vergangenheit holt einen irgendwann ein, aber für die Kinder aus den Armenvierteln von Neapel war und bleibt die Mafia immer noch die einzige Chance, nur für mich ist jetzt Schluss damit. Leider endet nun auch mein schönes Leben in Köln, hier hatte ich Freunde gefunden. Denen kann ich weder was erklären noch kann ich mich verabschieden, das macht mich richtig traurig.

Mach es gut, Enzo, ich verschwinde und muss blutenden Herzens alles hinter mir lassen. Ich kann nicht einmal mehr in meine Wohnung und meine bildschönen nagelneuen Highheels mitnehmen."

Louisa machte sich sofort auf den Weg zu ihren beiden Banken, sie durfte keine Zeit verlieren. Sie räumte ihre Kölner Konten ab und leerte die Schließfächer. Die Investmentunterlagen und das Bargeld stopfte sie in eine Tragetasche, ihre italienischen Papiere und die Waffen aus den Schließfächern in ihre Handtasche.

Am Taxistand suchte sie sich einen Fahrer aus, bei dem sie ein gutes Gefühl hatte und verhandelte einen Festpreis für eine Fahrt nach Aachen. Allerdings müsste sie vorher in der Severinstraße noch etwas abholen. Sie klingelte bei de Moro/ Otter und ein überraschter Paul ließ Luise eintreten. Nach kurzem Smalltalk fragte sie etwas naiv:

„Ich bin zum ersten Mal in eurer Wohnung, wo ist denn deine Katze, von der du immer erzählst? Ich habe sie nur einmal aus der Ferne auf dem Fensterbrett gesehen."

Der stolze Katzenbesitzer ging nach nebenan. Mit Hekate auf dem Arm kam Paul zurück und sah in den Lauf von Luises Revolver. Er erstarrte zur Salzsäule, während sie mit ihrer linken Hand das goldene Amulett vom Katzenhalsband löste. Ohne ihn aus den Augen zu lassen ging sie rückwärts mit der Waffe in der Hand bis zur Wohnungstür.

„Tut mir leid, deine Hekate bekommt den Anhänger zurück, ich leihe ihn mir nur aus. Paul, ich bin nicht die, die ihr alle in mir seht. Übrigens heiße ich nicht Luise, sondern Louisa. Ich muss weg, es war eine schöne Zeit und du ein wahrer Freund."

Paul war perplex, er begriff nicht und stand mit der Katze auf dem Arm wie angewurzelt da:

„Lui..., Louisa, was ist denn los?"

Sie wollte noch etwas sagen brachte aber keinen Ton mehr heraus. Die Wohnungstür fiel hinter ihr ins Schloss und der überraschende Besuch war beendet. Paul verfolgte sie nicht, denn er hatte ihren unendlich traurigen Blick gesehen.

Der Taxifahrer setzte Louisa in Aachen ab, von hier wechselte sie über die Grenze in die Niederlande und zwei Tage später erreichte sie Luzern mit der Eisenbahn. Um an die Zahlen der drei Nummernkonten zu gelangen, musste sie die münzartigen Anhänger spalten.

Das war gar nicht so einfach, sie wusste von ihrem Patron, dass die umlaufende Rille des Randes die Sollbruchstelle ist. Um die goldene Scheibe in ihre zwei Hälften zu teilen, benötigte sie Werkzeug und Ruhe.

In der Nähe des Luzerners Bahnhofs erstand sie in einem Andenkenladen ein Schweizer Offiziersmesse mit unendlich vielen Werkzeugtools sowie einen kleinen Andenkeneispickel mit der Aufschrift Matterhorn. Für das Spalten der Münzen brauchte sie einen ruhigen Ort, ein Hotelzimmer wäre ideal, aber die Schweizer wollten bestimmt Papiere sehen, und sie durfte keine Spuren hinterlassen. Aber vielleicht bekam man in der ordentlichen Schweiz auch ohne Ausweis oder Pass ein Zimmer. Im Souvenirshop erkundigte sie sich nach dem ersten Hotel am Platz und reservierte dort per Handy ein Doppelzimmer auf den Namen Baron von Sonnstein.

Als sie wenig später nur mit ihrem Handgepäck die Lobby des Nobelhotels betrat, wurde sie sofort von einem vornehmen Rezeptionisten freundlich begrüßt. Nach Nennung des Namens „von Sonnenstein" überschlug sich der Mann vor lauter Höflichkeit.

„Herzlich willkommen Frau Baronin! Sie sind bereits avisiert, die Anmeldung macht der Herr Gemahl, wenn er später mit dem Gepäck anreist, das ist in unserem Haus kein Problem," er schnipste mit den Fingern, „Page!"

Auf dem Zimmer stellte sie eine Münze hochkant, legte die Klinge des Messers in die umlaufende Nut und schlug mit der flachen Seite ihres Spielzeugeispickels darauf. Die zusammengepresste Münze zerfiel bereits bei dem ersten Schlag in ihre zwei Teile. Auf der Hälfte mit dem Symbol der Hekate war nun eine lange Zahlenreihe sichtbar, auf der Innenseite der anderen Hälfte der Spruch von Don Velatus Großmutter:

„*Chi troppo in alto mira, cade sovente precipitevolissimevolmente*", wer zu hoch hinaufsteigt, kann tief fallen!"

Die langen Kontonummern notierte Louisa auf einem Zettel, anschließend klebte sie die gespaltenen Münzen wieder zusammen und ihre eigene befestigte sie wieder an der Halskette. Sie beseitigte alle Spuren im Hotel und kaufte auf dem Weg zum Bankhaus in einer Luzerner Filiale von Lederschmid zwei unauffällige Samsonite-Reisetaschen. Bei der Schweizer Privatbank Rütli & Co erklärte sie einem Kundenberater, dass ihr verstorbener Vater in diesem Geldinstitut Kunde gewesen sei und sie jetzt Unterstützung bei der Abwickelung seines Nachlasses benötigte. Der gute Mann fragte nach einem Erbschein, aber sie erläuterte, dass es sich um Nummernkonten handelt, daraufhin telefonierte er über das Haustelefon.

Ein distinguierter Mitarbeiter im Maßanzug, mit einer 40 auf der goldener Jubiläums-Krawattennadel des Kreditinstitutes, übernahm nun die Kundin, wie sich herausstellte, kannte er den Verstorbenen von der Eröffnung von dessen Privatkonten persönlich. Auch wenn das schon Jahre zurück lag, erinnerte er sich gerne an den großzügigen Süditaliener. Nachdem der Kunde damals seine letzte Unterschrift unter die Bankunterlagen geleistet hatte, schenkte er dem Sachbearbeiter seinen goldenen Füllfederhalter. Der Angestellte griff in die Innentasche seines Jacketts und zog voller Stolz das wertvolle Schreibgerät heraus. Auf der Füllfederkappe, wo sonst das Logo der Edelmarke prangt, war das Rad der Hekate zu sehen.

Louisa wurde von dem freundlichen Banker bevorzugt bedient. Über die Geldeinlage der drei Konten konnte sie dank der Nummern aus den Katzenmedaillons sofort verfügen und ließ sich alles in bar auszahlen. Außerdem bekam sie noch eine Mappe mit Wertpapieren. Wenn ihre Mission erledigt war, würde sie dafür sorgen, dass das dritte Medaillon wieder am Hals der Katze baumeln würde, das war sie Paul schuldig, aber jetzt war keine Zeit für Sentimentalitäten. Auf dem Weg zum Bahnhof fiel ihr ein poliertes Schild auf: Anwalt und Notar Sprüngli.

Herrn Sprüngli war gerade ein Termin geplatzt und nahm sich der gut honorierten Wünsche von Frau Luise Müller-Langenfeld gerne an. Mit einer eidesstattlichen Erklärung schenkte die Mandantin ihre Geschäftsanteile an der Firma „69-four" zur Hälfte an Antonia, der sie das Leben im Bahnhof gerettet hatte und die ihr sehr sympathisch war. Die andere Hälfte ging zu gleichen Teilen an die tollen Mitarbeiter der Firma, die immer sehr freundlich zu ihr waren. Bei dem Advokaten benutzte Louisa zur Legitimierung zum letzten Mal ihren deutschen Pass, in der Bahnhofstoilette würde sie ihn anschließend vernichten. Herr Sprüngli übernahm auch noch den Auftrag, das goldene Medaillon der Katze an Paul Otter nach Köln zu senden.

Zwei Züge später begann Louisas Eisenbahnfahrt nach Neapel, dafür musste sie nur einmal umsteigen. Sicherheitshalber trickste sie während der italienischen Zoll- und Passkontrolle im Zug, was sich als unnötig herausstellte, denn nach ihr wurde nicht gefahndet.

In Neapel ließ sie sich mit einem Taxi in die Nähe der Via Roma Verso Scampia fahren. Den unverändert heruntergekommenen Teil der Großstadt kannte sie seit ihrer Kindheit. Ihre Sachen ließ Louisa im Bahnhof und ging ohne Gepäck die lange schmutzige Straße bis zu der Pizzeria Bella Napoli. Sie bemerkte, dass ihr zwei Jugendliche mit Distanz folgten, aber als sie das Ristorante betrat, machten sie sich aus dem Staub.

Das Lokal war leer, laut rief Louisa nach einer Bedienung, aber nichts passierte, es dauerte etwas, dann schob sich eine dicke Matrone in einer mit Tomatensoße bekleckerten Kittelschürze durch einen Perlenvorhang und strahlte sie an:

„Signora, was darf ich Ihnen bringen?", dann stockte sie, denn sie hatte Louisas Halskette mit dem Katzenmedaillon entdeckt und bekreuzigte sich inbrünstig:

„Sie sind Don Velatus Consigliera, die geheimnisvolle Beraterin? Die rote Katze?"

So hatte der Patron anscheinend in seinem Umfeld die erblondete Louisa genannt. Die musste schmunzeln und lächelte der Frau freundlich zu:

„Und Sie sind die Frau von Antonio, dem Vize? Die neue Patronin?"

„Ja, wenn du nichts dagegen hast," auf einmal funkelten ihre Augen kampfeslustig.

„Nein, ganz im Gegenteil, aber du musst mich in deiner neuen Position vom Schwur der Camorra entbinden, ich möchte ein normales Leben beginnen, wenn ich die Chance dazu bekomme. Ach, ehe ich es vergesse: Liebe Grüße von deinem Sohn Pietro. Wir haben uns in Köln getroffen. Enzo hat ihn nach Argentinien geschickt, da soll er retten, was noch zu retten ist, ich fürchte, die Guardia Finanza wird schneller sein."

„Enzo ist ein guter Mann, am liebsten hätte ich ihn hier, aber er wird in Deutschland gebraucht. Meine Liebe, ich weiß, dass du die Tochter unseres Patrons, meines Bruders, bist und du hast wirklich nichts dagegen, dass ich, als Frau, der neue Patron werde?"

„Noch einmal, nein", Louisa lächelte ihr wohlwollend zu, „wenn es darauf ankommt, sind die Frauen sowieso das stärkere Geschlecht. Du bist also meine Tante, ich weiß, du kannst das."

„Zumindest hören alle auf mich. Wir müssen uns stärker gegen den Esposito-Clan wehren, die Verbrecher haben bereits einige unserer Geschäfte übernommen, aber unsere Spezialität konnten wir bisher verteidigen. Jetzt haben wir langsam mit der Falschgeldproduktion wieder angefangen. Wegen der Zerschlagung unseres Clans durch die Justiz haben wir einige Druckmaschinen verloren, und den unentdeckten Rest vorübergehend stillgelegt. Um diese Pfründe weiter verteidigen zu können, brauchen wir erst einmal viel Geld und ausgerechnet jetzt sind die Zahlungen von Don Velatus ausgefallen. Wir brauchen eine Anschubfinanzierung, um Spezialpapier aus China zu beschaffen und dann läuft unser Geschäft wieder. Aus Schutzgeld und Drogen sind wir erst einmal raus."

„Das kann ich ändern", dabei zog Louisa zwei Schlüssel aus ihrer Jacke, „ich habe die Kriegskasse von Don Velatus aus der Schweiz mitgebracht. Geld und Wertpapiere liegen in Schließfächern im Hauptbahnhof."

Damit war ihre Aufgabe erfüllt und sie verabschiedete sich. Als Louisa wieder auf der Straße stand, sah sie, dass die Signora ihr gefolgt war:

„Willst du in Neapel bleiben? Ich glaube, das wäre nicht gut für dich, bring dich irgendwo in Sicherheit, denn bisher kennt dich keiner," sie pfiff auf ihren Fingern und ein großer schwarzer Alfa Romeo kam um die Ecke gefahren, „sag Luigi, wo du hinmöchtest."

Dann drückte sie die Tochter ihres toten Bruders fest an sich und sagte mit Tränen in den Augen zum Abschied:

„Mein Kind, wir sind Familie und ich werde dafür sorgen, dass du dein Leben führen kannst, auch ohne Camorra."

Louisa ließ sich zum Bahnhof bringen und reiste nach Rom und von dort mit dem Bummelzug nach Fonteblanda in die südliche Toskana. Hier war sie die einzige Person, welche an der einsamen Haltestelle ausstieg. In dem kleinen Ort entdeckte sie ein Fahrradgeschäft und kaufte sich ein Mountainbike. In einem Coop Laden versorgte sie sich mit einem Lebensmittelvorrat und strampelte schwer beladen die Straße entlang in Richtung Talamone. Bevor sie zu der malerischen Hafenstadt kam, bog Louisa allerdings rechts ab in die Maremma. Um ihr Ziel mitten im Naturschutzgebiet zu erreichen, musste sie erst einige schweißtreibende Hügel überwinden, dann stand sie endlich vor ihrem geliebten Sarazenenturm.

Die einsame Immobile hatte sie als angeblich ruhesuchende, italienische Schriftstellerin über ihren Anwalt von Paul Otters Makler erworben, ursprünglich gehörte der wehrhafte Turm zu dem entfernt liegenden Landgut de Moro mit dem Agriturismo Hotel. Bevor Louisa den Sarazenenturm betrat, beobachtete sie erst die Umgebung, aber hier oben in der Wildnis war niemand, nur ein Stachelschwein zeigte sich kurz. Den Schlüssel für die schwere Tür trug sie seit dem Kauf des Turmes in ihrer großen Handtasche, und als sie das ausgebaute Gemäuer betrat, liefen ihr vor Freude Tränen über die Wangen. Dann schob sie das Fahrrad herein und brachte die Lebensmittel in die Küche der kleinen Ferienwohnung. Als Nächstes stieg sie bei strahlendem Sonnenschein auf das Dach des wehrhaften Turms und genoss die Aussicht über das unendlich weite Meer, hinter ihr lag die typische Hügellandschaft der südlichen Toskana. Von hier oben wurde im 14. und 16. Jahrhundert nach moslemischen Piratenschiffen Ausschau gehalten. Eine Kette von diesen befestigten Signaltürmen kommunizierte entlang der Küste miteinander, und wenn sich die Schiffe der räuberischen Sarazenen dem Land näherten, warnten sie die Bevölkerung. Die nordafrikanischen Sarazenen mordeten, plünderten und machten die Ungläubigen derer sie habhaft wurden zu Sklaven.

Eine Woche ließ sie sich nicht sehen, erst danach traute sie sich aus ihrem Turm und fuhr mit dem Linienbus von Talamone nach Grosseto, um sich eine Vespa zu kaufen. Mit dem Zweirad erkundete sie die nahe und ferne Umgebung. Sie kaufte in den kleinen Orten ein und war gern gesehener Gast in den Bars und Restaurants in Talamone und im Umland. Oft saß sie im Café Porto, wo auch viele Touristen verkehrten, hier lernte sie zufällig ein deutsches Frührentnerpaar kennen, das sich für ihren Lebensabend nicht weit von der Küste, eine kleine Villa auf einem Hügel angeschafft hatte. Nach und nach entwickelte sich eine enge und herzliche Freundschaft, bis die junge, deutschsprechende Italienerin wie eine Tochter für das Paar geworden war.

Kapitel 31 Die letzte Geschichte

Eines Tages bekam Paul Otter in Köln einen Anruf von Kriminaloberrat Schlösser:

„Lieber Herr Otter, die Staatsanwaltschaft hat in Absprache mit ihren italienischen Kollegen entschieden, Ihren Geschäftspartner nicht anzuklagen. Sogar sein Komplize Laufenberg wird wegen dieser Finanztransaktion nicht belangt, weil auch er sein ergaunertes Geld dem italienischen Staat überwiesen hat. Allerdings muss er noch seine Reststrafe in der JVA Frankfurt absitzen.

Außerdem trugen sie dazu bei, dass die Guardia Finance das gesamte Offshore-Vermögen von Don Velatus aufspüren konnte. Falls er noch lebt, ist er jetzt pleite.

Übrigens muss auch der unbekannte alte Herr, der nach Mafia-Art später in der Mittelstraße ermordet wurde, vorher bei der Schießerei in der Ehrenstraße dabei gewesen sein. Denn das im Krankenhaus entfernte Projektil stammt eindeutig aus einer SEK-Waffe, die beim Einsatz in der Ehrenstraße benutzt wurde."

„Interessant", log Paul, „aber was mich noch mehr interessiert, wird gegen mich und Frau Müller-Langenfeld jetzt auch nicht mehr ermittelt?"

„Herr Otter, wir sind doch in Köln, man kennt sich und man hilft sich. Das trifft zumindest auf Ihre Person zu, über diese geheimnisvolle Frau Müller-Langenfeld kann ich nur sagen, dass ihre Identität von unserem Bundeskriminalamt nicht festgestellt werden konnte. Ihre Papiere waren zwar echt, aber ebenso falsch wie ihre Legende, deshalb wird vermutet, dass es sich bei ihr um eine geparkte Schläferin oder ausgemusterte Agentin handelt. Eine Rundfrage bei befreundeten ausländischen Nachrichtendiensten brachte kein Ergebnis, an der Frau besteht laut unserer Spionageabwehr kein sicherheitsrelevantes Interesse und der Vorgang wurde zu den Akten gelegt.

***

Monate später, an einem Samstagmorgen in der Severinstraße lag Ilaria de Moro noch im Bett, während ihr Mann, der Frühaufsteher Paul Otter, bereits das Kölner Tagblatt las. Seine Katze Hekate mit ihrem goldenen Halsbandanhänger, leistete ihm in seinem Lesesessel bei seiner Lektüre schnurrend Gesellschaft.

Paul langweilte sich beim Lesen der Dauerbrennerthemen, Kostenüberschreitung bei städtischen Bauprojekten, die Inbetriebnahme der Nord-Süd-Bahn verzögert sich erneut, verärgert blätterte er weiter, dann las er die Schlagzeile: „Mafiakrieg in Neapel!"

Er überflog den Anfang des Artikels:

In der Stadt der Camorra gibt es den ersten weiblichen Clanchef, das ist genauso eine Revolution, als wenn auf dem Stuhl Petri im Vatikan eine Frau sitzen würde. Es ist zwar schon vorgekommen, dass die Schwester eines Clanchefs während seines Gefängnisaufenthaltes die Geschäfte weiterführt, aber weibliche Mitglieder bei der Mafia gab es bisher nicht.

Die neue Clanchefin hat sich mit den Resten des zerschlagenen Velatus-Clans in einem blutigen Kampf gegen konkurrierende Mafiafamilien durchgesetzt.

Unlustig blätterte er in der Zeitung weiter und im Lokalteil sah er ein Foto seiner Frau Ilaria mit dem Architekten Monschau, dem Investor Bauhauß, zwei Unbekannten und einem stellvertretenden Bürgermeister bei dem Richtfest eines Einkaufszentrums. Gestern Abend, bevor sie ins Bett gingen, hatten sich die Eheleute aus nichtigen Gründen noch kräftig gestritten, unter anderem bemängelte Paul, dass sie schon längere Zeit nicht mehr auf ihrem Landgut in der Toskana waren.

Für das gemeinsame Frühstück, hatte Paul Brötchen in der Bäckerei Brochmann, dem berühmten „Schmitz Backes", an der Severinstorburg gekauft. Als sie zusammen am Tisch saßen, eskalierte ihr gestriger Streit erneut. Paul erklärte, dass er zu ihrem Landgut nach Talamone fahren wolle, sie habe ja für so was keine Zeit und der Wortwechsel endete damit, dass Ilaria de Moro schnippisch sagte:

„Von mir aus, fahr doch!"

Paul fuhr mit seinem Tesla bis nach Buochs am Vierwaldstätter See und übernachtete im Hotel Postillion. Am späten Nachmittag traf er in Talamone ein. Auf ihrem Landgut wurde er von seinem Freund Carl und dessen Dauerverlobten Mariaclara mit Begeisterung empfangen. Sie managte das Agrotourismus Hotel de Moro und war froh, dass sich wieder einmal einer aus der Eigentümerfamilie sehen ließ.

Beim Abendessen mit Hausgästen erkundigte sich Paul bei Carl, ob sie Kontakt zu der italienischen Schriftstellerin, der neuen Besitzerin des Sarazenenturms hätten. Die ältere, ruhesuchende Dame hatte ihm den einsamen Turm über einen Makler abgekauft, deshalb waren sie sich nie begegnet. Die Frage amüsierte Carl köstlich und er musste herzhaft lachen, es dauerte eine Weile, bis er sich beruhigen konnte. Nur mühsam schaffte er es wieder zu reden:

„Leider nein," dabei zwinkerte er Paul zu und ein abstrafender Blick seiner Mariaclara traf ihren Verlobten Carl, „mir ist der Weg in die Wildnis zu beschwerlich, aber ich habe sie im Café Porto am Nachbartisch erlebt. Das Einzige, was meiner Meinung nach bei deiner Beschreibung stimmt, ist italienisch. Die hübsche junge Frau verdreht den Jungs hier im Ort den Kopf, alle sind hoffnungslos in sie verknallt. Sie ist viel mit einem deutschen Ehepaar zusammen, das hier in der Nähe ein Haus besitzt, mit den beiden redet sie akzentfrei Deutsch."

Paul konnte es eigentlich egal sein, ob die Käuferin des Turmes eine ältere oder jüngere Frau ist. Für seinen Seelenfrieden wäre es vielleicht besser gewesen, er hätte die Immobilie an die Bekannte von Louisa verkauft, die suchte auch die Einsamkeit. An Louisa erinnerte er sich gerne, obwohl sie ihnen allen etwas vorgemacht hatte.

Das einzige und letzte Lebenszeichen nach ihrem plötzlichen Verschwinden war die unerwartete Schenkung ihrer Firmenanteile an Antonia und die Belegschaft. Die Mitarbeiter verehrten sie seitdem wie eine Heilige.

Der ehemalige Turmbesitzer entschloss sich, der Käuferin einen Besuch abzustatten, aber sein Tesla war ihm für die mit Schlaglöchern übersäte Schotterstraße dorthin zu schade. Sportlich, wie er glaubte zu sein, radelte Paul am nächsten Morgen mit seinem Mountainbike hinauf in das Naturschutzgebiet. Das Hightech-Rad war vor Jahren ein Geburtstagsgeschenk von Ilaria gewesen. An einem der schweißtreibenden Anstiege wurde er von einem älteren Mann in Rennradkleidung auf einem vollgefederten E-Mountainbike lässig überholt und dabei mit anfeuernden Worten bedacht: „Forza, forza."

Das konnte der Rentner nur ironisch gemeint haben, denn Paul fuhr schon am Anschlag und der Schweiß floss in Strömen. Die Landschaft war herrlich, solange es nicht bergauf ging. Kurz bevor er sein Ziel verschwitzt erreichte, versuchte er sich etwas fein zu machen, was aber ohne sichtbaren Erfolg blieb. Über ein E-Bike sollte er sich mal Gedanken machen. Er klopfte gegen die massive Holztür mit den aufgenieteten Eisenplatten, aber nichts rührte sich im Turm. Nach zwei weiteren Versuchen startete er hoffnungsfroh die angenehmere Rückfahrt, weil es hier überwiegend bergab ging. Hierbei wurde sein durchgeschwitztes Shirt von dem Fahrtwind und mit Unterstützung einer lauen Meeresbrise getrocknet. Als er unten in Talamone ankam, musste er dringend etwas trinken, die erste Möglichkeit, an der er vorbeikam, war das Café Porto am Hafen.

Er genoss das kühle Bier vom Fass und die Aussicht auf das Treiben an den Anlegeplätzen im Hafen. Ein kleines Sportboot legte an und eine Frau kletterte auf die Kaimauer und kam danach winkend auf das Café zu. Der erschöpfte Biker saß in der ersten Reihe und war irritiert, was wollte die Fremde von ihm oder kannte er sie doch? Verlegen sah er zur Seite und bemerkte, dass ihr am Nachbartisch ein älteres Paar zurückwinkte. Nun ging die schwarzhaarige

Frau schneller, dadurch wurde ihr Gang geschmeidiger, irgendwie katzenartig und erinnerte Paul dadurch an Louisa in Köln. Die Bootsfahrerin kam schnell näher und sah dabei immer hübscher und jünger aus, es war vermutlich die Tochter von den Leuten nebenan. Sie brauchte nur noch die Straße zu überqueren, aber plötzlich stutzte sie und blieb stehen, irgendwas schien sie irritiert zu haben, hastig setzte sie ihre große Sonnenbrille auf. Aber anstatt ins Café zu kommen, blieb sie auf ihrer Straßenseite und entfernte sich eiligen Schrittes Richtung Altstadt.

Nicht nur Paul sah ihr nach, der Gang kam ihm tatsächlich bekannt vor. Vom Nachbartisch schnappte er die deutschen Worte auf:

„Was hat sie denn auf einmal? Das verstehe ich nicht, warum kommt sie denn nicht zu uns herüber. Wir haben ihr doch nichts getan."

Der Kellner brachte Paul sein zweites Bier und ein Tramezzini. Ihm fiel auf, dass sein Gast der jungen Frau nachsah, die sich Richtung Altstadt entfernte und informierte ihn:

„La scrittrice della torre saracena é una bella donna, ma io non ho chance: É una principessa!"

(*„Tolle Figur, aber keine Chance sie ist eine Prinzessin, die Schriftstellerin vom Sarazenenturm."*)

Auf der Rückfahrt zum Gut, entlang dem kilometerlangen Entwässerungskanal, kam Paul ins Grübeln, die Schwarzhaarige vom Hafen ging ihm nicht mehr aus dem Kopf. Sie erinnerte ihn an seine frühere Geschäftspartnerin Luise, die bei ihrem letzten Treffen offenbarte, dass sie eigentlich Louisa heißt und jemand ganz anderes wäre. Er war verblüfft, als eine ältere Dame auf einem E-Bike mit einem vollen Einkaufskorb an ihm vorbei rauschte und dabei auch noch entspannt freundlich grüßte. Paul schaltete einen Gang höher, aber das vom ungewohnten Fahrradfahren schmerzende Hinterteil bremste seine Aufholjagd, bis er die Verfolgung aufgab.

Als er das schmiedeeiserne Tor zum Gut erreicht hatte, kam ihm Torre, der große Maremma-Rüde entgegengelaufen und Paul musste zur Begrüßung absteigen, was seinem gequälten Hinterteil guttat. Schmerzfrei schob der Mann nun sein Fahrrad und gemeinsam mit dem Hund ging er die lange Pinienallee zum Gutshaus. Carl erkundigte sich nach seinem Ausflug und erzählte noch, dass die Turmbesitzerin ein Sportboot besitze und eine Anlegestelle direkt unterhalb ihres Turmes bauen ließ. Vom Sarazenenturm soll es laut ihrem Gärtner Cesare einen Tunnel bis hinunter ans Meer geben.

Mariaclara gesellte sich zu den beiden Männern und erinnerte ihren Verlobten Carl, dass er im großen Coop-Supermarkt in Orbetello noch das sardische Bier kaufen wollte, dass ein Gast so gerne trank und noch ein paar Kleinigkeiten. Aber der hatte keine Zeit, er musste noch eine Webseite für einen Kunden fertigmachen. Paul bot sich an, am späten Nachmittag die Besorgungen zu erledigen.

Mit Mariaclaras Einkaufsliste und einem großen Einkaufswagen schob er sich durch die Gänge bei Coop und sammelte nacheinander die gewünschten Produkte ein. Die Liste war fast abgearbeitet, er brauchte nur noch die Wurst. Mariaclara hatte Salsiccia e fagioli, grobe Bratwurst mit Bohnen für heute Abend geplant, weil Carl das gerne aß, es erinnerte ihn an sein Leibgericht in Köln, dicke Bohnen mit Speck.

Paul schmunzelte innerlich und mit seinen Gedanken woanders, stieß er mit seinem Einkaufswagen beim Einbiegen in den nächsten Regalgang mit einer entgegenkommenden Frau zusammen.

„Scusi Signora!", brachte er gerade noch über seine Lippen, bevor er sie ansah, dann stutzte er. Das war doch die langhaarige Frau vom Hafen, die Käuferin seines Turmes. Sie verzog keine Miene, nickte kurz und schob ihren Einkaufswagen weiter. Wie versteinert blieb Paul in dem Gang mit den Kühlregalen stehen und dachte: Die Frau besitzt eine gewisse Ähnlichkeit mit Luise, seiner ehemaligen Geschäftspartnerin von „69-four", dazu entfernte sie sich mit dem gleichen sportlichen Gang in Richtung Kasse. Zugegeben die junge Frau sah Luise etwas ähnlich, war aber stark geschminkt und hatte ganz andere Haare.

Blödsinn, dachte er, was einem manchmal für sonderbare Gedanken kommt, und nahm aus einer Kühltheke eine Packung frisch abgepackte Salsiccie. Er hatte jetzt alles von seiner Einkaufsliste und stellte sich an einer Kasse an, die gerade geöffnet wurde. Dort war er der dritte Kunde in seiner Reihe, die anderen Schlangen waren viel länger.

Mit der Kasse hatte Paul Glück gehabt, denn er brauchte sich nicht zu entscheiden, wo stelle ich mich an, also diesmal kein ärgerliches Lotteriespiel. Entspannt sah er sich um und entdeckte, wie die junge Frau von eben zwei Reihen weiter das Transportband belud. Als ob sie seinen Blick gespürt hätte, sah sie ihn mit ihren großen Augen an, dann legte sie verschwörerisch einen Zeigefinger über ihre Lippen. Paul verstand, nickte knapp und schob seinen Einkaufswagen einen Platz weiter. Es war Luise und sie wollte nicht erkannt werden. Er erinnerte sich, dass Kriminaloberrat Schlösser ihm einst sagte, dass Luise Müller-Langenfeld einen speziellen Hintergrund besitzt, aber er hatte nicht herausbekommen, ob geheimdienstlicher oder krimineller Art. Immerhin ist es ihr zu verdanken, dass Leo aus seinem Abenteuer mit Laufenberg mit heiler Haut herausgekommen war. Sie war plötzlich aus Köln verschwunden, hatte aber keine verbrannte Erde hinterlassen, ganz im Gegenteil, in der Firma mochten sie alle noch immer. Auch seine Katze Hekate schien zufrieden, seit eine Wertsendung aus der Schweiz ihr goldenes Amulett zurückbrachte, das trug sie jetzt wieder mit Stolz am Halsband.

Als er den Supermarkt verließ, sah er sich nach Louisa um, entdeckte sie aber nirgends, er hatte gehofft, dass sie kurz miteinander reden würden. Enttäuscht schob er in der Mittagshitze seinen Einkaufswagen über den heißen Parkplatz zu seinem Auto. Als er begann seinen Kofferraum zu beladen, stoppte eine Vespa-Fahrerin mit laufendem Motor dicht neben ihm. Sie schob ihr Helmvisier hoch, es war Louisa, die ihn kurz anlächelte:

„Hallo Paul, es ist schön dich wiederzusehen. Aber wir dürfen uns nicht kennen, das ist für mich überlebenswichtig und könnte auch für dich gefährlich werden. Du darfst mich nicht mehr kennen, das ist besser für dich. Bei euch in Köln, das war bisher meine schönste Zeit," Louisa atmete tief durch, bevor sie weiterredete, „danke dafür, Paul! Jetzt ist mein Leben ein anderes, aber immerhin lebe ich, allerdings ist die Angst mein täglicher Begleiter und ich muss immer vorsichtig sein. Ich habe manches in meinem Leben falsch gemacht, einiges ist schiefgelaufen, wofür ich jetzt die Konsequenzen tragen muss. Nur noch eins: Ist der Anhänger deiner Katze, den ich mir geliehen hatte, angekommen? Die Münzen mit der Katze und dem Hekate Symbol hat mein Vater anfertigen lassen. Er war bei Gott kein Heiliger, aber für mich hat er gesorgt und ich glaube, ich bin eine der wenigen Menschen, die er geliebt hat. Er nannte mich gatta rossa, rote Katze."

Für einen Moment schien für Louisa die Zeit still zu stehen, dabei zog sie verträumt an ihrer Halskette und ein goldener Katzenanhänger kam zum Vorschein. Auf einmal rannen Tränen über ihr Gesicht, was sie sofort versuchte zu unterdrücken, deshalb machte sie Anstalten wegzufahren. Paul bemerkte, dass Louisa ihre Gemütsregung peinlich war, aber er musste ihr noch ein paar Worte zum Abschied sagen:

„Mach es gut, Louisa, leider darf ich dich ab jetzt nicht mehr kennen. Lass mich nur noch sagen, dass wir dich alle sehr mögen, und ich hoffe, dass du dein Glück findest."

Sie klappte das Helmvisier herunter, gab Gas und winkte ihm beim Wegfahren zu. Die Vespa verließ den Supermarktparkplatz in Richtung Schnellstraße. Das letzte, was Paul von ihr aus der Ferne sah, war ihr schwarzer Pferdeschwanz, der im Fahrwind hinten aus dem Helm herausflatterte. Der Anblick erinnerte ihn an eine Szene in einem alten italienischen Film, dabei huschte ein Lächeln über sein Gesicht und gleichzeitig bekam Paul feuchte Augen, nicht nur das Ende des alten Films war traurig.

Zurück auf dem Landgut de Moro kam Carl aufgeregt zum Auto gelaufen:

„Das „Klösterchen", das Krankenhaus in Köln hat angerufen, Ilaria hat sich auf einer Baustelle den Fuß gebrochen."

Paul packte seine Sachen und eine halbe Stunde später war er fahrbereit. Mariaclara und Carl verabschiedeten sich am Auto, Torre, der große weiße Hund, leckte ihm noch die Hand und als er losfuhr, lief die treue Seele dem Tesla noch bis zum Tor nach.

Während er auf der Schnellstraße, die im Landesinneren an der Hügelkette des Naturschutzgebietes vorbeiführt, in Richtung Heimat fuhr, warf er aus der Ferne noch einen letzten Blick auf seinen ehemaligen Sarazenenturm. Wahrscheinlich würde er Luise nie mehr wiedersehen und wenn, durfte er sie nicht kennen. Sie hatte sicher eine spezielle Vergangenheit, aber egal, ob sie mit dem Geheimdienst oder der Mafia zu tun hatte, er hatte sie als tollen Menschen kennengelernt und sie würde ihren Weg gehen. Ciao Louisa! Ciao gatta rossa! Paul musste schlucken und beschleunigte sein Auto.

Personenverzeichnis

Paul Otter, ehemaliger Starverkäufer eines Autohauses, langjährig mit Gesa liiert, heiratet dann Ilaria. Erbt von Ilarias Tante 30% des Landgutes de Moro

Ilaria de Moro, Maklerin, italienischstämmige Ehefrau von Paul Otter, erbt von ihrer Tante 70% des Landgutes de Moro in der Toskana

FREUNDE IN Köln

Agnes, Lebensgefährtin und Kolumbus' Vermieterin

Antonia, Freundin von Leo Nauman, Games-Autorin

Carl Schmitz, früherer Geschäftspartner von Paul Otter und jugendlicher Freund

Gesa, Ex-Freundin von Paul, verheiratet mit dem Galeristen Schiffgen

Kibra, erfolgreiche eritreische Wahrsagerin

Kolumbus, wie der ehemalige Stadtstreicher genannt wird, sehr gebildet

Mariaclara, ein echt Kölsches Mädchen mit italienischen Wurzeln, Frisörin und Freundin von Carl Schmitz, Managerin des Agrotourismus in Talamone

BEKANNTE IN Köln

Bauhauß, reicher Investor,

Frau von Bödefeld, alte Dame mit Mops, wohnt im gleichen Haus wie Herr Otter

Der einarmige Hennes, Stadtstreicher in Köln

Monschau, Architekt mit schriller Ehefrau als Muse

Schlösser, Kriminaloberrat

Helmut Laufenberg, alias Helmut Dautenburg, Finanzbetrüger

Antonia Halma, LA-Games, Computerspiele Autorin

Leo Naumann, LA-Games, Informatiker, Computerspiele Entwickler

Jack, Vice Präsident eines großen Medienkonzern, Californien

Dr. Gottfried von Kessel, CIO der PolyTec Konzern, ehemaliger Prior

ITALIEN

Commissario Benetton, Carabiniere, Interpol, betreute Ilaria als Zeugin

Cesare, Hafenarbeiter, Onkel Jäger, nicht sehr helle

Die Fürstin, Ilarias Patentante

Massimo, Hafenarbeiter in Talamone, clever

Signora Anna-Rita de Moro, verstorbene Tante von Ilaria

Torre, Maremma Hirtenhund

MAFIA, Mitglieder des ehemaligen Velatus-Clan

Don Velatus, gesichtsloser Clanchef der neapolitanischen Camorra

Enzo Baldo, Stadthalter des Velatus-Clans in Köln, Camorra

Louisa, alias **Luise Müller-Langenfeld**, die Rote oder die Katze

Monteverdi, smarter Schweizer Finanzmann, Nachbar von Otter

Pietro, Neffe von Don Velatus

Tiziana, Leibwächterin von Don Velatus

Antonio, Schwager von Don Velatus und sein Stellvertreter

MAFIA

Mafia, Sacra Corona Unita, apulische Mafia,

Mafia, Camorra, neapolitanische Mafia

Rappa-Clan, Teil der neapolitanische Camorra, von der Polizei ausgelöscht

Velatus-Clan, Nachfolger des Rappa-Clans

Esposito-Clan, Konkurrenz des Velatus-Clans in Neapel

Ortsverzeichnis Köln

Geschäfte

Bäckerei Balkhausen, Apostelnstraße 27, Adenauer-Brot

Erhardt, Wild und Geflügel, Severinstraße 11, früher Uhlenbroch

Käsehaus Wingenfeld, Ehrenstraße - Ecke Friesenwall, Köln ältestes Käse-Spezialgeschäft von 1896, Filiale Severinstraße 117

Lokale

Früh em Veedel, Chlodwigplatz 28, Köln-Südstadt, Kneipe im kölschen Milljö"

Die Fledermaus, Brauweiler Straße 39a, Pulheim-Sinthern

Lommerzheim, Siegesstraße 18, Köln-Deutz,

Le Menage, Hahnenstraße 4, Köln-Innenstadt, Gaststätte, Bistro

Zum Treppchen, Traditionsgasthaus am Rhein Anno 1656, Köln-Rodenkirchen

Kirchen

Kölner Dom, Dreikönigen Schrein, Gero-Kreuz, Richter Fenster

St. Apostel, Trikonchos, also ein Drei-Konchen-Chor

St. Maria im Kapitol, größte Kirche Kölns, Drei-Konchen-Chor

Severinskirche, eine der zwölf romanischen Basiliken Kölns, Südstadt

Orte

Käthe-Kollwitz-Museum, Einkaufspassage am Kölner Neumarkt, Obergeschoß

Millowitsch-Denkmal, Millowitsch-Platz, Volksschauspieler in Bronze auf einer Parkbank.

Trude-Herr-Park, Dreikönigenstraße, Köln Südstadt

Trude-Herr-Denkmal, im gleichnamigen Park

Gedenkstätten für die Opfer des Nationalsozialismus, Klüngelpützpark und Hansaplatz, nahe Hansaring, Eigelstein-Viertel

Sonstiges

AWB Wertstoffhof, Niehler Straße 254

Madame Tussauds, London, Wachsfigurenkabinett

Inhaltsverzeichnis

Kapitel 1 Herrn Otters Nachbarn _____ 4

Kapitel 2 Wohnungsbesichtigung _____ 12

Kapitel 3 Fledermaus _____ 18

Kapitel 4 Einladung _____ 24

Kapitel 5 Louisa ICE _____ 31

Kapitel 6 Die Wohnungseinweihung _____ 45

Kapitel 7 Louisas neues Zuhause _____ 57

Kapitel 8 Die neue Firma _____ 66

Kapitel 9 Louisas Verhandlung + Leos Passwort _____ 73

Kapitel 10 Spieleabend + Commissario Benetton _____ 85

Kapitel 11 Der Einarmige _____ 92

Kapitel 12 Merksatz und Telefonanruf _____ 99

Kapitel 13 Leos Überweisung _____ 107

Kapitel 14 Kontoauszug _____ 113

Kapitel 15 Angst _____ 121

Kapitel 16 Pauls Besucher _____ 129

Kapitel 17 Ein gefährliches Bündnis _____ 135

Kapitel 18 Belgischer Hof + Leos Problem _____ 146

Kapitel 19 Mediapark _____ 151

Kapitel 20 Entsorgung und Messe _____ 158

Kapitel 21 Louisas Beobachtung Transport _____ 170

Kapitel 22 Das Geschenk	*183*
Kapitel 23 Leos Freund	*189*
Kapitel 24 Telefon	*200*
Kapitel 25 Madame Tussauds	*211*
Kapitel 26 Wild & Geflügel	*223*
Kapitel 27 Es wird ernst	*232*
Kapitel 28 Don Velatus	*244*
Kapitel 29 Sterben	*256*
Kapitel 30 Klinik	*265*
Kapitel 31 Die letzte Geschichte	*279*
Personenverzeichnis	*288*
Ortsverzeichnis Köln	*291*
Inhaltsverzeichnis	*293*

Printed in Poland
by Amazon Fulfillment
Poland Sp. z o.o., Wrocław
14 August 2022